Alle Rechte, einschließlich das des vollständigen oder
auszugsweisen Nachdrucks in jeglicher Form, sind vorbehalten.

Der Preis dieses Bandes versteht sich einschließlich
der gesetzlichen Mehrwertsteuer.

Umwelthinweis:
Dieses Buch wurde auf chlor- und säurefreiem Papier gedruckt.

Tess Gerritsen

Die Meisterdiebin

Angst in deinen Augen

MIRA® TASCHENBUCH
Band 25191
1. Auflage: Juni 2006

MIRA® TASCHENBÜCHER
erscheinen in der Cora Verlag GmbH & Co. KG,
Axel-Springer-Platz 1, 20350 Hamburg
Deutsche Taschenbucherstausgabe

Titel der nordamerikanischen Originalausgabe:
Thief of Hearts/ Keeper of the Bride
Copyright © 1995/ 1996 by Tess Gerritsen
erschienen bei: Harlequin Enterprises Ltd., Toronto
Published by arrangement with
Harlequin Enterprises II B.V., Amsterdam

Konzeption/Reihengestaltung: fredeboldpartner.network, Köln
Umschlaggestaltung: pecher und soiron, Köln
Redaktion: Sarah Sporer
Titelabbildung: Getty Images, München
Satz: Buch-Werkstatt GmbH, Bad Aibling
Druck und Bindearbeiten: Ebner & Spiegel, Ulm
Printed in Germany
ISBN 3-89941-284-2

www.mira-taschenbuch.de

Tess Gerritsen

Die Meisterdiebin
Roman

Aus dem Amerikanischen von
Patrick Hansen

PROLOG

Simon Trott stand auf dem schwankenden Deck der *Cosima*, als er die Flammen entdeckte, die die samtschwarze Nacht erhellten. Das Feuer loderte in der Nähe der Küste und zuckte wie eine feurige Zunge übers Wasser.

„Das ist sie", sagte der Kapitän der *Cosima* zu Trott, während beide Männer nach vorn starrten. „Die *Max Havelaar*. Das Feuerwerk dürfte sie nicht lange überleben." Er drehte sich um. „Volle Kraft voraus!" rief er seinem Steuermann zu.

„Dürfte kaum Überlebende geben", meinte Trott.

„Sie haben einen Notruf abgesetzt, also scheint noch jemand am Leben zu sein."

Als sie sich dem sinkenden Schiff näherten, schossen die Flammen plötzlich hoch wie ein Vulkan, dessen Lavaregen den Ozean zu entzünden schien.

„Langsam! Im Wasser ist Treibstoff!" rief der Kapitän laut nach hinten.

„Ich drossle die Fahrt", antwortete der Mann am Ruder.

Trott hangelte sich an der Reling nach vorn und starrte auf das Inferno. Die *Max Havelaar* sank bereits. Das Heck lag schon fast unter Wasser, der Bug ragte empor. In wenigen Minuten würde sie für immer verschwunden sein. Das Wasser war tief, eine Bergung unmöglich. Hier, zwei Meilen vor der spanischen Küste, würde die *Havelaar* ihre letzte Fahrt beenden.

Eine weitere Explosion jagte Funken in den nächtlichen Himmel. In den wenigen Sekunden, bevor es wieder dunkel wurde, sah Trott, wie sich etwa hundert Meter von der *Havelaar* entfernt etwas bewegte. Etwas Längliches, Flaches tanzte auf den Wellen. Dann hörte er Männer rufen.

„Hier! Wir sind hier!"

„Das Rettungsboot", sagte der Kapitän und richtete den Suchscheinwerfer in die Richtung, aus der die Stimmen kamen. „Da sind sie. Zwei Uhr!"

„Ich sehe sie", antwortete der Steuermann und änderte den Kurs. Vorsichtig lenkte er das Schiff durch den Treibstoff, der brennend an der Oberfläche trieb. Als sie näher kamen, hörte Trott die freudigen Rufe der Überlebenden. Es waren Italiener, und sie schrien alle durcheinander. Wie viele mochten es sein? Fünf, vielleicht sechs. Sie wedelten mit den Armen.

„Scheint fast die ganze Crew der *Havelaar* zu sein", sagte der Kapitän und drehte sich um. „Wir brauchen hier jetzt jeden freien Mann."

Sekunden später war die Mannschaft der *Cosima* an Deck. Schweigend standen sie an der Bugreling und starrten auf das Rettungsboot.

Im kalten Licht des Scheinwerfers konnte Trott die Überlebenden ausmachen. Es waren sechs. Er wusste, dass die *Max Havelaar* mit acht Mann an Bord aus Neapel ausgelaufen war. Waren die anderen beiden noch im Wasser?

Das Boot trieb jetzt an der Steuerbordseite.

„Hier ist die *Cosima!* Wer seid ihr?" rief er hinunter.

„*Max Havelaar!*" kam die Antwort.

„Sind alle gerettet?"

„Zwei sind tot!"

„Seid ihr sicher?"

„Die Maschine, sie ist explodiert! Ein Mann wurde unter Deck eingeschlossen."

„Und der achte?"

„Wurde ins Wasser geschleudert, kann nicht schwimmen!"

Womit er so gut wie tot ist, dachte Trott und sah zur Crew der *Cosima* hinüber. Sie warteten auf den Befehl zum Eingreifen.

Das Rettungsboot war jetzt fast längsseits.

„Wir werfen euch gleich eine Leine zu", rief Trott nach unten.

Als es so weit war, stand einer der Überlebenden auf, um die Leine zu ergreifen.

Trott gab seinen Männern das Signal, auf das sie warteten, und sie gehorchten.

Die erste Salve traf ihr Opfer, als es die Arme nach seinen vermeintlichen Rettern ausstreckte. Der Mann kam nicht einmal mehr dazu zu schreien. Der Kugelhagel von der *Cosima* zerfetzte das Boot und seine wehrlosen Insassen. Ihre Entsetzensschreie wurden vom Rattern der automatischen Waffen übertönt.

Als es vorbei war und endlich wieder Stille herrschte, lagen die Leichen übereinander im Rettungsboot. Zu hören waren nur die Wellen, die gegen den Rumpf der *Cosima* schlugen.

Eine allerletzte Explosion ließ Funken durch die Nacht regnen. Der Bug der *Max Havelaar* ragte noch steiler nach oben, dann glitt sie langsam in die Tiefe.

Das Boot, von Kugeln durchlöchert, war schon halb untergegangen. Ein Mann von der *Cosima* warf einen Ersatzanker über Bord. Mit dumpfem Aufprall landete er zwischen den Leichen. Das Boot kenterte, und die Toten glitten ins Meer.

„Unsere Arbeit ist getan, Captain", sagte Trott gelassen und wandte sich ab. „Ich schlage vor, wir kehren nach …"

Plötzlich erstarrte er. Was war das? Etwa fünfzig Meter vom Boot entfernt hatte sich etwas bewegt. Trott kniff die Augen zusammen. Da war es wieder. Etwas Silbriges tauchte kurz auf und verschwand wieder unter einer Welle.

„Dort drüben!" rief er. „Eröffnet das Feuer!"

Verwirrt sahen seine Leute ihn an.

„Was haben Sie gesehen?" fragte der Kapitän.

„Vier Uhr. Etwas ist aufgetaucht."

„Ich sehe nichts."

„Nehmt es trotzdem unter Feuer."

Einer der Männer zielte kurz und drückte ab. Der Feuerstoß ließ winzige Fontänen aufspritzen.

Alle starrten auf die Stelle. Nichts geschah. Die See beruhigte sich wieder, bis sie glatt wie ein Spiegel war.

„Ich weiß, dass ich etwas gesehen habe", knurrte Trott.

Der Kapitän zuckte mit den Schultern. „Na ja, jetzt ist es nicht mehr da … Hart Backbord!" befahl er dem Steuermann.

Die *Cosima* beschrieb einen Halbkreis und wurde immer schneller. Trott ging nach hinten und starrte misstrauisch auf die ruhige See zwischen dem aufgewühlten Kielwasser. Plötzlich kam es ihm vor, als wäre wieder etwas Silbriges aufgetaucht. Es dauerte nur einen Wimpernschlag, dann war es weg.

Ein Fisch, dachte er und wandte sich zufrieden ab.

Ja, das musste es gewesen sein. Ein Fisch.

1. KAPITEL

„Ein kleiner Einbruch, das ist alles, was ich verlange." Veronica Cairncross sah bittend zu ihm hinauf. Tränen schimmerten in ihren saphirblauen Augen. Sie trug ein aufregendes schulterfreies Seidenkleid, dessen weiten Rock sie malerisch auf dem antiken Zweiersofa drapiert hatte. Das braune Haar war kunstvoll frisiert und mit winzigen Zuchtperlen verziert.

Mit dreiunddreißig war sie noch atemberaubender, noch eleganter als mit fünfundzwanzig. Damals hatte er sie kennen gelernt, und inzwischen hatte sie nicht nur einen Adelstitel erworben, sondern wurde wegen ihres Stils und ihrer geistreichen Konversation zu jeder Party der feinen Londoner Kreise eingeladen. Aber eins hatte sich bis heute nicht geändert und würde sich nie ändern.

Veronica Cairncross war noch immer eine Idiotin.

Warum hätte sie sich sonst in eine so missliche Lage gebracht?

Und wie immer war es der gute alte Freund Jordan Tavistock, der ihr heraushelfen sollte. Aber dieses Mal war ihre Bitte einfach zu absurd.

„Das kommt nicht in Frage, Veronica", erwiderte Jordan. „Ohne mich."

„Tu es für mich, Jordie!" flehte sie. „Stell dir vor, was passiert, wenn du es nicht tust. Wenn er diese Briefe Oliver zeigt …"

„Der arme alte Ollie wird einen Anfall bekommen. Ihr werdet euch ein paar Tage lang streiten, und dann wird er dir verzeihen. Das wird passieren."

„Und wenn er mir nicht verzeiht? Wenn er nun die ..." Sie schluckte und senkte den Blick. „... Scheidung will?" flüsterte sie.

„Wirklich, Veronica", seufzte Jordan. „Daran hättest du vor dieser Affäre denken sollen."

Betrübt starrte sie nach unten. „Ich habe gar nicht nachgedacht. Das ist das Problem."

„Nein, offenbar hast du das nicht."

„Ich konnte doch nicht ahnen, dass Guy so schwierig sein würde. Man könnte meinen, ich hätte ihm das Herz gebrochen! Ich bin doch nicht verliebt oder so etwas. Und jetzt droht er, es allen zu erzählen! Welcher Gentleman sinkt so tief?"

„Keiner."

„Ohne die Briefe, die ich ihm geschrieben habe, könnte ich einfach alles abstreiten. Dann wäre es Guys Wort gegen meins, und bestimmt würde Ollie mir glauben."

„Was genau steht in den Briefen?" fragte Jordan.

„Dinge, die ich besser nicht geschrieben hätte."

„Liebesschwüre? Süßholzgeraspel?"

Sie stöhnte. „Viel schlimmer."

„Deutlicher, meinst du?"

„Weitaus deutlicher."

Jordan betrachtete ihren gesenkten Kopf, an dem die Perlen im Lampenschein glänzten. Schwer zu glauben, dass ich diese Frau einmal attraktiv fand, dachte er. Aber das war Jahre her. Er war erst zweiundzwanzig gewesen. Und ein wenig naiv. Was jetzt hoffentlich nicht mehr zutrifft.

Veronica Dooley war ihm am Arm eines alten Studienkameraden aus Cambridge begegnet. Der Kamerad war bald wieder verschwunden, und Jordan hatte das Interesse des Mädchens geerbt. Ein paar Wochen lang hatte er geglaubt, sich verliebt zu haben, war jedoch schnell zur Vernunft gekommen. Sie hatten sich friedlich getrennt und waren Freunde geblieben. Veronica hatte schließlich Oliver Cairncross geheiratet. Obwohl Sir Oliver gute zwanzig Jahre älter als sie war, war es die klassische Verbindung zwischen Geld und Schönheit. Jordan hatte die beiden immer für ein zufriedenes Paar gehalten.

Wie sehr er sich doch geirrt hatte.

„Ich rate dir, Ollie alles zu sagen. Er wird dir vergeben. Da bin ich mir ganz sicher."

„Selbst wenn, sind da immer noch die Briefe. Guy bringt es fertig, sie an die falschen Leute zu schicken. Wenn die Medien davon Wind bekommen, wird Ollie womöglich in aller Öffentlichkeit erniedrigt."

„Du glaubst, das bringt er fertig?"

„Zweifellos. Ich würde ihm die Briefe ja abkaufen, aber seit ich in Monte Carlo so viel Geld verloren habe, hält Ollie mich ziemlich knapp. Und von dir kann ich mir nichts leihen. Ich meine, es gibt Dinge, um die man Freunde einfach nicht bitten darf."

„Ich würde sagen, ein Einbruch gehört dazu", entgegnete Jordan trocken.

„Aber es wäre doch kein Einbruch! Ich habe die Briefe geschrieben, also sind es meine. Ich hole mir nur zurück, was mir gehört." Sie beugte sich vor. „Es wäre doch ganz einfach, Jordie. Ich weiß, in welcher Schublade er sie aufbewahrt. Deine Schwester feiert am Samstagabend ihre Verlobung. Wenn du ihn hierher einladen könntest …"

„Beryl kann Guy Delancey nicht ausstehen."

„Lad ihn trotzdem ein! Und während er hier in *Chetwynd* Champagner schlürft …"

„Breche ich in sein Haus ein?" Jordan schüttelte den Kopf. „Und wenn ich erwischt werde?"

„Guys Personal hat samstagabends frei. Es wird niemand da sein. Und selbst wenn du ertappt wirst, kannst du es als lustigen Streich ausgeben. Nimm vorsichtshalber eine aufblasbare Puppe mit, und sag ihnen, die wolltest du in sein Bett legen. Sie werden dir glauben. Du bist schließlich ein Tavistock!"

Er runzelte die Stirn. „Deshalb bittest du ausgerechnet mich darum? Weil ich ein Tavistock bin?"

„Nein, weil du der klügste Mann bist, den ich kenne. Weil du noch nie eins meiner Geheimnisse verraten hast." Vertrauensvoll sah sie ihm in die Augen. „Und weil du der Einzige bist, auf den ich mich verlassen kann."

Verdammt. Damit hatte er rechnen müssen.

„Tu es für mich, Jordie", bat sie sanft. „Versprich mir, dass du es tust."

Er rieb sich die Stirn. „Ich denke darüber nach." Resigniert ließ er sich in den Sessel sinken und starrte auf die Gemälde seiner Vorfahren an der Wand. Alles ehrenwerte Gentlemen, dachte er. Kein einziger Einbrecher darunter.

Bis jetzt.

Um fünf nach elf gingen die Lichter im Quartier der Dienstboten aus. Der gute alte Whitmore war pünktlich wie immer. Um neun Uhr hatte er seine Runde durchs Haus gemacht. Um halb zehn

Die Meisterdiebin

hatte er unten aufgeräumt und war in die Küche gegangen, vielleicht um sich einen Tee zu machen. Um zehn Uhr hatte er sich oben vor seinen Fernseher gesetzt. Um fünf nach elf hatte er das Licht gelöscht.

So war es an jedem Abend der vergangenen Woche gewesen. Clea hatte das Haus seit dem letzten Samstag beobachtet und vermutete, dass sich daran bis zu seinem Tod auch nichts ändern würde. Butler legten großen Wert auf Ordnung.

Jetzt stellte sich nur noch die Frage, wann er endlich einschlafen würde.

Clea erhob sich hinter der Eibenhecke und wechselte von einem Fuß auf den anderen, um die eingeschlafenen Beine zu wecken. Die Reithose klebte an der Haut, denn der Rasen war feucht. Obwohl es warm war, fror sie. Nicht nur vor Kälte, sondern auch vor Aufregung, Vorfreude und … jawohl, auch Angst. Die Angst war nicht groß. Sie war ziemlich sicher, dass man sie nicht erwischen würde. Trotzdem, ein Risiko bestand immer.

Sie würde Whitmore zwanzig Minuten zum Einschlafen geben, mehr nicht. Schließlich war es möglich, dass Guy Delancey früher als erwartet von der Party heimkam. Und sie wollte nicht mehr im Haus sein, wenn er es betrat.

Inzwischen musste der Butler eingeschlafen sein.

Clea huschte um die Hecke und sprintete über den Rasen, bis sie hinter einem Busch in Deckung gehen konnte. Im Haus bewegte sich nichts. Kein Laut, kein Licht. Zum Glück für sie mochte Guy Delancey keine Hunde. Ein bellender Vierbeiner war das Letzte, was sie jetzt brauchte.

Sie schlich um eine Hausecke und über die gepflasterte Terrasse zur Glastür. Wie erwartet war sie verschlossen. Aber, auch das hatte sie erwartet, das Schloss war kein Problem. Es war alt und rostig. Sie holte den Satz Dietriche aus der Gürteltasche und probierte sie einen nach dem anderen. Der vierte passte.

Ein Kinderspiel.

Sie öffnete die Tür und betrat die Bibliothek. Im Mondschein sah sie die deckenhohen Bücherregale. Jetzt kam der schwierige Teil. Wo war das Auge von Kaschmir? Hier bestimmt nicht, dachte sie, während sie den Strahl ihrer Taschenlampe über die Wände wandern ließ. Trotzdem sah sie sich gründlich um.

Kein Auge von Kaschmir.

Sie schlüpfte auf den Flur. Ihre Lampe erhellte poliertes Holz und antike Vasen. Sie schlich durchs Wohnzimmer und den angrenzenden Wintergarten. Kein Auge von Kaschmir. Die Küche und das Esszimmer ließ sie aus. Delancey würde es nicht dort verstecken, wo das Personal ein und aus ging.

Blieben die Zimmer im ersten Stock.

Clea ging die geschwungene Treppe hinauf, leise wie eine Katze. Oben blieb sie stehen und lauschte. Nichts. Links lag der Flügel, in dem die Dienstboten wohnten, rechts musste sich Delanceys Schlafzimmer befinden. Sie ging nach rechts und steuerte das Zimmer am Ende des Flurs an.

Die Tür war unverschlossen. Sie schlüpfte hinein.

Durch die Balkonfenster fiel das Mondlicht. Es war ein imposanter Raum. Die hohen Wände waren mit Gemälden bedeckt, das Bett antik und breit genug, um einen ganzen Harem zu beherbergen. Außerdem gab es eine ebenso große Kommode, einen Schrank, Nachttische und einen Sekretär. Nahe der Balkontür gab es einen Sitzbereich mit zwei Sesseln und einem niedrigen Tisch auf einem Perserteppich, vermutlich ebenfalls antik.

Clea stöhnte auf. Es würden Stunden dauern, dieses Zimmer zu durchsuchen.

Sie begann mit dem Sekretär, zog sämtliche Schubladen auf und forschte nach verborgenen Nischen. Dann wühlte sie sich in der Kommode durch riesige Berge von Wäsche und gebügelten Taschentüchern. Kein Auge von Kaschmir. Sie wollte gerade den Kleiderschrank öffnen, als sie ein Geräusch hörte und erstarrte.

Es war ein leises Rascheln und kam von draußen. Da war es wieder, lauter diesmal.

Sie wirbelte zu den Fenstern herum. Am Balkongeländer bewegten sich die Glyzinienranken, dann tauchte über den Blättern plötzlich eine dunkle Gestalt auf. Clea sah den Kopf des Kletterers, sein blondes Haar, und versteckte sich blitzschnell hinter dem Schrank.

Na, wunderbar. Sie würden Nummern ziehen müssen. Damit hatte sie nicht gerechnet. Ein anderer Einbrecher. Noch dazu ein unfähiger, dachte sie, als draußen ein Blumentopf klapperte. Dann herrschte Ruhe. Ihr *Kollege* lauschte. Der alte Whitmore musste taub sein, wenn er das überhört hatte!

Quietschend ging die Balkontür auf.

Clea zog sich noch weiter hinter den Schrank zurück. Wenn er sie nun bemerkte? Sie attackierte? Sie hatte nichts dabei, mit dem sie sich hätte verteidigen können.

Sie zuckte zusammen, als sie ein verärgertes Flüstern hörte. „Verdammt!"

Oh nein. Der Typ war eher eine Gefahr für sich selbst.

Schritte kamen näher.

Clea presste sich gegen die Wand. Die Schranktür schwang auf und stoppte kurz vor ihrem Gesicht. Sie hörte Kleiderbügel klappern, dann wurde eine Schublade aufgezogen. Eine Taschenlampe flackerte auf, ihr Schein drang durch den Spalt der Schranktür. Der Mann murmelte etwas in bestem Oxfordenglisch, während er den Inhalt durchwühlte.

„Muss verrückt sein. Genau das bin ich, vollkommen verrückt. Möchte wissen, wie sie mich dazu überredet hat, so etwas Dummes zu tun …"

Clea konnte nicht anders. Die Neugier siegte. Sie beugte sich vor und spähte durch den Spalt. Stirnrunzelnd starrte der Eindringling in die offene Schublade. Sein Profil war markant, klassisch, aristokratisch. Sein Haar war weizenblond und noch ein wenig zerzaust vom Kampf mit der Glyzinie. Er war nicht wie ein Einbrecher gekleidet. Die Smokingjacke und schwarze Fliege sahen eher nach Cocktailparty aus.

Er wühlte weiter und gab plötzlich einen zufriedenen Laut von sich. Sie konnte nicht sehen, was er herausnahm. Bitte, dachte sie. Nicht das Auge von Kaschmir. So dicht davor zu sein und es dann zu verlieren …

Sie starrte über seine Schulter, um zu sehen, was er in die Jackentasche gleiten ließ. So konzentriert, dass sie fast zu spät reagierte, als er die Schranktür zuwarf. Ihre Schulter prallte gegen die Wand.

Dann herrschte Stille.

Langsam glitt der Strahl der Taschenlampe um die Ecke des Schranks, gefolgt vom Umriss eines Männerkopfs.

Clea blinzelte ins grelle Licht. Sie konnte ihn nicht erkennen, aber er sie. Eine Ewigkeit lang bewegte sich keiner von ihnen.

„Wer zum Teufel sind Sie?" fragte er nach einer Weile.

Die Gestalt antwortete nicht. Jordan ließ den Lichtstrahl an ihr hinabwandern. Über die bis zu den Augenbrauen heruntergezogene Mütze, das mit dunkler Farbe verschmierte Gesicht, den schwarzen Rollkragenpullover und die ebenfalls tiefschwarze Hose.

„Zum letzten Mal ... wer sind Sie?" wiederholte er scharf.

Als Antwort erhielt er nur ein rätselhaftes Lächeln, das ihn überraschte. In genau dem Moment sprang die Gestalt in Schwarz wie eine Katze auf ihn zu. Jordan taumelte zurück und stieß gegen den Bettpfosten. Der Eindringling hastete zur Balkontür. Jordan machte einen Satz und packte ein Hosenbein. Sie fielen beide zu Boden und prallten gegen den Sekretär. Stifte segelten durch die Luft. Jordans Gegner wand sich und rammte ihm ein Knie in den Schritt. Der Schmerz war höllisch, und fast hätte er ihn losgelassen. Der Einbrecher bekam eine Hand frei und kroch davon.

In letzter Sekunde sah Jordan den Brieföffner, dessen Spitze auf ihn zusauste. Er ergriff das Handgelenk und drehte es, bis die Waffe aus den Fingern glitt. Die Gestalt schlug mit beiden Fäusten auf Jordan ein. Er wehrte die Schläge ab und riss dabei dem Mann die Mütze vom Kopf.

Langes blondes Haar strömte wie ein Fächer auf den Boden und glänzte im Mondschein. Verblüfft starrte Jordan darauf.

Eine Frau!

Einen endlosen Moment lang starrten sie einander an. Ihre

Herzen so dicht beieinander, dass jeder das Klopfen des anderen spürte.

Eine Frau.

Ohne jede Vorwarnung reagierte sein Körper auf eine Weise, die rein instinktiv und nicht zu unterdrücken war. Sie war zu warm, zu nah. Und sehr, sehr feminin. Selbst durch die Kleidung hindurch waren die sanften Kurven einfach zu offensichtlich. Genauso wie seine Erregung für sie.

„Lassen Sie mich los", flüsterte sie.

„Erst sagen Sie mir, wer Sie sind."

„Sonst was?"

„Sonst werde ich …"

Sie lächelte zu ihm hinauf, und ihr Mund war seinem so nah, dass er keinen klaren Gedanken mehr fassen konnte.

Erst als der Fußboden knarrte und Schritte sich näherten, setzte sein Verstand wieder ein. Vom Flur her drang Licht herein, und eine Männerstimme ertönte. „Was ist los? Wer ist da?"

Blitzartig sprangen Jordan und die Frau auf und rannten auf den Balkon. Die Frau stieg als Erste über das Geländer und kletterte wie ein Affe an der Glyzinie hinab. Als Jordan unten ankam, sprintete sie bereits über den Rasen.

An der Eibenhecke holte er sie ein und hielt sie fest. „Was hatten Sie dort drin zu suchen?"

„Was hatten Sie dort drin zu suchen?" entgegnete sie.

Im Schlafzimmer ging das Licht an. „Diebe! Kommt ja nicht zurück!" rief eine zornige Stimme vom Balkon. „Ich habe die Polizei gerufen!"

„Ich verschwinde", sagte die Frau und eilte zum Waldrand.

Jordan seufzte. „Gute Idee", murmelte er und hastete hinterher.

Eine Meile lang rannten sie nebeneinanderher, wichen Dornenbüschen aus und duckten sich unter Zweige. Es war anstrengend, aber die Frau ermüdete nicht und bewegte sich wie jemand in Topform. Erst als sie den Wald hinter sich hatten, merkte er, dass auch ihr Atem schneller ging.

Er hätte auf der Stelle umfallen können.

Am Rand einer Wiese blieben sie stehen. Der Himmel war wolkenlos, der Wind warm und würzig.

„Sagen Sie", keuchte er, „machen Sie das hier beruflich?"

„Ich bin keine Diebin, falls Sie das meinen."

„Sie benehmen sich auf jeden Fall wie eine. Und sehen auch aus wie eine."

„Ich bin keine Diebin." Sie lehnte sich gegen einen Baum. „Sind Sie einer?"

„Natürlich nicht!"

„Was soll das heißen, natürlich nicht? Wäre das unter Ihrer Würde, oder was?"

„Überhaupt nicht. Das heißt … Ich meine …" Er schüttelte den Kopf. „Was meine ich eigentlich?"

„Ich habe nicht die leiseste Ahnung."

„Ich bin kein Dieb", erklärte er nachdrücklich. „Das Ganze war … nur ein Streich, mehr nicht."

„Ich verstehe." Ihr Blick war skeptisch. Der Mondschein erhellte ihr Gesicht, und jetzt, da er sie in Ruhe betrachten konnte, sah er, dass sie recht hübsch war. Er dachte daran, wie sie unter ihm gelegen hatte, und das Verlangen durchströmte ihn erneut.

Verdammt. Er brauchte ihr nur nahe zu kommen, und schon drehten seine dämlichen Hormone durch.

Er trat zurück und zwang sich, nur ihr Gesicht zu sehen. Unter all der Farbe war es kaum zu erkennen, aber ihre Stimme würde er nicht so schnell vergessen. Sie war leise und kehlig, der Akzent ganz sicher nicht englisch. Amerikanisch?

„Was haben Sie aus dem Schrank genommen?" fragte sie. „Gehörte das auch zum Streich?"

„Das ... haben Sie gesehen?"

„Allerdings." Herausfordernd hob sie das Kinn. „Wollen Sie immer noch behaupten, dass es nur ein Streich war?"

Seufzend griff er in seine Jacke. Sofort zuckte sie zurück und wirbelte herum. „Nein, warten Sie!" hielt er sie zurück. „Es ist keine Waffe, nur ein Beutel." Er öffnete den Beutel. Sie beobachtete ihn, misstrauisch und bereit zur Flucht. „Es ist kindisch, ich weiß ... Aber lustig." Der Inhalt quoll heraus, und die Frau erschrak hörbar. „Sehen Sie? Keine Waffe." Er hielt es ihr hin. „Eine aufblasbare Puppe. Wenn man sie aufpustet, wird daraus eine nackte Frau."

Sie beugte sich vor. „Anatomisch korrekt?" fragte sie neugierig.

„Ich bin nicht sicher. Ich meine ..." Er sah sie an und musste plötzlich an ihre Anatomie denken. Er räusperte sich. „Ich habe es nicht nachgeprüft."

Sie musterte ihn mitfühlend.

„Aber es beweist, dass ich nur einen Streich spielen wollte", fügte er hinzu, während er sich bemühte, die schlaffe Puppe in den Beutel zurückzustopfen.

„Es beweist nur, dass Sie schlau genug waren, sich eine harmlose Erklärung zurechtzulegen. Für den Fall, dass man Sie schnappt. Was bei Ihnen durchaus wahrscheinlich war."

„Und welche Erklärung hätten Sie gehabt? Falls Sie erwischt worden wären?" fragte er.

„Ich hatte gar nicht vor, mich erwischen zu lassen", erwiderte sie und setzte sich in Bewegung. „Alles lief sehr gut. Bis Sie aufgetaucht sind."

„Was lief gut? Der Einbruch?"

„Ich bin keine Diebin."

Er folgte ihr durch das hohe Gras. „Und warum sind Sie in das Haus eingedrungen?"

„Um etwas zu beweisen."

„Was?"

„Dass es geht. Ich habe Mr. Delancey gerade bewiesen, dass er eine Alarmanlage braucht. Und meine Firma wird sie einbauen."

„Sie arbeiten für eine Sicherheitsfirma?" Er lachte. „Welche?"

„Warum fragen Sie?"

„Mein zukünftiger Schwager arbeitet in der Branche. Vielleicht kennt er Ihre Firma."

Sie lächelte zurück. Ihre Lippen waren verführerisch, ihre Zähne strahlend weiß im Mondschein. „Ich arbeite für *Nimrod Associates.*" Dann ging sie weiter.

„Warten Sie, Miss …"

Sie winkte ihm zu, drehte sich jedoch nicht um.

„Ich habe Ihren Namen nicht verstanden!" rief er.

„Und ich Ihren nicht", antwortete sie über die Schulter. „Belassen wir es dabei."

Ihr blondes Haar schimmerte in der Dunkelheit. Und dann war sie fort. Plötzlich kam ihm die Nacht kälter und schwärzer vor. Nur sein Verlangen erinnerte noch an sie.

Ich hätte sie nicht gehen lassen sollen, dachte er. Ich weiß, dass sie eine Diebin ist. Aber was hätte er tun können? Sie zur Polizei schleifen? Und erklären, dass er sie in Guy Delanceys Schlafzimmer erwischt hatte, wo keiner von ihnen etwas verloren hatte?

Müde schüttelte Jordan den Kopf und machte sich auf den weiten Weg zu seinem Auto. Er musste nach *Chetwynd* zurück. Es wurde immer später, und bestimmt würde man ihn bald auf der Party vermissen.

Wenigstens hatte er seinen Auftrag erfüllt und Veronicas Briefe gestohlen. Er würde sie ihr geben und den gebührenden Dank entgegennehmen. Schließlich hatte er ihre Ehe gerettet, und das würde er ihr sagen.

Und danach würde er ihr den Hals umdrehen.

2. KAPITEL

In *Chetwynd* war die Party noch in vollem Gang. Durch die offenen Fenster des Ballsaals drangen Lachen, Streichermusik und das Klingen von Champagnergläsern nach draußen. Jordan stand in der Einfahrt und überlegte, wie er unauffällig hineingelangen konnte. Über die Hintertreppe? Nein. Dann würde er durch die Küche gehen müssen, und das würde beim Personal Verdacht erregen. Über das Spalier an der Mauer und durch Onkel Hughs Schlafzimmer? Ganz sicher nicht. Für heute hatte er genug von Kletterpflanzen. Er würde einfach den Vordereingang nehmen und hoffen, dass die Gäste zu viel getrunken hatten, um sich über seinen zerzausten Zustand zu wundern.

Er rückte die Fliege zurecht, wischte das Laub vom Jackett und betrat das Haus.

Zu seiner Erleichterung war niemand in der Eingangshalle. Auf Zehenspitzen schlich er an der Tür zum Ballsaal vorbei und die Treppe hinauf. Er war schon fast oben, als unter ihm eine Stimme ertönte.

„Jordie, wo um alles in der Welt hast du gesteckt?"

Jordan unterdrückte ein Stöhnen und drehte sich zu seiner Schwester Beryl um, die am Fuß der Treppe stand. Ihr Gesicht war gerötet und schöner denn je. Mit ihrer eleganten Frisur und in dem schulterfreien grünen Kleid sah sie hinreißend aus. Sie war verliebt, und es tat ihr gut. Seit sie sich vor einem Monat mit Richard Wolf verlobt hatte, lächelte sie fast immer.

In diesem Moment lächelte sie nicht.

Sie starrte auf seine zerknautschte Jacke, die durchnässten Hosenbeine und verdreckten Schuhe und schüttelte den Kopf. „Ich frage dich lieber nicht."

„Dann lass es."

„Ich tue es trotzdem. Was ist passiert?"

Er drehte sich um und ging weiter. „Ich war spazieren."

„Das ist alles?" Ihr Kleid raschelte, als sie ihm folgte. „Erst bringst du mich dazu, diesen schrecklichen Guy Delancey einzuladen … der übrigens trinkt wie ein Verdurstender und sämtlichen Frauen in den Po kneift. Dann verschwindest du einfach und tauchst in diesem Aufzug wieder auf!"

Er verschwand in seinem Schlafzimmer.

Sie ließ sich nicht abschütteln.

„Es war ein langer Spaziergang", sagte er.

„Es war eine lange Party."

„Beryl." Seufzend sah er sie an. „Das mit Guy Delancey tut mir wirklich Leid. Aber ich kann jetzt nicht darüber reden. Es ist vertraulich."

„Aha." Sie ging zur Tür. „Ich kann verschwiegen sein."

„Ich auch." Jordan lächelte. „Deshalb sage ich kein Wort."

„Na ja, dann solltest du dich jetzt umziehen. Sonst wird jemand dich fragen, warum du an Glyzinien hochkletterst." Leise schloss sie die Tür hinter sich.

Jordan schaute an sich hinab. Erst jetzt bemerkte er das Blatt in seinem Knopfloch.

Er zog einen frischen Smoking an, kämmte sich das Laub aus dem Haar und ging nach unten.

Obwohl es schon nach Mitternacht war, floss der Champagner noch in Strömen, und die Stimmung war so ausgelassen wie bei seinem Abgang vor eineinhalb Stunden. Er nahm sich ein volles Glas und mischte sich unter die Gäste. Niemand schien sein Fehlen bemerkt zu haben. Er arbeitete sich zum Büfett vor und lud sich schottischen Lachs auf den Teller. Ein Einbruch war harte Arbeit, und er hatte Hunger.

Als ihm Parfümduft in die Nase stieg und eine Hand seinen Arm berührte, drehte er sich um. Es war Veronica Cairncross. „Und?" flüsterte sie aufgeregt. „Wie ist es gelaufen?"

„Der Butler hatte nicht frei!"

„Oh nein", seufzte sie. „Also hast du sie nicht bekommen …"

„Doch. Sie sind oben."

„Wirklich?" Sie strahlte ihn an. „Oh, Jordie!" Sie umarmte ihn und hinterließ ein Stück Lachs auf seinem Smoking. „Du hast mir das Leben gerettet."

„Ich weiß, ich weiß." Plötzlich sah er Veronicas Ehemann Oliver auf sie zukommen. Unauffällig löste er sich aus ihren Armen. „Oliver kommt", flüsterte er.

Veronica drehte sich um und empfing ihn mit ihrem Tausend-Watt-Lächeln. „Liebling, da bist du ja! Ich habe dich aus den Augen verloren."

„Du scheinst mich nicht sehr zu vermissen", brummte Sir Oliver und warf Jordan einen missmutigen Blick zu.

Armer Kerl, dachte Jordan. Ein Mann, der mit Veronica verheiratet war, hatte Mitleid verdient. Sir Oliver war ein anständiger Bursche, ein Nachkomme der angesehenen Cairncross-Familie, die ihren Reichtum mit Keksen gemacht hatte. Obwohl er zwanzig Jahre älter als seine Frau und so kahl wie eine Billardkugel war, hatte er erfolgreich um Veronicas Hand angehalten – und sie seitdem mit Brillantringen ausstaffiert.

„Es ist spät", sagte Oliver. „Meinst du nicht, Veronica, wir sollten aufbrechen?"

„Jetzt schon? Es ist erst kurz nach Mitternacht."

„Ich habe morgen früh eine Besprechung. Und ich bin ziemlich müde."

„Na gut, dann müssen wir wohl." Veronica seufzte und schenkte Jordan ein verschwörerisches Lächeln. „Ich glaube, heute Nacht werde ich gut schlafen."

Aber bitte neben deinem Ehemann, dachte Jordan.

Als die Cairncrosses gegangen waren, entdeckte Jordan den fettigen Lachs an seinem Revers. Verdammt. Das war jetzt schon der zweite Smoking. Er säuberte ihn, so gut er konnte, nahm sein Glas und stürzte sich wieder ins Getümmel.

Sein zukünftiger Schwager, Richard Wolf, stand in der Nähe der Musiker und sah so glücklich aus, wie man es von einem Mann kurz vor der Hochzeit erwartete.

„Und wie geht es unserem Ehrengast?" fragte Jordan.

Richard lächelte. „Ich musste so viele Hände schütteln, dass mir die Finger schmerzen."

„Schon dich ein wenig." Jordans Blick wanderte dorthin, wo besonders laut gelacht wurde. Es war Guy Delancey, der offenbar recht angeheitert war und sich gerade zu einem drallen jungen Mädchen beugte. „Leider tut das hier nicht jeder", knurrte Jordan.

„Das kann man wohl sagen", meinte Wolf. „Weißt du, der Knabe hat versucht, Beryl anzubaggern. Vor meinen Augen."

„Und hast du ihre Ehre verteidigt?"

„Das brauchte ich nicht", erwiderte Richard lachend. „Sie kann gut selbst auf sich aufpassen."

Delanceys Hand lag jetzt am Rücken seines Opfers und glitt langsam abwärts.

„Was finden Frauen denn nur an einem solchen Kerl?" fragte Richard.

„Wer kann schon wissen, was Frauen an einem Mann reizt?" sagte Jordan und sah Richard wieder an. „Sag mal, hast du je von einer Sicherheitsfirma namens *Nimrod Associates* gehört?"

„Hier oder im Ausland?"

„Keine Ahnung. Hier, nehme ich an."

„Nie gehört. Aber ich könnte mich erkundigen."

„Da wäre ich dir dankbar."

„Warum interessiert sie dich?"

„Oh ..." Jordan zuckte gleichgültig mit den Schultern. „Jemand hat sie erwähnt."

Richard betrachtete ihn aufmerksam. Verdammt. Der Mann hatte mal für den Nachrichtendienst gearbeitet, was manchmal hilfreich, oft aber auch störend war. Ich muss vorsichtig sein, dachte Jordan.

Zum Glück kam Beryl angeschlendert, um ihrem Zukünftigen einen Kuss zu geben. Sekunden später hielt Richard sie in den Armen und hatte den Rest der Welt vergessen.

Junge Liebe, verrückte Hormone, ging es Jordan durch den Kopf, während er sein Glas leerte. Dass seine eigenen Hormone heute Abend äußerst aktiv waren, lag nicht nur am Champagner.

Wieder musste er an die Frau denken.

An ihre Stimme, ihr Lachen, ihre katzenhafte Geschmeidigkeit, als sie sich unter ihm wand …

Hastig stellte er das Glas ab. Kein Champagner mehr. Die Erinnerung war berauschend genug. Er hielt nach einem Kellner mit Mineralwasser Ausschau und sah, wie sein Onkel Hugh den Ballsaal betrat.

Den ganzen Abend hatte Hugh den perfekten Gastgeber und stolzen Onkel der Braut gespielt und mit Frauen geflirtet, die jung genug waren, um seine Enkeltöchter zu sein. Aber jetzt wirkte er ziemlich durcheinander.

Jordan sah, wie er zu Guy Delancey eilte. Die beiden Männer wechselten schnell einige Worte, und Delanceys Kinn zuckte hoch. Dann verließ er sichtlich aufgeregt den Ballsaal und rief nach seinem Wagen.

„Was ist denn da los?" murmelte Jordan.

Beryl drehte sich um, als Onkel Hugh auf sie zukam. „Er wirkt nicht sehr glücklich."

„Was für ein unschönes Ende eines schönen Abends", knurrte Hugh.

„Was ist geschehen?" fragte Beryl.

„Guy Delanceys Butler hat angerufen und einen Einbruch gemeldet. Jemand ist über den Balkon ins Schlafzimmer eingedrungen. Was für eine Frechheit!"

„Wurde etwas gestohlen?" erkundigte Richard sich.

„Das weiß ich noch nicht." Hugh schüttelte den Kopf. „Macht einem fast ein schlechtes Gewissen, was?"

„Schlechtes Gewissen?" Jordan rang sich ein unbeschwertes Lachen ab. „Warum denn?"

„Wenn wir Delancey nicht eingeladen hätten, wäre der Einbrecher ..."

„Das ist doch Unsinn", unterbrach Jordan ihn. „Der Einbrecher ... Ich meine, wenn es ein Einbrecher war ..."

„Was soll es denn sonst gewesen sein?" fragte Beryl.

„Ich finde nur ... man sollte keine voreiligen Schlüsse ziehen."

„Natürlich war es ein Einbrecher", beharrte Hugh.

„Es könnte andere Erklärungen geben ... Oder?"

Niemand antwortete.

Lächelnd nippte Jordan am Mineralwasser. Aber die ganze Zeit spürte er den misstrauischen Blick seiner Schwester.

Das Telefon läutete, als Clea in ihr Hotelzimmer zurückkehrte. Bevor sie abnehmen konnte, verstummte es, aber sie wusste, dass es bald wieder läuten würde. Tony war nervös. Irgendwann würde sie mit ihm reden müssen, aber erst musste sie sich von der Beinahekatastrophe dieses Abends erholen. Und überlegen, was sie als Nächstes unternehmen sollte. Was Tony als Nächstes tun sollte.

Sie wühlte in ihrem Koffer, bis sie die Miniflasche Brandy fand, die sie im Flugzeug bekommen hatte. Dann ging sie ins Bad, ließ einen Fingerbreit Wasser ins Glas laufen und nippte am Drink, während sie betrübt in den Spiegel starrte. Sie feuchtete einen Waschlappen an und wischte sich damit die Tarnfarbe aus dem Gesicht.

Das Telefon läutete zum zweiten Mal.

Mit dem Glas in der Hand eilte sie hinüber. „Hallo?"

„Clea?" Es war Tony. „Was ist passiert?"

Sie sank aufs Bett. „Ich habe es nicht."

„Warst du im Haus?"

„Natürlich war ich im Haus! Aber unten war er nicht, und als ich gerade oben war, wurde ich gestört."

„Von Delancey?"

„Nein. Von einem anderen Einbrecher." Sie lachte müde. „Delanceys Haus scheint bei denen ziemlich beliebt zu sein."

Am anderen Ende gab es ein langes Schweigen. Dann stellte Tony ihr eine Frage, bei der es ihr kalt den Rücken hinunterlief. „Bist du sicher, dass es nur ein Einbrecher war? Und keiner von Van Weldons Leuten?"

Cleas Finger krampften sich um das Glas Brandy. „Nein, das kann man nicht wissen."

„Es wäre doch möglich, oder? Vielleicht ahnen sie, was du vorhast, und sind jetzt selbst auch hinter dem Auge von Kaschmir her."

„Sie können mir nicht gefolgt sein! Ich habe aufgepasst."

„Clea, du kennst diese Typen nicht …"

„Ich weiß genau, mit wem ich es zu tun habe!" versicherte sie ihm nachdrücklich.

„Es tut mir Leid", sagte Tony sanft. „Natürlich weißt du das. Besser als jeder andere. Aber mir ist da was zu Ohren gekommen."

„Was?"

„Van Weldon hat Freunde in London. Freunde in den höchsten Kreisen."

„Der hat überall Freunde."

„Außerdem habe ich gehört …" Tony senkte die Stimme. „Sie

haben erhöht. Du bist ihnen jetzt eine Million Dollar wert, Clea. Tot."

Ihre Hände zitterten, als sie hastig einen Schluck Brandy nahm. Tränen der Wut und der Verzweiflung traten in ihre Augen. Rasch blinzelte sie sie fort.

„Ich finde, du solltest es mal wieder mit der Polizei versuchen", meinte Tony.

„Den Fehler mache ich kein zweites Mal."

„Was willst du sonst tun? Den Rest deines Lebens auf der Flucht verbringen?"

„Die Beweise sind hier. Ich brauche sie nur zu finden. Dann werden sie mir glauben müssen."

„Du schaffst es nicht allein, Clea!"

„Ich schaffe es. Ganz sicher."

„Delancey wird aber wissen, dass jemand eingebrochen ist. In spätestens vierundzwanzig Stunden gleicht sein Haus einer Festung."

„Dann verschaffe ich mir eben anders Zutritt", entgegnete sie entschlossen.

„Wie?"

„Indem ich durch die Haustür spaziere. Er hat eine Schwäche, weißt du. Für Frauen."

Tony stöhnte auf. „Nein, Clea."

„Ich werde mit ihm fertig."

„Das glaubst du nur."

„Ich bin ein großes Mädchen, Tony."

„Das macht mich krank. Wenn ich mir vorstelle, du und …" Er gab einen Laut des Ekels von sich. „Ich gehe zur Polizei."

Clea stellte das Glas ab. „Tony, es geht nicht anders. In einer Woche etwa weiß Van Weldon, wo ich bin. Bis dahin muss ich handeln."

„Unterschätz Delancey nicht."

„Für den bin ich nur eine weitere naive Gespielin. Eine reiche, würde ich sagen. Das dürfte seine Aufmerksamkeit wecken."

„Und wenn er dir zu viel davon widmet?"

Clea zögerte. Bei der Vorstellung, mit diesem öligen Guy Delancey zu schlafen, wurde ihr übel. Na ja, mit etwas Glück würde es nicht so weit kommen.

Sie würde dafür sorgen.

„Ich schaffe es schon", sagte sie. „Hör dich weiter um, ja? Finde heraus, ob etwas zum Verkauf angeboten wird. Und bleib in Deckung."

Nachdem sie aufgelegt hatte, saß sie auf dem Bett und dachte daran, wann sie Tony zuletzt gesehen hatte. In Brüssel. Damals waren sie beide so glücklich. Tony hatte einen nagelneuen Rollstuhl bekommen, ein ziemlich sportliches Gefährt. Er hatte gerade den Verkauf von vier mittelalterlichen Bildteppichen an einen italienischen Industriellen vermittelt. Clea war auf dem Weg nach Neapel, um das Geschäft abzuschließen. Sie feierten zusammen. Auch die Tatsache, dass sie ihre finstere Jugend endgültig hinter sich gelassen hatten. Sie lachten, tranken Wein und sprachen über die Männer in Cleas Leben und die Frauen in Tonys. Dann hatten sich ihre Wege getrennt.

Das war erst einen Monat her, aber es kam ihr vor wie eine Ewigkeit.

Sie griff nach dem Glas und leerte es. Dann wühlte sie in ihrem

Koffer nach dem Haarfärbemittel. Sie starrte auf das Model auf der Packung und fragte sich, ob sie etwas Dezenteres hätte wählen sollen. Nein, Guy Delancey war nicht der Typ dafür. Bei ihm half nur die Holzhammermethode.

Und Zimtrot war genau richtig.

„Ich habe mich nach *Nimrod Associates* erkundigt", sagte Richard. „Es gibt keine Firma dieses Namens, jedenfalls nicht hier in England."

Sie saßen zu dritt auf der Terrasse und genossen ein spätes Frühstück. Wie immer benahmen Beryl und Richard sich so, wie man es von einem frisch verlobten Paar erwartete. Sie lachten Wange an Wange und tauschten verliebte Blicke aus.

Erst nach zwei Tassen Kaffee begann Jordans Gehirn langsam wieder zu funktionieren. Das lag nicht nur am Champagner, sondern auch daran, dass er schlecht geschlafen hatte. Immer wieder war er schweißnass aus einem Traum erwacht, in dem die unbekannte Frau die Hauptrolle spielte. Ihr Gesicht hatte er nicht erkennen können, nur ihr glänzendes Haar. Und er hatte ihre Finger gespürt. Ihre Finger und ihre Lippen, als sie ihn küsste, während ihr Körper sich an seinem bewegte. Er hatte ihr in die Augen geschaut. Die Augen einer Raubkatze.

Jetzt, am hellen Tag, war ihm klar, was der Traum bedeutete. Eine Raubkatze. Ein Panter. Die Frau war gefährlich.

Kopfschüttelnd verdrängte er das Bild und goss sich den dritten Kaffee ein.

Beryl biss in einen Toast mit Orangenmarmelade. „Sag mal, Jordie, woher kennst du diese *Nimrod Associates?*"

„Wie?" Schuldbewusst sah er seine Schwester an. „Oh, ich weiß nicht."

„War es nicht gestern Abend?" meinte Richard.

Automatisch nahm Jordan sich eine Scheibe Toast. „Ja, ich glaube, Veronica erwähnte den Namen."

Beryl ließ ihn nicht aus den Augen. Das war der Nachteil, wenn man seiner Schwester so nahe stand. Sie merkte sofort, wenn er auswich.

„Du scheinst dich gut mit Veronica Cairncross zu verstehen", sagte sie.

„Na ja." Er lachte. „Wir versuchen, Freunde zu bleiben."

„Wenn ich mich recht entsinne, wart ihr irgendwann mal mehr als Freunde."

„Das ist lange her."

„Ja. Bevor sie geheiratet hat."

Jordan setzte eine erstaunte Miene auf. „Du glaubst doch nicht etwa ... Meine Güte, das kann nicht dein Ernst sein ..."

„Du benimmst dich in letzter Zeit so seltsam. Ich will nur he rausfinden, was mit dir los ist."

„Nichts, Beryl. Mit mir ist absolut nichts los." Abgesehen davon, dass ich kriminell geworden bin, dachte er und nippte am heißen Kaffee.

„Seht mal, da ist die Polizei", rief Richard, und Jordan hätte sich fast verschluckt.

Ein Streifenwagen hielt in der Einfahrt. Constable Glenn stieg aus. Seine Uniform saß wie immer tadellos. Er winkte dem Trio auf der Terrasse zu.

Das war's. Gleich werde ich festgenommen, und morgen ist

mein Bild in allen Zeitungen, schoss es Jordan durch den Kopf, als der Polizist die Stufen heraufkam.

„Guten Morgen", begrüßte Constable Glenn sie fröhlich. „Darf ich fragen, ob Lord Lovat zu Hause ist?"

„Sie haben ihn gerade verpasst", erwiderte Beryl. „Onkel Hugh ist für eine Woche nach London gefahren."

„Oh. Dann sollte ich mit Ihnen reden."

„Setzen Sie sich doch." Lächelnd zeigte Beryl auf einen Korbsessel. „Frühstücken Sie mit uns."

Großartig, dachte Jordan. Was würde sie ihm noch anbieten? Tee? Kaffee? Meinen Bruder, den Dieb?

Constable Glenn nahm Platz und strahlte die Tasse Kaffee an, die sie ihm hinstellte. Er nahm einen Schluck. „Ich nehme an", begann er und stellte die Tasse ab, „Sie haben bereits von dem Einbruch bei Mr. Delancey gehört."

„Ja, gestern Abend. Haben Sie schon eine Spur?" erkundigte sich Beryl.

„Allerdings." Glenn lächelte Jordan zu.

Jordan lächelte matt zurück.

„Ausgezeichnete Polizeiarbeit", lobte Beryl.

„Nun, nicht ganz", gab der Constable zu. „Eher ein Fall von Achtlosigkeit. Die Einbrecherin hat ihre Mütze verloren. Wir haben sie in Mr. Delanceys Schlafzimmer gefunden."

„Einbrecherin?" wiederholte Richard. „Sie meinen, es war eine Frau?"

„Davon gehen wir aus. Vorläufig. In der Mütze befand sich ein sehr langes blondes Haar, mehr als schulterlang. Kennen Sie jemanden, auf den das passen würde?" Wieder sah er Jordan an.

„Nicht, dass ich wüsste", sagte Jordan rasch. „Das heißt ... unter unseren Bekannten gibt es einige Blondinen, aber keine davon ist eine Einbrecherin."

„In diesem Jahr hat es in dieser Gegend schon drei Einbrüche gegeben. Und die Täterin kann durchaus jemand sein, den Sie kennen. Mr. Tavistock, Sie würden sich wundern, wozu manche Menschen fähig sind, selbst in Ihren Kreisen."

Jordan räusperte sich. „Kaum zu glauben."

„Diese Frau, wer immer sie ist, ist ziemlich unverfroren. Sie hat im Erdgeschoss eine verschlossene Tür geknackt und ist nach oben gelangt, ohne den Butler zu wecken. Erst dort wurde sie unvorsichtig, machte Lärm und wurde verjagt."

„Wurde etwas gestohlen?" fragte Beryl.

„Nicht soweit Mr. Delancey weiß."

Also hatte Delancey den Diebstahl der Briefe nicht gemeldet. Oder er hatte ihr Fehlen noch gar nicht bemerkt.

„Diesmal hat sie einen Fehler begangen", meinte Constable Glenn. „Aber vielleicht schlägt sie ja wieder zu. Davor wollte ich Sie warnen. Delancey wohnt ganz in der Nähe, also könnte *Chetwynd* ihr nächstes Ziel sein." Erneut schaute er Jordan ins Gesicht.

Und wieder hatte Jordan das ungute Gefühl, dass der brave Constable mehr wusste, als er zugab. Oder liegt das nur an meinem schlechten Gewissen? fragte er sich und wich dem Blick des Constable aus.

Glenn stand auf. „Sie werden Lord Lovat von meinem Besuch erzählen?" fragte er Beryl.

„Natürlich. Aber uns wird schon nichts passieren. Schließlich haben wir hier bei uns einen Sicherheitsexperten." Sie strahlte Richard an.

„Ich werde mir das Haus bald genauer ansehen", versprach ihr Verlobter.

Der Constable nickte zufrieden. „Dann wünsche ich Ihnen einen Guten Tag. Ich werde Sie auf dem Laufenden halten."

Sie sahen ihm nach, als er forschen Schrittes zum Streifenwagen ging und davonfuhr. „Ich möchte wissen, warum er uns persönlich gewarnt hat."

„Wahrscheinlich wollte er nur Onkel Hugh einen Gefallen tun", mutmaßte Beryl. „Constable Glenn hat vor Jahren für das MI6 als Beschatter gearbeitet. Ich glaube, er fühlt sich noch als Teil des Teams."

„Trotzdem werde ich das Gefühl nicht los, dass dies mehr als ein gewöhnlicher Einbruch war."

„Eine Einbrecherin", sagte Beryl nachdenklich. „Was für Zustände …" Plötzlich lachte sie. „Aber eigentlich bin ich heilfroh."

„Warum?" wollte Richard wissen.

„Ach, es ist albern."

„Erzähl es mir trotzdem."

„Na ja … nach gestern Abend dachte ich …" Sie lachte noch lauter und hielt die Hand vor den Mund. „Ich befürchtete schon, Jordie wäre der Einbrecher!" gestand sie kichernd.

Richard stimmte in ihr Lachen ein.

Jordan biss in seinen Toast. Obwohl seine Kehle plötzlich wie ausgedörrt war, schaffte er es, den Bissen herunterzuschlucken. „Das finde ich überhaupt nicht komisch."

Die beiden bogen sich vor Lachen.

Clea entdeckte Guy Delancey, als er zum Erfrischungszelt ging. Es war die dreiminütige Pause zwischen dem dritten und vierten Chukker. Er verschwand kurz in der Menge, und sie befürchtete schon, dass all ihre Detektivarbeit umsonst gewesen war. Sie hatte im Dorf erfahren, dass die gehobenen Kreise der Grafschaft sich an diesem Nachmittag beim Polo treffen würden. Daraufhin hatte sie bei Delancey angerufen, sich dem Butler als Lady Soundso vorgestellt und gefragt, ob Mr. Delancey wie geplant zum Polo gehen würde.

Der Butler hatte ihr versichert, dass sein Arbeitgeber dort sein würde.

Sie hatte die letzte Stunde damit verbracht, ihn zu suchen, und wollte ihn jetzt nicht aus den Augen verlieren.

Also bahnte sie sich einen Weg durch die im edlen Country-Stil gekleideten Zuschauer. Der Geruch der Pferde und des schlammigen Polofelds wurde schnell durch teure Parfüms überlagert. Clea setzte eine selbstsichere Miene auf und betrat das grün-weiß gestreifte Zelt. Es gab Dutzende von Tischen, alle mit weißem Damast bedeckt, silberne Eiskübel mit Champagner und rotwangige Mädchen, die mit beladenen Tabletts umhereilten. Und die Ladys. Wie elegant sie gekleidet waren! Wie elegant ihr Englisch klang! Clea zögerte. Du meine Güte, wie sollte sie das nur schaffen?

Delancey stand an der Bar, allein und mit einem Drink in der Hand. Jetzt oder nie, dachte sie.

Sie schlenderte zum Tresen und stellte sich neben Delancey, würdigte ihn jedoch keines Blicks, sondern konzentrierte sich ganz auf den jungen Barkeeper.

„Ein Glas Champagner", sagte sie.

„Sofort", erwiderte der Mann eilfertig.

Während sie wartete, spürte sie Delanceys Blick. So gelassen wie möglich drehte sie den Kopf, bis er in ihr Blickfeld geriet. Tatsächlich, er musterte sie.

Der Barkeeper stellte ihr das Glas hin. Sie nippte daran und seufzte, dann strich sie sich langsam und sinnlich mit gespreizten Fingern durch das rote Haar.

„Ein langer Tag, was?"

Clea sah ihn kurz an. Er war modisch gebräunt und trug Kaschmir. Obwohl er groß und breitschultrig war, wirkte er nicht besonders fit, und die Hand mit dem Whiskey zitterte leicht.

Sie lächelte anmutig. „Ja, das war es." Sie seufzte wieder und nahm noch einen kleinen Schluck. „Ich fürchte, ich vertrage das Fliegen einfach nicht. Und jetzt haben meine Freunde mich auch noch versetzt."

„Sie sind gerade eingeflogen? Von wo?"

„Paris. Ich wollte ein paar Wochen bleiben, bin aber früher abgereist. Es gefiel mir nicht."

„Ich war im letzten Monat dort und fühlte mich auch nicht sehr wohl. Ich empfehle Ihnen die Provence. Viel netter", antwortete er.

„Provence? Das muss ich mir merken."

Er rückte näher. „Sie sind keine Engländerin, nicht wahr?"

Sie schenkte ihm ein schüchternes Lächeln. „Merkt man mir das etwa an?"

„Der Akzent. Amerikanerin?"

„Oh, Sie sind aber schnell", sagte sie und sah zufrieden, wie geschmeichelt er sich fühlte. „Sie haben Recht, ich bin Amerikanerin. Aber ich lebe schon lange in London. Seit mein Mann gestorben ist."

„Oh." Mitfühlend schüttelte er den Kopf. „Das tut mir Leid."

„Er war zweiundachtzig." Sie betrachtete ihn über ihr Glas hinweg. „Seine Zeit war abgelaufen."

Sie sah ihm an, was er dachte. Der Alte war bestimmt stinkreich. Warum würde ein so hübsches junges Ding ihn sonst heiraten? Also ist sie jetzt eine reiche Witwe …

Delancey kam noch näher. „Sie waren hier mit Ihren Freunden verabredet?"

„Sie sind nicht gekommen", erwiderte sie betrübt. „Ich bin mit dem Zug aus London gekommen. Sie wollten mich im Wagen mitnehmen. Jetzt muss ich wohl wieder die Bahn nehmen."

„Unsinn!" Er strahlte sie an. „Ich möchte mich nicht aufdrängen, aber wenn Sie nichts Besseres vorhaben, führe ich Sie gern herum. Unser Dorf ist wunderschön."

„Aber ich möchte Ihnen keine Umstände machen."

„Ganz im Gegenteil. Es wäre mir ein Vergnügen."

Sie musterte ihn, als ob sie nicht wüsste, ob sie ihm vertrauen konnte. „Ich kenne ja noch nicht einmal Ihren Namen …"

Er streckte die Hand aus. „Guy Delancey. Freue mich, Ihre Bekanntschaft zu machen. Und Sie sind …"

„Diana", sagte sie und gab ihm lächelnd die Hand. „Diana Lamb."

3. KAPITEL

Der vierte Chukker war gerade vier Minuten alt, als Oliver Cairncross den Ball mit einem wuchtigen Schlag zwischen die Pfosten der gegnerischen Mannschaft beförderte. Die Zuschauer applaudierten begeistert. Sir Oliver riss sich den Helm vom Kopf und deutete eine Verbeugung an.

„Sieh ihn dir an", murmelte Veronica. „Sie benehmen sich wie Kinder. Werden sie denn nie erwachsen?"

Auf dem Feld setzte Sir Oliver den Helm wieder auf und winkte seiner Frau zu. Er runzelte die Stirn, als er sah, wie sie sich zu Jordan beugte.

„Oh nein", seufzte Veronica. „Er hat dich gesehen." Sie sprang auf und winkte zurück, ganz die stolze Ehefrau. „Er ist so verdammt eifersüchtig", murmelte sie, als sie sich wieder setzte.

Verblüfft sah Jordan sie an. „Er glaubt doch nicht etwa, dass du und ich ..."

„Du bist nun einmal mein alter Freund. Da macht er sich natürlich so seine Gedanken."

Natürlich, dachte Jordan. Wer mit Veronica verheiratet war, hatte allen Grund, an der Treue seiner Frau zu zweifeln.

Veronica beugte sich wieder zu ihm. „Hast du sie mit?"

„Wie verlangt." Er holte das Bündel Briefe aus der Jacke.

Sie riss sie ihm aus der Hand. „Du hast sie doch nicht etwa gelesen?"

„Selbstverständlich nicht."

„Was für ein Gentleman!" Zärtlich kniff sie ihm in die Wange. „Versprich, dass du niemandem davon erzählst."

„Keiner Seele. Aber das war wirklich das letzte Mal, Veronica. Sei bitte ab jetzt diskret. Oder besser noch, du hältst dich an dein Ehegelübde."

„Oh, das werde ich!" erklärte sie feierlich, bevor sie aufstand.

„Wohin willst du?"

„Ich will die hier für immer verschwinden lassen!" Sie wedelte mit der Hand. „Ich rufe dich an, Jordie." Im Mittelgang der Tribüne begegnete sie einem breitschultrigen Mann. Sofort blieb sie stehen und warf einen interessierten Blick über die Schulter.

Kopfschüttelnd wandte Jordan sich wieder dem Spielfeld zu. Männer und Pferde donnerten vorbei, auf der Jagd nach einem Gummiball. Hin und her ging das Match der schwitzenden Reiter auf den dampfenden Vierbeinern. Jordan hatte sich nie sonderlich für Polo begeistern können. Ein paarmal hatte er selbst gespielt und stets blaue Flecken davongetragen. Er traute Pferden nicht. Sie ihm auch nicht, und bei dem unweigerlichen Machtkampf zwischen Mensch und Tier hatten sie einen deutlichen, vierhundert Pfund schweren Vorteil.

Vier Chukker standen noch aus, aber Jordan hatte genug. Er verließ die Tribüne und steuerte das Erfrischungszelt an.

Dort schlenderte er an die Bar und bat um ein Glas Wasser. Daran nippend suchte er nach einem freien Tisch und entdeckte einen in der Ecke. Auf dem Weg dorthin erkannte er den Mann, der am Nachbartisch saß. Es war Guy Delancey. Ihm gegenüber, mit dem Rücken zu Jordan, saß eine Frau mit leuchtend rotem Haar. Die beiden schienen in ein vertrauliches Gespräch vertieft zu sein, und Jordan hielt es für besser, sie nicht zu stören. Also ging er an ihnen vorbei und nahm unauffällig Platz.

„Genau der richtige Ort, um seine Sorgen zu vergessen", sagte Guy gerade. „Sonne. Puderzuckerstrände. Kellner, die einem jeden Wunsch erfüllen. Wollen Sie nicht mitkommen?"

Die Frau lachte. „Geht das nicht etwas zu schnell, Guy? Wir haben uns doch gerade erst kennen gelernt, und da soll ich mit Ihnen in die Karibik fliegen ..."

Langsam drehte Jordan sich nach der Stimme um und starrte auf ihr von zimtrotem Haar eingerahmtes Gesicht. Obwohl sie nicht titelbildschön war, hatten ihre Augen etwas Hypnotisches. Über den anmutig geschwungenen Wangenknochen waren sie dunkel und rätselhaft. Wie die einer Katze, dachte er unwillkürlich. Eines Panters!

Sie war es. Sie musste es sein.

Als würde sie merken, dass jemand sie beobachtete, hob sie den Kopf und schaute zu Jordan hinüber. Als ihre Blicke sich trafen, zuckte sie zusammen. Selbst das Rouge verbarg nicht, wie blass sie wurde. Sie starrten einander an, und jeder wusste, dass er erkannt worden war.

Was jetzt? überlegte Jordan. Sollte er Guy Delancey warnen? Die Frau hier und jetzt zur Rede stellen? Was sollte er sagen? *Guy, alter Junge, das ist die Frau, die ich in deinem Schlafzimmer erwischt habe, als wir beide in dein Haus einbrachen ...*

Guy drehte sich zu ihm um. „Hallo, Jordan!" rief er fröhlich. „Habe gar nicht gemerkt, dass Sie hinter mir sitzen."

„Ich ... wollte nicht stören." Jordan sah, wie die Frau nach ihrem Drink griff und hastig einen Schluck nahm.

Guy folgte seinem Blick. „Sie kennen sich?" fragte er.

Sie antworteten gleichzeitig.

„Ja", gestand Jordan.

„Nein", erwiderte die Frau.

Guy runzelte die Stirn. „Sind Sie nicht sicher?"

Die Frau kam Jordan zuvor. „Wir haben uns gesehen. Letzte Woche bei Sotheby's, nicht wahr? Aber wir sind einander noch nie vorgestellt worden." Sie sah Jordan in die Augen.

Ganz schön frech, dachte er.

„Dann muss ich das nachholen", sagte Guy. „Das ist Lord Lovats Neffe, Jordan Tavistock." Stolz zeigte er auf seine Begleiterin. „Und das ist Diana Lamb."

Die Frau reichte ihm eine schmale Hand, als Jordan seinen Stuhl in ihre Richtung drehte. „Freue mich, Ihre Bekanntschaft zu machen, Mr. Tavistock."

„Sie beide sind sich also auf einer Auktion bei Sotheby's begegnet", sagte Guy.

„Ja. Schrecklich enttäuschende Kollektion", meinte sie. „Der St.-Augustine-Nachlass. Ich habe kein einziges Gebot abgegeben." Wieder sah sie Jordan an. „Sie?"

Die Herausforderung in ihrem Blick entging ihm nicht. Und da war noch etwas. Eine Warnung. *Wenn Sie mich verraten*, sagten die fröhlich funkelnden braunen Augen, *verrate ich Sie.*

„Haben Sie, Jordie?" fragte Guy.

„Nein", murmelte Jordan. „Kein einziges."

Die Frau lächelte triumphierend. Okay, diese Runde war an sie gegangen, aber die nächste würde er gewinnen. Er würde die richtige Antwort parat haben und …

„Schlimme Zeiten. Eine Schande. Finden Sie nicht auch, Jordan?" sagte Guy.

Jordan hob den Kopf. „Wie bitte?"

„Man hat es nicht leicht. Wussten Sie, dass die Middletons ihren Landsitz in Greystones jetzt zur Besichtigung freigeben und Eintrittsgelder nehmen müssen?"

„Nein", erwiderte Jordan.

„Wie erniedrigend das sein muss. All diese wildfremden Leute trampeln durchs Haus und fotografieren die Toilette. So tief würde ich nie sinken."

„Manchmal bleibt einem keine andere Wahl", meinte Jordan und warf Clea einen Blick zu.

„Aber natürlich! Sie würden doch wohl keine Touristen nach *Chetwynd* lassen, oder?"

„Nein, ganz sicher nicht."

„Underhill wird jedenfalls keine Attraktion. Außerdem ist es viel zu riskant. Seit dem Einbruch bin ich da sehr empfindlich. Man kann nie wissen, wer sich alles als Tourist ausgibt, um alles auszukundschaften."

„Da haben Sie Recht", sagte Jordan und sah der Frau in die Augen. „Man kann gar nicht vorsichtig genug sein. Oder was meinen Sie, Miss Lamb?"

Die kleine Diebin verzog keine Miene, sondern lächelte unschuldsvoll.

„Allerdings", pflichtete Guy ihm bei. „Wenn ich daran denke, was bei Ihnen für ein Vermögen an den Wänden hängt …"

„Vermögen", wiederholte die Frau leise, und ihre Augen wurden schmal.

„Ein Vermögen würde ich es nicht gerade nennen", beteuerte Jordan rasch.

„Er ist so bescheiden", sagte Guy. „*Chetwynd* hat eine Sammlung, auf die jedes Museum stolz wäre."

„Jedes Bild ist gesichert", meinte Jordan. „Und zwar perfekt gesichert."

Die Rothaarige lachte. „Ich glaube Ihnen, Mr. Tavistock."

„Das hoffe ich."

„Ich würde mir *Chetwynd* gern einmal ansehen."

„Ich bin sicher, Jordan wird uns einladen", sagte Guy und drückte ihre Hand, bevor er sich erhob. „Ich lasse den Wagen vorfahren, ja? Wenn wir jetzt fahren, entgehen wir dem Gedränge auf dem Parkplatz."

„Ich komme mit."

„Nein, nein. Trinken Sie in Ruhe aus. Ich bin gleich zurück." Er verschwand in der Menge.

Die Frau wandte sich wieder Jordan zu. Feige war sie nicht, das stand fest. Sie lächelte.

Charles Ogilvie stand auf der anderen Seite des Zelts, als er die Frau entdeckte. Sie musste es sein. Ihre Haarfarbe war nicht zu verwechseln. *Zimtrot*, nur so konnte man ihre prächtige Mähne beschreiben. Gute Arbeit. Ogilvie hatte die Schachtel im Abfalleimer gefunden, als er heute Morgen ihr Hotelzimmer durchsucht hatte. Die Haare in ihrer Bürste hatten seinen Verdacht bestätigt. Miss Clea Rice hatte sich mal wieder in Windeseile verwandelt. Sie wurde immer besser. Zweimal hatte sie ihn fast abgeschüttelt.

Aber er war erfahren, und sie wusste nicht, wie er aussah!

Die Meisterdiebin

Unauffällig schlenderte er in ihre Nähe, um sie sich genauer anzusehen. Kein Zweifel, sie war Clea Rice. Sie hatte reichlich Lippenstift und Rouge aufgetragen, aber ihre Wangenknochen verrieten sie. Der Mann, der gerade aufgestanden war und sich jetzt entfernte, war Guy Delancey.

Aber den anderen kannte Charles Ogilvie nicht.

Der Unbekannte war blond, schlank, groß und tadellos gekleidet. Er setzte sich auf den Stuhl, den Delancey gerade geräumt hatte, und beugte sich zu Clea Rice. Die beiden schienen sich zu kennen. Das war beunruhigend. Wer war er? In dem Dossier über Clea war er nicht erwähnt.

Ogilvie nahm den Deckel vom Teleobjektiv, duckte sich hinter die Weinbar und machte ein paar Fotos. Erst vom Profil des Blonden, dann von Clea. Ob er ihr neuer Partner war? Die Frau war gerissen. Seit drei Wochen beschattete er sie nun schon, und sie hatte sich seinen Respekt erworben.

Aber war sie schlau genug, um am Leben zu bleiben?

Er legte einen neuen Film ein und hob die Kamera.

„Das Haar gefällt mir", sagte Jordan.

„Danke", erwiderte die Frau.

„Etwas auffällig, finden Sie nicht?"

„Genau das soll es sein."

„Ich verstehe. Guy Delancey."

Sie neigte den Kopf. „Manche Männer sind einfach zu berechenbar."

Er lächelte. „Übrigens, es gibt keine Firma namens *Nimrod Associates.* Wer sind Sie? Ist Diana Lamb Ihr richtiger Name?"

51

„Ist Jordan Tavistock Ihrer?"

„Ja. Und Sie haben meine Frage nicht beantwortet."

„Weil ich Sie viel interessanter finde." Sie beugte sich vor und unwillkürlich starrte er in den Ausschnitt ihres geblümten Kleids.

„Ihnen gehört also *Chetwynd?*"

Er zwang sich, ihr ins Gesicht zu sehen. „Meinem Onkel Hugh."

„Und diese tolle Gemäldekollektion? Gehört die auch ihm?"

„Der Familie, über die Jahre gesammelt."

„Gesammelt?" Sie lächelte. „Offenbar habe ich Sie unterschätzt, Mr. Tavistock. Sie sind nicht der Amateur, für den ich Sie gehalten habe."

„Wie bitte?"

„Sie sind ein Profi. Ein Dieb und Gentleman!"

„Das bin ich nicht!" protestierte er, während ihr Parfüm ihm in die Nase stieg. Es hatte eine berauschende Wirkung. „Diese Kunstwerke sind seit Generationen im Besitz meiner Familie!"

„Aha. Ihr Vorfahren waren ebenfalls Profis?"

„Das ist doch absurd ..."

„Oder sind Sie der erste in Ihrer Familie?"

Jordan packte die Tischkante und zählte stumm bis fünf. „Ich bin kein Dieb und war es auch nie."

„Aber ich habe Sie gesehen, erinnern Sie sich? Sie wühlten im Kleiderschrank und nahmen etwas heraus. Papiere, glaube ich. Also sind Sie ein Dieb."

„Nicht so wie Sie."

„Wenn Sie ein so reines Gewissen haben, warum sind Sie nicht zur Polizei gegangen?"

„Vielleicht tue ich das noch."

„Das bezweifle ich." Sie lächelte triumphierend. „Was den Diebstahl angeht, so halte ich Ihren für verwerflicher. Sie machen aus Ihren Freunden Opfer."

„Wohingegen Sie aus Ihren Opfern Freunde machen."

„Guy Delancey ist kein Freund."

„Wie konnte ich mich nur so täuschen? Also, was haben Sie nun vor, kleine Miss Lamb? Ihn erst verführen und dann ausnehmen?"

„Berufsgeheimnis", antwortete sie ruhig.

„Warum sind Sie so sehr auf Delancey fixiert? Finden Sie es nicht zu riskant, es zweimal bei demselben Opfer zu versuchen?"

„Wer hat gesagt, dass er das Opfer ist?" Sie hob das Glas an den Mund und nippte anmutig daran. Er fand jede ihrer Bewegungen seltsam faszinierend. Wie ihre Lippen sich öffneten. Wie der Champagner sie befeuchtete. Er bekam einen trockenen Hals und musste schlucken.

„Was hat Delancey, das Sie unbedingt wollen?" fragte er.

„Was waren das für Papiere, die Sie genommen haben?"

„Das funktioniert nicht."

„Was funktioniert nicht?"

„Versuchen Sie nicht, den Spieß einfach umzudrehen. Sie sind hier der Dieb."

„Und Sie nicht?"

„Was ich aus dem Schrank geholt habe, war rein privat und ansonsten völlig wertlos."

„Und was ich von Guy Delancey will, ist meine Privatangelegenheit", antwortete sie scharf.

Plötzlich kam Jordan eine Idee. Guy Delancey hatte eine Affäre mit Veronica Cairncross gehabt und danach versucht, sie zu erpressen. Hatte er das etwa auch mit anderen Frauen gemacht? Gehörte Diana Lamb oder jemand, der ihr nahe stand, ebenfalls zu seinen Opfern?

Oder will ich mir diese Frau nur schönreden? fragte er sich. War sie einfach nur eine gewöhnliche Einbrecherin, die sich an fremdem Eigentum bereichern wollte?

Wie schade, dachte er, dass dieses hübsche Gesicht mit den Alabasterwangen und haselnussbraunen Augen früher oder später aus einem Zellenfenster schauen würde.

„Kann ich Ihnen das irgendwie ausreden?" fragte er.

„Warum sollten Sie?"

„Ich finde nur, Sie verschwenden Ihre ... Talente. Außerdem ist es moralisch falsch."

Sie wedelte mit der Hand. „Manchmal ist es nicht ganz klar, ob etwas richtig oder falsch ist."

Diese Frau war unverbesserlich! „Ich mag Guy Delancey zwar nicht besonders, aber ich lasse nicht zu, dass er ausgeplündert wird."

„Ich nehme an, Sie wollen ihm sagen, wie wir uns begegnet sind?" Ihr Blick war vollkommen furchtlos.

„Nein. Aber ich werde ihn warnen."

„Auf Grund welcher Beweise?"

„Auf Grund eines Verdachts."

„An Ihrer Stelle wäre ich vorsichtig." Sie nahm einen Schluck. „Man kann schnell selbst in Verdacht geraten."

Da hatte sie Recht, das wussten sie beide. Nein, das war

einfach zu riskant. Er würde nicht nur seinen, sondern auch Veronicas Ruf aufs Spiel setzen.

„Ich werde Sie im Auge behalten", kündigte er an. „Sie werden nicht einmal einen Teelöffel stehlen können. Ich werde auftauchen, wenn Sie es am wenigsten erwarten. Kurz gesagt, Miss Lamb, wenn Sie einen falschen Schritt machen, werde ich Alarm geben."

„Das können Sie nicht tun", flüsterte sie schnell und sah ihn flehentlich an.

„Ich kann. Ich muss."

„Es geht um zu viel! Sie dürfen nicht alles kaputtmachen …"

„Was kaputtmachen?"

Sie wollte gerade antworten, als sich eine Hand auf ihre Schulter legte. Es war Guy Delancey.

„Ich wollte Sie nicht erschrecken", sagte er fröhlich. „Ist alles in Ordnung?"

„Ja. Ja, alles ist in Ordnung." Obwohl sie wieder blass geworden war, warf sie Delancey ein viel versprechendes Lächeln zu. „Steht der Wagen bereit?"

„Am Tor, Mylady." Guy half ihr hoch und nickte Jordan zu. „Wir sehen uns, Jordan."

Jordan fing den wütenden Blick der Frau auf, als sie Delancey mit gestrafften Schultern in die Menge folgte.

Du bist gewarnt, Diana Lamb, dachte er. Und wenn sie diese Warnung missachtete …

Er zog ein Taschentuch heraus, nahm ihr Champagnerglas am Stiel vom Tisch und betrachtete es. Außer rubinrotem Lippenstift war daran auch das, was er brauchte. Er lächelte.

Fingerabdrücke.

Ogilvie schob den Deckel auf das Teleobjektiv seiner Kamera. Er hatte mehr als genug Fotos von dem blonden Mann. Heute Abend würde er sie nach London weiterleiten und dann hoffentlich erfahren, wer der Unbekannte war. Dass Clea Rice jetzt mit einem Partner arbeitete, beunruhigte ihn. Bisher war sie immer allein gewesen.

Er würde so schnell wie möglich mehr über den blonden Knaben herausfinden müssen. Er musste wissen, mit wem er es zu tun hatte.

Die Frau stand auf und ging mit Guy Delancey hinaus. Ogilvie verstaute die Kamera in der Tasche und folgte den beiden in diskretem Abstand. Mit ihrem roten Haar, das im Sonnenschein zu leuchten schien, war sie kaum zu verlieren. So war Clea Rice, sie tat immer das Unerwartete.

Sie verschwand kurz in der Menge, und er ging schneller. Am Tor stieg sie in einen wartenden Bentley. Hektisch blickte Ogilvie sich auf dem Parkplatz um. Sein schwarzer MG war von lauter Nobellimousinen umringt. Frustriert sah er dem Bentley nach. Aber er wusste, in welchem Hotel sie wohnte und dass sie für drei Nächte im Voraus bezahlt hatte.

Er beschloss, den blonden Mann zu beschatten.

Fünfzehn Minuten später tauchte der Mann am Tor auf. Als er in einen champagnerfarbenen Jaguar stieg, saß Ogilvie abfahrbereit in seinem MG. Er notierte sich das Kennzeichen und folgte ihm über kurvenreiche Alleen und vorbei an Weiden, auf denen Pferde grasten.

Vollblüter für Blaublüter, dachte Ogilvie verächtlich. Wer war dieser Mann?

Als der Jaguar endlich auf einen Privatweg abbog, erhaschte Ogilvie im Vorbeifahren einen Blick auf einen prächtigen Landsitz inmitten eines riesigen Parks.

Der Name des Anwesens stand in Bronze auf den Säulen, die die Einfahrt markierten.

Chetwynd.

„Du hast es weit gebracht, Clea Rice", murmelte Ogilvie. Dann wendete er den MG. Es war sechzehn Uhr. Er musste sich beeilen, wenn er seinen Bericht nach London noch absetzen wollte.

Victor Van Weldon hatte einen schlechten Tag gehabt. Das Atmen fiel ihm schwer, und die Ärzte hatten ihm Sauerstoff verordnet. Die Flasche war an seinem Rollstuhl befestigt, und die Schläuche steckten in seinen Nasenlöchern. Und wieder einmal spürte er, wie sterblich er war.

Ausgerechnet jetzt musste Simon Trott natürlich auf einer Besprechung bestehen.

Van Weldon hasste es, so schwach und verletzlich gesehen zu werden. All die Jahre war er stolz auf seine Stärke gewesen. Auf seine Rücksichtslosigkeit. Jetzt war er ein alter, sterbender Mann, und Trott sollte sein Nachfolger werden. Aber noch war er nicht bereit, ihm die Zügel zu übergeben. Bis zu meinem letzten Atemzug gehört die Firma mir! dachte er verbissen.

Es klopfte an der Tür, und Van Weldon drehte den Rollstuhl dorthin. Sein jüngerer Partner betrat das Zimmer, und seine Miene verriet, dass er keine gute Nachricht brachte.

Noch hat er wohl Angst vor mir, fuhr es Van Weldon plötzlich durch den Kopf.

„Was haben Sie in Erfahrung gebracht?" fragte Van Weldon und musterte Trott.

„Ich glaube, ich weiß, warum Clea Rice nach England will", sagte Trott. „Es gibt Gerüchte ... auf dem schwarzen Markt ..." Er räusperte sich.

„Was für Gerüchte?"

„Angeblich prahlt ein Engländer mit einem geheimen Kauf, den er getätigt hat. Er behauptet, er hätte kürzlich ..." Trott senkte den Blick, „... das Auge von Kaschmir gekauft."

„Unser Auge von Kaschmir? Unmöglich."

„So lautet das Gerücht."

„Das Auge ist doch gar nicht auf dem Markt! Niemand kann es kaufen."

„Seit die Sammlung verlegt wurde, haben wir nicht überprüft, ob es sich noch darin befindet. Es kann gut sein, dass ..."

Die beiden Männer wechselten einen Blick. Van Weldon begriff. Wir haben einen Dieb in unseren Reihen. Einen Verräter!

„Wenn Clea Rice ebenfalls von diesem Gerücht gehört hat, könnte das für uns katastrophal sein", sagte Van Weldon.

„Das ist mir klar."

„Wer ist dieser Engländer?"

„Er heißt Guy Delancey. Wir versuchen bereits, ihn zu finden."

Van Weldon nickte. Er ließ sich wieder in den Rollstuhl sinken und sog den Sauerstoff ein. „Finden Sie Delancey", befahl er sanft. „Ich habe das Gefühl, wenn Sie ihn haben, haben Sie auch Clea Rice."

4. KAPITEL

„Auf die neue Freundschaft", sagte Guy, während er Clea ein randvolles Glas Champagner reichte. „Auf die neue Freundschaft", murmelte sie und nippte daran. Wenn sie nicht aufpasste, würde der Alkohol ihr zu Kopf steigen, und das durfte nicht passieren. Was sollte sie tun? Delancey hatte offenbar mehr im Sinn als nur einen harmlosen kleinen Flirt.

Er setzte sich zu ihr auf die Couch, und sie musste sich beherrschen, um nicht zurückzuzucken. Sie musste ihn hinhalten, bis sie ihm genug Informationen entlockt hatte.

Sie lächelte anmutig. „Ihr Haus gefällt mir."

„Danke."

„Und die Bilder! Was für eine Sammlung. Alles Originale, nehme ich an?"

„Natürlich." Stolz zeigte Guy auf die Gemälde an den Wänden. „Ich klappere sämtliche Auktionen ab. Wenn sie mich bei Sotheby's hereinkommen sehen, reiben sie sich schon die Hände. Aber das hier sind nicht die Prunkstücke meiner Kollektion."

„Nein?"

„Nein, die sind in meinem Stadthaus in London. Dort empfange ich die meisten Gäste. Außerdem sind die Sicherheitsvorkehrungen dort besser."

Verdammt, dachte Clea. Bewahrte er es also in London auf? Dann hatte sie hier in Buckinghamshire nur wertvolle Zeit verschwendet.

„Die liegt mir heutzutage sehr am Herzen", flüsterte er und beugte sich zu ihr. „Sicherheit."

„Vor Diebstahl, meinen Sie?" fragte sie unschuldig.

„Ich meine Sicherheit im Allgemeinen ... die Kälte eines einsamen Betts." Ohne Vorwarnung presste er die Lippen auf ihre. „Ich suche schon so lange nach der richtigen Frau", wisperte er. „Nach einer Seelengefährtin ..."

Ob Frauen wirklich auf diesen Unsinn hereinfielen und sich von Delancey verführen ließen?

„Und als ich vorhin in deine Augen schaute, dachte ich mir, vielleicht habe ich sie gefunden."

Clea hatte Mühe, ihn nicht einfach auszulachen. Sie schaffte es, seinen forschenden Blick zu erwidern. „Aber man muss vorsichtig sein", sagte sie leise.

„Ganz meiner Meinung."

„Herzen sind so zerbrechlich. Vor allem meins."

„Ja, ich weiß." Er küsste sie noch leidenschaftlicher, und es war mehr, als sie ertragen konnte.

Sie löste sich von ihm, atemlos vor Zorn. Guy blieb unbeeindruckt. Im Gegenteil, er deutete ihre Atemlosigkeit als Zeichen der Erregung.

„Das geht mir zu schnell", keuchte sie.

„Aber so muss es sein."

„Ich bin noch nicht bereit ..."

„Ich mache dich bereit", erwiderte er, während er eine Hand auf ihre Brust legte und sie knetete, als wäre sie ein Brotteig.

Clea sprang auf und wich zurück. Am liebsten hätte sie ihm einen Kinnhaken verpasst, aber das wäre taktisch ungeschickt.

„Bitte, Guy", begann sie mit zitternder Stimme. „Vielleicht später. Wenn wir uns besser kennen. Wenn ich das Gefühl habe, dich zu kennen. Als Person, meine ich."

„Als Person?" Verärgert schüttelte er den Kopf. „Was genau willst du wissen?"

„Nur die kleinen Dinge, die viel über dich verraten. Zum Beispiel …" Sie wies auf die Bilder. „Ich weiß, du sammelst Kunst. Aber ich sehe hier nur Bilder. Sammelst du sonst noch etwas?"

Er zuckte mit den Schultern. „Alte Waffen."

„Siehst du?" Strahlend ging sie auf ihn zu. „Das finde ich faszinierend! Das beweist mir, dass du ein abenteuerlustiger Mann bist."

„Tatsächlich?" Er wirkte geschmeichelt. „Ja, das tut es wohl."

„Was für Waffen?"

„Antike Schwerter. Pistolen. Ein paar Dolche."

Ihr Herz schlug schneller. *Dolche.* Sie näherte sich ihm noch mehr. „Wie erotisch."

„Findest du?"

„Ja … Alte Waffen. Die verbinde ich mit Rittern in schimmernden Rüstungen und Ladys in Burgtürmen." Sie schlug die Hände zusammen. „Ich bekomme eine Gänsehaut, wenn ich nur daran denke."

„Ich hatte keine Ahnung, dass es so auf Frauen wirkt", sagte er staunend. Mit plötzlicher Begeisterung erhob er sich. „Kommen Sie mit, Mylady." Er nahm ihre Hand. „Ich werde dir eine Sammlung zeigen, bei der es dir kalt den Rücken hinunterläuft. Dazu gehört auch ein neues Prunkstück. Etwas, das ich unter der Hand aus sehr privater Quelle habe."

„Du meinst vom Schwarzmarkt?"

„Sogar noch privater."

Er führte sie in die Halle und die Treppe hinauf. Also im Obergeschoss, dachte sie. Vermutlich im Schlafzimmer.

Irgendwo läutete ein Telefon. Guy ignorierte es.

Am Ende der Treppe wandte er sich nach rechts.

„Sir?" rief eine Stimme. „Ein Anruf für Sie."

Delancey sah über die Brüstung zu seinem grauhaarigen Butler hinunter. „Schreiben Sie es auf", befahl er.

„Aber es ist …"

„Ja?"

Der Butler räusperte sich. „Es ist Lady Cairncross."

Guy verzog das Gesicht. „Was will sie?"

„Sie möchte Sie sofort sehen."

„Jetzt?"

Guy eilte nach unten. Clea lauschte.

„Kein guter Zeitpunkt, Veronica", hörte sie ihren Gastgeber sagen. „Könntest du nicht … Ich habe jetzt zu tun … Nein, Veronica, das darfst du nicht! Lass uns ein anderes Mal darüber … Hallo? Hallo?" Wütend legte er auf.

„Sir?" fragte der Butler. „Kann ich helfen?"

Guy fuhr zu ihm herum. „Ja! Ja, sorgen Sie dafür, dass Miss Lamb nach Hause gebracht wird."

„Sie meinen … jetzt gleich?"

„Ja. Na los!"

Guy eilte wieder nach oben, packte Cleas Arm und wollte sie zur Treppe ziehen. „Tut mir schrecklich Leid, Darling, aber mir ist etwas dazwischengekommen. Geschäftlich, du verstehst."

Clea blieb stehen. „Geschäftlich?"

„Ja, ein Notfall ... ein Klient ..."

„Klient? Aber ich weiß ja nicht einmal, womit du dein Geld verdienst!"

„Mein Chauffeur wird dir ein Hotelzimmer besorgen. Ich hole dich morgen um fünf ab, ja? Wir machen uns einen schönen Abend."

Er gab ihr einen flüchtigen Kuss und schob sie praktisch durch die Haustür. Der Chauffeur hielt schon die Wagentür auf. Clea blieb nichts anderes übrig, als einzusteigen.

„Ich rufe dich an!" rief Guy und winkte.

Als der Wagen durchs Tor fuhr, hämmerte Clea zornig auf die Armlehne. Ich war so dicht davor, dachte sie. Er hatte ihr den Dolch zeigen wollen. Ohne den verdammten Anruf hätte sie ihn schon in den Händen gehalten.

Wer zum Teufel war diese Veronica?

Veronica Cairncross legte auf und drehte sich zu Jordan um. „Und? Meinst du, der Anruf hat gewirkt?"

„Wenn nicht, wird dein Besuch es tun", erwiderte er.

„Muss ich wirklich hin? Ich möchte mit dem Mann nichts mehr zu tun haben."

„Wir müssen diese Frau aus seinem Haus bekommen, bevor sie Schaden anrichtet."

„Wir könnten die Polizei verständigen", schlug Veronica vor.

„Damit alles auffliegt? Mein nächtlicher Besuch bei Guy? Die gestohlenen Briefe?" Jordan machte eine Kunstpause. „Deine Affäre mit Delancey?"

Heftig schüttelte sie den Kopf. „Nein, natürlich nicht."

„Ich dachte mir, dass du das sagen würdest."

Resigniert nahm Veronica ihre Tasche und ging zur Tür. „Na gut. Ich habe dir diese Sache eingebrockt. Schätze, da schulde ich dir einen Gefallen."

„Außerdem ist es deine Bürgerpflicht", stellte Jordan fest. „Die Frau ist eine Diebin. Wie immer du zu Guy stehst, du darfst nicht zulassen, dass er ausgeraubt wird."

„Guy?" Sie lachte. „Was aus dem wird, ist mir egal. Ich denke an deine Einbrecherlady. Wenn sie geschnappt wird und bei der Polizei auspackt …"

„Dann ist mein Ruf ruiniert."

Veronica nickte. „Und meiner auch, fürchte ich."

Clea streifte die Pumps ab, schmiss die Handtasche auf einen Sessel und warf sich stöhnend auf das Hotelbett. Was für ein grauenhafter Tag. Sie hasste Polo, fand Guy Delancey unausstehlich und ihr rotes Haar schrecklich. Alles, was sie wollte, war schlafen, das Auge von Kaschmir vergessen, alles vergessen. Aber jedes Mal, wenn sie die Augen schloss, kehrten die Alpträume zurück und sie durchlitt wieder die alten Ängste.

Sie versuchte, sie mit angenehmeren Erinnerungen abzuwehren. Sie dachte an den Sommer 1972, als sie acht und Tony zehn war und sie für das Foto posierten, das später auf Onkel Walters Kaminsims stand. Tony legte seinen mageren Arm um ihre schmalen Schultern, und sie grinsten in die Kamera wie zwei kleine Ganoven, die noch in der Ausbildung steckten. Und genau das taten sie, und zwar beim besten Lehrer der Welt,

Die Meisterdiebin

Onkel Walter. Sie fragte sich, wie es dem alten Knaben wohl im Gefängnis erging. Bald stand seine Begnadigung an. Vielleicht hatte die Haft ihn verändert, wie Tony.

Wie sie selbst.

Vielleicht würde Onkel Walter ein ehrliches Leben beginnen.

Und vielleicht konnten Schweine fliegen.

Sie zuckte zusammen, als das Telefon läutete, und griff nach dem Hörer. „Hallo?"

„Diana, Darling! Ich bin's!"

Sie verdrehte die Augen. „Hallo, Guy."

„Das vorhin tut mir ehrlich Leid. Verzeihst du mir?"

„Ich denke darüber nach."

„Mein Chauffeur hat erzählt, dass du noch ein paar Tage im Dorf bleibst. Gibst du mir die Chance, es wieder gutzumachen? Morgen Abend? Kammermusik und Abendessen bei einem guten Freund und danach zu mir?"

„Ich weiß nicht."

„Ich zeige dir auch meine Waffensammlung." Seine Stimme wurde schmeichelnd. „Denk an all die Ritter in schimmernden Rüstungen. Maiden in Not …"

Sie seufzte. „Na gut."

„Ich hole dich um fünf ab. Am *Village Inn*."

„Einverstanden." Sie legte auf und merkte erst jetzt, dass sie rasende Kopfschmerzen hatte. Ha! Das war die Strafe dafür, dass sie Mata Hari spielte.

Nein, die echte Strafe kam, wenn sie mit dem Mistkerl ins Bett gehen musste.

Stöhnend stand sie auf und ging ins Bad, um sich den Geruch

abzuwaschen, den die Polopferde und Guy Delanceys schmierige Finger an ihr hinterlassen hatten.

Delancey war angetrunken, als er sie am nächsten Tag abholte. Sie zögerte erst, sich in seinen Wagen zu setzen, aber ihr blieb keine Wahl.

„Müsste heute Abend eigentlich eine lustige Truppe werden", meinte er, als sie eine kurvenreiche Landstraße entlangfuhren. Hohe Hecken ließen nicht erkennen, was ihnen entgegenkam. Clea konnte nur hoffen, dass alle Autos sich links hielten und nicht überholten. „Auf die Musik stehe ich nicht, eher auf die Gespräche danach."

Und die Drinks, dachte sie und umklammerte die Sitzlehnen, als sie einen Baum nur knapp verfehlten.

„Wird Veronica auch dort sein?"

Er warf ihr einen verwirrten Blick zu. „Wie?"

„Veronica. Die Frau, die gestern anrief. Sie wissen schon, Ihre Klientin."

„Ach ja, die." Sein Lachen klang gezwungen. „Nein, sie mag keine Musik. Ich meine, Rock 'n' Roll schon, aber keine Klassik. Nein, sie wird nicht dort sein." Er zögerte. „Jedenfalls hoffe ich das", fügte er leise hinzu.

Zwanzig Minuten später wurde seine Hoffnung schlagartig enttäuscht, als sie das Musikzimmer der Forresters betraten. „Ich glaub's nicht", hörte Clea ihn murmeln, als eine Frau mit rotbraunem Haar und einer exquisiten Perlenkette auf sie zueilte. Aber es war nicht die Frau, die Cleas Blick auf sich zog.

Es war der Begleiter der Frau, ein Mann, der sie gelassen und ein wenig belustigt betrachtete. Oder war es Triumph, den sie in Jordan Tavistocks sherrybraunen Augen wahrnahm?

Guy räusperte sich nervös. „Hallo, Veronica", brachte er heraus.

„Ich habe schon gehört, dass es eine neue Lady in deinem Leben gibt."

„Nun … ja …" Guy rang sich ein mattes Lächeln ab.

Veronica streckte Clea die Hand entgegen. „Ich bin Veronica Cairncross."

Clea ergriff sie. „Diana Lamb."

„Wir sind alte Freunde, Guy und ich", erklärte Veronica. „Sehr alte Freunde. Trotzdem überrascht er mich ab und zu."

„Umgekehrt wird ein Schuh draus", schnaubte Guy. „Seit wann schwärmst du für Kammermusik?"

„Seit Jordan mich eingeladen hat."

„Oliver ist so vertrauensvoll."

„Wer ist Oliver?" fragte Clea ihn.

Guy lachte. „Ach, niemand. Nur ihr Ehemann."

„Du bist unverschämt", zischte Veronica und stolzierte davon.

„Das musst du gerade sagen", konterte Guy und folgte ihr aus dem Raum.

Jordan und Clea wechselten einen Blick.

„Muss Liebe schön sein", seufzte er.

„Sind die beiden denn noch verliebt?"

„Offensichtlich."

„Haben Sie Veronica deshalb mitgebracht? Um mir ins Handwerk zu pfuschen?"

Jordan nahm zwei Gläser mit Weißwein vom Tablett des Butlers und reichte Clea eins. „Wie ich schon sagte, Miss Lamb ... Sie heißen doch Miss Lamb, oder? Ich habe vor, Sie vor einem kriminellen Leben zu bewahren. Jedenfalls solange Sie in meiner Gegend sind."

„In Ihren Jagdgründen, meinen Sie?"

Er lächelte nur.

„Was, wenn ich feierlich verspreche, Ihr Revier zu respektieren?"

„Und verschwinden?" fragte er.

„Vorausgesetzt, Sie halten Ihren Teil der Abmachung."

Sein Blick wurde misstrauisch. „Was soll das heißen?"

Clea musterte ihn. Er war nicht nur attraktiv. In seinen Augen sah sie Intelligenz, Humor und Entschlossenheit. Als Einbrecher mochte er unbegabt sein, aber er hatte Klasse, besaß Kontakte und war als Insider mit dieser Gegend vertraut. Er schien wohlhabend genug zu sein, um nicht für jemanden arbeiten zu müssen. Aber vielleicht konnte sie ja mit ihm arbeiten.

Und vielleicht würde es ihr sogar Spaß machen.

Sie winkte Jordan in eine ruhige Ecke. „Hier ist mein Vorschlag", sagte sie. „Ich helfe Ihnen, Sie helfen mir."

„Wobei?"

„Ein harmloser Job. Eigentlich nichts."

„Nur ein kleiner Einbruch?" Er schüttelte den Kopf. „Wieso kommt mir das bekannt vor?"

„Wie?"

„Schon gut." Er seufzte und nahm einen Schluck Wein. „Was, wenn ich fragen darf, wäre die Gegenleistung?"

„Was möchten Sie?"

Sein Blick verschmolz mit ihrem. Und sie sah ihm an, dass sie beide das Gleiche gedacht hatten.

„Darauf antworte ich nicht", sagte er verlegen.

„Ich dachte daran, Ihnen meinen Rat als Expertin anzubieten. Ich glaube, Sie können ihn gebrauchen."

„Privatunterricht in der Kunst des Einbruchs? Ein wirklich verlockendes Angebot."

„Natürlich werde ich Ihnen nicht dabei helfen", warf sie rasch ein. „Aber ich könnte Ihnen Tipps geben."

„Aus persönlicher Erfahrung?"

Über ihr Weinglas hinweg lächelte sie ihn an. Einbrüche waren nicht gerade ihre Spezialität, aber sie hatte ein Talent dafür. Vermutlich hatte sie es von Onkel Walter geerbt. „Ich bin gut genug, um meinen Lebensunterhalt zu verdienen."

„Leider muss ich das Angebot ablehnen."

„Ich könnte viel für Ihre Karriere tun."

„Ich bin nicht in Ihrer Branche tätig."

„In welcher denn?" platzte sie frustriert heraus.

Es dauerte eine Weile, bis er antwortete. „Ich bin ein Gentleman."

„Und was noch?"

„Nur Gentleman."

„Ist das ein Beruf?"

„Ja." Er lächelte. „Vollzeit sogar. Trotzdem lässt er mir genügend Zeit für andere Dinge. Für Verbrechensbekämpfung vor Ort, zum Beispiel."

„Na schön." Sie seufzte. „Was muss ich Ihnen bieten, damit

Sie mir nicht in die Quere kommen? Und nicht auftauchen, wenn es nun wirklich nicht passt?"

„Damit Sie Ihren Job beim armen alten Guy Delancey zu Ende bringen können?"

„Danach sehen Sie mich nie wieder. Versprochen."

„Was hat er denn so Verlockendes?"

Sie starrte in ihr Weinglas. Nein, sie würde es ihm nicht erzählen. Sie durfte es nicht. Denn sie vertraute ihm nicht. Wenn er vom Auge von Kaschmir erfuhr, würde er es vielleicht selbst haben wollen. Was sollte sie dann tun? Sie hatte keinerlei Beweise.

Und Victor Van Weldon würde ungeschoren davonkommen.

„Es muss ziemlich wertvoll sein", sagte er.

„Nein, sein Wert ist eher ..." Sie suchte nach etwas, das ihm glaubhaft erscheinen würde. „Sentimental."

Er runzelte die Stirn. „Ich verstehe nicht."

„Guy hat etwas, das meiner Familie gehört. Seit Generationen. Es wurde uns vor einem Monat gestohlen, und wir wollen es zurück."

„Warum gehen Sie nicht zur Polizei?"

„Delancey wusste, dass es heiß war, als er es kaufte. Glauben Sie, er würde zugeben, dass er es hat?"

„Also wollen Sie es zurückstehlen?"

„Mir bleibt nichts anderes übrig." Sie hob den Blick und sah die Unsicherheit in seinen Augen. Nur ein Flackern, aber immerhin. Nahm er ihr die Geschichte wirklich ab? Es erstaunte sie, wie mies sie sich plötzlich fühlte. Sie hatte in letzter Zeit viele Lügen erzählen müssen, um am Leben zu bleiben. Aber Jordan

Tavistock anzulügen erschien ihr irgendwie ... kriminell. Was überhaupt keinen Sinn ergab, denn genau das war er ja auch. Ein Dieb und Gentleman, dachte sie. Mit einem Lächeln, bei dem ihre Knie weich wurden.

Was war nur in dem Wein? Der Raum schien immer wärmer zu werden. Und sie immer atemloser.

Guy Delanceys Rückkehr war wie ein kalter Windstoß. „Es fängt an", verkündete er.

„Was denn?" murmelte Clea.

„Die Musik. Komm, wir setzen uns."

Endlich wandte sie sich ihm zu. Er sah grimmig aus. „Was ist mit Veronica?"

„Bitte erwähne diesen Namen nicht in meiner Gegenwart", knurrte er.

In diesem Moment betrat Veronica den Raum und ignorierte Guy demonstrativ. „Jordie, Darling", säuselte sie und hakte sich besitzergreifend bei ihm ein. „Setzen wir uns, ja?"

Schicksalsergeben ließ Jordan sich ins Musikzimmer führen.

Das Streichquartett aus London stimmte bereits die Instrumente. Clea und Guy saßen auf der linken, Jordan und Veronica auf der rechten Seite, aber zwischen Guy und Veronica flogen während des ganzen Konzerts andauernd giftige Blicke hin und her.

Auf Dvořják folgte erst Bartók, dann Debussy. Clea hörte nicht richtig zu, sondern überlegte angestrengt, wie nah sie dem Auge von Kaschmir kommen konnte. Hoffentlich war dies der letzte Abend, an dem sie Guy Delancey ertragen, Lügen auftischen und mit dieser albernen roten Farbe im Haar herumlaufen musste. Erst als die Musiker sich verbeugten, merkte sie, dass das Konzert zu Ende war.

Danach gab es dekorativ präsentierte Kuchen, Kanapees und Wein. Reichlich Wein. Guy war schon bei der Ankunft nicht mehr nüchtern gewesen, und jetzt arbeitete er sich langsam an eine Alkoholvergiftung heran. Offenbar ertrug er es nicht, Veronica mit ihrem neuen Begleiter flirten zu sehen.

Clea sah, wie er sich das nächste Glas Wein nahm, und beschloss, seinem Exzess Einhalt zu gebieten. Aber wie konnte sie das, ohne eine Szene zu machen?

In diesem Moment griff Jordan ein. Sie hatte ihn nicht darum gebeten, aber offenbar hatte er die Gläser mitgezählt. Er näherte sich Guy. „Vielleicht sollten Sie sich etwas bremsen, alter Junge."

„Keine Ahnung, was Sie meinen", erwiderte Guy mit schwerer Zunge.

„Das ist schon Ihr sechstes Glas Wein. Und Sie wollen die Lady nach Hause fahren."

„Das schaffe ich schon."

„Kommen Sie, Delancey", beschwor Jordan ihn. „Etwas Selbstbeherrschung."

„Selbst…beherrschung?" wiederholte Delancey empört und so laut, dass um sie herum alle Gespräche verstummten. „Sie haben es gerade nötig! Sie lassen sich mit der Frau eines anderen ein und erzählen mir etwas von Selbstbeherrschung?"

„Niemand hat sich mit der Frau eines anderen eingelassen."

„Als ich das getan habe, war ich wenigstens so anständig, diskret zu sein!"

Veronica schrie entsetzt auf und rannte hinaus.

„Feigling!" rief Guy ihr nach.

„Delancey, bitte", murmelte Jordan. „Dies ist nicht der richtige Ort, um …"

„Veronica, bitte!" Guy drängte sich durch die Gästemenge zur Tür. „Warum stehst du nicht endlich einmal zu dem, was du getan hast? Veronica!"

Jordan sah Clea an. „Der ist hinüber. Sie dürfen nicht mit ihm fahren."

„Ich werde mit ihm fertig."

„Dann nehmen Sie ihm die Schlüssel ab und fahren selbst."

Genau das hatte sie vor. Doch als sie das Haus verließ, sah sie, dass Guy und Veronica sich noch immer lautstark stritten. Guy war so betrunken, dass er sich kaum noch auf den Beinen halten konnte. Als er Clea bemerkte, schwankte er auf sie zu und packte ihre Hand. „Komm schon, lass uns fahren!"

„Nicht in deinem Zustand." Sie riss sich los. „Gib mir die Wagenschlüssel, Guy."

„Ich kann fahren."

„Nein, kannst du nicht. Gib mir die Schlüssel."

„Dann sieh zu, wie du nach Hause kommst!" schrie er sie an. „Zur Hölle mit euch beiden! Zur Hölle mit den Frauen!" Mühsam öffnete er die Fahrertür seines Wagens.

„Verdammter Idiot", murmelte Veronica. „Er wird sich umbringen."

Sie hat Recht, dachte Clea und riss die Wagentür wieder auf. „Steig aus."

„Verschwinde."

„Lass mich fahren."

„Hau ab!"

Clea packte seinen Arm. „Ich bringe dich nach Hause. Leg dich auf den Rücksitz."

„Ich lasse mir von einer Frau nichts befehlen!" brüllte er und stieß sie fort.

Clea taumelte zurück und landete im Gesträuch. Versoffener Idiot, dachte sie. Während sie ihre Halskette von einem Zweig löste, hörte sie, wie er den Motor zu starten versuchte. Vergeblich. Fluchend schlug er auf das Lenkrad ein und drehte wieder und wieder den Zündschlüssel. Clea setzte sich gerade auf, als der Wagen endlich ansprang und Guy losfuhr. Kopfschüttelnd sah sie ihm nach.

Trottel!

Die Explosion warf sie nach hinten. Sie segelte über die Sträucher hinweg und landete flach auf dem Rücken unter einem Baum. Sie war viel zu entsetzt, um den Schmerz zu spüren. Als Erstes nahm sie die Schreie, das Scheppern der Blechteile auf der Straße und das Prasseln der Flammen wahr. Mühsam richtete sie den Oberkörper auf und kroch auf allen vieren davon. Weg von dem Baum, weg vom brennenden Auto.

Ihr Gehirn begann zu funktionieren und sagte ihr Dinge, die sie lieber nicht wissen wollte. Ihr Kopf begann zu dröhnen. Sie war nicht sicher, ob sie weinte. Es war zu laut. Sie fragte sich, ob die Wärme an ihren Wangen Tränen oder Blut war. Verzweifelt kroch sie weiter. Ich muss weg, sonst bin ich tot, hämmerte es in ihrem Kopf.

Plötzlich stellten sich ihr zwei Schuhe in den Weg. Sie hob

den Kopf. Ein Mann starrte auf sie hinab. Ein Mann, der ihr irgendwie bekannt vorkam.

Er lächelte. „Ich bringe Sie ins Krankenhaus."

„Nein, ich …"

„Kommen Sie. Sie sind verletzt." Er griff nach ihrem Arm. „Sie brauchen einen Arzt."

„Nein!"

Seine Hand löste sich in nichts auf. Genau wie der Rest des Mannes.

Clea kauerte sich auf der Erde zusammen, während alles sich um sie zu drehen begann. Sie hörte eine andere Stimme, die vertraut klang. Hände umfassten ihre Schultern.

„Diana? Diana!"

Warum nannte er sie so? Das war nicht ihr Name. Blinzelnd sah sie nach oben. In Jordan Tavistocks besorgtes Gesicht.

Und dann wurde sie ohnmächtig.

5. KAPITEL

Der Arzt schaltete den Augenspiegel aus und die Deckenleuchte ein. „Neurologisch scheint alles intakt zu sein. Aber sie hat eine Gehirnerschütterung, und die kurze Ohnmacht macht mir Sorgen. Ich schlage vor, Sie lassen sie eine Nacht hier. Nur zur Beobachtung."

„Ich bin ganz Ihrer Meinung, Doktor", sagte Jordan.

Die Frau lag im Bett. Ihr rotes Haar war voller Gras und Laub. Das Blut an ihrem Gesicht war getrocknet.

„Sehr gut. Ich rechne zwar nicht mit Komplikationen, aber wir können nicht vorsichtig genug sein."

„Ich kann nicht hier bleiben", protestierte die Frau matt.

„Natürlich bleiben Sie", sagte Jordan.

„Nein, ich muss hier heraus!" Sie setzte sich auf und schwang die Beine über die Bettkante.

Jordan legte ihr die Hände auf die Schultern. „Was zum Teufel tun Sie, Diana?"

„Ich muss ... muss ..." Sie verstummte und schüttelte den Kopf.

„Sie dürfen nicht aufstehen, nicht mit einer Gehirnerschütterung." Behutsam drückte er sie zurück aufs Bett und deckte sie zu. Sie war blass geworden und sah so schwach und zerbrechlich aus, als würde nur die Bettdecke sie daran hindern, einfach davonzuschweben. Nur ihre Augen waren voller Leben und ... was? Angst? Trauer? Hatte sie etwa echte Gefühle für Guy Delancey gehabt?

„Ich schicke Ihnen eine Schwester, Miss Lamb", sagte der

Arzt. „Jetzt ruhen Sie sich aus, dann geht es Ihnen bald wieder besser."

Jordan drückte ihre Hand, die sich anfühlte wie ein Eisklumpen. Dann folgte er dem Arzt widerwillig auf den Korridor.

„Was ist mit Mr. Delancey?" fragte er. „Kennen Sie seinen Zustand?"

„Er ist noch im OP. Sie müssen sich oben erkundigen. Ich fürchte, es gibt nicht viel Hoffnung."

„Es wundert mich, dass er überhaupt noch am Leben ist. Nach der Explosion ..."

„Sie glauben wirklich, dass es eine Bombe war?"

„Ich bin sicher", erwiderte Jordan.

Der Arzt sah zur Schwesternstation hinüber, wo ein Polizist darauf wartete, die Frau befragen zu können. Zwei seiner Kollegen hatten das bereits getan und wenig Rücksicht auf ihren Zustand genommen. Der Doktor schüttelte den Kopf. „Was ist nur aus der Welt geworden? Nicht einmal hier in der Provinz sind wir vor Anschlägen von Terroristen sicher ..."

Terroristen? dachte Jordan. Er bezweifelte, dass es Terroristen waren. Der Anschlag hatte allein Delancey gegolten. Ein halbes Dutzend anderer Gäste war glimpflich davongekommen.

Er nahm den Lift nach oben. Im Warteraum wimmelte es von Polizisten, von denen keiner ihm etwas sagen konnte oder wollte. Er erfuhr lediglich, dass Delancey noch operiert wurde.

Er fuhr wieder nach unten. Der Polizist trank Kaffee und plauderte mit einer hübschen Krankenschwester. Jordan ging an ihnen vorbei und öffnete die Tür von Dianas Zimmer.

Ihr Bett war leer.

Er eilte zum Bad und klopfte. „Diana?" Keine Antwort. Er schaute hinein. Sie war nicht da, nur ihr Nachthemd. Es lag auf dem Boden.

Er riss den Schrank auf. Ihre Kleidung und Handtasche waren nicht mehr da.

Warum schlich sie sich aus dem Krankenhaus? Wie ein Dieb in der Nacht?

Weil sie genau das ist, du verdammter Idiot!

Er rannte auf den Korridor. Sie war nirgends zu sehen. Der Trottel von Polizist flirtete noch immer mit der Schwester. Jordan eilte zum Treppenhaus. Vermutlich hatte sie den Lift gemieden, um nicht in der Halle anzukommen. Bestimmt war sie durch den Seitenausgang direkt zum Parkplatz gegangen.

Dies war der vierte Stock. Als er Diana zuletzt gesehen hatte, war sie so schwach gewesen, dass sie kaum auf den Beinen stehen konnte. Konnte sie es bis nach unten schaffen? Oder war sie bewusstlos geworden und gestürzt?

Voller Besorgnis hastete er die Treppe hinunter.

In ihrem Kopf hämmerte es unbarmherzig, und die hohen Absätze brachten sie um, aber sie eilte weiter. Wie ein Soldat beim Gewaltmarsch. Nicht stehen bleiben, nicht stehen bleiben. Der Feind ist dir dicht auf den Fersen.

Also marschierte sie weiter die Straße entlang. Zweimal hörte sie einen Wagen näher kommen und versteckte sich im Gebüsch. Das nächste Dorf konnte nicht mehr als ein paar Meilen entfernt sein. Wenn sie einen Bahnhof fand, würde sie aus Buckinghamshire verschwinden. Aus England.

Und dann wohin?

Nein, daran durfte sie nicht denken. Sie hatte jämmerlich versagt und stand jetzt ganz oben auf Van Weldons Abschussliste. Ich darf jetzt nicht aufgeben, ermahnte sie sich. Ich muss weiter. Die Straße verschwamm vor ihren Augen. Ihr wurde schwindlig und übel. Sie fiel auf die Knie und fürchtete, sich übergeben zu müssen. Unter ihr schien der Asphalt zu vibrieren, und durch den Nebel, der ihr Gehirn einhüllte, drang ein Geräusch.

Ein Auto, das von hinten kam.

Sie hob den Kopf und sah in zwei Scheinwerfer, die schnell näher kamen. Mühsam stand sie auf, aber plötzlich drehte sich alles um sie herum. Die Scheinwerfer tanzten und verschwammen. Sie sank zu Boden und biss sich verzweifelt in die Hand. Eine Wagentür wurde zugeworfen, Kies knirschte unter Schuhen, und sie wusste, dass es zu spät war. Man hatte sie gefunden.

„Nein", rief sie und schlang die Arme um sich. „Bitte nicht!"

„Es ist alles gut …"

„Nein!" schrie sie verzweifelt. Oder sie bildete es sich nur ein. Ihr Gesicht wurde gegen eine breite Brust gepresst, und ihr Aufschrei war nicht lauter als ein ersticktes Flüstern. Sie schlug auf den Angreifer ein, traf ihn am Rücken, an den Schultern. Aber sein Griff um sie wurde nur fester.

„Hören Sie auf, Diana, bitte! Ich tue Ihnen nichts. Hören Sie auf damit!"

Schluchzend hob sie den Kopf und sah durch die Tränen hindurch, wer es war. Jordan. Ihre Hände krallten sich in seine Jacke. Sie fühlte sich so warm an. Wie der Mann selbst. Sie starrte ihn an und fühlte sich plötzlich schwerelos in seinen kräftigen Armen.

Und dann lag sein Mund auf ihrem, und das Gefühl der Taubheit wich einer Flut herrlichster Empfindungen. Sein Kuss bot ihr seine Wärme, seine Stärke, seine Sicherheit, und sie sog sie in sich auf, bis sie sie in tiefster Seele fühlte. Sie wollte mehr davon und erwiderte den Kuss wie eine Frau, die in den Armen eines Mannes endlich das gefunden hatte, wonach sie sich schon so lange sehnte. Nicht Verlangen, nicht Leidenschaft, sondern Geborgenheit. Schutz. Sie klammerte sich an ihn.

Keiner von ihnen hörte den Wagen näher kommen.

Es waren die Scheinwerfer in der Ferne, die sie auseinander fahren ließen. Clea starrte die Landstraße entlang und geriet in Panik. Sie riss sich aus Jordans Armen und warf sich kopfüber zwischen die Büsche.

„Warte!" rief Jordan. „Diana?"

Sie kroch weiter, obwohl ihr die Beine den Dienst versagten. Sie hörte, wie Jordan ihr folgte. Dann hielt er sie am Arm fest.

„Diana ..."

„Sie werden mich sehen!"

„Wer?"

„Lass mich los."

Hinter ihnen quietschten Bremsen. Jemand stieg aus. Clea machte sich so klein wie möglich.

„Hallo!" rief ein Mann. „Alles in Ordnung?"

Bitte, Jordan, flehte Clea stumm. Sag ihm nicht, dass ich hier bin ...

„Ja, alles in Ordnung", antwortete Jordan.

„Sie haben angehalten. Wollte nur mal eben nachsehen ..." kam die Antwort.

„Ich …" Jordan lachte verlegen. „Ein dringendes Bedürfnis."

„Oh. Na ja, dann will ich nicht weiter stören." Eine Wagentür fiel ins Schloss, und die Rücklichter wurden schnell kleiner.

Clea schluchzte vor Erleichterung auf. „Danke", flüsterte sie.

Einen Moment betrachtete er sie schweigend. Dann zog er sie zu sich hinauf. Sie schwankte und musste sich an ihm festhalten.

„Komm", sagte er sanft. „Ich bringe dich zurück ins Krankenhaus."

„Nein."

„In deinem Zustand kannst du doch nicht durch die Nacht wandern."

„Ich kann nicht zurück."

„Wovor hast du Angst? Vor der Polizei?"

„Lass mich los!"

„Die werden dich nicht festnehmen. Du hast nichts getan." Er zögerte. „Oder doch?"

Sie riss sich los, und das kostete sie den letzten Rest Kraft, den sie noch besaß. Die Dunkelheit schlug über ihr zusammen wie schwarzes Wasser. Später wusste sie nicht mehr, wie sie zu Boden gesunken und in seinen Armen gelandet war. Aber dann war er da und trug sie zum Wagen. Sie war zu erschöpft, um sich zu wehren. Er setzte sie auf den Beifahrersitz, ihr Kopf fiel gegen die Tür, und sie kämpfte gegen die aufsteigende Übelkeit. Ich darf ihm nicht seine edlen Lederpolster ruinieren, dachte sie und nahm wie durch einen Schleier wahr, dass der Wagen sich in Bewegung setzte.

Sie packte Jordans Ärmel. „Bitte … nicht ins Krankenhaus."

„Wenn du unbedingt willst, bringe ich dich ins Hotel", gab er nach. „Aber du brauchst jemanden, der sich um dich kümmert."

„Ins Hotel kann ich auch nicht."

Er runzelte die Stirn. „Na gut, Diana", seufzte er. „Sag mir einfach, wohin du willst."

„Zum Bahnhof."

Er schüttelte den Kopf. „Du bist nicht reisefähig."

„Doch."

„Du kannst dich kaum auf den Beinen halten!"

„Ich muss!" rief sie verzweifelt. „Ich muss!"

Schweigend musterte er sie. „Ich lasse dich nicht in einen Zug steigen."

Zornig hob sie den Kopf und funkelte ihn an. „Dazu hast du kein Recht! Du hast keine Ahnung, was mir …"

„Hör zu! Ich bringe dich an einen sicheren Ort. Du musst mir vertrauen." Er sah ihr in die Augen. Sein Blick war beschwörend. Es wäre so einfach, ihr Schicksal in seine Hände zu legen. Sie wollte ihm vertrauen. Sie vertraute ihm.

Mir bleibt nichts anderes übrig, dachte sie, während ihr schwindlig wurde und sie den Kopf auf die angezogenen Knie fallen ließ.

„Wie geht es ihr?" fragte Richard, als Jordan in die Bibliothek kam und sich einen Brandy einschenkte.

„Sie hat schreckliche Angst. Beryl bringt sie gerade zu Bett. Vielleicht bekommen wir morgen mehr aus ihr heraus."

Jordan leerte den Drink mit wenigen Schlucken und nahm sich einen wohlverdienten zweiten. Er spürte Richards fragenden

Blick, als er sich in den Sessel am Kamin setzte. Einen dreifachen Brandy herunterzukippen war sonst nicht seine Art.

Aber Frauen an der Landstraße aufzusammeln und nach Hause zu bringen auch nicht.

Zum Glück hatte Beryl ihn nicht mit Fragen gelöchert. So war seine Schwester. In einer Krise tat sie einfach, was getan werden musste. Diana ... oder wie immer sie hieß ... war bei ihr in guten Händen.

Aber irgendwann würden die Fragen kommen, und Jordan wusste nicht, wie er sie beantworten sollte. Er wusste nicht einmal, warum er sie mitgenommen hatte. Er wusste nur, dass sie entsetzliche Angst hatte und er sie nicht im Stich lassen durfte. Aus irgendeinem Grund fühlte er sich für sie verantwortlich.

Es war sicher verrückt, aber er wollte sich für sie verantwortlich fühlen.

Jordan rieb sich mit beiden Händen über das Gesicht. „Was für eine Nacht", stöhnte er.

„Autobomben. Frauen, die aus dem Krankenhaus weglaufen. Warum hast du uns denn nicht erzählt, was uns erwartet?" fragte Richard.

„Weil ich keine Ahnung davon hatte! Ich dachte, ich hätte es mit einer kleinen Einbrecherin zu tun."

Sein Schwager kam näher. „Ich frage mich, für wen die Bombe gedacht war."

„Was?" Er sah hoch. Er hatte großen Respekt vor Richard. Die vielen Jahre im Geheimdienst hatten Beryls zukünftigen Mann gelehrt, um die Ecke zu denken und möglichst keine voreiligen Schlüsse zu ziehen.

„Die Bombe war in Guy Delanceys Wagen", sagte Richard. „Sie kann ihm gegolten haben. Oder ..."

Jordan runzelte die Stirn. „Oder auch nicht."

„Richtig", meinte Richard. „Sie sollte mit ihm im Wagen sitzen. Die Bombe hätte auch sie getötet."

„Sie hat Angst. Aber sie hat mir noch nicht erzählt, wovor sie Angst hat."

„Was weißt du über diese Frau?" fragte Richard.

„Nur, dass sie sich Diana Lamb nennt. Ich bin nicht einmal sicher, was ihre natürliche Haarfarbe ist! Erst ist sie blond, dann rothaarig."

„Was ist mit den Fingerabdrücken von ihrem Glas?"

„Onkel Hughs Freund hat sie bei Scotland Yard durch den Computer gejagt. Ohne Ergebnis. Was mich allerdings nicht wundert. Ich glaube, sie ist Amerikanerin."

„Warum hast du mir das nicht gesagt? Ich hätte die Abdrücke in die USA schicken können."

„Ich durfte dir nichts sagen." Jordan lächelte. „Ich hatte es Veronica versprochen."

Sein Schwager lachte. „Und ein Gentleman wie du hält in jedem Fall sein Wort."

„Ja. Aber es gibt Umstände, bei denen ich eine Ausnahme mache. Autobomben, zum Beispiel." Jordan starrte in den Schwenker und überlegte, ob er sich noch einen Brandy gönnen sollte. Nein, besser nicht. Delancey war ein abschreckendes Beispiel dafür, was zu viel Alkohol anrichten konnte.

Er stellte das Glas ab. „Das Motiv", sagte er leise. „Warum sollte jemand Diana ermorden wollen?"

„Oder Delancey."

„Das ist einfach zu beantworten. Es gibt jede Menge abgelegter Geliebten und betrogener Ehemänner, die ihn gern umbringen würden."

„Deine Freundin Veronica und ihr Mann, zum Beispiel."

„Ich glaube kaum, dass die ..."

„Trotzdem kommen sie in Betracht", unterbrach Richard ihn. „Jeder ist verdächtig."

Als jemand die Bibliothek betrat, drehten sie sich um. Beryl sah sie an. „Wer ist verdächtig?"

„Für Richard kommt jede in Frage, die mit Guy Delancey eine Affäre hatte", antwortete Jordan.

Seine Schwester lachte. „Es wäre einfacher, mit denen anzufangen, die keine hatten. Das sind viel weniger." Sie fing den fragenden Blick ihres Verlobten auf. „Nein, ich hatte keine", fügte sie scharf hinzu.

„Habe ich etwas gesagt?" fragte Richard.

„Du hast es gedacht."

Jordan stand auf. „Ich gehe jetzt besser zu Bett. Gute Nacht."

„Jordan!" rief Beryl ihm nach. „Was ist mit Diana?"

„Was soll mit ihr sein?"

„Willst du mir nicht erklären, was eigentlich los ist?"

„Nein."

„Warum nicht?"

„Weil ich nicht die leiseste Ahnung habe", erwiderte er müde und verließ die Bibliothek. Er war Beryl eine Erklärung schuldig, aber er war zu erschöpft, um die Geschichte ein zweites Mal zu erzählen. Das überließ er Richard.

Auf halbem Weg zu seinem Schlafzimmer blieb er stehen. Nach kurzem Zögern drehte er um und ging zum Gästezimmer.

Vor der Tür zögerte er erneut, dann klopfte er. „Diana? Sind Sie noch wach?"

Keine Antwort. Leise trat er ein.

In der Ecke brannte eine Lampe, und ihr mildes Licht fiel auf das Bett. Diana lag zusammengerollt auf der Seite, die Arme schützend um sich, das Haar in rotgoldenen Wellen auf dem Kissen. Das Nachthemd gehörte Beryl und war ihr zu groß. Jordan wusste, dass er gehen sollte, aber er konnte nicht und setzte sich in den Sessel neben dem Bett. Wie klein sie aussah, wie schutzlos sie war.

„Meine kleine Diebin", flüsterte er.

Plötzlich seufzte sie und schlug die Augen auf. Blinzelnd schaute sie zu ihm hoch.

„Es tut mir Leid." Er stand auf. „Ich wollte dich nicht wecken. Schlaf weiter." Er wandte sich zur Tür.

„Jordan?"

Er drehte sich um und verspürte den verrückten Wunsch, sie an sich zu ziehen und ihr die Angst zu nehmen.

„Ich ... muss dir etwas sagen", wisperte sie.

„Das kann bis morgen warten."

„Nein. Es ist nicht fair von mir, dich mit hineinzuziehen und in Gefahr zu bringen."

Er trat ans Bett. „Die Bombe. Im Auto. War sie für Guy?"

„Ich weiß es nicht." An ihren Wimpern glitzerten Tränen. „Vielleicht. Vielleicht war sie auch für mich. Ich kann nicht sicher sein. Das ist das Schreckliche daran. Nicht zu wissen, ob ich sterben sollte. Ich denke dauernd …" Sie sah ihn an. „Ich denke dauernd, es war meine Schuld … Das mit Guy. Er hat nichts Schlimmes getan. Nichts wirklich Schlimmes. Er war einfach nur zu gierig. Aber das hat er nicht verdient." Sie senkte den Blick. „Er hat es nicht verdient zu sterben."

„Noch ist er am Leben."

„Du hast die Explosion gesehen! Glaubst du allen Ernstes, jemand überlebt so etwas?"

„Nein. Um ehrlich zu sein, ich glaube nicht, dass er überlebt."

Sie schwiegen einen Moment.

„Warum glaubst du, dass du die Zielscheibe gewesen sein könntest?" fragte er.

„Weil …" Sie holte tief Luft und stieß sie wieder aus. „Weil es schon einmal passiert ist."

„Bomben?"

„Nein. Unfälle."

„Wann?"

„Vor ein paar Wochen. In London. Ein Taxi hat mich fast überfahren."

„In London kann das jedem passieren", meinte er trocken und musterte sie.

„Das war nicht das einzige Mal."

„Es gab noch einen Vorfall?"

Sie nickte. „In der U-Bahn. Ich stand auf dem Bahnsteig, und jemand versuchte, mich vor den Zug zu stoßen."

Skeptisch starrte er sie an. „Bist du sicher, Diana? Meinst du nicht, jemand hat dich aus Versehen angerempelt?"

„Für wie dumm hältst du mich?" fuhr sie ihn an. „Ich werde

doch wohl noch merken, wenn jemand mir einen Stoß verpasst!" Schluchzend verbarg sie das Gesicht in den Händen.

Ihr Ausbruch kam so unerwartet, dass er zunächst nicht wusste, wie er reagieren sollte. Dann legte er ihr sanft eine Hand auf die Schulter. Diese eine Berührung reichte aus, etwas zwischen ihnen überspringen zu lassen. Ein Verlangen. Durch das zarte Nachthemd fühlte er die Wärme ihrer Haut und dachte daran, wie er sie vorhin geküsst und wie ihr Mund geschmeckt hatte.

Hastig unterdrückte er, was sich in ihm ausbreitete, und setzte sich aufs Bett. „Erzähl mir genau, was in der U-Bahn passiert ist."

„Du glaubst mir sowieso nicht."

„Gib mir eine Chance. Bitte."

Sie sah ihn an. „Ich fiel auf die Schienen. Der Zug fuhr gerade ein. Ohne den Mann ..."

„Ein Mann? Er hat dich hochgezogen?"

Sie nickte. „Ich weiß nicht einmal seinen Namen. Er zog mich auf den Bahnsteig. Ich wollte ihm danken, aber er sagte nur, ich sollte vorsichtiger sein. Und dann war er weg." Sie schüttelte den Kopf. „Mein Schutzengel."

Jordan fragte sich, wie jemand so kaltblütig sein konnte, eine Frau vor die U-Bahn zu stoßen. „Warum sollte jemand dich umbringen? Was hast du getan?"

Sie zuckte zusammen, als hätte er sie geohrfeigt. „Was soll das heißen, was habe ich getan?"

„Ich versuche doch nur zu verstehen ..."

„Glaubst du etwa, ich hätte das hier irgendwie verdient? Ich hätte mich schuldig gemacht?" fragte sie empört.

„Diana, für einen Mord, einen Mordversuch gibt es meistens ein Motiv. Und du hast mir noch nicht gesagt, wie das aussehen könnte."

Er wartete auf ihre Antwort, aber sie schwieg.

„Diana", begann er leise. „Du musst mir vertrauen."

„Ich muss niemandem vertrauen."

„Wenn ich dir helfen soll …"

„Das hast du bereits getan. Mehr kann ich unmöglich von dir verlangen."

„Dann erzähl mir wenigstens, in was ich geraten bin", bat er. „Wenn hier Bomben hochgehen, möchte ich wissen, warum sie es tun."

Sie kauerte sich nur noch mehr zusammen. Frustriert stand er auf, ging zur Tür und dann wieder zurück. Verdammt, er musste es wissen.

„Wenn du es mir nicht sagst, werde ich die Polizei verständigen müssen", drohte er.

Erstaunt sah sie hoch und lachte bitter. „Die Polizei? Das glaube ich kaum."

„Wieso?"

„Hast du schon vergessen, wo wir uns begegnet sind? In Delanceys Schlafzimmer."

Seufzend schob er sich das Haar aus der Stirn. „Okay … Ich bin bei Guy eingebrochen, um einer Lady einen Gefallen zu tun."

„Was für einen Gefallen?"

„Sie hatte ihm ein paar … indiskrete Briefe geschrieben und wollte sie zurück."

„Also der Freundschaftsdienst eines Gentlemans?"

„So könnte man es nennen."

„Von einer Lady war bisher nicht die Rede."

„Weil ich ihr versprochen hatte, nicht darüber zu reden. Ihre Ehe ist nicht die stabilste. Aber jetzt ist Delancey schwer verletzt, und hier gehen Bomben hoch. Ich finde, es ist höchste Zeit für die Wahrheit." Er warf ihr einen durchdringenden Blick zu. „Du nicht auch?"

Sie dachte kurz nach und sah zur Seite. „Okay." Sie atmete tief durch. „Ich bin auch keine Diebin."

„Warum warst du in Delanceys Schlafzimmer?"

„Ich habe nur meinen Job gemacht. Wir suchen nach Beweisen. Für einen Versicherungsbetrug."

Jordan lachte. „Willst du jetzt behaupten, dass du bei der Polizei bist?"

Trotzig hob sie den Kopf. „Was ist daran so komisch?"

„Bei welcher Einheit? Hier bei der Ortspolizei? Scotland Yard? Oder vielleicht Interpol?"

„Ich … arbeite für einen Privatdetektiv."

„Für welchen?"

„Du würdest die Firma nicht kennen."

„Aha. Und um wen, wenn ich fragen darf, geht es bei deinen Nachforschungen?"

„Er ist kein Engländer. Sein Name spielt keine Rolle."

„Und was hat Guy Delancey damit zu tun?"

Erschöpft rieb sie sich die Augen. „Vor einigen Wochen hat Guy einen antiken Dolch gekauft, der als das Auge von Kaschmir bekannt ist", begann sie mit emotionsloser Stimme. „Er befand sich zusammen mit anderen wertvollen Stücken auf einem Schiff namens *Max Havelaar*. Es sank direkt vor der Küste Spaniens. Der Eigentümer, ein Belgier, forderte von der Versicherung zweiunddreißig Millionen Dollar. Für das Schiff und die Ladung."

Jordan runzelte die Stirn. „Aber Delancey hat diesen Dolch erst kürzlich gekauft. Wann?"

„Vor drei Wochen. Nach dem Untergang der *Max Havelaar*."

„Dann ... war der Dolch gar nicht an Bord."

„Offenbar nicht."

„Und das ist es, was du jetzt beweisen willst? Dass der Eigentümer des Schiffs, dieser Belgier, die Versicherung betrügt?" fragte Jordan.

Sie nickte. „Er kassiert die Versicherungssumme und verkauft die Antiquitäten, die angeblich auf dem Meeresgrund liegen."

„Woher wusstest du, dass Delancey den Dolch gekauft hat?"

Erschöpft sank sie aufs Bett zurück. „Er hat damit geprahlt. Er hat Freunden von einem Dolch aus dem siebzehnten Jahrhundert erzählt, den er aus privater Quelle hat. Ein Dolch mit einem Saphir am Griff. Das sprach sich unter Händlern und Sammlern herum. Von der Beschreibung her konnte es nur das Auge von Kaschmir sein."

„Und den wolltest du Delancey stehlen?"

„Nicht stehlen. Ich wollte nur feststellen, ob und wo er ihn hat. Damit er später als Beweisstück beschlagnahmt werden kann."

War das die Wahrheit? Oder nur eine neue Geschichte, um ihn zufrieden zu stellen? „Du hast mir vorhin gesagt, dass du etwas stehlen wolltest, das mal deiner Familie gehört hat."

Sie zuckte mit den Schultern. „Ich habe gelogen."

„Wirklich?"

„Ich wusste nicht, ob ich dir trauen kann."

„Und jetzt traust du mir?"

„Du hast mir keinen Grund gegeben, es nicht zu tun." Sie musterte ihn, als würde sie in seinem Gesicht nach einem verräterischen Zeichen suchen. Nach etwas, das bewies, dass sie gerade einen schweren Fehler begangen hatte. Dann lächelte sie. Anmutig, fast verführerisch. „Und du warst sehr nett zu mir. Ein wahrer Gentleman."

Nett? dachte er und stöhnte innerlich auf. Gab es etwas, das die Hoffnungen eines Mannes brutaler zunichte machte, als *nett* genannt zu werden?

„Ich kann dir vertrauen", sagte sie. „Oder nicht? Warum sollte ich dir nicht vertrauen?"

Er ging wieder hin und her und verstand nicht, warum er ihr diese abwegige Geschichte glauben wollte. Vermutlich hatte er einfach zu lange in ihre Rehaugen geschaut.

„Warum bist du so wütend? Ich war ehrlich zu dir", beteuerte sie.

„Warst du das?"

„Ja." Sie wich seinem Blick nicht aus. „Das mit dem Belgier, der *Max Havelaar,* dem Dolch … stimmt alles. Und das mit der Gefahr auch", fügte sie leise hinzu.

Wofür die Autobombe Beweis genug ist, dachte er.

Ja, er glaubte ihr jedes Wort. Was bedeutete, dass er entweder den Verstand verloren hatte oder viel zu müde war, um noch logisch zu denken.

Sie mussten beide schlafen.

Er wusste, dass er ihr eine gute Nacht wünschen und das Zimmer verlassen sollte. Aber stattdessen beugte er sich zu ihr hinab und küsste sie auf die Stirn. Ihr Duft war berauschend.

Sofort wich er zurück. „Hier bist du sicher."

„Ich glaube dir. Auch wenn ich nicht genau weiß, warum ich es tue."

„Du tust es, weil ich dir mein Wort als Gentleman gebe." Lächelnd schaltete er die Lampe aus und ging aus dem Zimmer.

Solange niemand wusste, dass sie hier war, konnte ihr nichts passieren.

6. KAPITEL

Clea wartete, bis es im Haus vollkommen still war, dann stieg sie aus dem Bett. Ihr Kopf schmerzte noch, und der Boden schien unter ihren Füßen zu schwanken, aber sie ging zur Tür und öffnete sie einen Spalt weit.

Am Ende des Flurs brannte eine kleine Lampe. Daneben stand ein Telefon.

Sie schlich hin, nahm den Hörer ab und wählte Tonys Nummer in Brüssel. Okay, es war ein Ferngespräch, aber es musste sein, und die Tavistocks konnten es sich gewiss leisten.

Tony meldete sich nach dem vierten Läuten. „Clea?"

„Ich bin in Schwierigkeiten", flüsterte sie. „Irgendwie müssen sie mich gefunden haben."

„Wo bist du?"

„In Sicherheit, im Moment jedenfalls. Tony, sie haben Delancey erwischt. Er liegt im Krankenhaus und wird wahrscheinlich nicht überleben."

„Was? Wie ..."

„Eine Autobombe. Hör zu, ich glaube, ich komme vorläufig nicht an das Auge heran. Sein Haus wird jetzt von der Polizei observiert."

Er antwortete nicht. Sie dachte schon, die Leitung wäre unterbrochen worden. „Was hast du jetzt vor?" fragte er schließlich.

„Ich weiß es nicht." Als es irgendwo knarrte, sah sie sich nervös um. Nur ein altes Haus, dachte sie mit klopfendem Herzen. „Wenn sie mich gefunden haben, können sie dich auch finden. Verschwinde aus Brüssel."

„Clea, ich muss dir etwas sagen ..."

Sie wirbelte herum, als aus einem der Schlafzimmer ein neuerliches Geräusch drang. Jemand war wach! Rasch legte sie auf, kehrte in ihr Zimmer zurück und lauschte an der geschlossenen Tür. Zu ihrer Erleichterung hörte sie nichts mehr. Sie drehte den Schlüssel und klemmte vorsichtshalber einen Stuhl unter die Klinke. Dann schlüpfte sie ins Bett.

Der Kopfschmerz klang langsam ab. Wenn sie morgen früh wieder fit war, würde sie *Chetwynd* verlassen und untertauchen, bevor Van Weldons Männer sie aufspürten. Bisher hatte sie Glück gehabt, aber darauf konnte sie sich nicht verlassen. Nicht bei den Leuten, mit denen sie es zu tun hatte.

Sie würde die Frisur wechseln und ihr Haar braun färben. Und eine Brille tragen. Ja, damit konnte sie es vielleicht schaffen, nach London zu gelangen. Und wenn sie erst aus England weg war, würde Van Weldon vielleicht das Interesse an ihr verlieren.

Vielleicht würde sie sogar eine alte Frau werden können.

Vielleicht.

Tony ließ den Hörer auf die Gabel fallen. „Sie hat einfach aufgelegt", sagte er zu dem anderen Mann. „Ich konnte sie nicht hinhalten."

„Vielleicht hat es gereicht."

„Verdammt, sie klang sehr verängstigt. Könnt ihr es nicht abblasen?"

„Noch nicht. Wir haben noch nicht genug. Aber es dauert nicht mehr lange."

„Woher wissen Sie das?"

„Van Weldon ist ihr dicht auf den Fersen. Bald wird er wieder zuschlagen."

Tony beobachtete, wie Archie MacLeod eine Zigarette aus der Schachtel nahm und damit gegen sein Feuerzeug klopfte. Inzwischen kannte er jede Eigenart, jede Marotte dieses Mannes. Der Kerl ging ihm auf die Nerven.

Aber MacLeod wusste alles über ihn, über die Jahre im Gefängnis. Wenn er nicht kooperierte, würden MacLeod und Interpol dafür sorgen, dass jeder Antiquitätenhändler in Europa von seiner Vergangenheit erfuhr. Sie würden ihn ruinieren. Tony blieb nichts anderes übrig, als bei ihrem verrückten Plan mitzumachen. Und zu beten, dass Clea es überlebte.

„Sie haben Van Weldon zu dicht an sie herangelassen", sagte er. „Clea wäre fast mit dem Wagen in die Luft geflogen."

„Ist sie aber nicht."

„Ihr Mann hat nicht aufgepasst, geben Sie es zu!"

MacLeod stieß eine Rauchwolke aus. „Na gut, wir haben nicht damit gerechnet. Aber Ihre Cousine lebt noch, oder? Wir behalten sie im Auge."

Tony lachte. „Sie wissen ja nicht einmal, wo sie jetzt ist!"

MacLeods Handy summte. Er hob es ans Ohr, lauschte kurz und sah Tony an. „Wir wissen genau, wo sie ist."

„Der Anruf?"

„Ein Privatanschluss. Gehört einem gewissen Hugh Tavistock in Buckinghamshire."

Tony schüttelte den Kopf. „Wer ist das?"

„Das überprüfen wir gerade. Vorläufig ist sie sicher. Wir haben unseren Mann vor Ort informiert."

Tony setzte sich aufs Bett. „Wenn Clea das hier erfährt, bringt sie mich um."

MacLeod lachte. „Wie ich Ihre Cousine kenne, kann das durchaus sein."

„Sie haben sie verloren", sagte Simon Trott.

Victor Van Weldon ließ sich nicht anmerken, wie sehr ihn diese Nachricht aufregte.

„Wie ist das passiert?" fragte er mit eisiger Ruhe.

„Im Krankenhaus. Sie wurde nach dem Sprengstoffanschlag eingeliefert und ist spurlos verschwunden."

„War sie verletzt?"

„Eine Gehirnerschütterung."

„Dann kann sie nicht weit gekommen sein. Spürt sie auf."

„Das versuchen sie gerade. Aber sie befürchten ..."

„Was?" fragte Van Weldon scharf.

„Dass sie sich an die Behörden gewandt hat."

Wieder spürte Van Weldon, wie die riesige Faust sich um seinen Brustkorb schloss. Er schnappte nach Luft und wartete darauf, dass der Anfall vorüberging. Diesmal ist es besonders schlimm, dachte er. Und alles wegen dieser Frau. Er holte das Fläschchen mit dem Nitroglyzerin heraus und schob sich zwei Tabletten unter die Zunge. Langsam ließ der Druck nach. Noch nicht, dachte er. Noch bin ich nicht bereit zu sterben.

Er hob den Kopf. „Gibt es Beweise dafür?"

„Sie ist uns einfach zu oft entkommen. Ohne fremde Hilfe kann sie das wirklich nicht geschafft haben. Hilfe von der Polizei. Oder Interpol."

„Nicht Clea Rice. Die würde der Polizei nie vertrauen." Er steckte das Fläschchen wieder ein und holte tief Luft. Der Schmerz war weg.

„Sie hat Glück gehabt, das ist alles", knurrte Van Weldon und wedelte mit der Hand. „Aber irgendwann wird es sie im Stich lassen."

Clea hatte nicht so lange schlafen wollen, aber die Gehirnerschütterung hatte sie benommen gemacht, das Bett war so weich und bequem gewesen, und sie hatte sich sicher gefühlt. So sicher wie seit Wochen nicht mehr. Als sie endlich aufstand, schien die Sonne durchs Fenster und vom stechenden Kopfschmerz war nur noch ein dumpfes Pochen geblieben.

Ich bin noch am Leben, dachte sie staunend.

Um sie herum erwachte das Haus langsam zum Leben. Dielen knarrten, Wasser rauschte in den Leitungen. Es war zu spät, um unbemerkt zu verschwinden. Also würde sie für einige Stunden den Gast spielen müssen. Irgendwann würde sie sich dann unauffällig zurückziehen und zu Fuß zum Bahnhof gehen. Mehr als ein paar Meilen konnte er nicht entfernt sein. Das würde sie schaffen.

Clea sah sich um. Ihr verdrecktes und zerrissenes Kleid lag über einer Sessellehne. Ihre Strümpfe waren zerfetzt. Ausgerechnet die Pumps, die sie so gequält hatten, standen fast unversehrt vor ihr. Lieber würde sie barfuß laufen, als sie noch einmal anzuziehen. Oder in Hausschuhen? Sie entdeckte ein Paar neben der Kommode, pinkfarben und flauschig. Im Schrank fand sie einen seidenen Morgenmantel. Sie streifte ihn über, schlüpfte in die Hausschuhe und nahm den Stuhl von der Tür. Leise ging sie hinaus.

Die anderen Bewohner waren alle schon auf. Clea schlich nach unten. Der Anblick, der sich ihr bot, glich einem Foto in einem edlen Lifestyle-Magazin. Die Familie saß an einem Tisch auf der Terrasse und frühstückte. Am schmiedeeisernen Geländer blühten Kletterrosen, dahinter erstreckte sich der gepflegte Rasen und um ihn herum der herbstliche Park mit goldbraunem Laub. Und erst die Leute! Da war Beryl mit ihrem titelbildschönen Gesicht und den schimmernden schwarzen Haaren. Da war Richard Wolf, schlank und sportlich, den Arm um Beryl gelegt.

Und da war Jordan.

Man sah ihm nicht an, was für eine Nacht er hinter sich hatte. Er war elegant wie immer und wirkte vollkommen entspannt. Das blonde Haar glänzte silbrig in der Morgensonne, und das Tweedsakko saß perfekt an den breiten Schultern. Clea beobachtete sie durch die breite Glastür und staunte, wie perfekt sie aussahen. Dies war eine andere Welt. Eine Welt, die sie nie kennen gelernt hatte, zu der sie nie gehören würde. Durch ihre Adern strömte das falsche Blut.

Als sie sich umdrehen wollte, um wieder nach oben zu gehen, hörte sie ihren Namen. Jordan war aufgestanden und rief nach ihr. Er winkte sie heraus. Die Chance zur Flucht war somit fürs Erste vertan.

Clea strich den Morgenmantel glatt, fuhr sich mit den Fingern durchs Haar und betrat die Terrasse. Erst jetzt dachte sie an die pinkfarbenen Slipper an ihren Füßen. Die Dinger machten ein schlurfendes Geräusch auf den Steinplatten.

Jordan zog ihr einen Stuhl heraus. „Ich wollte gerade nach dir sehen. Fühlst du dich besser?"

Nervös zupfte sie am Morgenmantel. „Meine Sachen sind hinüber, und ich wusste nicht, was ich anziehen …"

„Das ist in Ordnung. Wir sind hier nicht so förmlich."

Nicht so förmlich? Beryl trug Kaschmir und eine Reithose, Jordan Tweed. Clea setzte sich. Während Jordan ihr Kaffee eingoss und Rührei und Würstchen auf ihren Teller tat, starrte sie auf seine Hände. Lange, schmale Finger. Winzige hellblonde Haare an den Handgelenken. Die Hände eines Aristokraten, dachte Clea und erinnerte sich unwillkürlich daran, wie eben diese Hände sie mitten in der Nacht am Rand der Landstraße gestützt und gehalten hatten.

„Magst du keine Eier?"

Eier. Ja. Automatisch griff sie nach der Gabel und spürte die Blicke der anderen, als sie den ersten Bissen nahm.

„Ich wollte Ihnen ein paar frische Sachen bringen", sagte Beryl. „Aber Ihre Tür schien zu klemmen."

„Ich habe einen Stuhl unter den Griff geklemmt."

„Oh." Beryl lächelte.

Niemand sagte etwas. Alle sahen Clea beim Essen zu. Ihre Blicke waren nicht unfreundlich, nur … erstaunt.

„Eine alte Gewohnheit", erklärte Clea und gab Sahne in den Kaffee. „Ich traue Schlössern einfach nicht, wissen Sie. Sie sind so leicht zu überwinden."

„Tatsächlich?" sagte Beryl.

„Vor allem die an Schlafzimmertüren. Selbst die modernen sind in fünf Sekunden zu knacken."

Die Meisterdiebin

„Was Sie nicht sagen", murmelte Beryl.

Clea hob den Blick und stellte fest, dass alle sie fasziniert beobachteten. Errötend starrte sie auf den Teller. Was rede ich nur für einen Unsinn, dachte sie.

Als Jordan nach ihrer Hand griff, zuckte sie zusammen.

„Diana, ich habe ihnen alles gesagt."

Sie schaute ihn an. „Ihnen alles gesagt? Du meinst ... über ..."

„Alles. Wie wir uns kennen gelernt haben. Die Anschläge auf dein Leben. Ich musste es ihnen sagen. Wenn sie dir helfen sollen, müssen sie alles wissen."

„Glauben Sie mir, wir wollen Ihnen wirklich helfen", sagte Beryl. „Sie können uns vertrauen. So sehr, wie Sie Jordie vertrauen."

Cleas Hände zitterten, und sie legte sie in den Schoß. Sie bitten mich, ihnen zu vertrauen, dachte sie betrübt. Dabei bin ich diejenige, die nicht die Wahrheit sagt.

„Wir haben Mittel und Wege, die dir bestimmt nützen könnten", erklärte Jordan nachdrücklich. „Verbindungen zum Geheimdienst. Und Richards Firma ist auf Sicherheitsfragen spezialisiert. Falls du Hilfe brauchst ..."

Das Angebot war verlockend. Seit Wochen war sie nun schon allein unterwegs. Von Hotel zu Hotel. Nie sicher, wem sie vertrauen durfte und wohin es sie als Nächstes verschlagen würde. Sie war es leid, auf der Flucht zu sein.

Trotzdem war sie noch nicht bereit, ihr Leben in fremde Hände zu legen. Nicht einmal in Jordans.

„Ich bitte Sie nur um einen einzigen Gefallen", sagte sie leise. „Ich möchte zum nächsten Bahnhof gefahren werden. Und vielleicht ..." Lachend schaute sie auf ihre Hausschuhe. „Ein paar Sachen zum Anziehen."

Beryl stand auf. „Das lässt sich machen." Sie zupfte am Ärmel ihres Verlobten. „Komm schon, Richard. Lass uns in meinem Schrank wühlen."

Clea blieb allein mit Jordan zurück. Einen Moment saßen sie schweigend da. In den Bäumen gurrten Tauben. Eine Wolke driftete vor die Sonne, und die Farben des Herbstlaubs wurden matt.

„Dann verlässt du uns also", sagte Jordan.

„Ja." Sorgfältig faltete sie ihre Stoffserviette zusammen und legte sie auf den Tisch. Sie versuchte, unbeteiligt zu bleiben, doch ihre Sinne verschworen sich gegen sie. In der Nacht, mit dem ersten Kuss, hatten sie beide eine unsichtbare Schwelle überschritten und ein Land betreten, in dem es keine Grenzen, sondern nur unendliche Möglichkeiten gab.

Mehr ist es nicht, sagte Clea sich streng. Möglichkeiten. Fantastereien, die im Nebel der Halbwahrheiten lauerten. Sie hatte ihm so viele Lügen, so viele verschiedene Versionen ihrer Geschichte erzählt. Die schlimmste Wahrheit kannte er noch nicht. Wer sie war. Was sie war.

Was sie gewesen war.

„Wohin willst du als Nächstes?" fragte er.

„London. Ich schaffe das hier nicht allein, das ist klar. Meine ... Partner werden die Nachforschungen fortsetzen."

„Und was wirst du tun?"

Sie lächelte. „Einen leichteren Fall übernehmen. Einen, bei dem keine Autobomben explodieren."

"Diana, falls du je meine Hilfe brauchst …"

Ihre Blicke trafen sich, und in seinem sah sie mehr als nur das Angebot, ihr zu helfen. Sie wehrte sich gegen die Versuchung, ihm alles zu sagen und ihn damit in Gefahr zu bringen.

Sie schüttelte den Kopf. "Ich habe ein paar sehr fähige Kollegen, die sich um mich kümmern werden. Trotzdem danke."

Er nickte kurz und sprach das Thema nicht mehr an.

Der Mann im grauen Anzug saß auf dem Bahnsteig, blätterte in einer Zeitung und behielt über den Rand hinweg die Fahrgäste im Auge, die auf den Zwölf-Uhr-Fünfzehn-Zug nach London warteten. Plötzlich entdeckte er Clea Rice. Sie kam aus dem Waschraum und trug ein Kostüm mit Hahnentrittmuster, das ihr zu groß war. Das Haar war fast völlig unter einem Kopftuch verborgen. Nur ein paar rote Strähnen schauten hervor. Das und die Art, wie sie sich bewegte, verrieten sie. Sie schaute sich immer wieder nervös um und hielt sich von der Bahnsteigkante fern.

Unauffällig tastete er nach der Automatik, die er unter der Achsel trug. Nein, nicht hier.

Er beschloss, sie in den Zug steigen zu lassen und ihr zu folgen. Vielleicht ergab sich eine bessere Gelegenheit, wenn sie wieder ausstieg …

Er holte die Fahrkarte heraus und mischte sich unter die anderen Reisenden.

Clea Rice nahm also den Zwölf-Uhr-Fünfzehn nach London. Nicht sehr schlau von ihr, dachte Charles Ogilvie, während er hinter ihr in der Schlange am Fahrkartenschalter stand. Ihr von

Chetwynd zum Bahnhof zu folgen war kein Problem gewesen. Jordan Tavistocks champagnerfarbener Jaguar war nicht gerade das unauffälligste Gefährt.

Und jetzt wollte sie am helllichten Tag in einen Zug steigen und nach London fahren.

Ogilvie kaufte seine Karte und folgte der Frau auf den Bahnsteig, wo sie sofort im Waschraum verschwand. Er wartete. Etwa zwei Dutzend Reisende warteten mit ihm. Eine Mischung aus Geschäftsleuten und Hausfrauen.

Ogilvie musterte sie aus den Augenwinkeln, bis er einen Mann im grauen Anzug entdeckte, der eine Zeitung unter dem Arm trug und ihm bekannt vorkam. Woher?

Das Krankenhaus. Gestern Abend. Der Mann hatte sich am Kiosk in der Eingangshalle eine Zeitung gekauft.

Und jetzt stieg er in den Zwölf-Fünfzehn nach London. Direkt hinter Clea Rice.

Das Adrenalin strömte durch Ogilvies Adern. Wenn etwas geschehen würde, dann bald. Vielleicht nicht hier, aber im Zug oder beim nächsten Halt. Eine Pistolenmündung am Hinterkopf. Clea Rice würde sterben, ohne ihren Mörder gesehen zu haben.

Der Mann im grauen Anzug schob sich näher an Clea heran.

Ogilvie drängte sich nach vorn, die Jacke aufgeknöpft, das Schulterholster in Griffweite, den Blick auf den Mann gerichtet. Wenn es so weit war, musste er blitzschnell handeln, sonst war Clea Rice verloren.

Eine zweite Chance würde er nicht bekommen, dessen war er sich bewusst.

Sie war fast da. Fast da.

Clea ballte die Faust um die Fahrkarte, als wäre sie ein Talisman, während der Zug einfuhr. Sie dachte an den Vorfall in der U-Bahn und ließ anderen den Vortritt. Nie wieder würde sie an einer Bahnsteigkante stehen, wenn ein Zug kam.

Der Zug hielt. Die Reisenden stiegen ein.

Clea drängte sich ins Gewühl. Sie hatte den Fuß auf die erste Stufe des Waggons gestellt, als eine Hand ihren Arm ergriff und sie zurück auf den Bahnsteig zog.

Sie wirbelte herum und hob einen Arm, um den Angreifer abzuwehren. Kurz bevor ihre Fingernägel sich in sein Gesicht bohrten, erstarrte sie.

„Jordan?" sagte sie entgeistert.

Er packte ihr Handgelenk. „Lass uns von hier verschwinden."

„Was soll das?"

„Das erkläre ich dir später. Komm jetzt."

„Aber ich will den Zug …"

Er zerrte sie hinter sich her. Sie versuchte, sich loszureißen, aber er umfasste ihre Schultern und drückte sie an sich. „Hör zu", flüsterte er. „Jemand ist uns von *Chetwynd* hierher gefolgt. Du kannst den Zug nicht nehmen."

Wortlos nickte sie und setzte sich wieder in Bewegung.

Wie aus dem Nichts tauchte ein Mann vor ihnen auf. Ein Mann in einem grauen Anzug. Sein Gesicht war nicht weiter bemerkenswert. Es war die Pistole in seiner Hand, die Cleas entsetzten Blick auf sich zog.

Sie wurde nach rechts geworfen, bevor der erste Schuss fiel. Etwas rammte ihre Schulter und schob sie zur Seite. Jordan. Wie in Zeitlupe sah sie sein Tweedsakko auf sich zukommen, dann taumelte sie, stürzte und fiel auf die Knie. Den Aufprall spürte sie im ganzen Körper. Der Kopfschmerz setzte wieder ein, so heftig, dass alles vor ihren Augen verschwamm.

Um sie herum ertönten Schreie. Mühsam kam sie wieder auf die Beine und suchte nach dem Angreifer. In Panik stoben die Menschen auf dem Bahnsteig auseinander. Jordan stand vor ihr, aber über seine Schulter hinweg sah sie den Mann mit der Waffe.

In genau diesem Moment hob er sie und zielte.

Der Knall war ohrenbetäubend. Clea zuckte zusammen, aber sie fühlte keinen Schlag, keinen Schmerz, nur grenzenloses Erstaunen darüber, dass sie noch am Leben war.

Auch im Gesicht des Attentäters spiegelte sich Fassungslosigkeit. Er starrte auf seine Brust, wo der Blutfleck sich schnell auf dem Hemd ausbreitete. Dann wankte er und brach zusammen.

„Weg von hier!" bellte eine Stimme irgendwo neben Clea.

Sie schaute in die Richtung und sah einen zweiten Mann mit einer Waffe. Mit hektischen Handbewegungen bedeutete er ihr, nicht länger hier zu bleiben.

Der Mann im grauen Anzug kroch auf Händen und Knien über den Bahnsteig, röchelnd und fluchend, die Pistole noch in der Hand. Erst als Jordan sie an einer Schulter packte, riss Clea sich aus der Erstarrung. Plötzlich funktionierten ihre Beine wieder und sie rannte los. Jeder Schritt war wie ein Nagel, der in ihren schmerzenden Kopf getrieben wurde. Sie hörte Jordan hinter sich. Dann hatten sie das Ende des Zuges erreicht, sprangen auf die Gleise und hasteten zum gegenüberliegenden Bahnsteig.

Clea kletterte als Erste hinauf und drehte sich nach Jordan um. Sie streckte ihm den Arm entgegen, um ihm zu helfen.

„Warte nicht auf mich", keuchte er, als sie beide oben waren. „Renn weiter ... zum Parkplatz ..."

„Ich muss auf dich warten. Du hast die verdammten Wagenschlüssel!"

Der Jaguar stand in der Nähe der Ausfahrt. Jordan warf Clea die Schlüssel zu. „Fahr du", sagte er.

Sie widersprach nicht, sondern setzte sich ans Steuer. Sekunden später raste sie mit quietschenden Reifen vom Parkplatz.

Keine hundert Meter rasten zwei Streifenwagen mit heulenden Sirenen an ihnen vorbei zum Bahnhof.

Clea schaute in den Rückspiegel. Sie schienen es geschafft zu haben. „Du hast gesagt, jemand ist uns von *Chetwynd* zum Bahnhof gefolgt. Woher wusstest du das?"

„Eine ganze Weile fuhr ein schwarzer MG hinter uns her. Dann fiel er plötzlich zurück. Ich dachte, ich hätte mich geirrt."

„Aber du bist trotzdem umgekehrt, um mich zu holen."

„Als ich vom Parkplatz fuhr, tauchte der schwarze MG wieder auf. Er fuhr gerade in eine Lücke. Da wurde mir klar ..." Er verzog das Gesicht. „Willst du mir nicht endlich erklären, was zum Teufel los ist?"

„Jemand hat gerade versucht, uns umzubringen."

„Das habe ich gemerkt. Wer war der Mann?"

„Du meinst seinen Namen?" Sie schüttelte den Kopf. „Ich habe keine Ahnung."

„Und der andere? Der, der uns das Leben gerettet hat?"

„Seinen Namen kenne ich auch nicht. Aber ..." Sie zögerte.

„Ich glaube, ich habe ihn schon mal gesehen. In London. In der U-Bahn."

„Dein Schutzengel?"

„Aber diesmal hast du ihn gesehen, also ist er kein Engel." Sie sah wieder in den Spiegel. Noch immer folgte ihnen kein anderer Wagen. Wohin jetzt? *Chetwynd?*

„Wir können nicht nach *Chetwynd* zurück", sagte Jordan, als hätte er ihre Gedanken erraten. „Damit werden sie rechnen."

„Du kannst dorthin zurück."

„Da bin ich nicht so sicher."

„Hinter dir sind sie nicht her."

„Würdest du mir sagen, wer *sie* sind?"

„Dieselben Leute, die Guy Delanceys Wagen in die Luft gesprengt haben."

„Diese Leute ... Haben die etwas mit dem mysteriösen Belgier zu tun? Oder war das auch nur ein Märchen?"

„Es ist die Wahrheit. Gewissermaßen."

Jordan stöhnte auf. „Gewissermaßen?"

Sie warf ihm einen Blick zu und sah, wie angespannt sein Gesicht war. Er hat genauso große Angst wie ich, dachte sie.

„Ich finde, ich habe ein Recht, die ganze Wahrheit zu erfahren", sagte er.

„Später." Sie fuhr noch schneller. „Jetzt will ich erst einmal aus dieser Grafschaft weg. Wenn wir in London sind ..."

„London?" Er schüttelte den Kopf. „Stell dir das nicht so einfach vor. Wenn diese Leute so gefährlich sind, wie du behauptest, werden sie sämtliche Straßen überwachen."

Ein champagnerfarbener Jaguar würde ihnen bestimmt nicht

entgehen. Sie würde ihn loswerden müssen. Und Jordan auch. Sie wollte ihn nicht noch einmal in Lebensgefahr bringen.

„Da vorn ist eine Querstraße", sagte er. „Bieg ab."

„Wohin führt sie? Nach London?"

„Nein. Zu einem Landgasthof. Ich kenne die Eigentümer. Es gibt eine Scheune, in der wir den Wagen verstecken können."

„Und wie komme ich nach London?"

„Gar nicht. Wir tauchen unter und überlegen uns den nächsten Schritt."

„Wir müssen weiter!" widersprach sie. „Notfalls zu Fuß! Ich bleibe hier nicht länger als nötig …"

„Aber ich fürchte, ich muss", murmelte er.

Wieder warf sie ihm einen Blick zu. Und was sie sah, ließ sie das Lenkrad verreißen.

Er hatte die Jacke zurückgeschlagen und starrte auf sein Hemd. Es war blutig.

7. KAPITEL

„Oh, mein Gott", entfuhr es Clea. „Warum hast du nichts gesagt?"

„Es ist nicht schlimm."

„Woher weißt du das?"

„Ich atme noch, oder?" entgegnete Jordan.

„Na wunderbar." Clea wendete so scharf, dass der Jaguar kurz ins Schleudern kam. „Wir fahren ins Krankenhaus."

„Nein." Er packte ihre Hand. „Dort kriegen sie dich sofort."

„Soll ich dich verbluten lassen?"

„Es hat aufgehört." Er schaute an sich hinab. Der rote Fleck hatte sich ausgebreitet. „Wie sagen sie in Krimis immer? *Es ist nur eine Fleischwunde.*"

„Und wenn nicht? Wenn du innere Blutungen hast?"

„Dann melde ich mich. Glaub mir", fügte er mit einem schiefen Lächeln hinzu. „Im Grunde meines Herzens bin ich ein Feigling.

Ein Feigling? dachte sie. Wenn es einen Mann gab, der nicht feige war, dann dieser.

„Fahr zum Gasthof", beharrte er. „Wenn es schlimmer wird, kann ich immer noch einen Arzt rufen."

Widerwillig wendete sie wieder. Die von Hecken gesäumte Straße wurde schmaler und mündete in eine mit Kies bestreute Einfahrt, an deren Ende das *Munstead Inn* inmitten eines herbstlichen Bauerngartens lag.

Clea stieg aus und half Jordan vom Beifahrersitz.

„Lass mich allein gehen", bat er. „Das ist unauffälliger."

„Du könntest ohnmächtig werden."

„Etwas so Peinliches würde ich nie tun." Leise stöhnend zog er sich aus dem Wagen und schaffte es aus eigener Kraft durch den Garten und die Stufen hinauf.

Ein älterer Gentleman öffnete ihnen. „Wenn das nicht der junge Mr. Tavistock ist", rief er freudig.

Jordan lächelte. „Hallo, Munstead. Haben Sie ein Zimmer frei?"

„Für Freunde von Ihnen immer!" Der Mann trat zur Seite. „*Chetwynd* ist voll belegt, was?"

„Nun ja, das Zimmer ist für mich und die Lady."

„Für Sie und …" Überrascht sah Munstead ihn an. Dann grinste er. „Vertraulich, was?"

„Es sollte unter uns bleiben."

Munstead zwinkerte. „Schon verstanden, Sir."

Clea wusste nicht, wie es Jordan gelang, in seinem Zustand so unbeschwert zu plaudern. Während der alte Mann nach dem Schlüssel suchte, erkundigte Jordan sich höflich nach Mrs. Munsteads Gesundheit, dem Garten und den Kindern. Unter normalen Umständen hätte Clea die romantische Atmosphäre des abgelegenen Gasthofs zu schätzen gewusst, aber jetzt wollte sie nur, dass Jordan sich hinlegte, damit sie nach seiner Schusswunde sehen konnte.

Als sich die Zimmertür hinter dem Wirt schloss, schob Clea Jordan mit sanfter Gewalt aufs Bett und zog ihm das Sakko aus. Die Blutspur auf dem Hemd führte bis unter den rechten Arm.

Sie knöpfte es auf. Das Blut war getrocknet, und der Stoff klebte an der Haut. Vorsichtig schlug sie es auseinander. Was zum

Vorschein kam, sah nicht aus wie ein Einschuss, sondern eher wie eine Schnittwunde.

Sie seufzte vor Erleichterung. „Das sieht nach einem Streifschuss aus. Du hast Glück gehabt."

Stirnrunzelnd starrte er auf seine Brust. „Vielleicht war es eher eine himmlische Fügung als Glück."

„Wie?"

„Gib mir doch mal die Jacke."

Sie reichte ihm das Tweedsakko. Das Einschussloch war leicht zu finden. Es befand sich auf der rechten Brustseite. Jordan griff in die Innentasche und holte eine Uhr an einer Kette heraus. Der goldene Deckel wies eine hässliche Delle auf.

„Eine helfende Hand aus dem Jenseits", sagte er und gab Clea die Taschenuhr.

Sie ließ den Deckel aufschnappen. Auf der Innenseite war der Name *Bernard Tavistock* eingraviert.

„Mein Vater", erklärte Jordan. „Als er starb, habe ich sie geerbt. Offenbar passt er noch immer auf mich auf."

„Dann solltest du sie immer bei dir tragen." Sie gab sie ihm zurück. „Damit sie auch die nächste Kugel abfangen kann."

„Ich hoffe, es wird keine nächste Kugel geben. Die hier war schon unangenehm genug."

Sie ging ins Bad, tauchte ein Handtuch in warmes Wasser und wrang es aus. Als sie die Wunde säuberte, streifte ihr Kopf seinen und sie atmete seinen erregenden Duft ein. Blut und Schweiß und After Shave und dazu sein warmer Atem, der über ihre Wangen strich. Verzweifelt versuchte sie, es zu ignorieren und sich nur auf die Wunde zu konzentrieren.

„Ich habe gar nicht mitbekommen, dass du getroffen wurdest", sagte sie.

„Es war der erste Schuss. Ich bin praktisch hineingestolpert."

„Gestolpert! Du hast mich weggestoßen, du Idiot."

Er lachte. „Ritterlichkeit wird nicht belohnt."

Unvermittelt nahm sie sein Gesicht zwischen die Hände und küsste ihn. Sie wusste sofort, dass es ein Fehler war. Ihrem Magen erging es wie in der Achterbahn, als sie den Druck seiner Lippen fühlte und ihn aufstöhnen hörte. Bevor er sie an sich ziehen konnte, wich sie zurück.

„Siehst du, du irrst dich", flüsterte sie. „Ritterlichkeit wird durchaus belohnt."

„Wenn das so, bin ich es vielleicht noch mal."

„Lass es lieber. Einmal ist ritterlich, zweimal ist dumm."

Atemlos konzentrierte sie sich wieder auf seine Wunde. Obwohl sie seine Lippen auf ihren schmeckte, sah sie ihm nicht ins Gesicht.

Sie wischte die letzten trockenen Blutspuren fort und richtete sich auf. „Womit sollen wir sie verbinden?"

„Im Wagen ist ein Verbandkasten."

„Ich hole ihn."

„Fahr gleich den Wagen in die Scheune."

Clea eilte aus dem Zimmer und atmete tief durch, als sie ins Freie trat. Endlich hatte sie sich wieder im Griff.

Sie fuhr den Jaguar ins Versteck, holte den Verbandkasten und sog die frische, nach Heu duftende Luft ein. Ich kann es mir nicht erlauben, mich ablenken zu lassen, ermahnte sie sich. Nicht einmal durch Jordan.

„Ich habe den Wagen versteckt", sagte sie, als sie das Zimmer wieder betrat.

Er stand am Fenster und antwortete nicht.

„Was ist?" fragte sie.

„Ich habe in *Chetwynd* angerufen."

Sein abrupter Stimmungswechsel irritierte sie. „Warum?"

„Um ihnen zu erzählen, was passiert ist."

„Es ist besser, wenn sie es nicht wissen. Und sicherer …"

„Für wen?"

„Für alle. Sie könnten vielleicht mit den falschen Leuten reden und uns …"

„Wenn ich mich nicht auf meine eigene Familie verlassen kann, auf wen dann?" fragte er zornig.

Seine Reaktion schockierte sie. Sie setzte sich auf die Bettkante. „Ich beneide dich um dein Vertrauen." Sie öffnete den Verbandkasten. „Komm her. Ich möchte die Wunde verbinden."

Er setzte sich neben sie. Keiner sagte etwas, während sie Mullbinden und Pflaster herausnahm. Er zuckte zusammen, als sie die Wunde desinfizierte, schwieg jedoch noch immer.

Das machte ihr Angst. Zwischen ihnen war etwas anders, seit sie wiedergekommen war. Und es hatte mit seinem Anruf in *Chetwynd* zu tun. Sie wagte nicht, ihn danach zu fragen, denn sie befürchtete, auch die letzte Verbindung zwischen ihnen zu kappen. Also schwieg sie und wehrte sich gegen die Panik. Hatte sie ihn verloren? Oder noch schlimmer, war er jetzt gegen sie?

„Richard ist auf dem Weg hierher", sagte er, als sie das letzte Pflaster andrückte.

Sie starrte ihn an. „Du hast ihm gesagt, wo wir sind?"

„Ich musste. Er hat mir etwas zu sagen."

„Hättet ihr das nicht am Telefon besprechen können?"

„Nein. Er muss es mir ins Gesicht sagen." Jordan zögerte. „Es geht um dich."

Er weiß es, dachte sie entsetzt. Sie hasste sich und ihre Vergangenheit.

„Was hat er gesagt?" fragte sie leise.

„Nur dass du nicht ganz ehrlich warst ... was deine Identität betrifft."

„Wie ..." Sie räusperte sich. „Wie hat er das herausgefunden?"

„Durch deine Fingerabdrücke."

„Welche Fingerabdrücke?"

„Beim Polomatch. Dein Glas im Erfrischungszelt."

Es dauerte einen Moment, bis sie begriff. „Dann hast du ..."

Er nickte. „Ich habe das Glas mitgenommen. Bei Scotland Yard waren die Abdrücke nicht registriert, also habe ich Richard gebeten, in den USA nachzuforschen. Dort hatten sie deine Abdrücke im Computer."

Sie sprang auf. „Ich habe dir vertraut!"

„Ich wollte dir nicht wehtun."

„Nein, du hast nur hinter mir hergeschnüffelt."

„Was hätte ich denn tun sollen? Ich musste es wissen."

„Warum ist es dir wichtig, wer ich bin?"

„Ich wollte sicher sein, dass ich dir glauben kann."

„Also wolltest du beweisen, dass ich lüge?"

„Habe ich es bewiesen?"

Lachend schüttelte sie den Kopf. „Du hast es erwartet."

„Ich weiß nicht, was ich erwartet habe."

„Vielleicht, dass ich eine getarnte Prinzessin bin? Und jetzt bist du enttäuscht, weil ich keine Prinzessin, sondern ein Frosch bin. Ich bin auch enttäuscht, dass ich meiner Vergangenheit nicht entrinnen kann. Sie verfolgt mich wie eine dieser kleinen Regenwolken über dem Kopf einer Comicfigur." Sie senkte den Blick und betrachtete das Blumenmuster auf dem Teppich. Dann seufzte sie.

„Na ja, ich danke dir für deine Hilfe. Kein Mann hat sich mir gegenüber so sehr als Gentleman erwiesen. Ich wünschte … Ich hatte gehofft …" Sie schüttelte den Kopf und ging zur Tür.

„Wohin willst du?"

„Nach London. Es ist ein weiter Weg."

Mit drei Schritten war er bei ihr. „Du darfst nicht gehen."

„Ich muss weiterleben."

„Und wie lange? Was passiert am nächsten Bahnhof?"

„Willst du noch eine Kugel abbekommen?"

Er ergriff ihren Arm und zog sie an sich. „Ich weiß nicht, was ich will … aber das hier … muss ich tun", flüsterte er.

Er presste sie an die Wand, die Lippen auf ihren, sein Körper ein warmes, lebendiges Fluchthindernis. Ihr Atem ging so schnell und laut, dass sie die Schritte auf der Treppe nicht hörten.

Als es an der Tür klopfte, fuhren sie auseinander.

„Wer ist da?" rief Jordan.

„Ich bin es."

Jordan öffnete.

Auf dem Flur stand Richard Wolf. Er sah von Cleas gerötetem Gesicht zu Jordans nackter Brust, sagte jedoch nichts, sondern trat ein und schloss hinter sich ab. Erst jetzt bemerkte Clea, dass er einen Hefter mit Unterlagen bei sich hatte.

„Niemand ist dir gefolgt?" fragte Jordan.

„Nein." Richard sah Clea an, und sein Blick war so kühl, dass sie sich am liebsten verkrochen hätte. Er weiß alles, dachte sie panisch. Der Ordner enthielt ihre Vergangenheit. Wer und was sie gewesen war. Wie würde Jordan reagieren? Zornig, enttäuscht, angewidert?

Niedergeschlagen und mutlos ging sie zum Bett und ließ sich darauf sinken. Sie senkte den Kopf, denn sie wollte die Gesichter der Männer nicht sehen, wenn die beiden über sie sprachen. Sie würde einfach dasitzen, alles zugeben und dann gehen. Diesmal würde Jordan sie bestimmt nicht aufhalten. Im Gegenteil. Er würde froh sein, sie loszuwerden.

„Ihr Name ist nicht Diana Lamb", begann Richard. „Sondern Clea Rice."

Jordan sah die Frau an, aber sie sagte nichts. Sie saß nur da, mit gesenkten Schultern und hängendem Kopf. Das war nicht die tatkräftige Diana ... Clea, die er kannte.

Richard reichte ihm den Hefter. „Das ist mir vor einer Stunde aus Washington gefaxt worden."

„Von Niki?"

Richard nickte. Nikolai Sakaroff war sein Teilhaber. Wenn jemand wusste, wie man an vertrauliche Informationen gelangte, dann der ehemalige KGB-Oberst.

„Ihre Abdrücke waren bei der Polizei in Massachusetts gespeichert", erklärte Richard. „Der Rest war einfach."

Jordan schlug den Hefter auf. Die erste Seite war die körnige Kopie eines Steckbriefs, drei Fotos, eins von vorn, zwei Profile. Die Schärfe hatte unter dem Faxen noch mehr gelitten, aber die junge Clea war zu erkennen. Sie lächelte nicht, sondern starrte mit großen verwirrten Augen und zusammengepresstem Mund in die Kamera. Das Haar fiel ihr auf die Schultern und war vermutlich blond. Jordan sah zu der Frau auf dem Bett hinüber. Sie hatte sich nicht bewegt.

Er blätterte um.

„Vor drei Jahren ist sie verurteilt worden, weil sie einen Straftäter beherbergt und Beweismittel vernichtet hat", sagte Richard. „Zehn Monate im Staatsgefängnis von Massachusetts, wegen guter Führung vorzeitig entlassen."

Jordan wandte sich ihr zu. „Stimmt das?"

Sie lachte bitter. „Ja."

Er sah Richard an. „Wer war der Straftäter?"

„Sein Name ist Walter Rice. Er ist noch in Haft."

„Rice? Ist er mit ihr verwandt?"

„Mein Onkel", sagte Clea dumpf.

„Was hat er verbrochen?"

„Einbruch. Betrug. Hehlerei." Sie zuckte mit den Schultern. „Onkel Walter hat eine lange und abwechslungsreiche Karriere hinter sich."

„Bei der Clea mitgewirkt hat", ergänzte Richard trocken.

Ihr Kinn fuhr hoch. „Das ist nicht wahr!"

„Nein? Was ist mit Ihrem Vorstrafenregister als Jugendliche? Mit zwölf wurden Sie erwischt, als Sie gestohlenen Schmuck verpfänden wollten. Mit vierzehn sind Sie und Ihr Cousin in ein halbes Dutzend Häuser in Beacon Hill eingebrochen."

„Ich war noch ein Kind! Ich wusste nicht, was ich tat!"

„Was haben Sie denn geglaubt, was Sie tun?"

„Alles, was Onkel Walter uns gesagt hat." Sie senkte den Blick wieder. „Er hat sich um uns gekümmert ... Ich bin bei ihm aufgewachsen. Wir waren zu dritt. Mein Cousin Tony, mein Onkel und ich. Ich weiß, was wir getan haben, war falsch. Aber die Einbrüche waren für mich wie ein Spiel. Eine Mutprobe. Es ging mir nicht um das Geld. Nie!" Sie sah auf. „Es war die Herausforderung, das Abenteuer."

„Und ob es richtig oder falsch war, hat dich nicht interessiert?" fragte Jordan.

„Deshalb habe ich aufgehört. Mit achtzehn bin ich bei Onkel Walter ausgezogen und war acht Jahre lang eine brave Bürgerin. Ich schwöre es."

„Aber Ihr Onkel hat weitergemacht. Laut Polizei hat er Dutzende von Einbrüchen in den Villenvierteln von Boston begangen. Zum Glück ist nie jemand verletzt worden", sagte Richard und warf ihr einen strengen Blick zu.

„Onkel Walter würde nie jemandem wehtun! Er hatte ja nicht einmal eine Waffe! Und er hat nur die bestohlen, die mehr als genug hatten", protestierte sie.

„Natürlich. Er ist nur dort eingebrochen, wo es sich lohnte."
Sie starrte auf ihre Hände.

Eine überführte Kriminelle, dachte Jordan. Sie sah nicht so aus. Aber sie hatte ihn getäuscht, von Anfang an, und er wusste, dass er seinen Augen, seinem Instinkt nicht mehr trauen durfte. Jedenfalls nicht bei ihr.

Er konzentrierte sich wieder auf die Unterlagen. Außer einigen Notizen in Niki Sakaroffs präziser Handschrift gab es noch die Kopie eines Zeitungsartikels über Walter Rice, der es in Boston zu zweifelhaftem Ruhm gebracht hatte. Clea sagte die Wahrheit. Ihr Onkel hatte nie jemanden verletzt. Außerdem hatte er bei seinen Einbrüchen stets eine rote Rose zurückgelassen. Als Entschuldigung an seine Opfer.

Ein wachsamer Hauseigentümer hatte ihn schließlich überrascht und in den Arm geschossen. Zwei Tage später war Walter in der Wohnung seiner Nichte verhaftet worden.

Kein Wunder, dass sie meine Wunde so fachmännisch verbunden hat, dachte Jordan. Sie hat Übung darin.

„Was ist mit diesem Tony?" fragte er.

„Der hat sechs Jahre abgesessen. Niki hat herausgefunden, dass er in Europa mit gestohlenen Antiquitäten handelt", antwortete Richard.

„Haltet Tony aus dieser Sache heraus. Er ist jetzt sauber", beteuerte Clea. „Ihr habt mich doch schon verurteilt. Es gibt nichts mehr zu sagen."

„Es gibt noch viel zu sagen", widersprach Jordan. „Wer versucht, dich zu ermorden? Und erschießt dabei vielleicht mich?"

„Wenn ich weg bin, lässt er dich in Ruhe."

„Wer?"

„Der Mann, von dem ich dir erzählt habe." „Der Belgier."

„Welcher Belgier?" wollte Richard wissen.

„Sein Name ist Van Weldon", sagte Clea. „Er hat seine Leute überall."

Eine Weile sagte keiner etwas. Dann sah Richard sie an. „Victor Van Weldon?"

Sie zuckte zusammen und starrte ihn voller Angst an. „Sie … kennen ihn?"

„Nein. Ich habe nur den Namen gehört. Erst kürzlich." Richard runzelte die Stirn. „Ich habe mit einem der Polizisten über den Mann gesprochen, der auf dem Bahnhof erschossen wurde."

„Über den Mann, der uns töten wollte?" fragte Jordan.

Richard nickte. „Ein gewisser George Fraser. Engländer, mit Londoner Adresse. Sie haben versucht, Angehörige zu finden, haben aber nur herausgefunden, wo er arbeitet. Die Reederei Van Weldon."

Jordan sah, wie Clea fröstelte, als der Firmenname fiel. Dann stand sie auf und trat ans Fenster.

„Was ist mit dem, der diesen Fraser erschossen hat?" fragte Jordan.

„Der ist entkommen."

„Mein Schutzengel", flüsterte Clea. „Warum?"

„Sagen Sie es uns", meinte Richard.

„Ich weiß, warum man mich töten will. Aber nicht warum jemand will, dass ich am Leben bleibe."

Jordan ging zu ihr und legte eine Hand auf ihre Schulter. „Warum will Victor Van Weldon dich tot sehen?"

„Weil ich weiß, was mit der *Max Havelaar* passiert ist."

„Warum sie gesunken ist, meinst du?"

Sie nickte. „Sie hatte nichts Wertvolles an Bord. Es war ein Versicherungsbetrug. Und die Besatzung wurde einfach beseitigt."

„Woher weißt du das alles?"

„Weil ich dort war." Sie drehte sich zu ihm um. Ihr Gesicht war blass, ihre Augen groß. „Ich war an Bord der *Max Havelaar*, als sie unterging."

8. KAPITEL

„Tony verkauft Antiquitäten, das stimmt", begann Clea. „Aber nicht illegal. Seit seinem Unfall im letzten Jahr sitzt er im Rollstuhl und er bat mich, für ihn nach Neapel zu fliegen. Dort lernte ich zwei italienische Seeleute kennen." Sie sah wieder aus dem Fenster. „Carlo und Giovanni ..."

Die beiden waren Erster und Nautischer Offizier auf einem Schiff im Hafen gewesen. Die beiden flirteten mit ihr, bedrängten sie jedoch nicht. Giovanni war mit Tony befreundet, und allein das reichte aus, um ihr den Respekt der beiden Südländer zu sichern.

„Wir verbrachten mehrere Abende zusammen", erzählte sie leise. „Sie waren so süß ... so höflich. Wie jüngere Brüder. Und als sie dann auf die Idee kamen, mich auf ihrem Schiff nach Belgien mitzunehmen, war ich begeistert."

„Als Passagier?" fragte Jordan.

„Als eine Art blinder Passagier", erklärte sie. „Der Kapitän hatte nichts dagegen, solange ich unter Deck blieb, bis wir aus dem Hafen ausgelaufen waren. Er wollte keinen Ärger mit dem Eigner."

„Du hast ihnen vertraut?"

„Ja. Es klingt vielleicht verrückt, ich weiß. Aber sie waren so harmlos." Clea lächelte wehmütig. „Ich war so abenteuerlustig. Wir hatten alles genau geplant. Ich sollte für die acht Mann an Bord kochen. Platz war genug. Die Ladung bestand aus einigen Kisten mit Kunstgegenständen für eine Auktion in Brüssel.

Sie schmuggelten mich abends an Bord, und ich wartete im Laderaum, bis wir aus dem Hafen waren. Giovanni brachte mir Tee und Kekse."

„Und es war die *Max Havelaar?*" fragte Richard.

Sie schluckte. „Ja, es war die *Max Havelaar.* Ein altes Schiff. Alles war verrostet. Ich fand es seltsam, dass ein so großes Schiff nur ein paar Kisten mit Kunstgegenständen transportierte. An einer hing ein Frachtbrief. Ich überflog ihn und stellte fest, dass in den Kisten ein Vermögen steckte."

„Stand der Eigentümer darauf?"

„Ja. Die Firma von Van Weldon. Ich war neugierig, wollte hineinsehen, aber die Kisten waren alle vernagelt. Aber eine hatte ein Astloch, und ich leuchtete hinein. Was ich dann sah, machte überhaupt keinen Sinn."

„Was war drin?"

„Steine. Auf dem Boden der Kiste lagen nur Steine." Clea drehte sich um. Die beiden Männer starrten sie verwirrt an.

„Haben Sie mit der Besatzung darüber gesprochen?" wollte Richard wissen.

„Nur mit Giovanni. Er lachte und meinte, das könne nicht sein. Man hätte ihm gesagt, der Inhalt sei sehr wertvoll. Die Firma Van Weldon hätte sie selbst verladen."

„Und dann?"

„Ich bestand darauf, mit Vicenzo zu sprechen. Das war der Kapitän. Aber auch der lachte mich aus und fragte, warum eine Firma denn Steine verschiffen sollte. Außerdem war er beschäftigt. Wir näherten uns der Südküste von Sardinien, und er musste auf andere Schiffe achten. Er versprach mir, sich die Kisten später anzusehen. Als wir Sardinien passiert hatten, gingen sie mit mir in den Laderaum. Sie öffneten eine der Kisten und wühlten sich durch Sägespäne und alte Zeitungen bis auf den Boden. Statt der erwarteten Kunstgegenstände fanden sie Steine."

„Und da hat der Kapitän Ihnen endlich geglaubt?"

„Natürlich. Er beschloss, sich mit Neapel in Verbindung zu setzen. Also gingen wir wieder auf die Brücke. Als wir dort ankamen, explodierte der Maschinenraum."

Richard und Jordan sagten nichts, sondern lauschten grimmig, als sie die letzten Minuten der *Max Havelaar* schilderte.

In der Panik nach der Explosion waren die Steine vergessen. Giovanni funkte ein letztes SOS, das Feuer breitete sich aus, sie ließen das Rettungsboot zu Wasser und sprangen in das dunkle Mittelmeer.

„Das Wasser war so kalt", fuhr sie fort. „Als ich wieder auftauchte, stand die *Havelaar* in Flammen. Carlo und der Zweite Maat waren schon im Rettungsboot und dabei, Vicenzo an Bord zu ziehen. Giovanni war noch im Wasser. Ich war immer eine gute Schwimmerin gewesen, also wollte ich warten, bis alle anderen im Boot waren." Es war ihr wie ein böser Traum erschienen. Unwirklich. Angst hatte sie nicht gehabt. Noch nicht.

„Ich wusste, dass die Küste nur zwei Meilen entfernt war. Am Morgen hätten wir dort sein können. Als alle anderen im Boot waren, schwamm ich hin. Sie wollten mich gerade hochziehen, als wir ein Motorengeräusch hörten."

„Ein anderes Schiff?" fragte Jordan.

„Ja. Eine Art Rennboot. Die Männer schrien und winkten. Ein Suchscheinwerfer erfasste uns. Eine Stimme rief uns etwas zu. Auf Englisch. Sie nannte den Namen des Rennboots. *Cosima.* Giovanni hatte gerade meine Hand gepackt …" Sie zögerte. „Da begann die *Cosima* auf uns zu schießen."

„Auf das Rettungsboot?" rief Jordan entsetzt.

„Zunächst begriff ich gar nicht, was los war. Ich hörte die Männer schreien. Dann ließ Giovanni meine Hand los. Ich sah, dass er zusammengesackt war und mich anstarrte. Ich kam gar nicht darauf, dass es Schüsse waren. Bis jemand ins Wasser fiel. Es war Vicenzo", flüsterte sie.

„Wie bist du entkommen?"

„Ich bin getaucht und unter Wasser geschwommen, bis mir fast die Lunge platzte. Weg von dem Scheinwerfer. Ich kam hoch, um nach Luft zu schnappen. Ich glaube, sie haben auf mich geschossen, aber sie verfolgten mich nicht. Ich schwamm die ganze Nacht hindurch, bis ich die Küste erreichte."

Sie senkte den Kopf.

„Sie haben sie alle getötet", wisperte sie. „Giovanni. Den Kapitän. Sechs wehrlose Männer im Rettungsboot. Sie ahnten nicht, dass es eine Zeugin dafür gibt."

Jordan und Richard waren zu schockiert, um etwas zu sagen.

„Im Morgengrauen watete ich an Land. Durchgefroren und erschöpft. Aber ich wollte zur Polizei." Sie schüttelte den Kopf. „Das war ein Fehler."

„Warum?" fragte Jordan leise.

„Ich landete in einer kleinen Polizeistation und erzählte ihnen alles. Ich musste in einem Hinterzimmer warten, während sie meine Angaben überprüften. Offenbar haben sie Van Weldons Firma angerufen. Nach drei Stunden kam jemand von Van

Weldon. Ich hörte seine Stimme durch die Tür." Sie zitterte. „Ich erkannte sie wieder und wusste, dass ich in Gefahr war. Es war die Stimme von der *Cosima*."

„Du meinst, die Killer haben für Van Weldon gearbeitet?"

Clea nickte. „Ich bin aus dem Fenster geklettert. Seitdem bin ich auf der Flucht. Später fand ich heraus, dass die *Cosima* Van Weldons Reederei gehört. Sie haben die *Havelaar* versenkt und die Besatzung ermordet."

„Und die Versicherungssumme kassiert", sagte Richard. „Für das Schiff und die Kunstgegenstände."

„Die gar nicht an Bord waren, sondern jetzt wahrscheinlich Stück für Stück auf dem schwarzen Markt verkauft werden."

„Bei wem waren sie versichert?"

„*Lloyd's* in London. Aber sie haben mir nicht geglaubt. Kein Wunder. Sie haben erfahren, dass ich im Gefängnis war." Seufzend setzte sie sich aufs Bett. „Ich habe meinem Cousin Tony gesagt, er soll untertauchen, weil sie bestimmt versuchen würden, über ihn an mich heranzukommen. Er sitzt im Rollstuhl, hat sich irgendwo in Brüssel versteckt und kann mir nicht helfen. Also war ich auf mich allein gestellt."

Eine Weile herrschte angespannte Stille. Als Clea endlich den Mut fand, den Kopf zu heben, sah sie, dass Jordans Stirn in Falten lag und Richard Wolf ein skeptisches Gesicht machte.

„Sie glauben mir nicht, Mr. Wolf?"

„Ich möchte erst die Fakten überprüfen." Er wandte sich an Jordan. „Können wir draußen reden?"

Jordan folgte Richard aus dem Zimmer.

Vom Fenster aus beobachtete Clea, wie die beiden Männer

durch den Garten zu Richards Wagen gingen. Kurz darauf stieg er ein und fuhr davon. Jordan kehrte ins Haus zurück.

„Es tut mir Leid", sagte sie, als er ins Zimmer kam.

„Bitte?"

„Ich wollte dich nicht in diese Sache hineinziehen. Und deine Familie auch nicht. Fahr nach Hause. Ich komme schon irgendwie nach London."

„Dazu ist es zu spät, findest du nicht?"

„Dir wird nichts passieren. An dir ist Van Weldon nicht interessiert."

„Doch."

„Was?"

„Richard hat es mir eben erzählt. Jemand hat ihn verfolgt. Er hat ihn abgeschüttelt. Und *Chetwynd* wird beobachtet."

Mit klopfendem Herzen ging Clea auf und ab. Sie kannte Van Weldon. Er wusste jetzt von ihrer Verbindung zu den Tavistocks. Es war nur eine Frage der Zeit, bis er sie aufspüren würde. Er würde nicht aufgeben.

Sie blieb stehen. „Was jetzt? Was schwebt deinem Mr. Wolf vor?"

„Ein paar diskrete Erkundigungen, ein Gespräch mit *Lloyd's*."

„Und was tun wir inzwischen?"

„Wir warten hier. Er ruft uns morgen früh an."

Sie wandte sich ab. Morgen früh werde ich weg sein, dachte sie.

Victor Van Weldon litt wieder unter einem Anfall, und diesmal war es ernst. Sein Gesicht war blass, die Lippen bläulich angelaufen.

„Wie kann das sein?" keuchte er. „Sie haben gesagt, Sie haben alles im Griff und die Frau entkommt uns nicht."

„Ein Dritter hat sich eingemischt", erwiderte Simon Trott. „Er hat alles zunichte gemacht. Wir haben einen Mann verloren."

„Was ist mit dieser Familie, die Sie erwähnt haben? Diesen Tavistocks?"

„Die bereiten mir keine Sorgen."

„Wer denn?"

Trott zögerte. „Interpol. Offenbar hat die Frau ihr Interesse geweckt."

Van Weldon bekam einen Hustenkrampf. Als er wieder ruhig atmete, warf er Trott einen giftigen Blick zu. „Sie haben Mist gebaut."

„Die Polizei hat nichts. Unser Mann ist tot und kann nicht reden."

„Aber Clea Rice kann es", sagte Van Weldon scharf.

„Wir finden sie wieder."

„Wie?"

„Unser Kontakt in Buckinghamshire ..."

Van Weldon schnaubte abfällig. „Der ist ein zu großes Risiko. Beenden Sie den Kontakt. Ich dulde keinen Verrat."

Trott nickte. Er verstand genau, was das bedeutete, und konnte nur hoffen, dass Van Weldon nicht eines Tages zu ihm den Kontakt abbrechen würde!

Es war schon dunkel, als Richard in *Chetwynd* eintraf. In der Einfahrt stand ein unbekannter Wagen. Er stieg aus, ging um den Saab herum und sah nichts, was auf den Fahrer hindeutete.

Davis begrüßte ihn an der Haustür und half ihm aus dem Mantel. „Sie haben einen Besucher, Mr. Wolf."

„Wer ist es?"

„Ein Mr. Archibald MacLeod. Er wartet in der Bibliothek."

Als Richard den Raum betrat, stand der Fremde an einem Regal und betrachtete ein in Leder gebundenes Buch.

„Mr. MacLeod? Ich bin Richard Wolf."

„Ich weiß. Ich habe gerade mit einem alten Kollegen von Ihnen telefoniert. Claude Daumier vom französischen Geheimdienst. Er hat mir versichert, dass ich mit Ihnen offen reden kann." MacLeod schob das Buch ins Regal zurück. „Ich komme von Interpol."

„Um was geht es?"

„Wir vermuten, dass Sie und Mr. Tavistock in eine gefährliche Situation geraten sind. Ich möchte verhindern, dass jemand zu Schaden kommt. Deshalb möchte ich Sie bitten, mir zu sagen, wo ich Clea Rice finden kann."

Richard ließ sich seine Beunruhigung nicht anmerken. „Clea Rice?"

„Ich weiß, dass Sie den Namen kennen. Sie haben ihre Fingerabdrücke überprüfen lassen und eine Kopie ihres Strafregisters angefordert. Die US-Behörden haben uns informiert."

Offenbar war der Mann wirklich bei der Polizei. Trotzdem blieb Richard auf der Hut. Er setzte sich an den Kamin. „Bevor ich Ihnen etwas erzähle, möchte ich die Fakten hören."

„Über Clea Rice?"

„Nein, über Victor Van Weldon."

„Und dann sagen Sie mir, wo ich Miss Rice finde?"

„Was wollen Sie von ihr?"

„Es ist höchste Zeit, sie abzuziehen."

Richard runzelte die Stirn. „Sie wollen sie festnehmen?"

„Keineswegs." MacLeod sah ihn an. „Wir haben Miss Rice lange genug in Gefahr gebracht. Wir wollen sie in Gewahrsam nehmen. Zu ihrem eigenen Schutz."

Ein sanfter Nieselregen fiel, als Clea den Gasthof verließ. Es war nach Mitternacht und die anderen Bewohner längst im Bett. Eine Stunde lang hatte sie wach neben Jordan gelegen, bis sie sicher sein konnte, dass er fest schlief. Seit den Enthüllungen am Nachmittag herrschte zwischen ihnen Misstrauen, und jeder hatte eine Seite des Betts genommen.

Jetzt ging sie, und es war besser so. Er war der Gentleman, sie der Exsträfling. Es gab keine Gemeinsamkeit.

Die Pforte hinter dem Haus quietschte, und sie erstarrte. Aber sie hörte nur das leise Prasseln der Tropfen auf den Blättern und in der Ferne einen bellenden Hund. Sie zog die Jacke fester um sich und marschierte die Straße entlang.

Sie überlegte, ob sie lieber daneben, hinter der Hecke laufen sollte. Aber dort war es zu schlammig, und in der Nacht würde sie bestimmt keinem Auto begegnen. Als sie auf die Straße zurückkehrte, stand plötzlich eine dunkle Gestalt vor ihr.

„Du hättest mir sagen können, dass du gehst", meinte Jordan.

Erleichtert atmete sie weiter. „Das hätte ich."

„Warum hast du es nicht getan?"

„Du hättest mich aufgehalten, und das kann ich mir nicht erlauben. Sie sind nur einen Schritt hinter mir."

„Mit mir bist du sicherer als ohne mich", erwiderte er.

„Nein, allein ist es ungefährlicher. Für uns beide. Vielleicht überlebe ich ja doch."

„Wie? Immer auf der Flucht? Was ist das für ein Leben?"

„Wenigstens ist es ein Leben."

„Und was wird aus Van Weldon? Er ist ein Mörder. Soll er ungeschoren davonkommen?"

„Ich habe alles versucht. Und was hat es mir eingebracht? Ich gebe auf, okay? Er hat gewonnen. Und ich verschwinde." Sie drehte sich um und ging die Straße entlang.

Jordan folgte ihr. „Bist du wirklich wegen des Dolches nach England gekommen?"

„Ja." Sie blieb stehen. „Ich dachte, ich könnte ihn an mich bringen. Dann hätte ich meinen Beweis gehabt und allen beweisen können, dass Van Weldon lügt."

„Wenn das stimmt ..."

„Wenn das stimmt?" Enttäuscht ging sie weiter. Weg von ihm. „Und den Mann mit der Waffe habe ich mir wohl ausgedacht, ja?"

Er ließ sich nicht abschütteln. „Du kannst nicht dauernd weglaufen. Du hast als Einzige gesehen, was mit der *Havelaar* geschehen ist. Du bist die Einzige, die Van Weldon vor Gericht zur Strecke bringen kann."

„Vorausgesetzt, er bringt mich nicht zuerst zur Strecke."

„Die Polizei braucht deine Aussage."

„Die glaubt mir nicht, jedenfalls nicht ohne handfeste Beweise. Außerdem traue ich der Polizei nicht. Glaubst du, Van Weldon ist reich geworden, indem er sich an die Gesetze gehalten hat? Ganz bestimmt nicht! Er hat hundert Anwälte, die ihn immer wieder heraushauen. Und vermutlich hundert Polizisten, die ihn rechtzeitig warnen. Er besitzt ein Dutzend Schiffe, vierzehn Hotels und drei Casinos in Monte Carlo. Van Weldon beseitigt jeden, der sich ihm in den Weg stellt."

„Ich werde dir Hilfe verschaffen."

„Du hast einen Landsitz und einen Schwager bei der CIA. Das reicht nicht", sagte sie.

„Mein Onkel hat lange Zeit beim MI6 gearbeitet, dem britischen Geheimdienst."

„Ich vermute, dein Onkel kennt ein paar Parlamentsabgeordnete?"

„Ja."

„Van Weldon auch. Er findet überall Freunde. Oder er kauft sie sich."

Jordan ergriff ihren Arm und drehte sie zu sich um. „Clea, acht Männer sind auf der *Havelaar* gestorben. Du warst dabei. Wie kannst du jetzt aufgeben?"

„Glaubst du, das fällt mir leicht?" rief sie. „Ich versuche nachts einzuschlafen und sehe, wie der arme Giovanni im Rettungsboot zusammenbricht. Ich höre die Schüsse ... und Vicenzo stöhnen. Und die Stimme des Mannes auf der *Cosima,* der den Feuerbefehl gegeben hat ..." Sie schluckte. „Nein, leicht fällt mir das nicht. Aber ich muss es tun, wenn ich ..."

Erst als Jordan heftig an ihrem Arm zerrte, nahm sie den Lichtschein wahr, der auf sein Gesicht fiel. Sie wirbelte herum und sah auf die Straße.

In der Ferne näherte sich ein Wagen. Als er um eine Kurve fuhr, wanderte das Scheinwerferlicht an der Hecke entlang.

Jordan zog Clea mit sich in die Richtung, aus der sie gekommen waren. An dieser Stelle waren die Hecken zu dicht und hoch. Ihr einziger Fluchtweg war die Straße. Der Asphalt war glatt vom Regen, und an Cleas Schuhen klebte noch Schlamm. Sie war einfach nicht schnell genug.

Jordan zerrte sie zur Seite, durch eine Lücke in der Hecke.

Sie landeten im nassen Gras. Sekunden später fuhr der Wagen vorbei. Das Motorengeräusch wurde leiser. Dann war nichts mehr zu hören. Keine Wagentüren, keine Stimmen.

„Meinst du, sie sind weitergefahren?" fragte Clea und sah ihn beklommen an.

„Nein. Dies ist eine Sackgasse. Es gibt nur den Gasthof."

„Was wollen sie dort?"

„Beobachten. Auf etwas warten."

Auf uns, dachte sie und sprang auf. Sie rannte über die Wiese, ohne zu wissen, wohin. Sie wollte nur weg. Weg vom *Munstead Inn*. So weit wie möglich. Sie keuchte so laut, dass sie Jordan nicht hörte. Erst als sie stolperte und auf den Knien landete, merkte sie, dass er bei ihr war.

Er zog sie auf die Füße.

„Keine Panik", sagte er schwer atmend. „Sie verfolgen uns nicht."

Sie riss sich los und stapfte weiter.

„Clea, warte."

„Geh nach Hause, Jordan. Dorthin, wo du ein Gentleman sein kannst."

„Glaubst du wirklich, dass Van Weldon dich in Ruhe lässt?" fragte er verzweifelt. „Er wird dich jagen, Clea. Wohin du auch rennst, du wirst immer über die Schulter sehen. Du bist die, die ihn vernichten kann. Es sei denn, er vernichtet dich!"

Sie blieb stehen und sah ihn an. Sein Gesicht war ein dunkles Oval vor den silbergrauen Wolken am Nachthimmel. Sie schluchzte. „Ob ich mich nun wehre oder aufgebe, Jordan, ich bin verloren. Ich habe solche Angst." Sie schlang die Arme um sich. „Und ich erfriere."

Sofort zog er sie an sich. Sie waren beide nass und fröstelten, aber selbst durch die feuchte Kleidung hindurch spürte sie seine Wärme. Er nahm ihr Gesicht zwischen die Hände, und sein Kuss vertrieb die Kälte und die Angst. Während es immer stärker regnete, gab es für sie nur ihn. Seinen heißen Mund und die Art, wie sein Körper sich an ihren schmiegte.

„Ich weiß, wohin wir können", sagte er leise. „Es ist ein langer Fußmarsch, aber dort ist es warm und trocken. Dort können wir heute Nacht bleiben."

„Und es ist sicher?"

„Es ist sicher." Wieder küsste er sie. „Vertrau mir."

Mir bleibt nichts anderes übrig, dachte sie. Ich bin zu müde, um zu überlegen, was ich jetzt tun soll. Wohin ich flüchten kann.

Er nahm ihre Hand. „Wir überqueren die Wiese, und dann sind es noch drei, vier Meilen. Schaffst du das?"

Sie dachte an die Männer in dem Wagen, der jetzt vor dem Gasthof stand. An ihre Waffen und die Kugel, die darin auf sie wartete.

„Ich schaffe es", antwortete sie entschlossen und ging weiter.

9. KAPITEL

Jordan schaltete eine Lampe ein und betrachtete Clea. „Du meine Güte", entfuhr es ihm, als er ihr Gesicht berührte. „Du bist ja ein Eiswürfel."

„Ein Feuer", flüsterte sie. „Bitte mach ein Feuer, damit es bald warm wird."

„Das dauert zu lange." Er zog sie ins Bad, drehte die Dusche auf und zog ihr die triefende Jacke aus. Das Cottage gehörte seinem alten Freund Monty, der gerade mal wieder auf Brautschau in St. Moritz war. Jordan hatte einfach eine Fensterscheibe eingeschlagen.

„Gleich wird dir wieder warm." Er warf die Jacke beiseite und zog den Reißverschluss des Rocks auf. Sie fror zu sehr, um sich darüber Gedanken zu machen. Das Wasser dampfte schon. Er prüfte die Temperatur und schob Clea in ihrer Unterwäsche unter den Strahl.

Es dauerte eine ganze Weile, bis sie aufhörte zu zittern. Langsam wurde sie warm.

„Clea?"

Sie antwortete nicht, sondern genoss das herrliche Gefühl, ihren Körper wieder zu spüren.

„Alles in Ordnung?"

Bevor sie etwas erwidern konnte, wurde der Duschvorhang zur Seite gezogen, und sie schaute in Jordans Gesicht.

Einen Moment lang sagten sie nichts. Obwohl die durchsichtige Wäsche an ihrer Haut klebte, sah er ihr nur ins Gesicht.

Sie hob die Hand und berührte sein Gesicht. Unter ihren Fingerspitzen fühlte sich die Wange rau und kalt an, aber es reichte aus, alle Barrieren zwischen ihnen schmelzen zu lassen. Eine Hitze breitete sich explosionsartig in ihr aus. Sie zog seinen Kopf zu sich herab und küsste Jordan auf die Lippen.

Das heiße Wasser strömte über die Schultern, ihre nackt, seine noch im Hemd. Durch den Dampf sah sie in seinen Augen das unterdrückte Verlangen, das zwischen ihnen pulsierte, seit sie sich begegnet waren.

Sie presste sich an ihn und seufzte lustvoll und ein wenig triumphierend, als sie fühlte, wie sein Körper reagierte.

„Deine Sachen", murmelte sie und tastete nach seinem Hemd. Er streifte es ab und ließ es achtlos zu Boden fallen, während sie mit seinem Gürtel kämpfte.

Irgendwie schafften sie es, das Wasser abzudrehen, über die klitschnasse Kleidung hinwegzusteigen und das Bad zu verlassen. Auf dem Weg durchs Cottage hinterließen sie seine Hose an der Badezimmertür, ihren BH im Flur und seine Boxershorts an der Schwelle des Schlafzimmers. Als sie aufs Bett fielen, waren sie beide nackt, und es gab nur feuchte, erhitzte Haut und erregtes Wispern.

Es war kalt im Zimmer, und hastig schlüpften sie unter die Daunendecke. Verschlungen lagen sie da, Mund an Mund, während ihre Körper das Bett erwärmten. Cleas Frösteln ließ nach, und sie vergaß die Kälte, als sein Mund ihre Brüste fand und die Knospen liebkoste, bis sie fast schmerzhaft fest wurden.

Sie schob sich über ihn und erwiderte seine Zärtlichkeiten voller Leidenschaft. Stöhnend packte Jordan ihre Schultern und rollte sich mit ihr herum, sodass sie plötzlich unter ihm lag.

Ihre Blicke trafen sich, als er ihr Gesicht behutsam umfasste und in sie hineinglitt. Selbst als sie vor Lust leise aufschrie, schaute sie ihm in die Augen.

Er bewegte sich langsam, behutsam in ihr, und noch immer waren ihre Blicke verschmolzen.

Sein Atem ging schneller, seine Hände legten sich fester um ihr Gesicht, aus dem ihre Augen ihn anfunkelten. Sie spürten beide, dass dies mehr als eine rein körperliche Vereinigung war.

Erst als sie fühlte, wie das Verlangen unaufhörlich anwuchs und auf Erfüllung drängte, schloss sie die Augen und gab sich ganz der Lust hin. Ein leiser Aufschrei entrang sich ihr, ein zugleich fremdartiger und wunderbarer Laut, in den sich gleich darauf sein Stöhnen mischte. Sie bäumte sich auf, ihm entgegen, und dann entlud sich ihr Verlangen zusammen mit seinem.

Erschöpft und glücklich legte sie den Kopf an seine Schulter. Als sie sein feuchtes Haar küsste, traten ihr Tränen in die Augen.

Wir haben miteinander geschlafen, fuhr es ihr durch den Kopf. Was bedeutet das?

Sie hatten einander Befriedigung und für ein paar Momente sogar Glück gegeben.

Aber was bedeutete das?

Blinzelnd wandte sie sich ab.

Er legte die Hand an ihre Wange und drehte ihr Gesicht wieder zu seinem. „Du bist die erstaunlichste Frau, die ich kenne."

Sie schluckte. Und lachte. „So bin ich. Voller Überraschungen."

„Und Freuden. Ich weiß nie, was ich von dir erwarten kann.

Und das bringt mich langsam um den Verstand." Er knabberte an ihrer Lippe und küsste sie, bis sie spürte, wie das Verlangen sich wieder regte.

Sie schob die Hand zwischen ihre Körper. „Du steckst auch voller Überraschungen", murmelte sie.

„Nein, ich bin nur ganz …" Er seufzte vor Vergnügen. „Ganz normal."

„So?" Sie ließ die Lippen an seinem Hals hinabwandern.

„Manche würden mich sogar …" Er legte den Kopf in den Nacken und stöhnte. „Als verdammt berechenbar bezeichnen."

„Manchmal ist das gut", flüsterte sie.

Sein Atem ging immer schneller. „Warte, Clea …" Er sah sie an. „Ich muss es wissen. Warum hast du geweint?"

„Habe ich nicht."

„Doch. Eben gerade."

Sie betrachtete ihn und sog jedes Detail in sich auf. Wie das Licht in seinem zerzausten Haar spielte. Wie seine Lider Schatten warfen. Wie er sie ansah, so ruhig und intensiv. Als wäre sie ein rätselhaftes, undurchschaubares Wesen.

„Ich dachte daran, wie anders du bist. Ganz anders als die Männer, die ich bisher kannte", sagte sie leise.

„Kein Wunder, dass du geweint hast."

Lachend gab sie ihm einen spielerischen Klaps. „Unsinn. Was ich meine, ist … Die Männer, die ich kannte, waren immer hinter etwas her … wollten etwas … überlegten, wie sie es bekommen konnten."

„Wie dein Onkel Walter, meinst du?"

„Ja, wie mein Onkel Walter."

Dass er ihre Vergangenheit erwähnte, dämpfte ihre Lust schlagartig. Sie löste sich von ihm, setzte sich auf und schlang die Arme um die Beine.

„Es ist mir peinlich, dass er mit mir verwandt ist", gestand sie leise.

Er lachte. „Meine Verwandten sind mir auch immer peinlich."

„Aber von denen sitzt keiner im Gefängnis, oder?"

„Im Moment nicht, nein."

Er nahm ihre Hand und sagte nichts weiter, sondern hörte einfach nur zu.

„Acht Jahre lang war ich eine brave Bürgerin. Und plötzlich steht Onkel Walter vor meiner Tür. Blutend. Ich konnte ihn nicht wegschicken. Und er wollte sich nicht ins Krankenhaus bringen lassen. Also hatte ich ihn am Hals. Ich verbrannte seine Kleidung und warf seine Dietriche in einen Müllcontainer am anderen Ende der Stadt. Und dann kam die Polizei."

Sie zuckte mit den Schultern. „Das Seltsame ist, ich hasse ihn nicht einmal deswegen. Onkel Walter kann man gar nicht hassen. Er ist so … liebenswert."

Jordan küsste ihre Hand.

„Mit wie vielen Exsträflingen hast du schon geschlafen?" fragte sie.

„Ich muss zugeben, du bist mein erster."

„Ja. Ich könnte mir vorstellen, dass du anständige Ladys bevorzugst."

Er runzelte die Stirn. „Was soll dieser Unsinn über *anständige* Ladys?"

„Nun ja, ich bin keine."

„Anständig ist langweilig. Und Sie, meine liebe Miss Rice, sind absolut nicht langweilig."

Sie lachte. „Danke für das Kompliment, Mr. Tavistock."

„Und was deinen berüchtigten Onkel Walter betrifft", flüsterte er, während er sie auf sich zog. „Wenn er mit dir verwandt ist, muss er auch gute Seiten haben."

Sie lächelte. „Er ist charmant."

Er küsste sie. „Ganz sicher."

„Und klug."

„Das glaube ich."

„Und die Ladys halten ihn für unwiderstehlich …"

Er küsste sie noch leidenschaftlicher. „Oh ja", murmelte er und schob die Hand zwischen ihre Schenkel.

Sofort war sie verloren, sie brauchte ihn so sehr und gab ihm alles, und er nahm es voller Zärtlichkeit. Und danach, als er vor Erschöpfung einschlief, lag sein Kopf an ihrer Brust.

Sie lächelte zu ihm hinunter. „Wenn du dich später an mich erinnerst, wirst du es gern tun, nicht wahr, Jordan?" flüsterte sie.

Mehr konnte sie nicht erwarten, das wusste sie.

Und auf mehr wagte sie nicht zu hoffen.

Als Jordan erwachte, nahm er als Erstes ihren Duft wahr, dann ihr Haar, das sein Gesicht kitzelte. Er schlug die Augen auf und betrachtete Clea, bis er nicht länger widerstehen konnte und sie küsste.

Clea zuckte zusammen und fuhr hoch.

„Schon gut", sagte er beruhigend. „Ich bin es nur."

Sie starrte ihn an, als würde sie ihn nicht erkennen. Dann seufzte sie und schüttelte den Kopf. „Ich habe nicht sehr gut geschlafen." Sie schaute zum Fenster. „Sie werden uns suchen. Wir dürfen nicht länger hier bleiben. Du sagtest, der Mann, dem das Cottage gehört, sei Junggeselle?"

„Wenn er nicht gerade mal wieder verheiratet ist. Das weiß ich im Moment nicht."

„Hat er Frauenkleider?"

„Eine so persönliche Frage würde ich Monty nie stellen."

„Du weißt, was ich meine."

Jordan stand auf und ging an den Schrank. Darin hingen zwei Sommeranzüge, ein Regenmantel und einige perfekt gebügelte Hemden. Alles in ungefähr seiner Größe. Clea dagegen würde darin ziemlich lächerlich aussehen. Er nahm einen Bademantel heraus und warf ihn ihr zu.

„Die Sachen passen dir nicht", sagte er. „Und selbst wenn wir irgendwo noch etwas für dich finden, ist da dein Haar. Ein leuchtendes Rot ist nicht gerade unauffällig."

„Ich hasse es sowieso. Schneiden wir es ab."

Er warf einen Blick auf die wellige Pracht und nickte betrübt. „Monty hat immer eine Flasche Haarfärbemittel da, um seine grauen Schläfen zu überdecken. Wir könnten den Rest dunkler machen."

Sie sprang aus dem Bett. „Ich suche eine Schere."

„Warte, Clea", sagte er. „Wir müssen reden."

„Worüber?"

„Statt zu flüchten, könnten wir uns schließlich auch an die Behörden wenden."

„Die haben mir schon einmal nicht geglaubt, warum sollten sie es jetzt tun?" fragte sie. „Mein Wort steht gegen Van Weldons."

„Das Auge von Kaschmir würde dir helfen."

„Das habe ich nicht."

„Delancey hat es."

Sie schüttelte den Kopf. „Inzwischen müsste Van Weldon eingesehen haben, was für ein Fehler es war, den Dolch so schnell zu verkaufen. Seine Leute werden versuchen, ihn zurückzuholen."

„Und wenn nicht? Vielleicht ist er noch in Delanceys Haus und wartet auf uns."

„Auf uns?"

„Ja, auf uns." Er lächelte. „Herzlichen Glückwunsch. Du hast einen neuen Komplizen."

Unschlüssig ging sie auf und ab. „Ich weiß, ich könnte ein zweites Mal einbrechen. Aber ich habe keine Ahnung, wo er den Dolch aufbewahrt. Ich würde Zeit brauchen."

„Zusammen würden wir es aber sicher in der Hälfte der Zeit schaffen, Clea."

„Und zweimal so schnell geschnappt werden", murmelte sie und ging hinaus.

Er folgte ihr in die Küche, wo sie in den Schubladen nach einer Schere suchte. Als sie sie fand, reichte sie sie ihm. „Na los, mach schon."

Er starrte erst auf die Schere, dann auf ihr wunderschönes Haar. Es fiel ihm ungeheuer schwer, aber er hatte keine Wahl. Bedauernd nahm er eine zimtrote Strähne in die Hand. Allein der Duft erinnerte ihn an die letzte Nacht. Daran, wie sie sich unter ihm bewegt hatte.

Ja, das war sie. Wild. Sinnlich. Unberechenbar. Irgendwann würde sie ihn verrückt machen.

Blinzelnd vertrieb er die beunruhigenden Bilder. Dann setzte er die Schere an und machte sich daran, ihr kurze Haare zu verpassen.

Die Fußabdrücke verliefen in westlicher Richtung quer über das Feld bis zu einer Straße, auf deren Asphalt bald nichts mehr zu erkennen war.

Archie MacLeod fluchte. „Die Frau ist gerissen wie eine Füchsin."

„Ihre Leute sollten sie in Gewahrsam nehmen, aber stattdessen haben sie sie wieder in den Untergrund gejagt", sagte Richard. „Und Jordan wird sich kaum bei mir melden. Vermutlich geht er davon aus, dass Van Weldon mich beschatten lässt. Jedenfalls würde ich das an seiner Stelle tun!"

„Und wie finden wir die beiden jetzt?"

„Gar nicht." Richard stieg in den Wagen. „Und wir können nur hoffen, dass Van Weldon sie auch nicht findet."

MacLeod beugte sich durch das offene Fenster. „Guy Delancey ist heute Morgen gestorben."

„Ich weiß."

„Und wir wissen inzwischen, dass Victor Van Weldon das Kopfgeld, das auf Clea Rice ausgesetzt ist, auf zwei Millionen erhöht hat. Spätestens in vierundzwanzig Stunden wird es hier von Profikillern wimmeln. Wenn die Clea Rice aufspüren, hat sie keine Chance. Und Tavistock auch nicht."

Richard startete den Motor. „Ich weiß, wohin ich an ihrer Stelle gehen würde. Weg von hier. Weit weg, so schnell wie möglich. Und ich würde versuchen, in der Menge unterzutauchen."

„London?"

Richard nickte. „Fällt Ihnen ein besseres Versteck ein?"

Hinter der Eibenhecke in Guy Delanceys Garten warteten Jordan und Clea darauf, dass im Haus das Licht erlosch. Bisher hatte der Butler sich an seine festen Uhrzeiten gehalten.

Im Radio hatten sie gehört, dass Guy tot war. Bald würde das Anwesen neue Eigentümer bekommen. Der alte Whitmore würde sich umgewöhnen müssen.

Sein Fenster wurde dunkel.

„Geben wir ihm eine halbe Stunde", flüsterte Jordan.

Eine halbe Stunde, dachte Clea fröstelnd. Bis dahin war sie erfroren. Sie trug Montys schwarzen Pullover und eine viel zu weite Jeans, die sie mit der Schere gekürzt hatte.

„Wo steigen wir ein?" fragte Jordan.

Clea ließ den Blick über die Fassade wandern. Beim letzten Mal hatte sie die Terrassentür genommen, aber bestimmt waren die Schlösser im Erdgeschoss längst ausgewechselt.

„Im Obergeschoss", sagte sie. „Über den Balkon in Delanceys Schlafzimmer."

„Das war meine Route beim letzten Mal."

„Wenn du das geschafft hast, muss es ein Kinderspiel sein."

„Okay, beleidige deinen neuen Partner ruhig."

Sie sah ihn an. Das blonde Haar war unter einer Mütze verborgen, das Gesicht mit schwarzer Farbe getarnt.

„Traust du es dir wirklich zu?" fragte sie.

„Clea, wenn etwas schief geht, renn weg. Warte nicht auf mich."

„Sag so etwas nicht. Es bringt Pech."

„Das hier bringt Glück", flüsterte er, bevor er sie an sich zog und küsste.

Das war ein Abschiedskuss, dachte sie, als er sie losließ. Falls sie getrennt wurden und sich nie wiedersahen. Wirst du mich vermissen, Jordan Tavistock? fragte sie stumm. So sehr, wie ich dich vermissen werde?

Er drehte sich wieder zum Haus um. „Es ist Zeit."

Auch sie sah hinüber. Der kühle Wind wehte das Herbstlaub über den Rasen. Bald würde der Winter kommen …

Sie schlichen über das feuchte Gras. Unter dem Balkon lauschten sie. Zu hören waren nur der Wind und das Rascheln der Blätter.

„Ich zuerst", sagte er.

Bevor sie protestieren konnte, kletterte er am Rankgitter hinauf. Sie zuckte zusammen, als es unter seinem Gewicht knarrte. Nichts geschah.

Clea folgte ihm und stieg über das Balkongeländer.

Jordan drehte den Türknauf. „Verschlossen."

„Geh zur Seite."

Er sah zu, als sie ihre Taschenlampe auf das Schloss richtete. „Circa 1920", murmelte sie. „Vermutlich so alt wie das Haus. Hoffentlich ist es nicht verrostet." Mit der Zange und dem Drahtbügel, den sie zu einem L gebogen hatte, machte sie sich an die Arbeit und schmunzelte zufrieden, als es klick machte. „Es geht doch nichts über gutes Werkzeug."

„Das werde ich mir merken", antwortete er trocken.

Das Zimmer war so, wie sie es in Erinnerung hatte. Das antike Bett mit den Vorhängen, der Schrank, die Kommode, der Sekretär und die Sitzgruppe an der Balkontür. Den Sekretär und die Kommode hatte sie schon durchsucht.

„Nimm den Schrank", flüsterte sie. „Ich nehme die Nachttische."

Sie gingen sofort an die Arbeit. Im Schein der Taschenlampe durchwühlte sie die Schubladen und fand Zeitschriften, Zigaretten und diverse Gegenstände, die darauf hindeuteten, dass Guy das Bett nicht nur zum Schlafen benutzt hatte. Als sich über ihr etwas bewegte, sah sie nach oben. An der Decke war ein Spiegel befestigt. Und sie hatte doch tatsächlich daran gedacht, sich mit diesem Kerl einzulassen!

Auch im zweiten Nachttisch lagen Magazine mit Fotos nackter Frauen. Sie war so sehr auf der Suche nach einem Geheimfach konzentriert, dass sie nicht hörte, wie die Dielen auf dem Flur knarrten. Die einzige Warnung war Jordans Zischen, dann flog die Tür auf.

Das Deckenlicht ging an.

Clea hockte neben dem Bett und starrte blinzelnd auf die Mündung der Schrotflinte, die auf ihren Kopf gerichtet war.

10. KAPITEL

Whitmores Schrotflinte zitterte in seinen Händen. „Kommen Sie hinter dem Bett hervor! Na los! Wo ich Sie sehen kann!"
Langsam richtete Clea sich auf, und die Augen des alten Butlers wurden groß. „Sie sind ja nur eine Frau."

„Nur?" Sie warf ihm einen gekränkten Blick zu und konnte nur hoffen, dass die Flinte nicht aus Versehen losging. „Wie beleidigend."

Er musterte ihr geschwärztes Gesicht. „Ihre Stimme kommt mir bekannt vor. Kenne ich Sie?"

Clea schüttelte den Kopf.

„Natürlich! Sie waren mit dem armen Master Delancey hier!" Er festigte den Griff um das Gewehr. „Kommen Sie her! Weg vom Bett!"

„Sie werden mich doch nicht erschießen, oder?"

„Wir warten auf die Polizei. Ich habe sie längst verständigt, die müsste gleich hier sein."

Die Polizei. Bloß das nicht. Irgendwie mussten sie dem alten Knaben die Waffe abnehmen.

Aus dem Augenwinkel sah sie, wie Jordan ihr bedeutete, den Blick des Butlers nach links zu locken.

„Kommen Sie her!" befahl Whitmore.

Gehorsam kroch sie über das Bett auf die andere Seite und machte einen Schritt nach links. Whitmore drehte sich mit und kehrte dadurch Jordan den Rücken zu.

„Ich bin nicht, für was Sie mich halten."

„Wollen Sie etwa leugnen, dass Sie eine ganz gewöhnliche Diebin sind?"

„Jedenfalls keine *gewöhnliche*."

Jordan schlich sich von hinten an den Butler heran, in den Händen eine Boxershorts. Offenbar wollte er sie ihm über den Kopf ziehen. Clea zwang sich, nicht hinzustarren. Sie musste Whitmore irgendwie ablenken.

Schluchzend fiel sie auf die Knie. „Bitte, nicht die Polizei!" jammerte sie. „Ich will nicht ins Gefängnis!"

„Daran hätten Sie vorher denken sollen", knurrte er, blinzelte aber verunsichert.

„Ich war so verzweifelt! Meine Kinder müssen essen. Ich wusste nicht, was ich tun sollte …" Sie begann zu weinen.

Verblüfft starrte Whitmore auf das bizarre Schauspiel. Die Schrotflinte zeigte nicht mehr auf Cleas Kopf.

Genau diesen Moment nutzte Jordan, um ihm die Boxershorts über den Kopf zu ziehen.

Clea warf sich zur Seite, als der Schuss fiel. Schrotkugeln zischten an ihr vorbei. Sie stand wieder auf und sah, dass Jordan den alten Mann bereits gepackt hatte. Das Gewehr lag am Boden. Sie hob es auf und schob es in den Schrank.

„Tun Sie mir nichts!" bat Whitmore. Die Boxershorts dämpfte seine Stimme. War Delancey wirklich mit kleinen roten Herzen herumgelaufen? „Bitte!" flehte der Butler.

Clea fesselte seine Hände mit einer von Guys Seidenkrawatten und schob ihn aufs Bett. „Legen Sie sich hin und seien Sie brav, dann geschieht Ihnen nichts."

„Ich verspreche es!"

Die Meisterdiebin

„Dann lassen wir Sie vielleicht leben."

„Vielleicht?" wiederholte Whitmore zitternd. „Was soll das heißen?"

„Sagen Sie uns, wo Delancey seine Waffen hat."

„Welche Waffen?"

„Antike Schwerter. Dolche. Wo sind sie?"

„Lass uns verschwinden!" zischte Jordan ihr zu.

Sie ignorierte ihn. „Wo sind sie?"

Der Butler wimmerte. „Unter dem Bett."

Clea und Jordan fielen gleichzeitig auf die Knie. Unter dem Rosenholzrahmen war nichts als ein Teppich und Staubflocken.

In der Ferne heulte eine Sirene.

„Lass uns gehen", murmelte Jordan.

„Warte!" Clea hatte einen schmalen Spalt an der Längsseite des Betts entdeckt. Sie tastete unter die Kante und zog.

Eine verborgene Schublade glitt auf.

Fasziniert starrte sie auf die glitzernde Pracht. Juwelen funkelten an Schwertscheiden aus gehämmertem Gold, und Klingen aus Damaszener Stahl glänzten. Die Dolche lagen in der hintersten Ecke. Es waren sechs, alles Meisterwerke. Sie wusste auf Anhieb, welches das Auge von Kaschmir war. Der große Saphir am Griff verriet es.

„Sie waren sein ganzer Stolz", jammerte Whitmore. „Und jetzt stehlen Sie sie."

„Ich nehme nur einen", sagte Clea, während sie nach dem Auge von Kaschmir griff. „Und der hat ihm ohnehin nicht gehört."

Die Sirene wurde lauter und kam rasch näher.

„Gehen wir!" drängte Jordan.

Clea sprang auf und eilte zum Balkon. Sie und Jordan kletterten an den Ranken nach unten und rannten über den Rasen zum angrenzenden Wald. Kaum waren sie zwischen den Bäumen verschwunden, tauchte auch schon mit quietschenden Reifen ein Streifenwagen auf.

Zweige schlugen ihr ins Gesicht, ihre Muskeln protestierten, aber Clea lief nicht langsamer. Kurz darauf hörte sie aufgeregte Rufe und wusste, dass die Jagd begonnen hatte.

„Verdammt", murmelte sie, als sie über eine Baumwurzel stolperte.

„Schaffst du es?"

„Was bleibt mir anderes übrig?" keuchte sie.

Er schaute über die Schulter, zum Haus, zu den Verfolgern. „Ich habe eine Idee." Er nahm ihre Hand und zog sie über eine Lichtung. Vor ihnen tauchten die Lichter eines Cottage auf.

„Hoffen wir, dass sie keine Hunde haben", sagte er.

„Was hast du vor?"

„Nur ein kleiner Diebstahl. Langsam gewöhne ich mich daran."

„Was willst du stehlen? Einen Wagen?"

„Nicht ganz." Er lächelte. „Fahrräder."

„Wenn ich mehr weiß, melde ich mich", sagte der Polizist leise.

Trott griff in die Jackentasche und holte einen Umschlag voller Fünf-Pfund-Noten heraus. Es war nicht viel Geld, aber genug um der Familie des jungen Beamten wenigstens für eine Weile ein sorgenfreies Leben zu ermöglichen.

Die beiden Männer verließen nacheinander die Hotelbar. Der

Polizist sah sich nervös um und verschwand in der Dunkelheit. Trott kehrte auf sein Zimmer zurück und rief Victor Van Weldon an.

„Vor ein paar Stunden waren sie noch in der Gegend", sagte er. „Sie sind in Delanceys Haus eingebrochen."

„Haben sie den Dolch?" fragte sein Chef.

„Ja. Vermutlich sind sie schon auf dem Weg nach London." Clea Rice triumphiert bereits und glaubt, alles sei vorüber, dachte Trott. Weil sie den Dolch hat. Den Dolch, den sie das Auge von Kaschmir nennt.

Sie irrte sich. Gründlich.

Der Lärm des Großstadtverkehrs weckte Clea aus einem tiefen Schlaf. Sie drehte sich auf den Rücken und starrte mit zusammengekniffenen Augen auf das Licht, das durch den zerschlissenen Vorhang drang.

Gegen sechs Uhr morgens waren sie in diesem schäbigen Hotel abgestiegen. Sie hatten sich ausgezogen und erschöpft aufs Bett geworfen. Stundenlang hatten sie auf dem Bahnhof von Wolverton auf den Vier-Uhr-Zug nach London gewartet.

Sie tastete unter dem Bett nach dem Paket, das sie in der Nacht dort verstaut hatten. Das Auge von Kaschmir war noch da. Erleichtert ließ sie sich zurückfallen.

Jordan lag neben ihr. Selbst im Schlaf sah er aus wie der Aristokrat, der er war. Lächelnd strich sie über sein jungenhaft zerzaustes Haar. Mein geliebter Gentleman, dachte sie. Was für ein Glück, dass ich dich kennen durfte. Wenn du eines Tages mit einer jungen Lady aus deinen Kreisen verheiratet bist, wenn dein

Leben so verläuft, wie es dir gebührt, wirst du dich überhaupt noch an Clea Rice erinnern?

Sie setzte sich auf, starrte in den Spiegel über der Kommode und fühlte sich plötzlich deprimiert. Hastig stand sie auf und ging unter die Dusche. Als sie später ihre neueste Haarfarbe betrachtete, diesmal nussbraun, spürte sie Wut in sich aufsteigen.

Sie war keine Lady und nicht standesgemäß, aber sie war klug, zielstrebig und vor allem stand sie mit beiden Beinen im Leben. Wozu brauchte sie schon einen Gentleman? Sie würde nicht in seine Welt passen. Und er nicht in ihre.

Aber hier, in diesem Hotelzimmer mit dem durchgelaufenen Teppich und den zerschlissenen Handtüchern, konnten sie für eine kurze Zeit etwas Gemeinsames finden und sich ihre eigene kleine Welt erschaffen.

Sie schlüpfte zu Jordan ins Bett.

Er bewegte sich. „Ist das mein Weckruf?" murmelte er schläfrig.

Als Antwort schob sie eine Hand unter die Decke und strich an seinem Körper entlang.

„Wenn das der Weckruf war", stöhnte er, „hat er gewirkt."

„Vielleicht stehst du jetzt endlich auf, du Schlafmütze", erwiderte sie lachend und wollte sich wegdrehen.

Er hielt sie am Arm fest. „Was ist damit?"

„Womit?"

„Damit."

Ihr Blick wanderte an seiner Decke hinab. „Soll ich mich darum kümmern?" flüsterte sie.

„Schließlich bist du dafür verantwortlich …"

Sie rollte sich auf ihn und rieb die Hüften an seinen. Er packte sie mit beiden Händen und drückte sie an sich. Irgendwann hörte sie ihn ihren Namen flüstern.

Ja, dachte sie, jetzt gehörst du ganz mir. Nur mir.

Es waren nur ein paar berauschende Momente, aber die mussten ihr reichen.

Anthony Vauxhall war ein kleiner, aber äußerst blasierter Mann, dessen Nase permanent gerümpft zu sein schien. Jordan hatte ihn kennen gelernt, als er nach dem Tod seiner Eltern einige Versicherungsfragen klären musste.

Es war fast vier Uhr nachmittags, und sie saßen in Vauxhalls Büro bei *Lloyd's of London* in der Lime Street. In den letzten einhalb Stunden hatten Jordan und Clea sich neu eingekleidet, etwas gegessen und es trotzdem geschafft, vor Büroschluss bei *Lloyd's* zu erscheinen. Jetzt sah es aus, als wäre alles umsonst gewesen. Denn Vauxhall reagierte skeptisch und schien nicht sicher, ob er Jordan und Clea glauben sollte.

„Sie müssen verstehen, Miss Rice." Er strich seine Krawatte glatt. „Die Van Weldon Reederei ist einer unserer ältesten Klienten. Mr. Van Weldon eines Betrugs zu beschuldigen wäre … nun ja …" Er räusperte sich.

„Vielleicht haben Sie Miss Rice nicht richtig zugehört", sagte Jordan scharf. „Sie war dort. Sie hat es mit eigenen Augen gesehen. Der Untergang der *Max Havelaar* war kein Unfall, sondern Sabotage."

„Selbst wenn das so ist, woher wissen wir, dass Van Weldon dafür verantwortlich ist?"

„Mr. Vauxhall, es geht dabei um etliche Millionen Dollar. Meinen Sie nicht, dass Sie diese Beschuldigung etwas ernster nehmen sollten?"

Vauxhall zögerte, dann holte er tief Luft. „Ich habe in dieser Angelegenheit mit Colin Hammersmith gesprochen, gleich nach Ihrem Anruf. Er leitet unsere Ermittlungsabteilung und hatte schon von diesen Gerüchten gehört. Er hat mir geraten ... zu bedenken, aus welcher Quelle sie stammen."

Quelle. Gemeint war Clea Rice. Vorbestraft.

Jordan brauchte sie nicht anzusehen, er spürte ihren Schmerz. Aber sie ließ es sich nicht anmerken. Seit das lange rote Haar verschwunden war, fand er sie noch reizvoller. Er kannte sie als Blondine, Rotschopf und zuletzt als Brünette. Obwohl ihn jede Variante fasziniert hatte, gefiel sie ihm jetzt am besten. Vielleicht lag es daran, dass die kurze Frisur nicht mehr von ihrem Gesicht ablenkte und einfach zu ihrer Persönlichkeit passte. Vielleicht waren ihm Äußerlichkeiten wie ihr Haar inzwischen auch egal, weil er dabei war, sich in sie zu verlieben.

Und vielleicht machte ihn Vauxhalls Verhalten deshalb auch so wütend.

„Stellen Sie Miss Rices Glaubwürdigkeit in Frage?" entgegnete er eisig.

„Nein ... jedenfalls ...", stammelte sein Gegenüber.

„Was stellen Sie dann in Frage?"

„Die ganze Geschichte ... Also mal ehrlich, Mr. Tavistock ... Ein Massaker auf See? Eine Bombe an Bord?"

„Ich war da", sagte Clea aufgebracht. „Warum glauben Sie mir denn nicht?"

„Mr. Hammersmith hat Ihre Angaben überprüft. Die spanische Polizei hält ein Fremdverschulden für sehr unwahrscheinlich. Es war ein Unfall. Außerdem wurden keine Leichen gefunden."

„Natürlich nicht", entgegnete Clea. „Van Weldons Leute sind zu schlau, um Spuren zu hinterlassen."

„Die *Havelaar* liegt zu tief, um sie zu heben. Es gibt keinerlei Beweise für eine Sabotage."

Jordan beobachtete fasziniert, wie gefasst und ruhig Clea blieb. Nur in ihren Augen blitzte so etwas wie Triumph auf, als sie den in ein Tuch gehüllten Gegenstand herausholte, den sie seit sechzehn Stunden wie einen Schatz hütete.

„Vielleicht bringt das hier Sie dazu, Ihre Meinung zu ändern", sagte sie.

„Was ist das?"

„Der Beweis." Als die juwelenbesetzte Scheide zum Vorschein kam, wurden Vauxhalls Augen groß.

Clea zog den Dolch aus der Scheide und legte ihn so hin, dass die Spitze auf Vauxhall zeigte. „Man nennt ihn *Das Auge von Kaschmir*. Siebzehntes Jahrhundert. Der Edelstein am Griff ist ein blauer Sternsaphir aus Indien. Sie werden eine Beschreibung in Ihren Unterlagen finden. Er gehörte zu Van Weldons Sammlung, die er bei Ihrer Gesellschaft versichert hat. Vor einem Monat war dieser Dolch angeblich unterwegs von Neapel nach Brüssel, auf einem Schiff, das zufällig auch bei Ihnen versichert war. Auf der *Max Havelaar*."

Vauxhall sah Jordan an, dann wieder Clea. „Aber das würde ja bedeuten …"

„Dieser Dolch müsste eigentlich auf dem Meeresgrund liegen. Aber das tut er nicht. Weil er nie an Bord der *Havelaar* gewesen ist. Er war sorgsam versteckt und wurde auf dem Schwarzmarkt an einen Engländer verkauft."

„Und woher haben Sie ihn?"

„Ich habe ihn gestohlen."

Vauxhall starrte sie an, dann tastete er langsam nach dem Schalter seiner Sprechanlage. „Miss Barrows", murmelte er hinein. „Bitten Sie Mr. Jacobs, in mein Büro zu bekommen. Und er soll seine Lupe mitbringen."

„Sofort."

„Und bitte bringen Sie mir die Akte Van Weldon. Ich brauche die Unterlagen über einen antiken Dolch, der als das Auge von Kaschmir bekannt ist." Vauxhall lehnte sich wieder zurück und warf Clea einen besorgten Blick zu. „Das wirft ein völlig neues Licht auf die Sache. Allein für Mr. Van Weldons Sammlung beträgt die Versicherungssumme etwa fünfzehn Millionen Dollar." Er zeigte auf den Dolch. „Das hier stellt seinen Anspruch in Frage."

Jordan sah Clea an. Es ist vorbei, las er in ihren Augen. Dieser Albtraum ist endlich vorbei.

Er nahm ihre Hand. Sie war feucht und kalt, als hätte sie Angst. Sie war zu angespannt, um sein Lächeln zu erwidern, aber er fühlte, wie ihre Finger sich um seine schlossen. Wenn das hier vorbei war, würden sie feiern. Sie würden sich eine Hotelsuite nehmen, den Zimmerservice nutzen und den ganzen Tag im Bett bleiben …

Vauxhalls Sekretärin brachte die Unterlagen, und Mr.

Jacobs kam, um den Dolch zu untersuchen. Er betrachtete ihn gründlich.

Vauxhall reichte ihm das Foto aus den Unterlagen. „Scheint identisch zu sein."

„Stimmt." Mr. Jacobs starrte auf das Foto, dann auf den Saphir. „Ausgezeichnete Arbeit", murmelte er.

„Finden Sie nicht, dass wir die Behörden informieren sollten?", meinte Jordan.

Vauxhall nickte und griff zum Telefon. „Victor Van Weldon wird schwerlich erklären können, wo das Auge von Kaschmir auf einmal herkommt."

Mr. Jacobs hob den Kopf. „Aber das hier ist nicht das Auge von Kaschmir", verkündete er.

Einen Moment lang herrschte absolute Stille.

„Was soll das heißen?" fragte Vauxhall.

„Es ist ein künstlicher Stein. Ein synthetischer Korund, vermutlich nach der Verneuil-Methode. Nicht ganz wertlos, etwa dreihundert Pfund, aber leider auch nicht der Sternsaphir." Mr. Jacobs sah sie an. „Dies ist nicht das Auge von Kaschmir."

Clea war blass geworden. Entsetzt starrte sie auf den Dolch. „Ich … verstehe das nicht."

„Kann es sein, dass Sie sich irren?" fragte Jordan.

„Nein", erwiderte Mr. Jacobs. „Ich versichere Ihnen, es ist eine Reproduktion."

„Ich verlange eine zweite Meinung."

„Natürlich. Ich kann Ihnen selbstverständlich einige hervorragende Gutachter empfehlen …"

„Nein, wir kümmern uns selbst darum", sagte Jordan.

Mit gekränkter Miene schob Jacobs ihm den Dolch zu. „Das steht Ihnen frei." Er stand auf und ging zur Tür.

„Mr. Jacobs?" rief Vauxhall ihm nach. „Wir haben das Auge von Kaschmir versichert. Sollten wir diesen Dolch nicht in Verwahrung nehmen, bis die Angelegenheit geklärt ist?"

„Dazu sehe ich keinen Grund", entgegnete Mr. Jacobs. „Sollen sie das Ding doch behalten. Schließlich ist es nur eine Fälschung."

11. KAPITEL

„Clea", sagte Jordan leise. „Ich möchte, dass du nach hinten gehst. Frag den Juwelier, ob es einen zweiten Ausgang gibt."

„Warum?"

„An der Bushaltestelle steht ein Mann. Siehst du ihn?"

Direkt vor dem Geschäft des Juweliers, der gerade das Auge von Kaschmir untersuchte, sah ein Mann im braunen Anzug zum wiederholten Mal auf die Uhr.

Langsam wich Clea vom Schaufenster zurück.

„Er hat jetzt schon zwei durchfahren lassen", sagte Jordan. „Ich glaube nicht, dass er auf den Bus wartet."

Clea ging langsam nach hinten in die Werkstatt.

Herr Schuster, ein Deutscher, dem Onkel Hugh vor vielen Jahren zur Flucht aus Ostberlin verholfen hatte, saß an seinem Arbeitsplatz. „Ich fürchte, das Ergebnis wird Sie enttäuschen. Der Sternsaphir …"

„Gibt es einen Hinterausgang?"

„Wie bitte?"

Jordan stellte sich hinter Clea. „Ein Mann verfolgt uns. Wir müssen ungesehen verschwinden können."

Erschreckt sprang der Juwelier auf. „Kommen Sie." Er ging zu einem Wandschrank, öffnete ihn, schob die staubigen Mäntel zur Seite und zeigte auf einen Riegel an der Rückseite. „Diese Tür führt in eine kleine Gasse. Um die Ecke liegt die South Molton Street. Möchten Sie, dass ich die Polizei rufe?"

„Nein", erwiderte Jordan.

„Wollen Sie den Dolch nicht mitnehmen?"

„Er ist nicht echt?"

Bedauernd schüttelte Herr Schuster den Kopf. „Der Saphir ist ein synthetischer Korund."

„Dann behalten Sie ihn als Souvenir. Aber zeigen Sie ihn niemandem."

In der Werkstatt ertönte plötzlich ein Summer. Der Juwelier sah nach vorn. „Jemand hat das Geschäft betreten. Beeilen Sie sich!"

Jordan zog Clea in den Schrank und tastete im Dunkeln nach dem Riegel. Sekunden später waren sie im Freien. Sie rannten los, bis sie die U-Bahn-Station Bond Street erreicht hatten.

„Er gibt nicht auf", murmelte Clea, als sie im Zug zur Tottenham Court Road saßen. „Lass mich allein weitermachen, Jordan. Warum sollen wir beide unser Leben riskieren?"

Er ignorierte die Frage. „Veronica Cairncross", sagte er und sah Clea nachdenklich an.

„Was ist mit ihr?"

„Ich bin sicher, dass sie ihre Finger im Spiel hat. Ich kenne Ronnie seit Jahren. Sie gibt gern Geld aus und hat Schulden ohne Ende. Vielleicht wusste sie keinen anderen Ausweg."

„Aber Guy hätte keine Fälschung gekauft", wandte Clea ein.

„Natürlich nicht."

„Also hat jemand das Original später gegen die Fälschung ausgetauscht?"

„Jemand, der die Gelegenheit dazu hatte", sagte Jordan. „Jemand, der Guy nahe genug stand."

„Veronica", flüsterte Clea.

„Sie und Oliver haben hier in London ein Stadthaus. Unter der Woche sind sie meistens hier."

Clea runzelte die Stirn. „Was hast du vor? Du hast doch schon einen Plan."

Er betrachtete ihr Haar. „Wir werden dir eine Perücke besorgen."

Van Weldon hatte den Anruf erwartet und nahm sofort ab. „Und?"

„Sie sind hier in London", sagte Simon Trott. „Sie wurden gesehen, als sie *Lloyd's* verließen."

„Ist die Sache erledigt?"

Es gab eine kurze Pause. „Leider nicht. Unser Mann hat sie in der Brook Street verloren. In einem Juweliergeschäft. Der Besitzer weiß angeblich von nichts."

Van Weldons Brust begann zu schmerzen. Er rang nach Luft und verfluchte Clea Rice. Sie war wie ein Dorn in seinem Fleisch. Ein Dorn, der sich nicht entfernen ließ, sondern sich immer tiefer hineinbohrte.

„Also hat sie es zu *Lloyd's* geschafft. Hatte sie den Dolch mit?" fragte er.

„Ja. Dass er gefälscht war, muss ein Schock für sie gewesen sein."

„Wo ist das echte Auge von Kaschmir?"

„An einem sicheren Ort. Jedenfalls wurde mir das gesagt und ich verlasse mich darauf."

„Diese Cairncross hat uns an den Rand einer Katastrophe gebracht. Sie muss bestraft werden."

„Ganz Ihrer Meinung", erwiderte Trott eilfertig. „Was schwebt Ihnen vor?"

„Etwas Unangenehmes", sagte Van Weldon. Veronica Cairncross war unzuverlässig. Und dumm, falls sie glaubte, ihn hintergehen zu können.

„Soll ich mich selbst um Mrs. Cairncross kümmern?" fragte Trott.

„Warten Sie damit. Stellen Sie erst fest, ob die Sammlung wirklich an einem sicheren Ort ist. Sie muss noch in diesem Monat auf den Markt."

„So bald nach der *Havelaar*? Ist das nicht gefährlich?"

Trott hatte Recht. Es war riskant. Aber er brauchte Bargeld. Möglichst viel.

„Die Sammlung muss verkauft werden", sagte Van Weldon. „In Hongkong oder Tokio könnten wir sehr gute Preise erzielen. Und das äußerst diskret. Schicken Sie die Sammlung auf die Reise."

„Wann?"

„Die *Villafjord* wird morgen in Portsmouth anlegen. Ich werde an Bord sein."

„Sie ... kommen her?" Trott klang ängstlich. Offenbar war Van Weldon nicht mit ihm zufrieden.

„Ich werde mich selbst um die Verschiffung kümmern", sagte Van Weldon. „Ich erwarte, dass Sie Clea Rice bis dahin gefunden haben."

„Ich lasse die Tavistocks beobachten. Früher oder später werden Jordan und die Frau auftauchen."

Oder auch nicht, dachte Van Weldon. Clea Rice musste erschöpft und mutlos sein und würde vermutlich versuchen, sich zu verstecken. So weit entfernt von London, wie sie nur konnte.

Um Viertel nach zwölf verließ Veronica Cairncross ihr Londoner Stadthaus und fuhr im Taxi in die Sloane Street, wo sie in einem schicken kleinen Café zu Mittag aß. Danach schlenderte sie zur Brompton Street, kaufte Dessous und probierte ein halbes Dutzend Paar Schuhe an.

Clea beobachtete alles aus sicherer Entfernung, obwohl ihr diese Aktion immer sinnloser erschien. Unter der langen schwarzen Perücke juckte ihr Kopf, die Sonnenbrille rutschte andauernd von der Nase, und die neuen Pumps brachten sie langsam, aber sicher um. Vielleicht hätte sie auch in das Schuhgeschäft gehen und sich bequemere Schuhe zulegen sollen. Nicht, dass sie sie sich hätte leisten können. Veronica beehrte nur die teuersten Läden.

Kurz darauf folgte Clea ihr zu Harrods, wo sie an Parfüms schnupperte und sich Seidentücher und Designertaschen ansah. Zwei Stunden später schlenderte Veronica mit Einkaufstüten beladen ins Freie und winkte ein Taxi heran.

Als es davonfuhr, hielt vor Clea ein anderes Taxi. Sie stieg ein. Jordan wartete schon auf dem Rücksitz.

„Bleiben Sie hinter ihr", sagte Clea.

Der Fahrer, ein grinsender Inder, den Jordan für den ganzen Tag gemietet hatte, folgte Veronica und ließ dabei immer zwei Wagen zwischen sich und ihrem Taxi.

Es fuhr nach Kensington.

„Wohin will sie jetzt?" seufzte Clea.

„Jedenfalls nicht nach Hause."

Einige Minuten später hielt es vor einem Firmengebäude, und Veronica stieg aus.

„Natürlich", murmelte Jordan. „Kekse."

„Wie?"

„Das ist Olivers Firma. *Cairncross Biscuits.*" Jordan zeigte auf das Schild am Eingang. „Sie will zu ihrem Mann."

„Nicht gerade verdächtig, oder?" fragte Clea enttäuscht und lehnte sich zurück.

„Die Firma gehört der Familie seit Generationen und ist Hoflieferant …"

Sie musterte ihn, während er nachdachte. Was für lange Wimpern er hat, dachte sie. Und dazu dieser Mund. Sie hätte ihn stundenlang betrachten können. Oh, Jordan. Ich werde dich vermissen …

„Cairncross-Kekse werden in alle Welt geliefert", sagte Jordan.

„Also?"

„Also frage ich mich, wer all diese Kisten mit Keksen transportiert. Und was wirklich drin ist."

„Waffen?" Clea schüttelte den Kopf. „Ich dachte, Oliver ist nur der betrogene Ehemann und Veronica die Böse. Glaubst du wirklich, dass er mit Van Weldon unter einer Decke steckt? Nicht Veronica?"

„Warum nicht alle beide?"

„Sie kommt wieder heraus", meldete ihr Fahrer.

Veronica stieg wieder in ihr Taxi.

„Soll ich ihr folgen?" fragte der Inder.

„Ja. Lassen Sie sie nicht aus den Augen."

Diesmal ließ Veronica sich am Regent's Park absetzen und ging über die Chester Terrace in Richtung Teehaus.

„Auf geht's", seufzte Clea. „Hoffentlich dauert es nicht wieder zwei Stunden." Sie setzte eine neue Perücke auf, braun und schulterlang, und stieg aus. „Wie sehe ich aus?"

„Unwiderstehlich."

Sie beugte sich durchs Fenster und küsste Jordan. „Du auch." Lächelnd drehte sie sich um und eilte hinter Veronica her.

„Ich behalte dich im Auge", rief er ihr nach.

Vom Rosengarten aus beobachtete Clea, wie Veronica das Teehaus betrat. Sie wartete noch einen Moment, dann folgte sie ihr.

Clea nahm zwei Tische von Veronica entfernt mit dem Rücken zu ihr Platz und hörte, wie sie ein Kännchen Darjeeling und Kuchen bestellte. Jetzt kann ich hier wieder eine Stunde lang untätig herumsitzen, bis sie ihren Tee getrunken hat, dachte Clea und schaute unauffällig zur Cumberland Terrace hinüber. Wie versprochen saß Jordan auf einer Bank, das Gesicht hinter einer Zeitung verborgen.

Als der Kellner zu ihr kam, bat sie um ein Kännchen Earl Grey und Sandwichs mit Brunnenkresse. Ihr Tee war gerade serviert worden, da kam ein Mann an ihrem Tisch vorbei. Er war noch blonder als Jordan, groß und breitschultrig. Genau der Typ, bei dem Veronica das Wasser im Mund zusammenlief. Verärgert malte Clea sich aus, wie sie hier eine weitere Stunde verschwendete, während Veronica ihrem neuesten Verehrer schöne Augen machte.

„Mr. Trott", sagte Veronica gereizt. „Sie sind spät. Ich habe schon bestellt."

Clea war gerade dabei, sich Tee einzugießen, doch als sie die Stimme des Mannes hörte, erstarrte sie.

„Ich habe keine Zeit für Tee", antwortete er. „Ich bin nur gekommen, um unser Arrangement zu bestätigen."

Mehr sagte er nicht, aber es reichte.

Clea kannte die Stimme. Sie hatte sie schon einmal gehört. Im Wasser des Mittelmeers, kurz nach dem Untergang der *Havelaar* und bevor die Schüsse gefallen waren.

Sie musste sich beherrschen, um nicht aufzuspringen und wegzulaufen. Aber das darf ich nicht, dachte sie. Er durfte sie auf keinen Fall bemerken.

Also saß sie reglos da, die Hände um das Tischtuch gekrampft, während ihr Herz wie wild klopfte.

Trott beobachtete, wie Veronica sich eine Zigarette ansteckte und lässig daran zog. Sie wirkte völlig unbeschwert, was nur bewies, wie dumm sie war. Offenbar glaubte sie, ihr Ehemann sei unverzichtbar. Dabei hatten sie längst einen Ersatz für Oliver Cairncross gefunden.

„Die Fracht ist vollständig. Nichts fehlt. Das habe ich Ihnen doch gesagt, oder?" Sie blies Rauch über den Tisch und sah ihn gleichgültig an.

„Mr. Van Weldon ist nicht erfreut."

„Warum? Weil ich mir eine seiner kleinen Kostbarkeiten ausgeliehen habe? Das war doch nur für ein paar Wochen." Lächelnd schüttelte sie den Kopf. „Ich habe den Dolch zurückgeholt."

„Nicht hier", unterbrach Trott sie scharf und schob eine Zeitung über den Tisch. „Die Information ist eingekreist. Wir erwarten, dass die Lieferung zur Stelle ist."

„Ganz wie Sie befehlen, Euer Hoheit", erwiderte Veronica spöttisch und ungerührt.

Trott stand auf.

„Was ist mit unserer Entschädigung?" fragte Veronica. „Für all die Mühe?"

„Die werden Sie bekommen. Sobald wir sicher sind, dass die Lieferung vollständig ist."

„Für wie dumm halten Sie uns?" entgegnete sie und blies eine Rauchwolke in seine Richtung.

Clea hörte, wie der Stuhl des Mannes über den Boden schrammte. Instinktiv beugte sie sich über ihren Tisch und nippte am Tee. Dann ging er davon, und sie riskierte einen kurzen Blick über die Schulter.

Veronica war sitzen geblieben und starrte in eine Zeitung. Nach einem Moment riss sie eine halbe Seite heraus, faltete sie zusammen und stopfte sie in die Handtasche. Dann erhob sie sich und verließ das Teehaus.

Es dauerte eine Weile, bis Clea den Mut und die Kraft fand, ihr zu folgen. Veronica war schon am Rand des Parks. Clea ging schneller, aber ihre Knie zitterten zu sehr. Mehr als ein paar Schritte schaffte sie nicht.

Jordan musste gemerkt haben, dass etwas nicht stimmte. Sie hörte ihn kommen und spürte, wie sein Arm sich stützend um ihre Taille legte.

„Wir dürfen nicht hier bleiben", flüsterte sie. „Wir müssen uns verstecken …"

„Was ist passiert?"

„Er war es."

„Wer?"

„Der Mann auf der *Cosima!*" Ängstlich hielt sie nach dem blonden Mann Ausschau.

„Clea, welcher Mann?" fragte Jordan eindringlich.

Endlich sah sie ihn an.

Er nahm ihr Gesicht zwischen die Hände. „Sag's mir."

Sie schluckte. „Ich habe ihn an der Stimme erkannt. Ich war im Wasser, neben dem Rettungsboot. Er hat …" Sie blinzelte, und Tränen rannen über ihr Gesicht. „Er hat seinen Leuten befohlen, auf das Boot zu schießen."

Jordan starrte sie an. „Der Mann, der an Veronicas Tisch saß? Bist du ganz sicher?"

„Natürlich. Die Stimme werde ich nie vergessen."

Er schaute kurz in die Runde, bevor er schützend den Arm um ihre Schultern legte. „Steigen wir in den Wagen."

„Warte." Clea ging zurück und nahm die Zeitung von Veronicas Tisch.

„Was ist das?"

„Veronica hat sie liegen lassen. Ich will nachsehen, was sie herausgerissen hat."

Das Taxi wartete auf sie. „Fahren Sie los", befahl Jordan, als sie einstiegen. „Und schütteln Sie Verfolger ab."

Der Fahrer grinste erfreut. „Ein sehr interessanter Tag", sagte er und gab Gas.

Jordan drapierte seine Jacke um Cleas Schultern. Sie holte tief Luft und lehnte sich zurück.

„Hast du gehört, worüber sie gesprochen haben?" fragte er.

„Nein, sie waren zu leise. Und ich hatte solche Angst …" Aber dann hob sie den Kopf. „Veronica hat ihn mit Mr. Trott angesprochen."

„Trott? Bist du sicher?"

Sie nickte. „Ganz sicher."

„Was ist mit der Zeitung?"

Clea faltete sie auseinander. Jordan warf einen Blick auf das Datum und tippte dem Fahrer auf die Schulter. „Sie haben nicht zufällig die *Times* von heute da?"

„Doch. Und die *Daily Mail* auch."

„Die *Times* reicht."

Der Fahrer reichte ihm ein zerlesenes Exemplar nach hinten.

„Fünfunddreißig, sechsunddreißig", sagte Clea. „Die obere Hälfte."

Jordan schlug die Seite auf. „Ein Artikel über die Slums von Manchester. Dann noch einer über Pferdezucht in Irland."

„Versuch die andere."

Er blätterte um. „Ein Skandal in einer Werbeagentur. Sinkende Erträge der Fischer. Und … die Schiffe, die heute in Portsmouth ein- und auslaufen. Das ist es! Wenn eins von Van Weldons Schiffen im Hafen liegt, bringt es eine Lieferung oder …"

„Holt eine ab", beendete Clea den Satz. „Wir müssen in Portsmouth anrufen." Das Taxi hielt vor ihrem Hotel. Sofort stieg sie aus. „Wir müssen schnell herausfinden, welche Schiffe Van Weldon gehören."

„Clea, warte …"

Aber sie eilte schon hinein.

Jordan bezahlte den Fahrer und folgte ihr. Als er das Zimmer betrat, legte Clea gerade auf.

Triumphierend drehte sie sich zu ihm um. „Die *Villafjord* gehört Van Weldons Reederei. Sie legt um siebzehn Uhr an und läuft um Mitternacht wieder aus."

„Ich rufe die Polizei an." Er griff nach dem Hörer.

Sie hielt seine Hand fest. „Nicht, Jordan!"

„Das ist unsere Chance, Van Weldon auf frischer Tat zu schnappen."

„Und wenn wir uns irren? Wenn das Schiff eine ganz normale Fracht geladen hat? Wir würden uns lächerlich machen. Und die Polizei auch." Sie schüttelte den Kopf. „Wir müssen erst genau wissen, was an Bord ist."

„Aber dazu …" Er brach ab. „Das ist nicht dein Ernst?"

Sie lächelte nur.

„Du glaubst doch wohl nicht, dass du einfach an Bord spazieren und dich umsehen kannst, oder?" Er griff wieder nach dem Hörer.

„Nein, Jordan! Ich bin hier diejenige, die alles zu verlieren hat!"

„Das weiß ich. Aber wir sind beide erschöpft und werden Fehler machen. Lass uns die Polizei anrufen. Soll die das erledigen. Dann können wir in unser Leben zurückkehren. In unser richtiges Leben, verstehst du?"

Sie sah ihm in die Augen. Oh ja, ich verstehe, dachte sie. Du hast genug von dem hier. Genug von mir.

Trotzig hob sie das Kinn. „Ich will auch nach Hause. Ich bin die Hotels, die fremden Betten und die Perücken leid. Aber genau deshalb müssen wir es auf meine Weise zu Ende bringen. Nur so kann es klappen."

„Deine Weise ist viel zu riskant. Die Polizei …"

„Ich traue der Polizei nicht!" Aufgebracht ging sie ans Fenster und kam wieder zurück. „Ich habe nur deshalb so lange überlebt, weil ich niemandem traue und mich nur auf mich selbst verlasse."

„Du kannst dich auf mich verlassen", sagte er leise.

Sie lachte. „Hier draußen, Liebling, ist jeder auf sich allein gestellt. Vergiss das nicht. Du darfst niemandem trauen." Sie sah ihn an. „Nicht einmal mir."

„Aber ich tue es trotzdem."

„Dann bist du verrückt."

„Warum? Weil du mal im Gefängnis gesessen hast? Weil du in deinem Leben ein paar Fehler gemacht hast?" Er umfasste ihre Schultern. „Hast du Angst davor, dass ich an dich glaube?"

„Ich will niemanden enttäuschen."

„Das wirst du nicht", versicherte er ihr und küsste sie.

Sie erwiderte den Kuss, obwohl sie es nicht wollte. Sie wusste, dass es zwischen ihnen keine saubere, glatte Trennung geben würde. Der Bruch würde schmerzhaft und bitter werden.

Und unausweichlich.

„Ich werde dir jetzt vertrauen, Clea", sagte er leise. „Ich werde mich darauf verlassen, dass du tust, worum ich dich bitte. Dass du in diesem Zimmer bleibst und alles Weitere mir überlässt."

„Aber ich …"

Er presste einen Finger auf ihre Lippen. „Kein Widerspruch. Du wirst auf mich warten. Hier, in diesem Zimmer. Verstanden?"

Sie zögerte. Dann seufzte sie. „Verstanden."

Lächelnd gab er ihr einen Kuss.

Sie lächelte auch, als er das Zimmer verließ. Doch als sie ans Fenster trat und zusah, wie er aus dem Hotel kam, verblasste ihr Lächeln.

Beim Umdrehen fiel ihr Blick auf Jordans Jacke, die er über eine Stuhllehne gehängt hatte. Einer plötzlichen Eingebung folgend griff sie hinein und nahm die goldene Taschenuhr heraus. Sie ließ den Deckel aufschnappen und las den eingravierten Namen. Bernard Tavistock.

Dies ist das Ende, hier und jetzt, dachte sie. Irgendwann endet es sowieso, warum also nicht gleich? Wenn ich diese Uhr nehme, die ihm so viel bedeutet, breche ich alle Brücken hinter mir ab. Schließlich bin ich eine Diebin, eine Vorbestrafte, und er wird froh sein, mich los zu sein.

Sie steckte die Uhr ein. Vielleicht würde sie sie ihm eines Tages schicken. Wenn sie dazu bereit war. Wenn sie an ihn denken konnte, ohne dass es ihr das Herz brach.

Sie warf einen Blick aus dem Fenster. Jordan war nirgendwo zu sehen. Leb wohl, dachte sie. Leb wohl, mein geliebter Gentleman.

Und dann verließ sie das Zimmer.

12. KAPITEL

Richard Wolf telefonierte gerade mit Brüssel, als es läutete. Er achtete nicht weiter darauf. Der Butler würde sich darum kümmern. Erst als Davis an die Tür des Arbeitszimmers klopfte, beendete Richard das Gespräch.

„Verzeihen Sie die Störung, Mr. Wolf", sagte der Butler. „Aber ein ausländischer Gentleman besteht darauf, Sie sofort zu sprechen."

„Ein Ausländer?"

„Ein ... Inder, glaube ich." Davis machte eine kreisende Handbewegung über seinem Kopf. „Ein Sikh, vermute ich. Er trägt einen Turban."

Richard folgte ihm zur Haustür.

Davor stand ein kleiner, angenehm aussehender Mann mit gepflegtem Bart und Goldzahn. „Mr. Wolf?"

„Ja."

„Sie haben ein Taxi bestellt."

„Ich fürchte, das habe ich nicht."

Wortlos übergab der Sikh ihm einen Umschlag.

Richard sah hinein. Er enthielt einen einzelnen goldenen Manschettenknopf mit der Gravur J.C.T.

Jordans.

Richard nickte. „Ja, natürlich. Das hatte ich ganz vergessen, ich habe ja noch einen wichtigen Termin. Ich hole nur rasch meinen Aktenkoffer. Wenn Sie bitte einen Moment warten ... ich komme sofort."

Während der Mann an der Haustür wartete, eilte Richard ins Arbeitszimmer. Er schob die 9-mm-Automatik ins Schulterhalfter und kehrte mit einem leeren Aktenkoffer zurück.

Der Inder führte ihn zu einem Taxi.

„Wohin fahren wir?" fragte Richard, als sie losfuhren.

„Harrods. Dort werden Sie eine halbe Stunde bleiben und dann wieder in mein Taxi steigen. Es hat die Nummer dreiundzwanzig und wird am Straßenrand auf Sie warten."

„Was erwartet mich?"

Der Chauffeur grinste in den Rückspiegel. „Das weiß ich nicht. Ich bin nur der Fahrer. Übrigens, wir werden die ganze Zeit schon verfolgt."

„Ich weiß", erwiderte Richard.

Vor dem Nobelkaufhaus stieg er aus und vertrieb sich die Zeit damit, ein Tuch für Beryl und eine Krawatte für seinen Vater in Connecticut zu kaufen. Eine halbe Stunde später trat er ins Freie, überquerte die Straße und stieg wieder in das Taxi mit der Nummer dreiundzwanzig.

„Pech gehabt", sagte er zum Fahrer. „Ich wurde die ganze Zeit beschattet. Haben wir einen Ausweichplan?"

„Natürlich", antwortete eine vertraute Stimme.

Richard schaute in den Rückspiegel. Der Fahrer hatte einen Bart und trug einen Turban, aber das braune Auge, das ihm zuzwinkerte, gehörte seinem Schwager. Jordan fuhr los.

„Nicht schlecht", lobte Richard. Er drehte sich kurz um. Hinter ihnen war derselbe Wagen wie vorhin.

„Ich sehe sie", sagte Jordan.

„Wo ist Clea Rice?"

„In Sicherheit. Aber die Sache spitzt sich zu. Wir brauchen Hilfe."

„Jordan, Interpol hat sich eingeschaltet. Sie wollen Van Weldons Kopf. Sie werden auf die Frau aufpassen."

„Woher weiß ich, dass wir ihnen trauen können?"

„Sie haben sie wochenlang beschattet. Bis ihr beide sie abgeschüttelt habt."

„Veronica arbeitet für Van Weldon. Oliver vielleicht auch."

Verblüfft starrte Richard ihn an.

„Van Weldons Organisation ist wie ein Krake, der seine Arme überall hat. Du, Beryl und Onkel Hugh seid die Einzigen, auf die ich mich wirklich verlassen kann."

„Hugh nutzt seine alten Kontakte, und MacLeod wartet nur darauf, gegen Van Weldon persönlich vorzugehen", berichtete Jordans Schwager.

„MacLeod?"

„Interpol. Der Mann auf dem Bahnsteig, der euch das Leben gerettet hat, gehört zu seiner Truppe."

Schweigend lenkte Jordan das Taxi durch den dichten Verkehr. „Ich werde mit Clea reden", sagte er nach einer Weile. „Wir treffen uns in einer Stunde. Halb neun an der U-Bahn-Station Sloane Square."

„Ich sage Hugh Bescheid."

Sie hatten die Straße erreicht, in der das elegante georgianische Stadthaus der Tavistocks lag. Ihre Verfolger waren noch immer hinter ihnen.

Jordan hielt am Bordstein. „Eins noch, Richard. Eine Sache solltest du noch wissen."

„Ja?"

„In Portsmouth legte heute Nachmittag ein Schiff an. Die *Villafjord*."

„Sie gehört Van Weldon?"

„Ja. Ich vermute, sie nimmt heute Abend Fracht an Bord. Ich schlage vor, die Polizei stattet ihr einen unangemeldeten Besuch ab."

„Was für eine Fracht?"

„Das dürfte eine Überraschung werden."

Richard stieg aus und ließ sich beim Bezahlen Zeit. Dann ging er hinein. Als Jordan davonfuhr, sah Richard, dass die Beschatter vor dem Haus parkten. Das hatte er erwartet. Sie waren auf ihn angesetzt. Ein Taxifahrer interessierte sie nicht.

Jordan parkte das Taxi in der Nähe des Hotels und blieb noch eine Weile darin sitzen. Als er sicher war, dass er nicht verfolgt wurde, stieg er aus.

Vertrau mir, dachte er, als er die Halle betrat. Du musst lernen, mir zu trauen. Er wusste, dass es lange dauern würde. Vielleicht ein Leben lang. Cleas Kindheit hatte ihr das Vertrauen in ihre Mitmenschen geraubt.

Erst jetzt wurde ihm bewusst, dass seine Zukunftspläne sie mit einschlossen. Seit einer Woche dachte er nicht mehr als *ich*, sondern als *wir*.

Vertrau mir, wiederholte er stumm, als er das Hotelzimmer betrat.

Es war leer.

Jordan starrte einen Moment wie hypnotisiert auf das Bett, bevor er ins Bad eilte. Auch dort war sie nicht. Zurück im Schlafzimmer bemerkte er, dass ihre Tasche fort war. Dann fiel sein Blick auf seine Jacke.

Er nahm sie vom Stuhl und bemerkte sofort, dass sie leichter war als sonst. Er griff hinein. Die goldene Uhr seines Vaters war verschwunden.

An ihrer Stelle fand er einen Zettel.

Es war schön mit dir. Clea.

Wütend zerknüllte er die Nachricht. Diese verdammte Frau! Sie hatte ihn bestohlen! Und dann war sie …

Wohin?

Die Antwort war klar.

Es war acht. Sie hatte drei Stunden Vorsprung.

Jordan rannte aus dem Hotel und zum Taxi. Erst würde er zum Sloane Square fahren und sich bei Scotland Yard Verstärkung holen. Dann nach Portsmouth, wo eine kleine Diebin vermutlich schon die Gangway eines Schiffs hinaufschlich.

Wenn sie nicht schon tot war.

Der Zaun um das Gelände von *Cairncross Biscuits* war höher, als Clea erwartet hatte, und noch dazu mit Stacheldraht bewehrt. Nicht gerade das Übliche bei einem Lagerhaus voller Kekse. Wovor hatten sie Angst? Vor einem Angriff des Krümelmonsters?

Die Logik hatte sie hierher, in das Gewerbegebiet am Rande Londons, geführt. Wenn Van Weldons Schiff heute Abend beladen wurde, war die Fracht hier, und ein weiterer Lastwagen erregte kein Aufsehen.

Sehr schlau, Van Weldon, dachte sie. Aber diesmal bin ich dir einen Schritt voraus.

Und auch der Polizei. Wenn Jordan und die anderen sich später am Kai in Portsmouth versammelten, war Van Weldon vielleicht schon gewarnt. Deshalb wollte sie ihm zuvorkommen. Hier und jetzt.

Zwischen den Runden des Wächters lagen jeweils sieben Minuten. Als er das nächste Mal auftauchte, wartete sie, bis er sich eine Zigarette ansteckte und wieder um eine Ecke verschwand. Der Zaun war dank des Drahtschneiders kein Problem. Sie schlüpfte durch das Loch und rannte zur Seitentür des Lagerhauses.

Das Schloss war schon schwieriger. Es war modern, und sieben Minuten würden dafür vielleicht nicht reichen. Sie machte sich an die Arbeit und lauschte so angestrengt auf das leise Klicken des Mechanismus, dass sie nicht hörte, wie der Wächter zurückkam.

Als sie ihn bemerkte, war es fast zu spät. Panisch suchte sie nach einem Ausweg. Ihr gehetzter Blick fiel auf das Fallrohr, das neben ihr im Boden verschwand. War es stabil genug?

Sie kletterte daran nach oben.

Sekunden später war sie auf dem Dach und schlich an den Abluftschächten der Ventilatoren vorbei zur Tür. Sie betrachtete das Schloss und holte ihr Werkzeug heraus.

Zwei Minuten später war es geknackt.

Hinter der Tür verschwand eine schmale Treppe in der Dunkelheit. Sie schlich sie hinab, passierte eine weitere Tür und betrat die erleuchtete Lagerhalle. Vor ihr erstreckten sich zahllose

Reihen gestapelter Kisten. Auf allen stand *Cairncross Biscuits, London.*

Clea nahm ein Stemmeisen aus einer Werkzeugkiste und öffnete eine. Der würzige Duft frisch gebackener Kekse stieg ihr in die Nase. Die Kiste enthielt nichts als Dosen mit dem bekannten Cairncross-Logo.

Frustriert sah sie sich um. Sie würde es niemals schaffen, sämtliche Kisten zu durchsuchen! Da fiel ihr Blick auf die Doppeltür an der hinteren Wand.

Sie eilte hinüber. Es gab keine Fenster, also lag vermutlich kein Büro dahinter.

Sie knackte auch dieses Schloss.

Kalte Luft wehte ihr ins Gesicht. Eine Klimaanlage, dachte sie. Sie tastete nach dem Schalter, zog die Tür hinter sich zu und machte Licht.

Der Raum war voller Kisten mit dem Cairncross-Logo. Einige davon waren so groß, dass ein Mensch in ihnen stehen konnte.

Mit dem Stemmeisen brach sie einen Deckel auf. Die Kiste war randvoll mit Sägespänen. Sie schob die Hände hinein und ertastete etwas Festes. Sie wühlte, bis der Gegenstand zum Vorschein kam.

Es war der Kopf einer Marmorstatue, ein Jüngling mit einem Lorbeerkranz.

Mit zitternden Händen holte sie eine Kamera aus ihrem Rucksack und machte drei Fotos von ihrem Fund. Danach schloss sie den Deckel wieder und öffnete eine zweite Kiste.

Irgendwo im Lagerhaus ertönte ein metallisches Geräusch.

Clea erstarrte. Als das Motorengeräusch eines Lastwagens näher kam und ein Schiebetor quietschend aufging, löschte sie das Licht und öffnete die Tür einen Spalt weit.

Ein Lastwagen war rückwärts an eine Laderampe gefahren. Plötzlich sah sie Veronica und den blonden Mann in ihre Richtung kommen. Clea zuckte zurück und schloss hastig die Tür. Sie ließ den Strahl der Taschenlampe durch den Raum wandern. Kein anderer Ausgang. Kein Ort, um sich zu verstecken. Außer …

Stimmen drangen herein.

Clea schnappte sich den Rucksack, kletterte in die Kiste und zog den Deckel zu.

Sekunden später ging das Licht an.

„Wie Sie sehen, ist alles hier", sagte Veronica. „Wollen Sie in die Kisten schauen oder vertrauen Sie mir, Mr. Trott?"

„Dazu ist jetzt keine Zeit."

„Was ist mit meiner Belohnung?"

„Die haben Sie bereits bekommen."

„Was soll das heißen?" fragte Veronica empört.

„Ihr Profit vom Verkauf des Auges. Der müsste genügen."

„Aber das war meine Idee! Nur weil ich das verdammte Ding für ein paar Wochen ausgeliehen habe …"

Es gab eine kurze Pause. Dann hörte Clea, wie Veronica leise aufschrie. „Was soll die Waffe, Mr. Trott?"

„Weg von den Kisten."

„Sie können mich nicht …" Veronica lachte schrill. „Sie brauchen uns!"

„Nicht mehr", erwiderte Trott.

Clea fuhr zusammen, als die Schüsse fielen. Es waren drei

kurz hintereinander. Sie presste die Hand auf den Mund und glaubte, in der engen Kiste ersticken zu müssen.

Dann drang ein verzweifeltes Schluchzen durch das Holz. Veronica war noch am Leben.

„Nur eine Warnung, Mrs. Cairncross", sagte Trott. „Das nächste Mal treffe ich." Seine Schritte entfernten sich. „Hierher! Ladet die Kisten auf den Lastwagen!"

Andere Schritte und ein quietschender Transportwagen näherten sich.

„Zuerst die große", befahl Trott.

Clea hielt den Atem an, als ihre Kiste zur Seite kippte und sie zwischen der Seitenwand und dem bronzenen Torso eines Mannes eingeklemmt wurde.

„Verdammt, ist die schwer. Was ist denn da drin, um alles in der Welt?"

„Das geht euch nichts an."

Mühsam wuchteten die Männer die sperrige Kiste auf den Wagen. Erst als sie schließlich auf der Ladefläche des wartenden Trucks landete, holte Clea tief Luft.

Sie war gefangen. Bei dem Betrieb auf der Rampe konnte sie schlecht herausklettern und davonschlendern.

Bevor sie eine Entscheidung treffen konnte, wurde sie ihr abgenommen. Die Männer schoben eine zweite Kiste auf die, in der sie sich befand. Sie saß in der Falle.

Die Leuchtziffern ihrer Uhr zeigten 8:10.

Um 8:25 fuhr der Lastwagen los. Cleas Waden schmerzten, die Sägespäne waren in den Kragen gerutscht, und sie wehrte sich gegen die Platzangst. Der Deckel ließ sich nicht bewegen.

Sie presste den Mund an ein winziges Astloch und sog den Sauerstoff ein, bis ihre Panik sich legte.

Etwas Hartes bohrte sich in ihren Schenkel. Sie schaffte es, eine Hand in die Hosentasche zu schieben. Es war Jordans Uhr. Die sie ihm gestohlen hatte.

Inzwischen musste er ihr Fehlen bemerkt haben. Bestimmt hasste er sie und war heilfroh, sie endlich los zu sein. Genau das sollte er auch. Er war ein Gentleman, sie eine Diebin. Nichts konnte die Welten überbrücken, die sie trennten.

Doch jetzt, in der sargähnlichen Enge der Kiste, mit seiner Uhr in der Hand, sehnte sie sich so sehr nach Jordan, dass ihre Augen feucht wurden.

Sie küsste das alte Erbstück und ließ den Tränen freien Lauf.

Als der Lastwagen endlich wieder hielt, fühlte Clea sich seelisch und körperlich völlig ausgelaugt. Ihre Beine fühlten sich taub an.

Die anderen Kisten wurden zuerst entladen. Dann war ihre an der Reihe. Sie hörte die Stimmen der Arbeiter. Nach einer kurzen Fahrt auf einem Gabelstapler wurde die Kiste unsanft abgesetzt.

Als Stille eintrat, versuchte Clea, den Deckel anzuheben. Aber das Gewicht der anderen Kiste hatte die Nägel wieder ins Holz getrieben. Zum Glück hatte sie das Stemmeisen mitgenommen. Es war nicht einfach, aber sie schaffte es.

Der Deckel ging auf.

Vorsichtig schaute sie hinaus. Es roch nach Dieselkraftstoff. Sie befand sich in einem Lagerraum. Neben ihr standen die anderen Kisten. Kein Mensch war zu sehen.

Die Meisterdiebin

Sie kletterte hinaus. Ihre Beine kribbelten, als das Blut wieder zu zirkulieren begann. In der Wand war eine Stahltür, und sie öffnete sie so leise wie möglich.

Vor ihr lag ein schmaler Gang. Hinter einer Ecke lachten und scherzten zwei Männer.

Plötzlich bewegte sich der Boden unter Cleas Füßen. Das Maschinengeräusch wurde lauter.

Erst als sie sich an der Wand festhielt, bemerkte sie den Feuerlöscher, auf dem *Villafjord* stand.

Ich bin auf seinem Schiff, dachte sie entsetzt. Ich bin auf Van Weldons Schiff gefangen!

Der Boden schwankte, das tiefe Brummen schwoll an, und die Wand vibrierte. Clea begriff.

Die *Villafjord* hatte abgelegt.

13. KAPITEL

MacLeod und die Polizei warteten bereits am Kai, als Jordan mit seinem Onkel Hugh und Richard Wolf dort eintraf.

„Wir kommen zu spät", sagte MacLeod.

„Was soll das heißen?" fragte Jordan scharf und musterte ihn finster.

„Ich nehme an, dies ist der junge Tavistock?"

„Mein Neffe Jordan", erklärte Hugh. „Was ist los?"

„Die *Villafjord* sollte um Mitternacht ablegen."

„Wo ist sie?"

„Genau das ist das Problem", erwiderte der Mann von Interpol trocken. „Wie es aussieht, ist sie schon vor zwanzig Minuten ausgelaufen."

„Aber es ist erst halb zehn."

Betrübt schüttelte MacLeod den Kopf. „Offenbar haben sie ihre Pläne geändert."

Jordan starrte auf das dunkle Hafenbecken. Ein kalter Wind blies landeinwärts, und er spürte das Salz auf der Haut. Sie ist dort draußen, dachte er. Ich fühle es. Und sie ist allein.

Er sah MacLeod an. „Sie müssen das Schiff abfangen."

„Auf See? Das wäre eine riesige Operation. Wir haben noch keine Beweise."

„Die werden Sie an Bord der *Villafjord* finden."

„Das Risiko ist zu groß. Wenn ich ohne vorliegende Beweise gegen Van Weldon vorgehe, werden seine Anwälte die Einstellung der Ermittlungen verlangen. Wir müssen warten, bis sie in Neapel anlegt, und die italienische Polizei dazu bringen, an Bord zu gehen."

„Aber dann ist es vielleicht schon zu spät! MacLeod, dies ist Ihre einzige Chance. Wenn Sie Van Weldon schnappen wollen, tun Sie es jetzt!" beschwor Jordan ihn.

MacLeod sah Hugh an. „Was meinen Sie, Lord Lovat?"

„Wir werden die Royal Navy um einen oder zwei Hubschrauber bitten müssen", sagte Jordans Onkel nachdenklich und sah zum Himmel. „Es gibt schlechtes Wetter. Das könnte die Sache schwierig machen."

„Bis wir die *Villafjord* erreichen, wird sie in internationalen Gewässern sein", wandte MacLeod ein. „Wir haben kein Recht, das Schiff zu durchsuchen."

„Vielleicht kein Recht, aber die Chance", sagte Jordan.

„Glauben Sie etwa, die werden uns einladen, uns an Bord umzusehen?"

„Sie werden gar nicht merken, dass sie durchsucht werden." Jordan drehte sich zu Hugh um. „Ich werde einen Marinehubschrauber brauchen. Und einige Freiwillige für das Enterkommando."

Besorgt schüttelte Hugh den Kopf. „Dir ist klar, dass du keinerlei offizielle Unterstützung hast?"

„Ja."

„Wenn etwas schief geht …"

„Wird die Marine mich nicht kennen. Das weiß ich auch."

„Jordan, du bist mein einziger Neffe …"

„Genau deshalb werde ich es schaffen, oder?" Lächelnd drückte Jordan seinem Onkel die Schulter.

Hugh seufzte. „Diese Clea Rice muss eine außergewöhnliche Frau sein."

„Ich stelle sie dir vor", versprach Jordan mit einem Blick auf das dunkle Wasser. „Sobald ich sie von diesem verdammten Schiff geholt habe."

Die Männerstimmen entfernten sich und verstummten schließlich.

Clea blieb an der Tür stehen und überlegte, ob sie es wagen durfte, den Laderaum zu verlassen. Bis das Schiff wieder anlegte, musste sie ein sicheres Versteck gefunden haben, denn irgendwann würde jemand die Kisten kontrollieren.

Niemand war zu sehen.

Die Männer waren nach rechts verschwunden, also ging Clea nach links und tauchte in das Labyrinth aus Korridoren und Luken ein. Sie hatte keine Ahnung, wohin sie sich wenden sollte.

Als sie plötzlich Schritte hörte, nahm sie in Panik die nächste Tür und stellte entsetzt fest, dass sie sich im Quartier der Mannschaft befand. Sie schlich zu der Reihe von Spinden, öffnete einen und quetschte sich hinein.

Darin war es noch enger als in der Kiste, und sie teilte den Spind mit übel riechenden Hemden und Schuhen. Durch die Lüftungsschlitze sah sie, wie zwei Männer den Raum betraten. Einer von ihnen kam auf die Spinde zu und riss den neben ihr auf.

„Soll sehr schlechtes Wetter geben", sagte er laut und zog eine Öljacke an.

„Der gottverdammte Sturm hat jetzt schon fünfundzwanzig Knoten."

Die Männer gingen wieder hinaus.

Clea verließ ihr Versteck. Sie brauchte einen Ort, an dem niemand sie überraschen würde …

Ein Rettungsboot. Im Kino hatte sie gesehen, wie jemand sich dort verbarg. Solange es keinen Notfall gab, würde sie dort sicher aufgehoben sein.

Sie durchsuchte die Spinde und fand eine dunkelblaue Jacke und eine schwarze Mütze. Sie zog sie an und schlich durch die Korridore, bis sie zu einem Aufgang kam.

An Deck heulte der Wind und trieb Gischt über die Reling. In der Dunkelheit konnte Clea mehrere Seeleute erkennen. Zwei sicherten eine Ladeluke, einer schaute mit einem Fernglas aufs Meer hinaus. Keiner von ihnen bemerkte sie. Clea entdeckte die beiden Rettungsboote an der Steuerbordseite. Beide waren mit Planen abgedeckt, also trocken. Sobald die *Villafjord* in Neapel anlegte, würde sie sich von Bord schleichen.

Clea zog die viel zu große Jacke fester um die Schultern und ging langsam auf die Boote zu.

Simon Trott stand auf der Kommandobrücke und starrte besorgt auf das tosende Meer vor dem Bug der *Villafjord*.

Victor Van Weldon dagegen schien das Wetter nicht zu interessieren. Ganz ruhig saß er da, während der Sauerstoff leise zischend durch den Schlauch in seiner Nase strömte.

„Wird es noch schlimmer?" fragte Trott und warf Van Weldon einen Seitenblick zu.

„Nicht sehr", erwiderte der Kapitän. „Die *Villafjord* hat schon ganz andere Stürme überstanden. Aber wenn Sie möchten, kehren wir nach Portsmouth zurück."

„Nein", sagte Van Weldon. „Das können wir nicht." Er begann zu husten, und alle auf der Brücke sahen angewidert weg, als der alte Mann in sein Taschentuch spuckte.

Auch Trott wandte den Blick ab und starrte aufs Deck, wo drei Männer sich gegen den Sturm stemmten. Dabei bemerkte er die vierte Gestalt, die sich an der Steuerbordreling entlanghangelte. Sie geriet kurz in den Schein einer Lampe und verschwand wieder in der Dunkelheit.

Am ersten Rettungsboot blieb sie stehen, sah sich um und begann die Plane loszumachen.

„Wer ist das?" fragte Trott scharf. „Der Mann am Rettungsboot?"

Der Kapitän runzelte die Stirn. „Den kenne ich nicht."

Trott eilte zum Ausgang.

„Mr. Trott?" rief der Kapitän ihm nach.

„Ich kümmere mich darum."

Als Trott das Deck erreichte, hielt er seine Automatik entsichert in der Hand. Die Gestalt war nirgends zu sehen. Am Rettungsboot flatterte eine Ecke der Plane im Wind. Trott schlich hinüber, schlug die Plane zurück und richtete seine Waffe auf die zusammengekauerte Gestalt.

„Raus!" rief er. „Kommen Sie schon!"

Langsam hob die Gestalt den Kopf.

„Na, wenn das nicht unsere Miss Clea Rice ist", sagte Trott. Und dann lächelte er.

„Ich frage Sie noch einmal", sagte Trott zu Clea. „Sind Sie allein?"

„Ich habe ein Team Kampfschwimmer von der Marine mit."

Trott schlug wieder zu, und in ihrem Kopf schien eine Explosion einen Funkenregen zu versprühen.

„Wo ist Jordan Tavistock?" fragte Trott.

„Das weiß ich nicht."

„Ist er an Bord?"

„Nein."

Trott nahm Jordans goldene Taschenuhr vom Tisch und ließ den Deckel aufschnappen. „Bernard Tavistock", las er und sah Clea an. „Sie haben keine Ahnung, wo er steckt?"

„Das habe ich doch schon gesagt."

Er hielt die Uhr hoch. „Wo haben Sie die dann her?"

„Ich habe sie gestohlen."

Obwohl sie darauf vorbereitet war, raubte Trotts Faustschlag ihr den Atem. Blut rann über ihr Kinn. Benommen beobachtete sie, wie es auf den Teppich tropfte und darin versickerte. Endlich sage ich die Wahrheit, und er glaubt mir nicht, dachte sie.

„Er arbeitet noch mit Ihnen zusammen, nicht wahr?" sagte ihr Peiniger.

„Ich habe ihn verlassen."

Trott drehte sich zu Van Weldon um. „Ich halte Tavistock noch immer für sehr gefährlich. Lassen Sie das Kopfgeld auf ihn aufgesetzt."

Cleas Kopf fuhr hoch. „Nein! Er hat mit dem hier nichts zu tun!"

„Er war in der vergangenen Woche mit Ihnen zusammen."

„Sein Pech."

„Warum waren Sie zusammen?"

Sie zuckte mit den Schultern. „Aus Lust?"

„Das soll ich Ihnen glauben?"

„Warum nicht?" Trotzig legte sie den Kopf schief.

„Das bringt uns nicht weiter!" griff Van Weldon ein. „Werfen Sie sie über Bord."

„Erst will ich unbedingt wissen, was sie und dieser Tavistock ..." Trott verstummte abrupt, als der Summer der Sprechanlage ertönte.

Er drückte auf den Knopf. „Ja, Captain?"

„Wir haben hier oben ein Problem, Mr. Trott. Ein Kriegsschiff der Royal Navy ist uns dicht auf den Fersen. Sie bitten um Erlaubnis, an Bord kommen zu dürfen."

„Mit welcher Begründung?"

„Sie behaupten, dass sie alle Schiffe aus Portsmouth nach einem IRA-Terroristen durchsuchen. Sie glauben, dass er sich als Mitglied der Besatzung getarnt hat."

„Erlaubnis verweigert", sagte Van Weldon ruhig.

„Sie haben Hubschrauber", meldete der Kapitän. „Und ein zweites Schiff hat Kurs auf uns genommen."

„Wir befinden uns außerhalb der Zwölf-Meilen-Zone." Van Weldon lächelte. „Sie haben kein Recht, uns zu entern."

„Sir, ich kann Ihnen nur raten, es ihnen zu erlauben", erwiderte der Captain. „Vermutlich wollen sie nur einen kurzen Blick auf die Besatzung werfen, mehr nicht. Reine Routine."

Trott und Van Weldon wechselten einen Blick. Schließlich nickte Van Weldon.

„Versammeln Sie alle Männer an Deck", befahl Trott. „Sollen die Briten sie sich ansehen. Aber mehr liegt nicht drin."

„Ja, Sir."

Trott sah Van Weldon an. „Wir sollten ebenfalls nach oben gehen. Und was Miss Rice betrifft ..."

„Die wird warten müssen", antwortete Van Weldon und fuhr im Rollstuhl zu dem privaten Fahrstuhl, der zur Eignerkabine gehörte. „Wir treffen uns auf der Brücke." Die Tür schloss sich hinter ihm.

Trott zog Cleas Fesseln so fest, dass sie leise aufschrie. Danach drückte er ihr einen Klebestreifen auf den Mund und folgte seinem Chef.

„Zwanzig Minuten", sagte Jordan. „Geben Sie mir nur zwanzig Minuten." Er zog sich die schwarze Mütze tiefer ins Gesicht. Die geborgte Royal-Navy-Uniform war an den Schultern ein bisschen zu eng, und die an die Brust geschnallte Automatik fühlte sich fremd an, aber beides war unbedingt nötig, wenn er bei dieser Maskerade mitmachen wollte.

Leider waren die sieben anderen Männer des Enterkommandos, alles Marineoffiziere, nicht gerade begeistert, einen Amateur mitnehmen zu müssen. Ihre skeptischen Mienen ließen daran keinen Zweifel.

Jordan ignorierte sie und konzentrierte sich auf das breite Deck der *Villafjord,* das jetzt direkt unter den Kufen des Hubschraubers lag. Kaum hatte der Helikopter aufgesetzt, sprangen die Männer ins Freie, Jordan unter ihnen.

Der Pilot hob sofort wieder ab.

Ein blonder Mann eilte auf sie zu.

Jordan mischte sich unter die anderen und wandte das Gesicht ab.

Der ranghöchste Offizier des Teams trat auf den Blonden zu. „Lieutenant Commander Tobias, Royal Navy. Wir hatten unseren Besuch bereits angekündigt."

„Simon Trott. Vizepräsident der Weldon Company. Wie können wir Ihnen helfen, Commander?"

„Wir möchten uns Ihre Besatzung ansehen."

„Natürlich. Sie ist schon versammelt." Trott zeigte auf die Männer, die am Aufgang zur Brücke warteten.

„Sind das alle?"

„Alle außer dem Kapitän und Mr. Van Weldon. Die sind auf der Brücke."

„Unter Deck ist niemand?"

„Nein, Sir."

Commander Tobias nickte. „Fangen wir an."

Trott ging vor. Während der Rest des Enterkommandos ihm folgte, blieb Jordan zurück und wartete auf eine Chance, sich unauffällig abzusetzen.

Niemand sah, wie er im Niedergang verschwand.

Die Besatzung war oben, also hatte er das Unterdeck für sich. Er eilte den ersten Korridor entlang, schaute in jede Kabine und rief leise Cleas Namen. Er kontrollierte die Quartiere der Mannschaft und der Offiziere, die Messe und die Kombüse.

Clea war nirgends zu sehen.

Auf dem Weg nach achtern passierte er einen Lagerraum, in dem sich etwa ein Dutzend verschieden großer Kisten befand.

Auf einer saß der Deckel schief und er hob ihn an, um hineinzusehen.

Sie enthielt den sorgfältig verpackten Kopf einer Bronzestatue und einen Handschuh. Einen Frauenhandschuh, Größe fünf.

Jordan sah sich um. „Clea?"

Zehn Minuten waren bereits vergangen.

Mit wachsender Panik eilte er weiter und riss jede Tür auf. Ihm blieb nicht mehr viel Zeit, und er musste noch die Laderäume und die Maschine kontrollieren.

Über ihm wurde das dumpfe Knattern immer lauter. Gleich würde der Hubschrauber wieder landen.

Sein Blick fiel auf eine Mahagonitür, auf der *Privat* stand. Die Kapitänskajüte? Jordan drehte am Knauf. Sie war verschlossen. Er hämmerte dagegen. „Clea?"

Keine Antwort.

Sie hörte das Hämmern, dann Jordans Stimme.

Sie versuchte zu antworten, aber der Klebestreifen ließ nur ein ersticktes Wimmern zu. Wie eine Verrückte wand sie sich auf dem Stuhl, aber die Fessel hielt.

Geh nicht weg! wollte sie rufen. Ich bin hier!

Verzweifelt warf sie sich zur Seite, bis der Stuhl umkippte. Ihr Kopf schlug gegen eine Tischkante. Ein stechender Schmerz durchzuckte sie. Benommen lag sie auf dem Boden. Als ihr schwarz vor Augen wurde, wehrte sie sich gegen die einsetzende Ohnmacht.

Wie durch Watte hörte sie ein dumpfes Geräusch. Immer wieder, wie ein Trommeln in der Dunkelheit.

Sie riss die Augen auf. Es wurde heller, bis sie die Umrisse der Möbel wahrnahm.

Als sie begriff, dass das Trommeln von der Tür kam, hob sie den Kopf und sah, wie das Holz zersplitterte und die leuchtend rote Klinge einer Axt zum Vorschein kam. Das Loch wurde größer, und ein Arm schob sich hindurch. Eine Hand tastete nach dem Knauf.

Dann stand Jordan plötzlich vor ihr.

„Mein Gott", murmelte er.

Ihre Hände waren so gefühllos, dass sie gar nicht spürte, wie er die Fesseln zerschnitt.

Aber sie spürte seinen Kuss. Behutsam zog er ihr den Klebestreifen vom Mund, hob sie auf und presste die Lippen auf ihre. Während sie schluchzend in seinen Armen lag, küsste er ihr Haar und das Gesicht und murmelte immer wieder ihren Namen, als könnte er ihn gar nicht oft genug aussprechen.

Erst ein leises Summen ließ ihn den Kopf heben. Rasch schaltete er das Gerät an seinem Gürtel aus. „Wir haben noch eine Minute", erklärte er. „Kannst du gehen?"

„Ich ... glaube nicht. Meine Beine ..."

„Dann trage ich dich." Vorsichtig stieg er über die Holzsplitter hinweg.

„Wie kommen wir vom Schiff herunter?" fragte sie.

„So, wie ich an Bord gekommen bin. Marinehubschrauber." Er bog um eine Ecke.

Und blieb wie angewurzelt stehen.

„Ich fürchte, Mr. Tavistock", sagte Simon Trott, „Sie werden Ihren Flug verpassen."

14. KAPITEL

Clea fühlte, wie Jordans Arme sich fester um sie legten. In der plötzlichen Stille glaubte sie, sein Herz schlagen zu hören. Trott hob seine Waffe. „Setzen Sie sie ab."

„Sie kann nicht gehen", sagte Jordan. „Sie hat sich den Kopf gestoßen."

„Na schön. Dann werden Sie sie eben tragen."

„Wohin?"

Trott zeigte mit seiner Automatik den Korridor entlang. „In den Laderaum."

Die drohende Mündung ließ Jordan keine andere Wahl. Mit Clea auf den Armen machte er kehrt und schlüpfte durch ein Schott. Der Laderaum war voller Kisten.

„Das Enterkommando weiß, dass ich an Bord bin", sagte er. „Ohne mich wird es nicht von Bord gehen."

„So?" Trott lächelte triumphierend, als ein lautes Knattern durch die Ladeluke drang. „Das tut es doch gerade."

Das Knattern schwoll an, als der Hubschrauber abhob.

„Zu spät", sagte Trott kopfschüttelnd. „Sie sind gerade zur Unperson geworden, Mr. Tavistock. Wir werden behaupten, dass Sie nie an Bord waren. Und ich bezweifle stark, dass die Royal Navy das Gegenteil behaupten wird." Er wedelte mit der Waffe. „Die Kiste dort ist groß genug für Sie beide. Endlich sind Sie wieder vereint."

Er will uns in die Kiste sperren, dachte Clea. Und dann?

Natürlich. Er hatte vor, sie über Bord zu werfen. Jordan und sie würden ertrinken. Plötzlich fiel ihr das Atmen schwer. Die Angst war so gewaltig, dass sie keinen klaren Gedanken mehr fassen konnte.

Als Jordan sprach, war seine Stimme erstaunlich ruhig.

„Man wird Sie in Neapel erwarten", sagte er. „Interpol und die italienische Polizei. Sie glauben doch nicht im Ernst, dass Sie nur eine Kiste über Bord werfen müssen, um ungeschoren davonzukommen?"

„Wir schmieren die richtigen Leute. Das tun wir seit Jahren, und zwar erfolgreich."

„Darauf würde ich mich nicht mehr verlassen. Mögen Sie dunkle enge Orte? An einem solchen werden Sie sich nämlich bald befinden. Und zwar für den Rest Ihres Lebens."

„Das reicht", fauchte Trott. „Setzen Sie sie ab und nehmen Sie den Deckel von der Kiste." Er schob ihm ein Stemmeisen zu. „Und keine falsche Bewegung."

Jordan stellte Clea auf die Füße. Sofort ging sie in die Knie, und er beugte sich zu ihr hinab. Als er ihr in die Augen sah, nahm sie in seinem Blick etwas wahr. Er versuchte, ihr etwas zu sagen. Er beugte sich noch weiter vor, und als seine Jacke sich öffnete, fiel ihr Blick auf das Holster.

Er hatte eine Waffe!

Trott konnte nicht sehen, wie sie in die Jacke griff, die Waffe herauszog und an ihrer Brust verbarg.

„Lassen Sie sie liegen!" befahl Trott. „Machen Sie die verdammte Kiste auf!"

Jordans Mund streifte Cleas Ohr. „Ich gebe dir Deckung", flüsterte er. „Ziel auf seine Brust."

Entsetzt starrte sie ihn an. „Nein … Jordan, das kann ich nicht tun …"

Er packte ihre Schulter. „Tu es."

Ihre Blicke verschmolzen, und die Botschaft in seinem war etwas, das sie niemals vergessen würde: Du musst leben, Clea. Für uns beide.

Er drückte ihre Schulter noch einmal, sanfter. Und er lächelte aufmunternd.

„Los, nehmen Sie den Deckel ab!" bellte Trott.

Clea schob den Finger um den Abzug der Pistole. Sie hatte noch nie auf jemanden geschossen. Wenn sie Trott nicht mit dem ersten Schuss außer Gefecht setzte, würde er sein ganzes Magazin auf Jordan abfeuern. Sie musste ihn treffen. Tödlich.

Für Jordan.

Warm strichen seine Lippen über ihre Stirn. Wenn sie sie das nächste Mal berührte, waren sie vielleicht schon erkaltet.

„Ich muss wohl nachhelfen", sagte Trott und gab einen Schuss ab.

Clea fühlte, wie Jordan zusammenzuckte, und hörte ihn aufstöhnen. Er griff nach seinem Oberschenkel, und sie sah das Blut auf dem Boden. Der Anblick erfüllte sie mit einem so unbändigen Zorn, dass sie nicht mehr zögerte.

Mit beiden Händen richtete sie die Pistole auf Trott und feuerte.

Die Kugel traf ihn mitten in die Brust. Er taumelte zurück. Die Waffe entglitt seinen Fingern und landete polternd auf den Planken. Er sank in die Knie und unternahm den hilflosen Versuch, sie wieder aufzuheben. Doch seine Hände gehorchten ihm nicht. Seine ausgestreckten Arme zuckten noch einmal, dann bewegten sie sich nicht mehr.

„Raus hier", keuchte Jordan.

„Ich verlasse dich nicht."

„Ich kann nicht. Mein Bein …"

„Sei still!" rief sie und ging mit unsicheren Schritten zu Trott, um seine Waffe aufzusammeln. „Wir kommen sowieso nicht von Bord. Bestimmt haben sie die Schüsse gehört und werden gleich hier sein. Dann werden wir sie eben zusammen empfangen." Sie kauerte sich wieder neben Jordan.

Zärtlich nahm sie sein Gesicht zwischen die Hände und küsste ihn.

Seine Lippen waren schon kälter.

Schluchzend legte sie seinen Kopf auf ihren Schoß. Es ist vorbei, dachte sie, als sie Schritte auf den Boden hämmern hörte. „Ich liebe dich", flüsterte sie.

Plötzlich war sie ganz ruhig. Sie hob die Waffe und zielte auf die Einstiegsluke …

Und drückte nicht ab. Ein Mann in Marineuniform starrte sie überrascht an. Hinter ihm drängten sich drei ebenfalls uniformierte Männer in den Laderaum. Einer von ihnen war Richard Wolf.

„Ruft den Hubschrauber zurück!" rief er, als er Jordan sah. „Wir brauchen einen Arzt!"

„Ja, Sir!" Einer der Offiziere eilte davon.

Langsam ließ Clea die Pistole sinken. Sie hatte Angst, sie ganz loszulassen. Das kalte Metall war, wie ihr schien, das Einzige, das ihr noch Halt bot.

„Ich nehme sie."

Benommen sah sie zu Richard hoch. Er lächelte halb väterlich, halb bewundernd und streckte die Hand nach der Waffe aus. Wortlos reichte sie sie ihm. Er nickte. „Braves Mädchen", sagte er sanft.

Fünfzehn Minuten später waren der Schiffsarzt und die Sanitäter der Royal Navy an Bord. Inzwischen konnte Clea wieder auf den Beinen stehen. Ihr Kopf schmerzte höllisch, doch als ein Sanitäter sie beiseite nehmen und untersuchen wollte, lehnte sie ab.

Sie wollte bei Jordan bleiben und sah zu, als er eine Infusion bekam und auf eine Trage geschnallt wurde. Schweigend drängte sie sich in den Lastenfahrstuhl, der ihn an Deck brachte.

Erst als einer der Offiziere sie zurückhielt, als man Jordan in den Hubschrauber hob, begriff sie, dass sie getrennt werden sollten. Sie geriet in Panik, schob den Offizier von sich und wäre zu Jordan gerannt, wenn Richard Wolf sie nicht mit festem Griff daran gehindert hätte.

„Lassen Sie mich los!" schluchzte sie.

„Sie bringen ihn ins Krankenhaus. Man wird sich um ihn kümmern."

„Ich will bei ihm bleiben! Er braucht mich!"

Richard packte ihre Schultern. „Sie werden ihn bald wiedersehen, das verspreche ich! Aber jetzt brauchen wir Sie, Clea. Sie müssen uns alles erzählen. Über Van Weldon. Über dieses Schiff."

Der Rotor übertönte alles. Clea sah dem Helikopter nach, als er in der Dunkelheit schnell kleiner wurde. *Bitte passt auf ihn auf*, bat sie stumm. *Er muss leben.*

Dann verklang das Knattern, und zu hören waren nur noch der Wind und die aufgewühlte See.

„Miss Rice?"

Mit Tränen in den Augen sah sie Richard Wolf an. „Ich erzähle Ihnen alles, Mr. Wolf", sagte sie und musste plötzlich lachen. „Sogar die Wahrheit."

Es dauerte zwei Tage, bis Clea Jordan wiedersah.

Sie erfuhr, dass er viel Blut verloren hatte, die Operation jedoch gut und ohne Komplikationen verlaufen war. Mehr sagte man ihr nicht.

Richard Wolf brachte sie in einem sicheren Haus des MI6 außerhalb Londons unter. Drei Männer bewachten die Eingänge, und sie fühlte sich wie im Gefängnis.

Richard hatte ihr erklärt, dass sie noch immer in Gefahr war, bis Van Weldons Verhaftung sich in der Unterwelt herumgesprochen hatte.

Bis dahin hielt man sie von Jordan fern.

Clea ahnte den wahren Grund für die Trennung. Es wunderte sie nicht, dass Jordans aristokratische Familie sich letztendlich durchgesetzt hatte. Sie gehörte nicht zu den Frauen, die man in den eigenen Kreisen willkommen hieß. Schließlich galt es, den guten Ruf zu wahren. Dass sie Jordan wichtig war, spielte angesichts ihrer anrüchigen Vergangenheit keine Rolle.

Die Tavistocks meinten es nur gut mit ihm. Das konnte sie ihnen nicht vorwerfen.

Aber dass die Familie auch ihre eigene Freiheit beschnitt, gefiel ihr nicht. Zwei Tage lang ertrug sie die Isolation. Sie ging im Garten auf und ab, sah fern und blätterte lustlos in Zeitschriften.

Dann hatte sie genug.

Sie nahm den Rucksack und marschierte nach draußen. „Ich gehe jetzt", erklärte sie dem verdutzten Wächter.

„Fürchte, das ist nicht möglich", erwiderte er.

„Wie wollen Sie es verhindern? Indem Sie mir in den Rücken schießen?"

„Ich habe den Befehl, für Ihre Sicherheit zu sorgen. Sie können nicht gehen."

„Dann passen Sie mal auf." Sie hängte sich den Rucksack über die Schulter und wollte gerade das Tor aufstoßen, als eine schwarze Limousine in die Einfahrt rollte und direkt vor ihr hielt. Ein Chauffeur stieg aus und öffnete den Wagenschlag.

Ein älterer Herr trat ins Freie. Er war rundlich und hatte kaum noch Haar, aber er trug seinen Maßanzug mit lässiger Eleganz. Einen Moment lang musterte er Clea schweigend.

„Sie sind also die Frau", sagte er dann.

Kühl erwiderte sie seinen forschenden Blick. „Und der Mann ist ...?"

Er streckte die Hand aus. „Ich bin Hugh Tavistock, Jordans Onkel."

Wortlos ergriff sie die Hand. Sein Griff war überraschend fest. Wie Jordans.

„Wir haben viel zu bereden, Miss Rice", sagte Hugh. „Möchten Sie einsteigen?"

„Ich wollte gerade gehen."

„Sie wollen ihn nicht sehen?"

„Sie meinen ... Jordan?"

Hugh nickte. „Es ist eine lange Fahrt. Ich dachte mir, wir nutzen sie, um uns kennen zu lernen. Ich habe schließlich schon einiges von Ihnen gehört."

Clea stieg in die Limousine.

Während draußen die herbstliche Landschaft vorbeiglitt, saßen sie schweigend nebeneinander. Was könnten wir einander denn schon sagen? dachte sie. Seine Welt ist mir so fremd wie meine ihm.

„Wie es aussieht, fühlt mein Neffe sich zu Ihnen hingezogen", begann Hugh schließlich.

„Ihr Neffe ist ein guter Mensch", erwiderte sie, ohne ihn anzusehen. „Ein sehr guter Mensch."

„Das weiß ich schon lange."

„Er verdient ..." Sie schluckte und unterdrückte die Tränen. „Er verdient nur das Beste."

„Das ist wahr."

„Also ..." Sie hob das Kinn und drehte sich zu ihm. „Ich werde Ihnen wirklich keine Schwierigkeiten machen. Lord Lovat, ich habe keine Ansprüche. Keine Erwartungen. Ich möchte nur ..." Sie schaute aus dem Fenster. „Ich möchte doch nur, dass er glücklich ist. Selbst wenn ich dazu aus seinem Leben verschwinden muss."

„Sie lieben ihn." Es war keine Frage, sondern eine Feststellung.

Die Tränen waren nicht mehr zurückzuhalten.

„Sie sind nicht die Erste, die sich in ihn verliebt hat, aber ganz anders als Ihre Vorgängerinnen. Sie sind eine ungewöhnliche

Die Meisterdiebin

Frau, Miss Rice", fuhr Jordans Onkel fort. „Ihnen ist doch klar, dass Sie Victor Van Weldon fast ganz allein zur Strecke gebracht haben? Dass Sie einen weltweit operierenden Waffenschmuggel aufgedeckt haben?"

Sie zuckte mit den Schultern, als wäre ihr das egal. Und im Moment war es das auch. Sie hörte gar nicht richtig zu, als Hugh erzählte, was nach dem Aufbringen der *Villafjord* alles geschehen war. Dass Oliver und Veronica Cairncross verhaftet worden waren. Dass der Untergang der *Max Havelaar* genauer untersucht wurde. Dass man im Cairncross-Lagerhaus Boden-Luft-Raketen gefunden hatte. Und dass Victor Van Weldon seinen Prozess vermutlich nicht mehr erleben würde.

Als Hugh fertig war, sah er Clea an. „Sie haben uns allen einen großen Dienst erwiesen, Miss Rice."

„Ich bin sehr müde, Lord Lovat. Ich möchte einfach nur nach Hause."

„Nach Amerika?"

Wieder zuckte sie nur mit den Schultern. „Ich nehme an, das ist mein Zuhause ... Es war einmal mein Zuhause. Ich weiß es nicht mehr."

„Was ist mit Jordan? Ich dachte, Sie lieben ihn."

„Sie haben selbst gesagt, dass ich nicht die Erste bin, die sich in Ihren Neffen verliebt hat", entgegnete sie.

„Aber die Erste, in die Jordan sich verliebt hat."

Clea legte die Stirn in Falten.

„Seit zwei Tagen ist mein sonst so umgänglicher Neffe absolut unerträglich. Er terrorisiert die Ärzte und Schwestern, hat sich zweimal selbst vom Tropf genommen und den Rollstuhl eines anderen Patienten beschlagnahmt. Wir haben ihm erklärt, dass es zu gefährlich wäre, Sie zu ihm zu bringen. Aber jetzt, da Sie nicht mehr in Lebensgefahr sind ..."

„Bin ich nicht?"

„Nein. Geben Sie ihm seine gute Laune wieder."

„Trauen Sie mir das zu?" fragte sie.

„Genau wie Richard Wolf."

„Und was sagt Jordan?"

„Verdammt wenig. Aber er war noch nie sehr gesprächig." Hugh musterte sie. „Er will erst mit Ihnen reden."

Clea lachte bitter. „Das muss hart für Sie sein, Lord Lovat. Eine Frau wie ich und Ihr Neffe. Sie werden mich im Schrank verstecken müssen."

„Sie wären in bester Gesellschaft", erwiderte er trocken.

„Ich verstehe nicht."

„Wir Tavistocks haben eine große Vorliebe für ... nicht standesgemäße Partner. Wir haben Marktfrauen, Kurtisanen und sogar die eine oder andere Amerikanerin geheiratet."

„Sie ... würden jemanden wie mich in Ihre Familie aufnehmen?"

„Das liegt nicht bei mir, Miss Rice, sondern bei Jordan. Was immer ihn glücklich macht."

Glücklich, dachte sie. Ja, für einen Monat oder ein Jahr wird er in meinen Armen Glück finden. Aber dann wird ihm klar werden, wer ich war. Wer ich bin ...

Sie würde ihm nichts vormachen, ihre Karten auf den Tisch legen und ehrlich sein. Das war sie Jordan schuldig.

Wenig später hielten sie vor dem Krankenhaus. Im Fahrstuhl

stand sie starr und reglos da. Als sie im siebten Stock ausstiegen und zu Jordans Zimmer gingen, war sie auf den unvermeidlichen Abschied vorbereitet.

Ruhig trat sie ein.

Und verlor die mühsam gewahrte Fassung.

Jordan stand auf Krücken am Fenster. Langsam drehte er sich um. Fast verlor er dabei das Gleichgewicht, doch sein Blick blieb fest auf Cleas Gesicht gerichtet.

Ihre Begleiter gingen hinaus.

Sie stand in der Tür, wollte zu ihm und hatte Angst, sich ihm zu nähern. „Du hast es also geschafft", sagte sie nur und vermied, ihn anzusehen.

Er sah ihr ins Gesicht, fand jedoch nicht, was er darin suchte. „Ich wollte dich sehen."

„Dein Onkel hat es mir erzählt." Sie lächelte. „Aber jetzt kann Van Weldon uns nichts mehr anhaben. Wir können in unser altes Leben zurück."

„Und willst du das?"

„Was soll ich sonst tun?"

„Bei mir bleiben."

Er wartete auf ihre Antwort, aber sie wich seinem Blick aus. „Bleiben? Du meinst … in England?"

„Ich meine bei mir. Wo immer das sein mag."

„Willst du das wirklich, Jordan?" fragte sie leise. „Du weißt doch nicht einmal, wer ich bin."

„Ich weiß, wer du bist."

„Ich habe dich angelogen. Immer wieder."

„Ich weiß."

„Es waren große Lügen."

„Du hast mir auch die Wahrheit gesagt."

„Nur wenn ich musste! Ich habe im Gefängnis gesessen, Jordan! Ich stamme aus einer kriminellen Familie. Meine Kinder werden vermutlich auch kriminell werden."

„Eine echte Herausforderung für den Vater."

„Und was ist damit?" Sie holte die Taschenuhr aus dem Rucksack und ließ sie vor seinem Gesicht baumeln. „Die habe ich gestohlen. Das habe ich getan, um dir etwas zu beweisen. Es war dumm von dir, mir zu vertrauen!"

„Nein, Clea", antwortete er sanft. „Deshalb hast du sie nicht gestohlen."

„Nein? Warum dann?"

„Weil du Angst vor mir hast."

„Angst? Ich habe Angst?"

„Du hast Angst davor, dass ich dich liebe. Dass du mich liebst. Und davor, dass dich deine Vergangenheit einholt, dass alles an deiner Vergangenheit scheitert."

„Okay, du hast Recht", sagte sie. „Aber das macht doch Sinn, oder? Ich will dir nichts vormachen, Jordan. Und du solltest das auch nicht tun."

„Ich weiß, wer du bist und was für ein Glück es ist, dass ich dich gefunden habe."

„Glück?" Sie lachte bitter. „Ich bin eine Diebin!" Sie hob die Uhr. „Ich habe die hier gestohlen!"

Er packte ihr Handgelenk. „Das Einzige, was du gestohlen hast, ist mein Herz."

Wortlos starrte sie ihn an.

Er streichelte ihr Gesicht und fing die erste Träne auf, die ihr über die Wange rann. „Ich kann dich nicht zwingen, bei mir zu bleiben. Selbst wenn ich es wollte ... Aber ich habe meine Entscheidung getroffen. Jetzt bist du an der Reihe."

Durch die Tränen hindurch sah sie die Angst in seinen Augen. Und die Hoffnung.

„Ich möchte dir so sehr glauben", flüsterte sie.

„Das wirst du. Vielleicht nicht heute oder morgen, aber irgendwann, Clea, wirst du mir glauben. An uns ... an dich." Er küsste sie. „Und dann, Miss Rice, sind Ihre Tage auf der Flucht endgültig vorbei."

Ergriffen starrte sie ihn an. *Oh, Jordan, ich glaube, das sind sie jetzt schon.*

Sie schlang die Arme um ihn und küsste ihn. Als sie sich von ihm löste, schaute sie in sein Lächeln.

Es war das Lächeln des Diebes, der ihr Herz gestohlen hatte ... und es für immer behalten würde.

– ENDE –

Tess Gerritsen

Angst in deinen Augen
Roman

Aus dem Amerikanischen von
Emma Luxx

1. KAPITEL

Die Hochzeit war geplatzt. Abgeblasen. Nina Cormier, die im Nebenraum der Kirche vor dem Ankleidespiegel saß, schaute sich an und fragte sich, warum sie nicht weinen konnte. Sie wusste, dass der Schmerz da war, aber sie fühlte ihn nicht. Noch nicht. Sie konnte nur mit trockenen Augen dasitzen und ihr Spiegelbild anstarren. Die perfekte Braut. Ein hauchzarter Schleier umrahmte ihr Gesicht. Das mit Staubperlen besetzte Oberteil ihres elfenbeinfarbenen Satinkleids gab bezaubernd die Schultern frei. Ihr langes schwarzes Haar war im Nacken zu einem weichen Knoten zusammengefasst. Jeder, der sie heute Morgen hier im Ankleideraum gesehen hatte – ihre Mutter, ihre Schwester Wendy, ihre Stiefmutter Daniella –, hatte seiner Begeisterung darüber, was für eine wunderschöne Braut sie war, Ausdruck verliehen.

Und sie *wäre* es gewesen. Wenn nur der Bräutigam aufgetaucht wäre.

Er hatte es nicht einmal für nötig gehalten, es ihr persönlich zu sagen. Nach sechs Monaten, in denen sie geplant und geträumt hatte, hatte sie seine Nachricht knapp zwanzig Minuten vor Beginn der Trauung erhalten. Von seinem Trauzeugen.

Nina,
ich brauche noch Zeit, um nachzudenken. Es tut mir sehr Leid. Wirklich. Ich fahre für ein paar Tage weg. Ich rufe dich bald an.
Robert.

Sie zwang sich, das Schreiben noch einmal zu lesen.

Ich brauche Zeit ... ich brauche Zeit ...

Wie viel Zeit braucht ein Mann? fragte sie sich und starrte regungslos auf den Zettel in ihrer Hand.

Vor einem Jahr war sie mit Robert Bledsoe zusammengezogen. Der einzige Weg, um herauszufinden, ob sie zusammenpassten oder nicht, hatte er gesagt und sie hatte ihm geglaubt. Die Ehe war so eine große Verantwortung, eine dauernde Verantwortung, und er wollte keinen Fehler machen. Mit seinen 41 Jahren hatte Robert schon einige Katastrophenbeziehungen hinter sich, und er war wild entschlossen, nicht noch mehr Fehler zu machen. Er hatte sich absolut sicher sein wollen, dass Nina auch wirklich die Frau war, mit der er sein ganzes restliches Leben verbringen wollte.

Sie war sich sicher gewesen, dass Robert der Mann war, auf den sie ihr ganzes Leben gewartet hatte. So sicher, dass sie an jenem Tag, an dem er ihr vorgeschlagen hatte, zu ihm zu ziehen, sofort nach Hause gefahren war und ihre Sachen gepackt ...

„Nina? Nina, mach auf!" Ihre Schwester Wendy rüttelte an der Türklinke. „Bitte, lass mich rein."

Nina ließ den Kopf in die Hände fallen. „Ich will jetzt niemand sehen."

„Du brauchst aber jemand."

„Lass mich, ich will einfach nur allein sein."

„Schau, die Gäste sind schon alle weg. Ich bin die Einzige, die noch da ist."

„Ich will aber mit niemand sprechen. Fahr jetzt einfach, okay? Bitte, geh."

Vor der Tür blieb es lange still. Dann sagte Wendy: „Und wie willst du dann nach Hause kommen?"

„Ich rufe mir ein Taxi. Oder Reverend Sullivan fährt mich."

„Du bist dir wirklich sicher, dass du nicht reden willst?"

„Ja. Ich ruf dich später an, okay?"

„Wenn du es wirklich willst." Wendy machte eine Pause, dann fügte sie mit einer Spur von Gehässigkeit, die man sogar durch die Tür hören konnte, hinzu: „Robert ist wirklich ein Armleuchter, weißt du. Das hätte ich dir gleich sagen können. Ich habe es immer gedacht."

Nina antwortete nicht. Sie saß mit dem Kopf in den Händen zusammengesunken da und wollte weinen, aber sie konnte es nicht. Sie hörte, wie Wendys Schritte sich entfernten, dann wurde es still. Die Tränen weigerten sich immer noch zu kommen. Sie konnte jetzt nicht über Robert nachdenken und darüber, wie ihr Leben ohne ihn nach der abgesagten Hochzeit weitergehen sollte. Stattdessen schien ihr Gehirn eigensinnig darauf zu beharren, über die praktischen Auswirkungen einer geplatzten Hochzeit nachzudenken. Die für die Feier angemieteten Räume und all das Essen. Die Geschenke, die sie zurückgeben musste. Die Flugtickets nach St. John Islands, die man nicht zurückgeben konnte. Vielleicht sollte sie allein auf Hochzeitsreise gehen und Dr. Robert Bledsoe vergessen. Jawohl, sie würde allein fliegen, nur sie und ihr Bikini. Sie würde diese ganze jämmerliche Geschichte einfach hinter sich lassen und zumindest schön braun gebrannt zurückkommen. Wäre das nicht eine Alternative?

Sie hob langsam den Kopf und schaute auf ihr Spiegelbild. So eine schöne Braut war sie auch wieder nicht. Ihr Lippenstift war verschmiert, und ihr Knoten ging auf. Sie befand sich in einem Stadium der Auflösung.

In plötzlicher Wut riss sie sich den Schleier herunter. Haarnadeln spritzten in alle Himmelsrichtungen auseinander und gaben eine wilde schwarze Mähne frei. Zum Teufel mit dem Schleier! Sie feuerte ihn in den Papierkorb. Dann schnappte sie sich ihren Brautstrauß aus weißen Lilien und rosa Rosen und stopfte ihn ebenfalls in den Müll. Es war eine Erleichterung. Ihr Zorn rauschte ihr wie ein Brennstoff durch die Adern, der sie von ihrem Stuhl aufspringen ließ.

Sie verließ, ihre Schleppe hinter sich herziehend, den Raum und betrat das Mittelschiff.

Die Bankreihen waren leer. Die Gänge und der Altar waren mit Blumen geschmückt. Die Bühne war für eine Hochzeit bereitet, die nicht stattfinden würde. Doch Nina bemerkte die Früchte, die die harte Arbeit der Floristin getragen hatte, kaum, als sie zielstrebig den Mittelgang hinunterging. Ihre gesamte Aufmerksamkeit war auf das Portal gerichtet. Auf ihr Entkommen. Selbst die besorgte Stimme von Reverend Sullivan konnte sie nicht veranlassen, ihre Schritte zu verlangsamen. Sie ging an den blumigen Erinnerungen an das Fiasko des heutigen Tages vorbei durch die schweren Doppeltüren.

In der Mitte der Treppe blieb sie stehen. Die Julisonne blendete sie, und sie war sich mit plötzlicher Schärfe bewusst, wie sehr eine Frau allein in einem Brautkleid auffallen musste, die versuchte, sich ein Taxi heranzuwinken. Erst in diesem Moment, in dem sie im grellen Licht des Nachmittags gefangen war, spürte sie die Tränen kommen.

Oh nein, Gott, nein. Gleich würde sie hier mitten auf der Treppe zusammenbrechen und weinen. Und jeder, der auf der Forest Avenue vorbeifuhr, würde es sehen.

„Nina? Nina, Liebe."

Sie drehte sich um. Reverend Sullivan stand ein paar Stufen über ihr und schaute sie mit einem Ausdruck von Besorgnis auf dem freundlichen Gesicht an.

„Kann ich irgendetwas für Sie tun?" fragte er. „Wenn Sie möchten, können wir hineingehen und reden. Ich würde Ihnen gern helfen."

Sie schüttelte unglücklich den Kopf. „Ich möchte nur weg von hier. Bitte, ich will einfach nur weg."

„Aber natürlich." Er nahm sanft ihren Arm. „Ich fahre Sie nach Hause."

Reverend Sullivan führte sie die Treppe nach unten und um die Kirche herum auf den Parkplatz. Nina griff nach ihrer Schleppe, die ganz schmutzig war, und stieg in seinen Wagen. Dort saß sie dann mit einem riesigen Satinknäuel auf dem Schoß da und starrte schweigend vor sich hin.

„Sie beide sind zweifellos die Versager des Jahres."

Sam Navarro, Polizeidetective aus Portland, der dem offensichtlich aufgebrachten Norm Liddell gegenübersaß, zuckte mit keiner Wimper. Sie saßen zu fünft in einem Besprechungsraum der Polizeistation, und Sam dachte gar nicht daran, dieser Primadonna von Bezirksstaatsanwalt die Genugtuung zu verschaffen, dass er zusammenzuckte. Genauso wenig aber hatte er die Absicht, sich zu verteidigen, denn sie *hatten* es vermasselt. Er und

Gillis hatten die Sache vermasselt, und jetzt war ein Polizist tot. Ein Idiot zwar, aber dennoch ein Polizist. Einer von ihnen.

„Wir müssen allerdings zu unserer Verteidigung sagen", ergriff Sams Partner Gordon Gillis das Wort, „dass wir Marty Pickett keine Erlaubnis gegeben haben, das Gelände zu betreten. Wir wussten nicht, dass er hinter die Absperrung ..."

„Sie hatten die Verantwortung", unterbrach ihn Liddell.

„Halt, Moment mal", widersprach Gillis. „Officer Pickett trifft auch ein Teil der Schuld."

„Pickett war ein Grünschnabel."

„Er hätte sich an die Vorschriften halten müssen. Wenn er ..."

„Klappe, Gillis", sagte Sam.

Gillis schaute seinen Partner an. „Sam, ich versuche nur, etwas richtig zu stellen."

„Da wir offensichtlich als Sündenböcke herhalten sollen, hilft uns das rein gar nichts." Sam lehnte sich in seinen Stuhl zurück und schaute Liddell über den Konferenztisch hinweg an. „Was fordern Sie, Herr Staatsanwalt? Eine öffentliche Tracht Prügel? Unsere Entlassung?"

„Kein Mensch fordert Ihre Entlassung", gab Liddell zurück. „Aber wir haben einen toten Polizisten ..."

„Glauben Sie, das weiß ich nicht?" brauste jetzt Chief Coopersmith auf. „Schließlich bin ich es, der sich den Fragen der Witwe stellen muss. Ganz zu schweigen von diesen blutsaugenden Reportern. Kommen Sie mir nicht mit diesem Wir- und Uns-Mist, Herr Staatsanwalt. Es war einer von *uns*, der hier umgekommen ist. Ein Polizist. *Kein* Anwalt."

Sam schaute seinen Vorgesetzten überrascht an. Coopersmith auf seiner Seite zu haben war eine neue Erfahrung. Der Abe Coopersmith, den er kannte, war normalerweise sehr sparsam mit Worten, und nur wenige davon waren schmeichelhaft. Jetzt legte er sich für sie ins Zeug, weil ihnen das, was Liddell sagte, allen gegen den Strich ging. Unter Beschuss hielt die Polizei zusammen.

„Kommen wir wieder zur Sache", sagte Coopersmith. „Wir haben einen Bombenleger in der Stadt. Und unseren ersten Toten. Was wissen wir bis jetzt?" Er schaute auf Sam, den Einsatzleiter der kürzlich wieder zusammengestellten Bombeneinsatztruppe. „Navarro?"

„Bis jetzt noch nicht sehr viel", räumte Sam ein. Er öffnete eine Unterlagenmappe und nahm einen Stapel Blätter heraus. Er verteilte die Kopien unter den anderen vier Männern, die um den Tisch saßen – Liddell, Chief Coopersmith, Gillis und Ernie Takeda, der Sprengstoffexperte aus dem Labor des Bundesstaates Maine. „Die erste Explosion ereignete sich um 2:15 morgens. Die zweite um 2:30. Bei der zweiten Explosion ging die R.S. Hancock Lagerhalle hoch. Sie hat auch bei zwei angrenzenden Gebäuden geringfügigen Schaden angerichtet. Ein Wachmann hatte die Bombe zufällig entdeckt und alarmierte um 1:30 die Polizei. Gillis war um 1:50 dort, ich um 2:00. Wir hatten das Gelände gerade weiträumig abgesperrt und wollten uns eben an die Arbeit machen, als die erste Bombe hochging. Dann, fünfzehn Minuten später, noch ehe wir dazu kamen, das Gebäude zu durchsuchen, explodierte die zweite. Und tötete Officer Pickett." Sam schaute Liddell an, aber dieses Mal hielt sich der Staatsanwalt mit einem Kommentar zurück. „Es handelt sich um Dynamit."

Eine Weile herrschte Schweigen. Dann fragte Coopersmith: „Aber es stammt nicht aus derselben Serie wie die beiden Bomben vom letzten Jahr?"

„Sehr wahrscheinlich doch", gab Sam zurück. „Weil es der einzige große Dynamitdiebstahl war, den wir in den vergangenen Jahren hier zu verzeichnen haben."

„Aber diese Bombenanschläge wurden aufgeklärt", mischte sich Liddell ein. „Und wir wissen, dass Victor Spectre tot ist. Wer also hat diese Bomben hier gebastelt?"

„Vielleicht haben wir es ja mit jemandem zu tun, der bei Spectre in die Lehre gegangen ist. Jemand, der nicht nur die Technik des Meisters übernommen hat, sondern auch Zugang zu dessen Dynamitvorräten hat. Die wir, wenn ich daran erinnern darf, nie entdeckt haben."

„Bis jetzt steht nicht fest, dass das Dynamit aus derselben Quelle stammt", sagte Liddell. „Vielleicht gibt es ja gar keinen Zusammenhang mit den Spectre-Bomben."

„Ich fürchte, dass unsere Beweise eine andere Sprache sprechen", erwiderte Sam. „Und das wird Ihnen gar nicht gefallen." Er schaute Ernie Takeda an. „Du bist dran, Ernie."

Takeda, der sich immer unbehaglich fühlte, wenn er vor Publikum reden musste, hielt den Laborbericht vor sich und führte in schmucklosen Worten seine Untersuchungsergebnisse aus. „Basierend auf dem Material, das wir am Tatort zusammengetragen haben, können wir eine Vorvermutung über die Bauart der Bombe anstellen. Wir glauben, dass es sich um denselben Zeitzünder handelt, den Vincent Spectre letztes Jahr benutzt hat. Es scheint dasselbe Schaltsystem zu sein, durch das das Dynamit entzündet wurde. Die Stäbe waren mit zwei Zoll breitem grünen Isolierband zusammengebunden."

Liddell schaute auf Sam. „Dasselbe Schaltsystem, dieselbe Serie? Was, zum Teufel, geht hier vor?"

„Offensichtlich hat Vincent Spectre vor seinem Tod ein paar seiner Kenntnisse weitergegeben", sagte Gillis. „Jetzt haben wir es mit einer zweiten Generation von Bombenlegern zu tun."

„Was uns jetzt noch fehlt, ist das psychologische Profil dieses Neueinsteigers", sagte Sam. „Spectre hat aus reiner Geldgier gehandelt. Er hat sich kaufen lassen und seine Jobs kaltblütig erledigt. Bei diesem neuen Bombenleger müssen wir erst noch ein Motivationsmuster herausfiltern."

„Heißt das, Sie gehen davon aus, dass er wieder zuschlägt?" fragte Liddell.

Sam nickte müde. „Leider ja."

Es klopfte an der Tür. Eine Polizistin steckte den Kopf durch den Türspalt. „Entschuldigen Sie, aber hier ist ein Anruf für Navarro und Gillis."

„Ich gehe", sagte Gillis. Er stand schwerfällig auf und trabte zum Telefon.

Liddell konzentrierte sich immer noch auf Sam. „Dann ist das also alles, womit Portlands Eliteeinheit aufwarten kann? Wir warten auf den nächsten Bombenanschlag, damit wir ein *Motivationsmuster* herausfiltern können? Und erst dann werden wir vielleicht, aber nur ganz vielleicht eine Idee bekommen, was, zum Teufel, wir tun können?"

„Ein Bombenanschlag ist eine feige Tat, Mr. Liddell", erklärte Sam ruhig. „Es handelt sich um Gewalt in Abwesenheit des Täters. Ich wiederhole das Wort – *Abwesenheit.* Wir haben keinerlei wie auch immer gearteten Hinweise, keine Fingerabdrücke, keine Zeugen, keine …"

„He, Chief", mischte sich Gillis ein. „Eben wurde ein weiterer Bombenanschlag gemeldet."

„Was?" ächzte Coopersmith.

Sam war bereits auf den Beinen und ging mit großen Schritten zur Tür.

„Was war es denn diesmal?" fragte Liddell. „Wieder eine Lagerhalle?"

„Nein", sagte Gillis. „Eine Kirche."

Die Polizei hatte die Gegend bereits weiträumig abgesperrt, als Sam und Gillis bei der Good Shepherd Church ankamen. Auf der Straße hatte sich eine Menschenmenge versammelt. Drei Streifenwagen, zwei Feuerwehrautos und ein Krankenwagen parkten auf der Forest Avenue. Der Truck des Bombenentschärfungsteams stand vor dem Kirchenportal – oder dem, was davon noch übrig war. Die schwere Doppeltür aus Holz war aus den Angeln gerissen worden und lag jetzt auf der Treppe. Der Wind trieb Gesangbuchseiten wie tote Blätter auf dem Bürgersteig vor sich her. Gillis fluchte. „Mein lieber Scholli."

Als sie sich dem Polizeiwagen näherten, drehte sich der Einsatzleiter mit einem Ausdruck von Erleichterung zu ihnen um. „Navarro! Freut mich, dass Sie es noch zu der Party geschafft haben!"

„Irgendwelche Verletzte?" fragte Sam.

„Soweit wir wissen, nicht. Die Kirche war zum Zeitpunkt

der Explosion leer. Reines Glück. Um zwei hätte eigentlich eine Hochzeit stattfinden sollen, aber sie wurde in letzter Minute abgeblasen."

„Wessen Hochzeit?"

„Irgendein Arzt. Die Braut sitzt dort drüben in dem Streifenwagen. Sie und der Pfarrer haben die Explosion vom Parkplatz aus gesehen."

„Ich rede später mit ihr", sagte Sam. „Passen Sie auf, dass sie nicht verschwindet. Und der Pfarrer auch nicht. Ich gehe jetzt in die Kirche und überzeuge mich davon, dass es nicht noch irgendwo eine zweite Bombe gibt."

„Besser Sie als ich."

Nachdem er nichts gefunden hatte, kehrte Sam an den Rand der Absperrung zurück, wo Gillis wartete. Dort zog er sich die Schutzkleidung aus und sagte: „Alles klar. Ist die Spurensicherung schon eingetroffen?"

Gillis deutete auf sechs Männer, die neben dem Truck des Bombenentschärfungsteams warteten. Jeder von ihnen hielt eine Beweistüte in der Hand. „Sie warten nur auf das Okay."

„Lass erst einmal die Fotografen rein. Der Krater ist vorn in der Mitte."

„Dynamit?"

Sam nickte. „Falls ich meiner Nase trauen kann." Er drehte sich um und ließ seinen Blick über die neugierige Menge schweifen. „Ich rede jetzt mit den Zeugen. Wo ist der Pfarrer?"

„Sie haben ihn gerade in die Notaufnahme gebracht. Starke Schmerzen in der Brust. Die ganze Aufregung."

Sam stöhnte auf. „Hat irgendwer mit ihm gesprochen?"

„Ein Streifenpolizist. Die Aussage ist protokolliert."

„Gut", sagte Sam. „Dann bleibt mir wohl jetzt nur noch die Braut."

„Sie wartet im Streifenwagen. Ihr Name ist Nina Cormier."

„Cormier. Alles klar." Sam duckte sich unter dem gelben Absperrband durch und bahnte sich seinen Weg durch die gaffende Menge. Die Frau in dem Streifenwagen bewegte sich nicht, als er näher kam, sondern starrte wie eine Schaufensterpuppe in einem Brautausstattungsgeschäft geradeaus vor sich hin. Er beugte sich vor und klopfte an die Scheibe.

Jetzt wandte sie den Kopf. Große dunkle Augen schauten ihn durch das Glas an. Trotz der verschmierten Wimperntusche war das sanft gerundete Gesicht unbestreitbar hübsch. Sam forderte sie mit einer Handbewegung auf, das Fenster herunterzulassen. Sie gehorchte.

„Miss Cormier? Ich bin Detective Sam Navarro."

„Ich will nach Hause", sagte sie. „Ich habe doch schon mit so vielen Polizisten gesprochen. Bitte, kann ich nicht einfach nur nach Hause?"

„Vorher muss ich Ihnen noch ein paar Fragen stellen."

„Nur ein paar?"

„Na ja, besser gesagt eine ganze Menge."

Sie seufzte. Erst jetzt sah er die Müdigkeit in ihrem Gesicht. „Und wenn ich alle Ihre Fragen beantwortet habe, darf ich dann nach Hause, Officer?"

„Versprochen."

„Und halten Sie Ihre Versprechen auch?"

Er nickte ernst. „Immer."

Sie schaute auf ihre Hände, die gefaltet in ihrem Schoß lagen. „Aber ganz bestimmt", murmelte sie. „Männer und ihre Versprechungen."

„Wie bitte?"

„Oh, nichts."

Er ging um das Auto herum, öffnete die Tür und rutschte hinters Steuer. Die Frau neben ihm sagte nichts; sie saß einfach nur in sich zusammengesunken da. Sie schien fast in diesem wogenden Meer aus weißem Satin zu ertrinken. Nicht nur die Wimperntusche, sondern auch ihr Lippenstift war verschmiert, und das lange schwarze Haar fiel ihr zerzaust über die Schultern. Nicht gerade eine glückstrahlende Braut, dachte er. Sie wirkte wie betäubt und sehr einsam.

Wo, zum Teufel, war der Bräutigam?

Er unterdrückte sein Mitgefühl, griff nach seinem Notizbuch und schlug eine leere Seite auf. „Kann ich Ihren vollen Namen und Ihre Adresse haben?"

Die Antwort war nicht mehr als ein Flüstern. „Nina Margaret Cormier, 318 Ocean Drive."

Er schrieb es auf. Dann schaute er sie an. Sie hielt den Blick immer noch gesenkt. „Schön, Miss Cormier", sagte er. „Warum erzählen Sie mir nicht einfach, was passiert ist?"

Sie wollte nach Hause. Sie saß nun schon seit anderthalb Stunden in diesem Streifenwagen und hatte mit drei verschiedenen Polizisten gesprochen, hatte alle ihre Fragen beantwortet. Ihre Hochzeit war ein Scherbenhaufen, sie war nur knapp mit dem Leben davongekommen, und diese Leute auf der Straße gafften sie an, als ob sie einem Monstrositätenkabinett entsprungen wäre.

Und dieser Mann, dieser Polizist mit der Wärme eines Stockfischs, erwartete von ihr, das alles noch einmal durchzumachen?

„Miss Cormier", seufzte er. „Je schneller wir es hinter uns bringen, desto schneller können Sie nach Hause. Was genau ist also passiert?"

„Sie ist hochgegangen", sagte sie. „Kann ich jetzt gehen?"

„Was meinen Sie mit hochgegangen?"

„Da war ein lauter Knall. Riesige Rauchschwaden und zerborstene Fensterscheiben. Ich würde sagen, es war eine typische Gebäudeexplosion."

„Sie haben Rauch erwähnt. Welche Farbe hatte der Rauch?"

„Was?"

„War er schwarz? Weiß?"

„Spielt das eine Rolle?"

„Beantworten Sie bitte einfach nur die Frage."

Sie stieß einen verzweifelten Seufzer aus. „Er war weiß, glaube ich wenigstens."

„Glauben Sie?"

„Also gut, ich bin sicher." Sie drehte sich zu ihm um. Zum ersten Mal schaute sie ihn richtig an. Wenn er gelächelt hätte, wenn da auch nur eine Spur von Wärme gewesen wäre, hätte es ein Vergnügen bedeutet, in dieses Gesicht zu schauen. Sie schätzte ihn auf Ende dreißig. Sein Haar, das wieder einmal einen Friseur brauchen konnte, war dunkelbraun, sein Gesicht schmal, die Zähne waren perfekt, und seine tief liegenden grünen Augen hatten den eindringlichen Blick eines Polizisten aus einem Romantikthriller. Nur dass dieser hier kein Polizist aus dem Kino war. Er war ein Polizist aus dem wahren Leben und kein bisschen charmant. Er musterte sie mit unbewegtem Gesicht, als ob er versuche, ihre Glaubwürdigkeit als Zeugin einzuschätzen.

Sie erwiderte seinen Blick und dachte: *Hier bin ich, die verschmähte Braut. Er fragt sich wahrscheinlich, was mit mir nicht stimmt. Was für schreckliche Mängel ich habe, dass man mich einfach vor dem Traualtar stehen lässt.*

Sie vergrub ihre Fäuste in dem Berg aus weißem Satin, der sich auf ihrem Schoß türmte. „Ich bin mir sicher, dass der Rauch weiß war", sagte sie fest. „Worin auch immer der Unterschied bestehen mag."

„Es gibt einen Unterschied. Weißer Rauch bedeutet eine relative Abwesenheit von Karbon."

„Aha. Ich verstehe." Was immer das ihm auch sagen mochte.

„Haben Sie Flammen gesehen?"

„Nein. Keine Flammen."

„Haben Sie etwas gerochen?"

„Sie meinen Gas?"

„Irgendetwas?"

Sie überlegte. „Nicht dass ich wüsste. Aber ich war ja auch außerhalb des Gebäudes."

„Wo genau?"

„Reverend Sullivan und ich saßen im Auto. Auf dem Parkplatz hinter der Kirche. Deshalb hätte ich das Gas wahrscheinlich ohnehin nicht gerochen. Aber davon abgesehen ist Erdgas doch sowieso geruchlos, oder?"

„Es kann schwierig sein, es zu identifizieren."

„Dann heißt es nichts. Dass ich es nicht gerochen habe."

„Haben Sie vor der Explosion irgendjemand in der Nähe der Kirche gesehen?"

„Nein, nur Reverend Sullivan."

„Was ist mit Fremden? Irgendjemand, den Sie nicht kannten?"

„Als es passierte, war niemand drin."

„Ich rede über die Zeit *vor* der Explosion, Miss Cormier."

„Davor?"

Sie starrte ihn an. Er starrte zurück, seine grünen Augen waren absolut ruhig. „Sie meinen … Sie denken …"

Er sagte nichts.

„Es war keine undichte Gasleitung?" fragte sie leise.

„Nein", gab er zurück. „Es war eine Bombe."

Sie sank mit einem entsetzten Keuchen zurück. Es war kein Zufall, dachte sie. Es war überhaupt kein Zufall …

„Miss Cormier?"

Wortlos schaute sie ihn an. Irgendetwas an der Art, wie er sie anschaute, dieser unbewegte Blick, jagte ihr Angst ein.

„Es tut mir Leid, dass ich Ihnen die nächste Frage stellen muss", sagte er. „Aber Sie müssen verstehen, dass es etwas ist, das ich verfolgen muss."

Sie schluckte. „Was … was für eine Frage?"

„Wissen Sie von jemandem, der Ihren Tod will?"

2. KAPITEL

"Das ist verrückt", sagte Nina. "Das ist Wahnsinn." "Ich muss dieser Möglichkeit nachgehen." "Was für einer Möglichkeit? Dass diese Bombe für mich bestimmt war?"

"Ihre Trauung war für zwei Uhr angesetzt. Die Bombe explodierte um 2:40. Sie war in der Nähe des Altars deponiert. Der Wucht der Explosion nach zu urteilen besteht kein Zweifel, dass Sie und Ihre sämtlichen Gäste getötet worden wären. Oder zumindest ernsthaft verletzt. Wir sprechen von einer *Bombe,* Miss Cormier. Nicht von einer undichten Gasleitung. Und auch nicht von einem Unfall. Eine Bombe. Sie war dafür bestimmt, jemanden zu töten. Was ich herausfinden muss, ist, wer das Ziel war."

Sie sagte nichts. Dies alles war zu entsetzlich, um es sich auch nur auszumalen.

"Fangen wir mit Ihnen an", sagte Sam.

Benommen schüttelte sie den Kopf. "Ich ... ich war es nicht. Ich kann es nicht sein."

"Warum nicht?"

"Es ist unmöglich."

"Warum sind Sie sich so sicher?"

"Weil es niemand gibt, der mir den Tod wünscht!"

Ihr Ausbruch schien ihn zu überraschen. Für einen Moment schwieg er. Draußen auf der Straße wandte ein uniformierter Polizist den Kopf und schaute sie an. Sam winkte ihm beruhigend zu, und der Mann drehte sich wieder um.

Nina ballte den zerknitterten Stoff ihres Kleides im Schoß zusammen. Dieser Mann war schrecklich. Sam Spade ohne die geringste Spur menschlicher Wärme. Obwohl es im Auto zunehmend heißer wurde, merkte sie, dass sie fröstelte.

„Können wir das ein bisschen genauer untersuchen?" fragte er eindringlich.

Sie sagte nichts.

„Haben Sie irgendwelche Exfreunde, Miss Cormier? Irgendwer, der über Ihre Heirat unglücklich sein könnte?"

„Nein", flüsterte sie.

„Gar keine Exfreunde?"

„Nicht ... nicht im letzten Jahr."

„Sind Sie so lange mit Ihrem Verlobten zusammen? Ein Jahr?"

„Ja."

„Geben Sie mir auch seinen vollen Namen und seine Adresse, bitte."

„Dr. Robert David Bledsoe, 318 Ocean View Drive."

„Dieselbe Adresse?"

„Wir leben zusammen."

„Warum wurde die Hochzeit abgesagt?"

„Das müssen Sie Robert fragen."

„Dann war es also seine Entscheidung? Die Hochzeit zu verschieben?"

„Wenn der Eindruck nicht täuscht, hat er mich vor dem Traualtar stehen gelassen."

„Wissen Sie, warum?"

Sie lachte bitter auf. „Ich bin inzwischen zu der bahnbrechenden Erkenntnis gelangt, dass mir Männer ein totales Rätsel sind, Detective Navarro."

„Er hat Sie in keiner Weise vorgewarnt?"

„Es war genauso unerwartet wie diese …" Sie schluckte. „Wie diese Bombe. Genau das war es."

„Um welche Uhrzeit wurde die Hochzeit abgesagt?"

„Gegen halb zwei. Ich kam eben hier an, im Hochzeitskleid und allem. Dann tauchte Jeremy – Roberts Trauzeuge – mit dem Brief auf. Robert hatte nicht einmal genug Mumm, um es mir ins Gesicht zu sagen." Sie schüttelte angewidert den Kopf.

„Was stand in dem Brief?"

„Dass er mehr Zeit braucht. Und dass er für eine Weile wegfährt. Das ist alles."

„Ist es denkbar, dass Robert etwas …"

„Nein, das ist *nicht* denkbar!" Sie schaute ihm direkt in die Augen. „Sie glauben doch wohl nicht im Ernst, dass Robert etwas damit zu tun haben könnte?"

„Ich muss nun einmal alle Möglichkeiten in Betracht ziehen, Miss Cormier."

„Robert ist wirklich zu keiner Gewalt fähig. Er ist Arzt, um Himmels willen!"

„Na schön. Lassen wir das fürs Erste. Wenden wir uns anderen Möglichkeiten zu. Ich nehme an, Sie sind berufstätig?"

„Ich bin Krankenschwester im Maine Medical Center."

„Auf welcher Station?"

„In der Notaufnahme."

„Gab es dort irgendwelche Probleme? Konflikte mit Kollegen oder Vorgesetzten?"

„Nein. Wir kommen alle gut miteinander aus."

„Irgendwelche Drohungen? Von Patienten vielleicht?"

Sie gab einen Laut der Verzweiflung von sich. „Detective, würde ich es nicht wissen, wenn ich Feinde hätte?"

„Nicht unbedingt."

„Sie tun Ihr Bestes, damit ich Verfolgungswahn bekomme."

„Ich bitte Sie nur, einen Schritt zurückzutreten und einen Blick auf Ihr Leben zu werfen. Denken Sie an alle Leute, die Sie nicht mögen könnten."

Nina sank in ihren Sitz zurück. *Alle Leute, die mich nicht mögen.* Sie dachte an ihre Familie. An ihre ältere Schwester Wendy, mit der sie nie viel verbunden hatte. An ihre Mutter Lydia, die mit einem reichen Snob verheiratet war. Ihren Vater George, der inzwischen bei seiner vierten Frau angelangt war, einer blonden Trophäe, die die Nachkommenschaft ihres Ehemanns als ein Ärgernis betrachtete. Es war eine große, kaputte Familie, aber es waren bestimmt keine Mörder darunter.

Sie schüttelte energisch den Kopf. „Nicht einer, Detective. Es gibt nicht einen."

Er schwieg, dann seufzte er und klappte sein Notizbuch zu. „Also gut, Miss Cormier. Ich schätze, das war's dann fürs Erste."

„Fürs Erste?"

„Ich habe vielleicht noch mehr Fragen. Nachdem ich mit dem Rest der Hochzeitsgesellschaft gesprochen habe." Er öffnete die Autotür, stieg aus und drückte sie zu. Durch das offene Fenster sagte er: „Wenn Ihnen noch irgendetwas einfällt, das Ihnen wichtig erscheint, rufen Sie mich an." Er schrieb etwas in sein

Notizbuch und hielt ihr die herausgerissene Seite hin, auf der sein Name und seine Telefonnummer standen.

„Dann ... kann ich jetzt nach Hause?"

„Ja." Er wandte sich zum Gehen.

„Detective Navarro?"

Er drehte sich wieder zu ihr um. Bisher war ihr gar nicht aufgefallen, wie groß er war. Nachdem sie ihn jetzt in voller Größe sah, fragte sie sich, wie er je auf den Sitz neben ihr gepasst hatte. „Ist noch etwas, Miss Cormier?"

„Sie haben gesagt, dass ich gehen kann."

„Das ist richtig."

„Ich habe kein Auto dabei." Sie deutete mit dem Kopf auf die zerbombte Kirche. „Und ein Telefon gibt es hier auch nicht. Könnten Sie vielleicht meine Mutter anrufen? Damit sie mich abholt? Ich gebe Ihnen die Nummer."

„Ihre Mutter?" Er schaute sich suchend um, dann ging er mit einem Ausdruck der Resignation um das Auto herum und öffnete die Beifahrertür. „Kommen Sie. Ich bringe Sie nach Hause."

„Hören Sie, ich habe Sie nur darum gebeten, dass Sie meine Mutter anrufen."

„Kein Problem." Er streckte ihr die Hand entgegen, um ihr beim Aussteigen zu helfen. „Ich muss ohnehin bei Ihrer Mutter vorbeifahren."

„Bei meiner Mutter? Warum?"

„Sie war auf der Hochzeit. Ich muss mit ihr sprechen. Auf diese Weise schlage ich gleich zwei Fliegen mit einer Klappe."

Wie galant, dachte sie.

Er streckte ihr immer noch die Hand hin. Sie übersah sie.

Es war ein kleines Kunststück, aus dem Auto herauszukommen, weil sich ihre Schleppe um ihre Beine wickelte und sie sich freistrampeln musste. Als sie sich schließlich aus den Stofflagen herausmanövriert hatte, bemerkte sie, dass er sie amüsiert beobachtete. Sie griff nach ihrer Schleppe und rauschte mit einem wütenden Rascheln an ihm vorbei.

„Äh, Miss Cormier?"

„Was ist?" fragte sie unfreundlich über die Schulter.

„Mein Auto steht in der anderen Richtung."

Sie blieb stehen, ihre Wangen brannten. Mr. Detective lächelte jetzt doch tatsächlich, ein voll erblühtes Habe-gerade-den-Kanarienvogel-gefressen-Grinsen.

„Der blaue Taurus dort." Er streckte die Hand aus und deutete in die Richtung. „Die Tür ist offen. Ich bin gleich bei Ihnen." Er drehte sich um und ging auf die Polizisten zu.

Nina stürmte zu dem blauen Taurus hinüber. Dort spähte sie angewidert durch die Scheibe. In diesem Auto sollte sie mitfahren? In diesem Saustall? Sie öffnete die Tür. Ein Pappbecher kullerte ihr entgegen. Auf dem Boden des Beifahrersitzes lagen eine zerknüllte McDonald's-Tüte, noch mehr Pappbecher und ein zwei Tage alter *Portlands Press Herald*. Der Rücksitz war unter noch mehr Zeitungen, Aktenordnern, einer Brieftasche, einer Anzugjacke und – zu allem Überfluss – einem alten Baseballhandschuh begraben.

Sie sammelte den Müll vom Boden des Beifahrersitzes ein, warf ihn auf den Rücksitz und stieg ein. Sie konnte nur hoffen, dass wenigstens der Sitz sauber war.

Detective Stockfisch kam auf das Auto zu. Er wirkte verschwitzt und mitgenommen. Die Hemdsärmel waren jetzt hochgekrempelt, seine Krawatte war gelockert. Selbst jetzt, wo er sich anschickte, den Ort des Geschehens zu verlassen, zogen ihn immer wieder Polizeikollegen beiseite, weil sie noch irgendetwas wissen wollten.

Schließlich glitt er hinters Steuer und schlug die Tür zu. „Okay, wo wohnt Ihre Mutter?"

„Cape Elizabeth. Schauen Sie, Detective, ich sehe, dass Sie viel zu tun haben …"

„Mein Partner hält hier die Stellung. Ich setze Sie ab, spreche mit Ihrer Mutter und fahre dann gleich noch bei Reverend Sullivan im Krankenhaus vorbei."

„Na prächtig. Auf diese Weise schlagen Sie sogar drei Fliegen mit einer Klappe."

„Ich glaube an Effizienz."

Während der Fahrt hüllten sie sich in Schweigen. Sie sah keinen Grund, höflich Konversation zu machen. Höflichkeit würde über den Horizont des Mannes hinausgehen. Deshalb schaute sie aus dem Fenster und dachte mit Gram an die geplatzte Feier und das kalte Büfett, das immer noch auf die Gäste wartete. Sie würde eine Suppenküche anrufen und das Essen abholen lassen müssen, bevor es verdarb. Und dann die ganzen Geschenke, die sich zu Hause stapelten. Einspruch – die sich bei *Robert* zu Hause stapelten. Es war nie wirklich *ihr* Zuhause gewesen. Sie hatte nur dort gewohnt, als Untermieterin. Es war ihre Idee gewesen, die Hälfte der Miete zu übernehmen. Robert hatte wiederholt darauf hingewiesen, wie sehr er ihre Unabhängigkeit zu schätzen wusste. Sie hatten sich von Anfang an alle anfallenden Kosten geteilt, und das hatten sie die ganze Zeit über so gehalten. Tatsächlich war ihr immer daran gelegen gewesen, ihm zu zeigen, wie unabhängig sie war.

Jetzt erschien ihr das alles so dumm.

Ich war nie unabhängig, dachte sie. Ich habe immer nur davon geträumt, eines Tages Mrs. Robert Bledsoe zu sein. Es war das, was sich ihre Familie für sie erhofft hatte, was ihre Mutter von ihr erwartet hatte: sich gut zu verheiraten. Sie hatten nie verstanden, dass Nina eine Ausbildung zur Krankenschwester gemacht hatte, sie hatten es immer nur als einen Weg betrachtet, wie sie eine gute Partie machen konnte. Einen Arzt heiraten. Gut, sie hatte einen kennen gelernt.

Und alles, was ich davon habe, ist ein Berg Geschenke, den ich zurückgeben muss, ein Brautkleid, das ich nicht zurückgeben kann, und einen Tag, den ich nie, nie vergessen werde.

„Sie halten sich sehr gut", sagte er.

Überrascht darüber, dass Detective Stockfisch gesprochen hatte, schaute sie ihn an. „Wie bitte?"

„Sie nehmen das sehr gelassen. Gelassener, als es die meisten anderen tun würden."

„Ich weiß nicht, was ich anderes machen sollte."

„Nach einem Bombenanschlag wäre Hysterie nichts Außergewöhnliches."

„Ich arbeite in der Notaufnahme, Detective. Ich neige nicht zu hysterischen Anfällen."

„Trotzdem muss es ein Schock für Sie sein. Die Auswirkungen könnten noch kommen."

„Wollen Sie etwa damit sagen, das sei jetzt einfach nur die Ruhe vor dem Sturm?"

„Irgend so was." Er streifte sie mit einem kurzen Seitenblick. Genauso schnell schaute er wieder auf die Straße. „Warum war Ihre Familie nicht mit Ihnen in der Kirche? Ich hätte erwartet, dass sie Ihnen beistehen."

„Ich habe sie alle nach Hause geschickt."

„Eigentlich sollte man meinen, dass Sie sie in einem solchen Moment gern als Stütze um sich gehabt hätten. Das würde den meisten Menschen so gehen."

Sie schaut aus dem Fenster. „Meine Familie eignet sich nicht sonderlich gut als Stütze. Und ich nehme an, ich wollte ... ich musste einfach allein sein. Wenn ein Tier verletzt ist, zieht es sich zurück und leckt seine Wunden, Detective. Das war es, was ich brauchte ..." Sie blinzelte einen unerwarteten Tränenschleier weg und verfiel in Schweigen.

Eine Viertelstunde später klingelte sie an der Haustür ihrer Mutter Sturm und konnte es gar nicht erwarten, dass sich die Tür öffnete. Sie hatte das Gefühl, gleich auseinander zu fallen.

Die Tür ging auf. Lydia, noch immer elegant zurechtgemacht, starrte ihre derangierte Tochter an. „Nina? Oh, meine arme Nina!" Sie breitete die Arme aus.

Automatisch warf Nina sich hinein. Sie sehnte sich so nach einer Umarmung, dass ihr nicht auffiel, wie sich ihre Mutter ein bisschen zurückzog, damit ihr grünes Seidenkleid nicht verknitterte. Aber sie registrierte Lydias erste Frage.

„Hast du schon etwas von Robert gehört?"

Nina versteifte sich sofort. Oh, bitte, dachte sie. Bitte, tu mir das nicht an.

„Ich bin mir sicher, dass ihr das klären könnt", sagte Lydia.

„Ihr müsst euch einfach nur zusammensetzen und offen darüber reden, was ihn stört, und dann ..."

Nina löste sich aus der Umarmung. „Ich setze mich nicht mit Robert zusammen", sagte sie. „Und was das Offen-darüber-Reden anbelangt, bin ich mir nicht sicher, ob wir überhaupt je offen miteinander gesprochen haben."

„Also wirklich, Liebling, natürlich ist es ganz normal, dass du wütend bist, aber ..."

„Und du bist nicht wütend, Mutter? Kannst du nicht für *mich* wütend sein?"

„Nun, ja ... gewiss. Allerdings kann ich trotzdem keinen Grund dafür sehen, Robert jetzt einfach ..."

Das plötzliche Räuspern veranlasste Lydia aufzuschauen. Erst jetzt sah sie Sam, der noch vor der Tür stand.

„Ich bin Detective Navarro, Polizei Portland", sagte er. „Sie sind Mrs. Cormier?"

„Jetzt Warrenton." Lydia schaute ihn mit gerunzelter Stirn an. „Was hat das zu bedeuten? Was hat die Polizei damit zu tun?"

„Es hat in der Kirche einen Vorfall gegeben, Ma'am. Wir stellen Ermittlungen an."

„Einen Vorfall?"

„Auf die Kirche wurde ein Bombenanschlag verübt."

Lydia starrte ihn an. „Das kann nicht Ihr Ernst sein. Das ist völlig unmöglich."

„Doch, es ist mein voller Ernst. Die Bombe explodierte heute Nachmittag um Viertel vor drei. Glücklicherweise wurde niemand dabei verletzt. Aber wenn die Trauung tatsächlich wie geplant stattgefunden hätte ..."

Lydia wurde ganz grau im Gesicht. Sie trat einen Schritt zurück, ihre Stimme versagte.

„Mrs. Warrenton", sagte Sam. „Ich muss Ihnen ein paar Fragen stellen."

Nina blieb nicht, um zuzuhören. Sie hatte bereits zu viele Fragen über sich ergehen lassen müssen. Sie ging nach oben ins Gästezimmer, wo sie ihren Koffer zurückgelassen hatte – den Koffer, den sie für St. John Island gepackt hatte. Alles, was sie für eine Woche im Paradies zu brauchen geglaubt hatte.

Sie zog das Brautkleid aus und legte es über einen Sessel, wo es weiß und leblos lag. Nutzlos. Sie schaute in ihren Koffer, auf die ordentlich in Seidenpapier eingeschlagenen zerbrochenen Träume. Da verließen sie die letzten Reste ihrer Selbstbeherrschung. Nur in Unterwäsche setzte sie sich aufs Bett und ließ ihren Tränen endlich freien Lauf.

Lydia Warrenton war ganz anders als ihre Tochter. Sam hatte es in demselben Moment gesehen, in dem die Frau die Tür geöffnet hatte. Mit ihrem makellosen Make-up, der kunstvollen Frisur und dem grünen Kleid, das ihre körperlichen Reize raffiniert zur Geltung brachte, hatte Lydia nichts mit der Braut gemein. Natürlich gab es eine äußerliche Ähnlichkeit. Sowohl Lydia wie auch Nina hatten das gleiche schwarze Haar, die gleichen dunklen, von langen dichten Wimpern umrahmten Augen. Aber während Nina etwas Weiches, Verletzliches an sich hatte, wirkte Lydia unnahbar, als wäre sie von einem schützenden Kraftfeld umgeben, an dem jeder, der sich ihr zu weit näherte, abprallte. Natürlich sah sie sehr gut aus und war nicht nur gertenschlank, sondern – dem äußeren Eindruck nach zu urteilen – auch noch vermögend.

Das Haus war ein wahres Antiquitätenmuseum. In der Auffahrt hatte ein Mercedes geparkt. Und vom Wohnzimmer aus hatte man einen herrlichen Blick aufs Meer. Einen Eine-Million-Dollar-Blick. Lydia hatte auf dem Brokatsofa Platz genommen und deutete jetzt auf einen Sessel. Der Stoff wirkte so makellos, dass er den Drang hatte, erst seine Hose abzuklopfen, bevor er sich in die Polster sinken ließ.

„Eine Bombe", murmelte Lydia, den Kopf schüttelnd. „Ich fasse es einfach nicht. Wer kommt auf die Idee, eine Kirche zu zerbomben?"

„Wir versuchen es herauszufinden, Mrs. Warrenton. Vielleicht können Sie uns ja helfen. Können Sie sich vielleicht denken, warum jemand auf die Good Shepherd Church ein Bombenattentat verüben könnte?"

„Ich weiß nichts über diese Kirche. Ich gehöre ihr nicht an. Es war meine Tochter, die dort heiraten wollte."

„Sie klingen nicht begeistert."

Sie zuckte die Schultern. „Meine Tochter hat ihren eigenen Kopf. Ich hätte eine ... etabliertere Institution gewählt. Und eine längere Gästeliste. Aber so ist Nina nun mal. Sie wollte es klein und schlicht."

Schlicht ist Lydia Warrentons Stil definitiv nicht, dachte Sam, während er sich in dem Raum umschaute.

„Aber um Ihre Frage zu beantworten, Detective, nein, ich kann mir keinen Grund denken, warum jemand einen Bombenanschlag auf die Good Shepherd Church verüben sollte."

Er erkundigte sich als Nächstes, wann und mit wem sie die Kirche verlassen habe.

„Mit Wendy, meiner anderen Tochter. Roberts Trauzeugen … ich erinnere mich nicht mehr an seinen Namen. Meinem Exmann George und seiner derzeitigen Frau."

„Derzeitigen."

Sie schnaubte. „Daniella. Seine vierte bis jetzt."

„Was war mit Ihrem Mann?"

Sie schwieg einen Moment. „Edward hatte sich verspätet. Seine Maschine aus Chicago flog erst zwei Stunden später ab."

„Dann ist er immer noch nicht da."

„Nein. Aber er hatte vor, an der Feier teilzunehmen."

Wieder schaute Sam sich in dem Zimmer um, ließ seinen Blick über die Antiquitäten schweifen. „Darf ich fragen, was Ihr Mann beruflich macht, Mrs. Warrenton?"

„Er ist der Präsident von Ridley-Warrenton."

„Der Holzfirma?"

„Richtig."

Das erklärt natürlich das Haus und den Mercedes, dachte Sam. Ridley-Warrenton war einer der größten Großgrundbesitzer im nördlichen Maine. Die Holzprodukte der Firma wurden weltweit verkauft.

Seine nächste Frage war unvermeidlich. „Mrs. Warrenton, hat Ihr Mann Feinde?"

Ihre Antwort überraschte ihn. Sie lachte. „Jeder, der Geld hat, hat Feinde, Detective."

„Können Sie mir einen Namen nennen?"

„Da müssen Sie schon Edward selbst fragen."

„Das werde ich", sagte Sam und stand auf. „Wären Sie so freundlich, mich anzurufen, sobald Ihr Mann zurück ist?"

„Mein Mann ist sehr beschäftigt."

„Ich habe ebenfalls viel zu tun, Ma'am", gab er zurück. Mit einem kurzen Nicken drehte er sich um und verließ das Haus.

„Glaubst du nicht, dass sich eure Beziehung noch kitten lässt?" fragte Lydia ihre Tochter eine halbe Stunde später, als diese ins Wohnzimmer kam, um sich zu verabschieden.

„Nach dem, was heute passiert ist?" Nina schüttelte den Kopf.

„Und wenn du dir Mühe gibst? Vielleicht ist es ja etwas, über das ihr reden könnt. Etwas, das du ändern kannst."

„Mutter. Bitte."

Lydia sank in die Brokatpolster zurück. „Du bist trotzdem zum Abendessen eingeladen."

„Vielleicht ein andermal", sagte Nina sanft. „Machs gut, Mutter."

Sie hörte keine Antwort, als sie zur Eingangstür ging.

Sie hatte ihren Honda am Morgen hinter dem Haus geparkt. Am Morgen des Tages, der ihr Hochzeitstag hätte sein sollen. Wie stolz hatte Lydia sie angelächelt, als sie neben ihr in der Limousine gesessen hatte! Genauso wie eine Mutter ihre Tochter anlächeln sollte. Nur dass Lydia es noch nie vorher getan hatte.

Und es vielleicht auch nie wieder tun würde.

Diese Fahrt zur Kirche, die lächelnden Gesichter, das übermütige Lachen schien ein Leben weit weg zu sein. Sie startete den Honda und lenkte ihn auf die Straße.

Betäubt fuhr sie nach Süden, in Richtung Hunts Point. Zu Robert nach Hause. Das bis jetzt auch ihr Zuhause gewesen war. Die Straße war kurvenreich. Was ist, wenn Robert die Stadt gar nicht wirklich verlassen hat? dachte sie. Was war, wenn er zu Hause war? Was würden sie zueinander sagen?

Also, tschüss dann.

Sie umklammerte das Lenkrad fester und dachte an all das, was sie ihm gern sagen würde. Wie benutzt und betrogen sie sich fühlte. *Ein ganzes Jahr. Ein ganzes verdammtes Jahr meines Lebens.*

Erst als sie an Smugglers Cove vorbei war, warf sie wieder einen zufälligen Blick in den Rückspiegel. Hinter ihr war ein schwarzer Ford. Derselbe Ford, der schon vor ein paar Meilen hinter ihr gewesen war, in der Nähe vom Delano Park. Zu jeder anderen Zeit hätte sie sich selbstverständlich nichts dabei gedacht. Aber heute, nach allem, was dieser Detective Navarro in Erwägung gezogen hatte …

Sie schüttelte eine vage Beklemmung ab, konzentrierte sich wieder auf die Straße und bog auf den Ocean House Drive ab.

Der Ford auch. Das war noch kein Grund, alarmiert zu sein. Der Ocean House Drive war schließlich eine viel befahrene Hauptstraße.

Nur um ihre Beklemmung loszuwerden nahm sie die letzte Abfahrt, nach Pebbles Point. Es war eine wenig befahrene Straße. Hier würde der Ford ihr bestimmt nicht mehr folgen.

Der Ford nahm dieselbe Abfahrt.

Jetzt bekam sie wirklich Angst.

Sie drückte das Gaspedal durch. Der Honda gewann an Fahrt.

Bei fünfzig Meilen pro Stunde würde sie die Kurven zu schnell nehmen, aber sie war entschlossen, den Ford abzuhängen. Nur dass sie es nicht schaffte. Er hatte seine Geschwindigkeit ebenfalls erhöht und war dicht hinter ihr. Jetzt beschleunigte er, scherte aus und fuhr neben ihr her. Kopf an Kopf nahmen sie die Kurven.

Er versucht mich von der Straße abzudrängen!

Sie schaute zur Seite, doch alles, was sie durch die getönten Scheiben des anderen Wagens erkennen konnte, war die Silhouette des Fahrers. *Warum tust du das?* wollte sie ihm zuschreien. *Warum, um alles in der Welt?*

Plötzlich riss der Fahrer des Fords das Steuer herum. Der Wagen kam auf sie zu. Ihr Ausweichmanöver bewirkte, dass der Honda bedenklich ins Schleudern kam. Nina setzte alles daran, die Spur zu halten.

Ihre Finger umklammerten das Lenkrad. Verdammter Irrer! Sie musste ihn abschütteln.

Sie trat auf die Bremse.

Der Ford schoss an ihr vorbei … doch nur für einen Moment. Sofort bremste er ebenfalls ab, bis er wieder neben ihr war, und setzte seine Versuche, sie von der Straße abzudrängen, fort.

Sie schaffte es, wieder einen Blick nach drüben zu werfen. Zu ihrer Überraschung hatte der Fahrer das Seitenfenster heruntergelassen. Sie erhaschte einen Blick auf ihn … ein Mann. Dunkles Haar. Sonnenbrille.

Im nächsten Moment schaute sie wieder vor sich auf die Straße, die etwas weiter vorn anstieg.

Ein anderes Auto hatte gerade den Bergrücken erklommen und kam direkt auf den Ford zu.

Reifen quietschten. Nina verspürte einen heftigen Stoß, Glasscherben spritzten ihr ins Gesicht. Dann wurde der Honda durch die Luft geschleudert.

Sie war noch nie ohnmächtig geworden. Und sie wurde es auch jetzt nicht, als der Honda abhob und sich am Straßenrand mehrmals überschlug.

Ein Ahorn hielt ihn auf, er blieb aufrecht stehen.

Obwohl sie voll bei Bewusstsein war, konnte sich Nina einen Moment lang nicht bewegen. Sie war zu entsetzt, um Schmerz oder Angst zu verspüren. Alles, was sie empfand, war Überraschung, dass sie noch am Leben war.

Doch nach und nach sickerte ein Gefühl von Unbehagen in sie ein. Ihre Brust schmerzte und ihre Schulter auch. Der Sicherheitsgurt. Er hatte ihr zwar das Leben gerettet, aber er hatte auch ihre Rippen in Mitleidenschaft gezogen.

„Hallo! Hallo, Lady!"

Nina wandte den Kopf und schaute in das Gesicht eines älteren Mannes, der sie beunruhigt ansah. Er rüttelte an ihrer Tür und bekam sie schließlich auf. „Ist alles in Ordnung mit Ihnen?" fragte er.

„Ich … ich denke schon."

3. KAPITEL

Gordon Gillis schaute von seinem Hamburger mit Pommes auf. „Irgendwas von Interesse?" fragte er.

„Absolut nichts." Sam hängte seine Jacke an den Garderobenständer und ließ sich in den Stuhl hinter seinen Schreibtisch fallen, wo er sich müde das Gesicht rieb.

„Wie gehts dem Pfarrer?"

„Ganz gut. Die Ärzte glauben nicht, dass es ein Infarkt war. Aber sie wollen ihn doch noch einen Tag dabehalten, nur zur Sicherheit."

„Und er hat natürlich keine Idee, wer es gewesen sein könnte."

„Behauptet, dass er keine Feinde hat. Und alle, mit denen ich gesprochen habe, scheinen Reverend Sullivan für einen ausgemachten Heiligen zu halten." Sam lehnte sich mit einem Aufstöhnen zurück. „Und bei dir?"

Gillis biss herzhaft in seinen Hamburger. „Ich habe den Trauzeugen, die Brautführerin und die Floristin befragt. Keiner will etwas bemerkt haben."

„Was ist mit dem Hausmeister?"

„Wir versuchen noch, ihn zu finden. Seine Frau sagt, dass er normalerweise gegen sechs nach Hause kommt. Ich habe Cooley hingeschickt."

Gillis' Telefon klingelte. Er nahm ab. „Ja, was ist?"

Sam sah, dass sein Partner etwas auf einen Notizblock schrieb, den er ihm hinschob. *Trundy Point Road* stand dort.

Einen Moment später sagte Gillis: „Wir sind schon unterwegs" und legte auf.

„Was ist?" fragte Sam.

„Der Anruf kam aus einem Streifenwagen. Es geht um die Braut von heute."

„Nina Cormier?"

„Ihr Wagen ist in der Nähe von Trundy Point von der Straße abgekommen."

Ninas Rippen schmerzten, ihre Schulter tat weh, und im Gesicht hatte sie ein paar Kratzer von umherfliegenden Glassplittern. Aber ihr Kopf war klar. Zumindest klar genug, um den Mann zu erkennen, der aus dem blauen Taurus stieg, der gerade am Unfallort vorgefahren war. Es war dieser mürrische Detective, Sam Navarro. Er warf nicht mal einen Blick in ihre Richtung, sondern wandte sich gleich der Unfallstelle zu.

In der hereinbrechenden Dämmerung beobachtete sie, wie er mit einem Streifenpolizisten sprach, der längere Zeit auf Navarro einredete. Als Sam anschließend langsam um den arg mitgenommenen Honda herumging, fühlte sich Nina an eine umherstreifende Wildkatze erinnert. Nachdem er den Boden untersucht hatte, richtete er sich wieder auf, wandte den Kopf und schaute in ihre Richtung.

Und begann auf sie zuzugehen.

Plötzlich spürte sie, dass sich ihr Puls beschleunigte. Irgendetwas an dem Mann faszinierte sie und flößte ihr gleichzeitig Unbehagen ein. Es war mehr als nur seine körperliche Präsenz, die schon allein eindrucksvoll genug war. Es war auch die Art, wie er sie anschaute, dieser nicht zu entziffernde Blick. Diese Unergründlichkeit machte sie nervös. Die meisten Männer schienen sie attraktiv zu finden, und sie würden zumindest versuchen, freundlich zu sein.

Doch dieser Mann schien in ihr nichts anderes als ein potenzielles Opfer zu sehen. Seiner intellektuellen Anstrengung wert, aber nicht mehr.

Als er herankam, straffte sie die Schultern und begegnete, ohne mit der Wimper zu zucken, seinem Blick.

„Sind Sie okay?" fragte er.

„Nur ein paar Kratzer, das ist alles."

„Sind Sie sicher, dass Sie sich nicht röntgen lassen wollen? Ich könnte Sie beim Krankenhaus absetzen."

„Danke, aber das ist nicht nötig. Ich bin Krankenschwester. Ich wüsste es, wenn es etwas Ernstliches wäre, Detective, das können Sie mir glauben."

„Es heißt, Ärzte und Krankenschwestern sind die schlimmsten Patienten. Ich werde Sie sofort ins Krankenhaus fahren. Nur zur Sicherheit."

Sie lachte ungläubig. „Das klingt ja wie ein Befehl."

„Offen gestanden ist es auch einer."

„Wirklich, Detective, ich würde es wissen, wenn irgendetwas mit mir nicht …"

Sie sprach zu seinem Rücken. Der Mann hatte ihr doch tatsächlich den *Rücken* zugedreht! Er war schon unterwegs zu seinem Auto. „Detective!" rief sie.

Er schaute über die Schulter. „Ja?"

„Ich werde nicht … das ist nicht …" Sie seufzte. „Ach, vergessen Sie's", murmelte sie schließlich und ging ihm nach. Es war sinnlos, mit diesem Mann zu argumentieren. Er würde ihr bloß wieder den Rücken zudrehen. Als sie neben ihn auf den Beifahrersitz glitt, verspürte sie einen Stich in der Brust. Sie wusste, dass es Stunden, ja Tage dauern konnte, bis sich Verletzungen bemerkbar machten. Sie hasste es, es zuzugeben, aber vielleicht hatte er ja doch Recht mit seinem Vorschlag.

Sie fühlte sich zu unwohl, um während der Fahrt etwas zu sagen. So war es dann Sam, der schließlich das Schweigen brach.

„Und können Sie mir erzählen, was passiert ist?"

„Ich habe meine Aussage bereits zu Protokoll gegeben. Irgendwer hat mich von der Straße abgedrängt."

„Ja, ein schwarzer Ford, Fahrer männlich. Zugelassen in Maine."

„Dann wissen Sie ja schon alles."

„Der Zeuge des Unfallhergangs sagte aus, er hätte den Eindruck gehabt, dass es sich um einen Betrunkenen gehandelt habe. Er glaubt nicht, dass es Absicht war."

Sie schüttelte den Kopf. „Ich weiß überhaupt nicht mehr, was ich denken soll."

„Wann haben Sie den Ford das erste Mal gesehen?"

„Irgendwo bei Smugglers Cove, glaube ich. Dort fiel mir jedenfalls auf, dass er mir folgte."

„Hat er Ihnen gewinkt? Irgendwelche Zeichen gegeben?"

„Nein. Er ist mir einfach nur … nachgefahren."

„Kann er schon früher hinter Ihnen gewesen sein?"

„Ich bin mir nicht sicher."

„Ist es möglich, dass er schon da war, als Sie vom Haus Ihrer Mutter wegfuhren?"

Sie schaute ihn mit gerunzelter Stirn an. Sein Blick war fest auf die Straße gerichtet. Der Tenor seiner Fragen hatte sich im Lauf des Gesprächs fast unmerklich verändert. Zuerst hatten sie nichts sagend geklungen. Vielleicht sogar skeptisch. Aber die letzte Frage verriet ihr, dass er andere Möglichkeiten in Betracht zog als einen betrunkenen Fahrer. Möglichkeiten, die ihr einen Schauer über den Rücken jagten.

„Wollen Sie damit sagen, dass er dort auf mich gewartet haben könnte?"

„Ich versuche nur alles auszuloten."

„Der andere Polizist dachte auch, dass es bestimmt ein Betrunkener war."

„Das ist seine Meinung."

„Und was ist Ihre?"

Er antwortete nicht. Er fuhr einfach nur seelenruhig weiter. Zeigte dieser Mann jemals Gefühle? Ein Mal, nur ein einziges Mal würde sie gern etwas sehen, das ihm richtig unter sein dickes Fell ging.

„Detective Navarro", sagte sie. „Ich zahle Steuern. Ich bezahle Ihr Gehalt. Ich denke, dass ich mehr verdiene, als einfach nur abgebürstet zu werden."

„Oh. Die alte Leier vom Diener des Staates. Die habe ich schon so oft gehört ..."

„Das ist mir egal, Hauptsache, ich bekomme endlich eine Antwort von Ihnen."

„Ich bin mir nicht sicher, ob Sie meine Antwort hören wollen."

„Warum sollte ich nicht?"

„Ich habe mir Ihr Auto angeschaut und außer schwarzen Lacksplittern, die beweisen, dass der andere Wagen Sie tatsächlich gerammt hat, noch etwas anderes gefunden."

„Noch etwas anderes?" Perplex schüttelte sie den Kopf. „Und was genau ist dieses andere?"

„Ein Einschussloch. In der Beifahrertür."

Nina spürte, wie ihr alles Blut aus dem Gesicht wich. Sie bekam vor Schreck kein Wort heraus.

Er sprach in sachlichem Ton weiter. Erschreckend sachlich. Er ist kein Mensch, dachte sie. Er ist eine Maschine. Ein Roboter.

„Die Kugel hat Ihr Fenster durchschlagen. Darum ist die Scheibe auf der Fahrerseite zersplittert, noch ehe Sie von der Straße abgekommen sind und sich überschlagen haben. Die Kugel hat Ihren Hinterkopf nur knapp verfehlt und ein Loch in die Plastikverkleidung der Beifahrertür gerissen. Wahrscheinlich steckt sie immer noch drin. Heute Abend werden wir das Kaliber wissen. Und vielleicht auch die Marke der Pistole. Doch was ich noch immer nicht weiß und was Sie mir werden erzählen müssen, ist, warum jemand versucht, Sie zu töten."

Sie schüttelte den Kopf. „Es muss eine Verwechslung sein", sagte sie tonlos.

„Dieser Bursche macht sich eine Menge Mühe. Er jagt eine Kirche in die Luft. Verfolgt Sie. Schießt auf Sie. Das ist nicht nur eine Verwechslung."

„Muss es aber!"

„Denken Sie ganz scharf nach, Nina. Überlegen Sie, wer Sie aus dem Weg räumen will."

„Ich habe es Ihnen schon gesagt, ich habe keine Feinde!"

„Sie müssen welche haben."

„Ich habe aber keine. Ich habe …" Sie schluchzte trocken auf und hielt sich den Kopf. „Ich habe keine", flüsterte sie.

Nach einem langen Schweigen sagte er behutsam: „Es tut mir Leid. Ich weiß, dass es schwer fällt zu akzeptieren …"

„Sie haben keine Ahnung, wie ich mich fühle, Detective. Ich habe bis jetzt immer geglaubt, dass mich die Leute mögen. Oder … wenigstens … dass sie mich nicht hassen. Ich habe immer versucht, mit allen gut auszukommen. Und jetzt erzählen Sie mir, dass da draußen irgendwer ist … irgendwer, der mich …" Sie schluckte und starrte durch die Windschutzscheibe auf die dunkler werdende Straße.

Während Nina im Krankenhaus untersucht wurde, lief Sam im Warteraum auf und ab. Ein paar Röntgenaufnahmen später kam sie noch blasser als vorher zurück. Sicher kam es daher, weil die Realität langsam in ihr Bewusstsein einsickerte. Sie konnte die Gefahr nicht mehr leugnen.

Als sie wieder in seinem Wagen saß, sagte sie nichts, sondern starrte nur wie betäubt vor sich hin. Sam streifte sie ab und zu mit einem Seitenblick und machte sich darauf gefasst, dass sie jeden Moment in Tränen ausbrechen konnte, aber sie rührte sich nicht. Es machte ihn nervös. Und besorgt. Es war nicht normal.

Er sagte: „Sie sollten heute Nacht nicht allein sein. Gibt es jemand, zu dem Sie gehen können?"

Ihre Antwort war ein fast unmerkliches Schulterzucken.

„Zu Ihrer Mutter?" schlug er vor. „Ich fahre Sie nach Hause, dann können Sie sich ein paar Sachen zusammenpacken und …"

„Nein. Nicht zu meiner Mutter", murmelte sie.

„Warum nicht?"

„Ich ... ich will ... ich will ihr keine Unannehmlichkeiten machen, darum nicht."

„Unannehmlichkeiten? Ihrer Mutter?" Er zog die Augenbrauen hoch. „Entschuldigen Sie, dass ich frage, aber sind Mütter nicht dazu da? Um uns aufzuheben, wenn wir hingefallen sind, und uns den Staub aus den Kleidern zu klopfen?"

„Die Ehe meiner Mutter ist nicht ... na ja ..."

„Sie kann ihre Tochter nicht in ihr eigenes Haus einladen?"

„Es ist nicht ihr Haus, Detective. Es gehört ihrem Mann. Und er hält nicht sehr viel von mir. Um die Wahrheit zu sagen, beruht dieses Gefühl auf Gegenseitigkeit." Sie schaute geradeaus, und in diesem Moment kam sie ihm sehr tapfer vor. Und sehr allein.

„Seit dem Tag ihrer Heirat kontrolliert Edward Warrenton jede Kleinigkeit im Leben meiner Mutter. Er drangsaliert sie, und sie lässt es sich, ohne mit der Wimper zu zucken, gefallen. Weil sein Geld sie für alles, was er ihr antut, entschädigt. Ich konnte es irgendwann einfach nicht mehr mit ansehen und bin ausgezogen."

„Das war wahrscheinlich das Beste, was Sie tun konnten."

„Es hat aber zur Familienharmonie nicht das Geringste beigetragen. Ich bin mir sicher, dass Edward nur nach Chicago gefahren ist, weil er sich um die Teilnahme an meiner Hochzeit herumdrücken wollte." Sie seufzte. „Ich weiß, dass ich mich nicht über meine Mutter ärgern sollte, aber ich tue es trotzdem. Ich ärgere mich, dass sie sich nie gegen ihn wehrt."

„Schön. Dann also nicht zu Ihrer Mutter. Was ist mit dem lieben alten Dad? Kommen Sie mit ihm besser klar?"

Sie nickte. Nur andeutungsweise. „Ich nehme an, bei ihm könnte ich bleiben."

„Gut. Weil ich Sie nämlich heute Nacht unter keinen Umständen allein lasse." Er hatte den Satz eben ausgesprochen, als ihm klar wurde, dass er ihn nicht hätte sagen sollen. Das klang ja fast so, als ob er sich etwas aus ihr machte, als ob er seine persönlichen Gefühle mit seinem Beruf vermischte. Dabei war er ein viel zu guter Polizist, ein viel zu vorsichtiger Polizist, um so etwas jemals zuzulassen.

Er fühlte ihren überraschten Blick auf sich ruhen.

In einem Ton, der kälter war als beabsichtigt, sagte er: „Sie könnten mein einziges Verbindungsglied zu diesem Bombenanschlag sein. Ich brauche Sie für meine Untersuchung lebendig."

„Oh. Natürlich." Daraufhin verfiel sie in Schweigen, bis sie das Haus am Ocean View Drive erreicht hatten.

Sobald er geparkt hatte, machte sie Anstalten auszusteigen. Er packte sie am Arm und zog sie ins Wageninnere zurück. „Warten Sie einen Moment."

„Was ist?"

„Bleiben Sie noch eine Minute sitzen." Er stieg aus und schaute sich eingehend um, aber er konnte nichts Verdächtiges entdecken. Die Straße lag verlassen da.

„Okay", sagte er. „Packen Sie nur ein paar Sachen zusammen, mehr Zeit haben wir nicht."

„Ich hatte nicht vor, meine ganzen Möbel mitzunehmen."

„Ich wollte damit nur sagen, dass Sie es kurz und schmerzlos machen sollen. Wenn wirklich jemand hinter Ihnen her ist, wird er hierher kommen. Deshalb ist es besser, wenn wir uns nicht allzu lange hier aufhalten, okay?"

Sie waren noch nicht länger als fünf Minuten in dem alten, aber großen, geschmackvoll eingerichteten Haus, als das Telefon klingelte. Sam spürte, wie ihm das Adrenalin sofort durch die Blutbahn schoss.

„Soll ich rangehen, Detective?" fragte Nina aus dem Schlafzimmer. Jetzt erschien sie mit bleichem und angespanntem Gesicht auf der Schwelle.

Er nickte.

Er stellte sich hinter sie, als sie den Telefonhörer abnahm und „Hallo?" sagte.

Niemand antwortete.

„Hallo?" wiederholte Nina. „Wer ist da? Hallo? Nun melden Sie sich doch!"

Ein Klicken ertönte, dann, nach einem Moment der Stille, das Freizeichen.

Nina schaute Sam an. Sie stand so dicht bei ihm, dass ihr Haar, das wie schwarze Seide war, sein Gesicht streifte. Während er ihr in diese großen dunklen Augen schaute, ertappte er sich dabei, dass er auf ihre Nähe mit einer unerwarteten Welle von Verlangen reagierte.

Das darf nicht sein. Das darfst du nicht zulassen.

Hastig trat er einen Schritt zurück. Doch selbst jetzt, nachdem sie einen guten Meter voneinander entfernt standen, konnte er ihre Anziehungskraft immer noch spüren. Es ist noch nicht weit genug, dachte er. Diese Frau raubte ihm sein logisches Denkvermögen. Und das war gefährlich.

Er senkte den Blick und sah plötzlich, dass der Anrufbeantworter blinkte. Er sagte: „Sie haben Nachrichten."

„Wie bitte?"

„Auf Ihrem Anrufbeantworter. Sie haben drei neue Nachrichten drauf."

Benommen schaute sie auf den Apparat. Automatisch drückte sie die Wiedergabetaste.

Man hörte dreimal den Piepton, gefolgt von einer dreimaligen Stille und dann das Besetztzeichen.

Wie gelähmt starrte sie auf den Apparat. „Warum?" flüsterte sie. „Warum rufen sie an und legen dann auf?"

„Um zu sehen, ob Sie zu Hause sind. Lassen Sie uns gehen."

Sie entspannte sich erst wieder ein bisschen, als sie im Auto saßen. Er behielt während der Fahrt den Rückspiegel im Auge, aber er konnte keinen Hinweis darauf entdecken, dass sie verfolgt wurden.

„Gleich sind Sie im Haus Ihres Vaters, dann wird es Ihnen wieder gut gehen."

„Und dann?" fragte sie leise. „Wie lange muss ich mich dort verstecken? Wochen? Monate?"

„Bis wir diesen Fall aufgeklärt haben."

Sie schüttelte unglücklich den Kopf. „Es macht einfach keinen Sinn. Nichts davon macht Sinn."

„Vielleicht kommt ja ein bisschen Licht in die Sache, wenn wir mit Ihrem Verlobten sprechen. Haben Sie denn eine Idee, wo er sein könnte?"

„Wie mir scheint, bin ich der letzte Mensch, den Robert in seine Pläne einweihen wollte ..." Sie schlang sich die Arme um die Taille. „In dem Brief stand, dass er für einige Zeit verreisen wollte. Wahrscheinlich wollte er einfach nur weg. Von mir …"

„Von Ihnen? Oder von jemand anders?"

Sie schüttelte den Kopf. „Da ist so viel, was ich nicht weiß. So viel, was er mir nie erzählt hat. Gott, ich wünschte, ich würde es verstehen. Ich würde damit zurechtkommen. Ich komme mit allem zurecht. Ich will es nur verstehen."

„Dieser Anrufer könnte die Absicht haben, Ihrem Haus einen Besuch abzustatten", sagte er. „Wenn Sie nichts dagegen haben, würde ich es gern im Auge behalten. Nur um zu sehen, wer hier auftaucht."

Sie nickte. „Ja. Natürlich."

„Geben Sie mir Ihre Einwilligung?"

„Sie meinen … reinzugehen?"

„Falls unser Verdächtiger einzubrechen versucht, könnte ich ihn drin erwarten."

Sie starrte ihn an. „Sie könnten dabei aber selbst zu Schaden kommen."

„Glauben Sie mir, Miss Cormier, ich bin kein heldenhafter Typ. Ich gehe kein Risiko ein."

„Aber wenn er auftaucht …"

„Werde ich bereit sein." Um sie zu beruhigen, warf er ihr ein flüchtiges Grinsen zu. Sie wirkte jedoch ganz und gar nicht beruhigt, sondern nervöser denn je.

Ist es meinetwegen? dachte er. Bei diesem Gedanken hob sich aus unerfindlichem Grund seine Laune. Als Nächstes würde er wahrscheinlich seinen Hals in eine Schlinge stecken, und das alles wegen eines Paars großer brauner Augen. Das war genau die Art

Situation, die ein Cop tunlichst vermeiden sollte; den Helden zu spielen, nur um bei einer Frau Eindruck zu schinden. Dabei konnte man ums Leben kommen.

Er konnte dabei ums Leben kommen.

„Sie sollten das nicht machen", sagte sie.

„Ich werde nicht allein sein. Ich rufe mir Verstärkung."

„Sicher?"

„Ganz sicher."

„Versprochen? Sie gehen kein Risiko ein?"

„Was sind Sie, meine Mutter?" brauste er auf.

Sie kramte ihren Schlüsselbund aus ihrer Handtasche und warf ihn auf die Ablage. „Nein, das bin ich nicht. Aber Sie sind mit dem Fall betraut, und ich brauche Sie bei guter Gesundheit, damit Sie ihn aufklären können."

Diese Ohrfeige hatte er verdient. Sie machte sich Gedanken um seine Sicherheit, und er reagierte mit Sarkasmus. Dabei wusste er nicht einmal, warum. Alles, was er wusste, war, dass er, immer wenn er ihr in die Augen schaute, den überwältigenden Drang verspürte, sich umzudrehen und wegzurennen. Bevor die Falle zuschnappte.

Nur wenig später passierten sie das schmiedeeiserne Tor zum Grundstück ihres Vaters. Nina wartete nicht ab, bis Sam ihr die Tür öffnete. Sie sprang aus dem Wagen und lief die Steintreppe hinauf. Sam folgte mit ihrem Koffer. Das Haus war riesig – sogar noch beeindruckender als Lydia Warrentons Zuhause – und war mit dem Rolls-Royce unter den Alarmanlagen ausgestattet. Heute Nacht zumindest sollte sie sicher sein.

Die Türklingel läutete wie eine Kirchenglocke; er konnte

hören, wie sie durch gewiss Dutzende von Räumen hallte. Gleich darauf wurde die Tür von einer Blondine geöffnet – und was für eine Blondine das war! Sie war etwa dreißig und trug einen glänzenden Gymnastikanzug, der jede straffe Kurve ihres Körpers umspannte. Auf ihrem Gesicht lag ein feiner Schweißfilm, und aus irgendeinem Raum drang die stampfende Musik eines Trainingsvideos.

„Hallo, Daniella", sagte Nina leise.

Das Mitgefühl, das sich auf Daniellas Gesicht spiegelte, hatte für Sams Geschmack etwas Unechtes. „Oh Nina, was heute passiert ist, tut mir ja so schrecklich Leid! Wendy hat uns angerufen und das mit der Bombe erzählt. Wurde jemand verletzt?"

„Nein. Gott sei Dank nicht." Nina zögerte einen Moment, dann fragte sie: „Glaubst du, ich könnte heute Nacht hier schlafen, Daniella?"

Der Ausdruck von Mitgefühl verblasste. Daniella streifte den Koffer, den Sam in der Hand hielt, mit einem misstrauischen Seitenblick. „Ich ... äh ... warte, ich rede nur kurz mit deinem Dad. Er sitzt grade in der Badewanne ..."

„Nina hat keine andere Wahl. Sie muss heute Nacht hier bleiben", mischte sich Sam ein und schob sich unaufgefordert an Daniella vorbei ins Haus, um den Koffer abzustellen. „Allein ist sie nicht sicher."

Daniella schaute Sam an, und er sah, wie in diesen unbeteiligt blickenden blauen Augen für einen Moment Interesse aufblitzte. „Detective, ich fürchte, ich habe Ihren Namen vorhin nicht mitbekommen."

„Das ist Detective Navarro", sagte Nina. „Er ist vom Bombendezernat. Und das", fuhr sie an Sam gewandt fort, „ist Daniella Cormier. Meine … äh, die Frau meines Vaters."

Stiefmutter war die genaue Bezeichnung, aber diese atemberaubende Blondine sah nicht aus wie irgendjemandes Mutter. Und der Blick, den sie *ihm* zuwarf, war alles andere als mütterlich.

Daniella legte den Kopf schräg. „Dann sind Sie also Polizist?"

„Ja, Ma'am."

„Vom Bombendezernat? Glauben Sie wirklich, dass in der Kirche eine Bombe hochgegangen ist?"

„Darüber darf ich keine Auskunft geben", sagte er. „Nicht solange die Ermittlungen andauern." Er wandte sich an Nina: „Wenn Sie für die Nacht versorgt sind, gehe ich jetzt. Achten Sie darauf, dass das Tor zu ist. Und vergessen Sie nicht, die Alarmanlage einzuschalten. Ich melde mich morgen früh bei Ihnen."

Als er ihr zum Abschied kurz zunickte, begegneten sich ihre Blicke. Es war nur ein ganz kurzer Blickkontakt, aber wieder einmal war er überrascht über seine instinktive Reaktion auf diese Frau. Er fühlte sich so stark von ihr angezogen, dass er Mühe hatte, seinen Blick von ihr loszureißen.

Er machte es. Mit einem kurz angebundenen Gute Nacht ging er hinaus.

Er fuhr zurück zu Robert Bledsoes Haus am Ocean Drive und ließ seinen Wagen in einer Seitenstraße stehen. Dann verschaffte er sich mit Ninas Schlüsseln Einlass in das still und dunkel daliegende Haus.

4. KAPITEL

Am Ocean View Drive brannte Licht. Irgendjemand war zu Hause. Die Cormier? Robert Bledsoe? Oder womöglich beide?

Er fuhr in seinem grünen Jeep Cherokee langsam vorbei und warf einen langen Blick auf das Haus. Er registrierte die dichten Büsche in der Nähe der Fenster, den Schatten der Fichten und Vogelbeerbäume, die das Grundstück von zwei Seiten einrahmten. Eine Menge Deckung.

Dann entdeckte er das Auto, das einen Häuserblock entfernt parkte. Unweit davon stand eine Straßenlaterne, und er konnte die schattenhaften Umrisse der beiden Männer darin erkennen. Polizei, dachte er. Sie observierten das Haus.

Heute Nacht war nicht der richtige Zeitpunkt.

Er bog um die Ecke und fuhr weiter.

Diese Sache konnte warten. Es waren ohnehin nur ein paar Aufräumungsarbeiten, ein loses Ende, dem er sich in seinen Mußestunden widmen konnte.

Er hatte anderes, Wichtigeres zu tun, und in nur einer Woche musste es erledigt sein.

Er fuhr weiter, in Richtung Innenstadt.

Um 9:00 morgens kamen die Wärter, um Billy Binford, der auch „der Schneemann" genannt wurde, aus seiner Zelle zu holen.

Albert Darien, sein Anwalt, erwartete ihn bereits. Billy konnte durch die Trennscheibe aus Plexiglas Dariens grimmigen Gesichtsausdruck sehen, und er wusste, dass die Neuigkeiten, die Darien mitgebracht hatte, nicht gut sein würden. Der Wärter stand nicht nah genug, um ihre Unterhaltung mitzuhören, aber Billy würde sich dennoch hüten, offen zu sprechen. Dieses ganze Gesabbel über die Vertraulichkeit zwischen Anwalt und Mandant konnten sie sich sonst wohin stecken. Wenn die Bullen vom FBI oder der Staatsanwalt es nur wollten, konnten sie jedem eine Wanze hinpflanzen, sogar einem Pfarrer. Es war zum Kotzen, wie sie die Bürgerrechte verletzten.

„Hallo, Billy", sagte Darien laut in das Mikro. „Wie behandelt man Sie?"

„Wie einen Sultan. Was, zum Teufel, denken Sie denn? Aber Sie müssen mir noch ein paar Gefallen tun, Darien. Einen Fernseher. Ich möchte meinen eigenen Fernseher."

„Billy, wir haben Probleme."

Billy gefiel Dariens Tonfall nicht. „Was denn für Probleme?" fragte er.

„Liddell lässt sich auf nichts ein. Er ist fest entschlossen, diesen Prozess zu führen. Jeder andere Staatsanwalt hätte sich den Ärger wahrscheinlich erspart, aber ich denke, Liddell benutzt Sie als Sprosse zu seiner Karriereleiter."

„Tritt er zu den Gouverneurswahlen an oder warum hat er solches Interesse an mir?"

„Er hat seine Kandidatur noch nicht angemeldet. Aber wenn er Sie hinter Gitter bringt, hat er gute Chancen. Und um ehrlich zu sein, hat er mehr als genug Beweise, um Sie für viele Jahre hinter Gitter zu bringen, Billy."

Billy lehnte sich vor und starrte seinen Anwalt durch die Plexiglasscheibe an. „Ich bezahle *Sie* dafür, dass das nicht passiert. Was also wollen Sie dagegen tun? Sie haben doch sicher schon einen Plan, was Sie unternehmen wollen?"

„Sie haben zu viel in der Hand. Hobart hat sich zum Kronzeugen machen lassen."

„Hobart ist ein Schmierlappen. Es dürfte ein Klacks sein, seine Glaubwürdigkeit zu erschüttern. Ich erwarte von Ihnen, dass Sie das erledigen, und zwar schnell."

„Sie haben die Frachtunterlagen. Da steht es alles schwarz auf weiß, Billy."

„Okay, dann verhandeln Sie eben noch mal mit dem Richter. Was auch immer. Hauptsache, Sie sorgen dafür, dass ich so schnell wie möglich hier rauskomme."

„Ich habe Ihnen gesagt, dass Liddell jede Art von Verhandlungen ablehnt."

Billy überlegte einen Moment. Dann sagte er sanft: „Dem Mann kann geholfen werden."

Darien starrte ihn an. „Was meinen Sie damit? Was wollen Sie damit sagen?"

„Sie veranlassen den Deal. Ich kümmere mich um Liddell."

„Ich will davon nichts wissen." Darien lehnte sich zurück, seine Hände zitterten plötzlich. „Ich will davon kein Wort wissen, verstanden?"

„Das brauchen Sie auch nicht. Alles, was ich von Ihnen will, ist, dass Sie mir diesen Prozess vom Hals halten. Und mich schleunigst hier rausbringen. Alles klar?"

„Ja. Ja." Darien schaute sich nervös nach dem Wärter um, der sich nicht im Geringsten für ihre Unterhaltung interessierte. „Ich werde alles tun, was ich kann."

Nina wurde von stampfenden Bässen geweckt. Sie stand auf und zog sich an. Sie ging nach unten und fand Daniella auf dem auf Hochglanz polierten Eichenparkett des Trainingsraums liegend. An diesem Morgen trug sie einen glänzenden pinkfarbenen Gymnastikanzug, und ihre schlanken Beine bewegten sich elegant im Takt der Musik. Nina schaute einen Moment lang zu, fasziniert vom Anblick dieser straffen Muskeln. Daniella arbeitete hart an ihrem Körper. Tatsächlich tat sie kaum etwas anderes. Seit ihrer Heirat mit George Cormier schien ein perfekter Körper ihr einziges Lebensziel zu sein.

Die Musik war zu Ende. Daniella sprang geschmeidig auf. Als sie sich umdrehte, um nach einem Handtuch zu greifen, sah sie Nina in der Tür stehen. „Oh, guten Morgen."

„Morgen", sagte Nina. „Schätze, ich habe verschlafen. Ist Dad schon im Büro?"

„Du weißt doch, er liebt es, in aller Herrgottsfrühe aufzustehen." Daniella wischte sich mit dem Handtuch den Schweiß von der Stirn. Zwischen den beiden Frauen breitete sich ein peinliches Schweigen aus. Das war immer so.

Daniella stieg auf ein Trainingsfahrrad und begann zu strampeln. Über das Surren hinweg sagte sie: „George hat irgendein Vorstandsmeeting. Er kommt erst zum Abendessen. Oh, und du hattest heute Morgen zwei Anrufe. Einer war von diesem niedlichen Polizisten."

„Detective Navarro?"

„Ja. Er wollte wissen, ob alles in Ordnung ist."

Dann macht er sich also Sorgen um mich, dachte Nina und spürte überrascht, dass sich ihre Laune hob. Er machte sich genug aus ihr, um sich davon zu überzeugen, dass sie wohlauf war. Aber vielleicht wollte er ja auch nur wissen, ob nicht wieder einmal eine Leiche auf ihn wartete.

Ja, wahrscheinlich war das der Grund seines Anrufs gewesen.

Plötzlich niedergeschlagen, drehte Nina sich um, um den Raum zu verlassen. „Und der zweite Anruf?" fragte sie. „Du hast gesagt, es wären zwei gewesen."

„Oh ja, richtig." Daniella strampelte noch immer. „Der zweite war von Robert."

Nina starrte sie sprachlos an. „Robert hat angerufen?"

„Er hat gefragt, ob ich weiß, wo du bist."

„Und wo ist *er*?"

„Zu Hause."

Nina schüttelte ungläubig den Kopf. „Du hättest es mir sagen sollen, Daniella."

„Du hast tief und fest geschlafen. Ich sah keinen Grund, dich deswegen aufzuwecken." Daniella legte sich mächtig ins Zeug und strampelte schneller. „Davon abgesehen hat er gesagt, dass er später noch mal anruft."

Ich will nicht bis später warten, dachte Nina. Ich will jetzt Antworten. Und ich will, dass er mir dabei ins Gesicht sieht.

Mit klopfendem Herzen verließ sie das Haus. Sie borgte sich den Mercedes ihres Vaters aus, um zum Ocean Drive zu fahren. Er würde ihn nicht vermissen, schließlich hatte er auch noch einen Jaguar und einen BMW in der Garage stehen.

Am Ocean Drive ging sie die Verandatreppe nach oben und klingelte. Ihre Hausschlüssel hatte Sam Navarro. Aber es war ohnehin nicht mehr ihr Haus. Das war es nie gewesen.

Die Tür ging auf, und Robert schaute sie überrascht an. Er trug Joggingshorts und ein T-Shirt, und sein Gesicht war von dem eben hinter ihm liegenden Training gesund gerötet.

„Ach, Nina", sagte er. „Ich ... ich habe mir schon Sorgen um dich gemacht."

„Irgendwie fällt es mir schwer, das zu glauben."

„Ich habe eben bei deinem Vater angerufen ..."

„Was ist passiert, Robert? Warum hast du mich einfach sitzen lassen? Sag es mir!"

Er wich ihrem Blick aus. Das allein sagte ihr, wie weit sie sich voneinander entfernt hatten. „Was soll ich denn sagen? Es ist nicht leicht zu erklären."

„Für mich war es auch nicht leicht. Alle wieder nach Hause schicken zu müssen. Und nicht zu wissen, was eigentlich los ist. Du hättest es mir sagen müssen. Eine Woche vorher. Von mir aus auch nur einen *Tag* vorher. Stattdessen lässt du mich mit diesem verdammten Brautstrauß vor dem Altar stehen! Und mir bleibt nichts anderes, als mich zu fragen, ob das alles *meine* Schuld ist. Ob ich etwas falsch gemacht habe."

„Es ist nicht deine Schuld, Nina."

„Was ist es denn?"

Er antwortete nicht. Er schaute sie immer noch nicht an, vielleicht wagte er es ja nicht.

„Ich habe ein ganzes Jahr lang mit dir gelebt", sagte sie mit trauriger Verwunderung in der Stimme. „Und ich habe keine blasse Ahnung, wer du überhaupt bist." Sie ging mit einem unterdrückten Schluchzen an ihm vorbei ins Haus, direkt ins Schlafzimmer.

„Was machst du denn?" rief er ihr nach.

„Meine restlichen Sachen packen. Und schleunigst von hier verschwinden."

„Nina, es besteht kein Grund, dass wir uns unzivilisiert benehmen. Wir haben es versucht. Aber es hat nicht funktioniert. Warum können wir nicht wenigstens Freunde bleiben?"

„Sind wir das denn? Freunde?"

„Ich würde es gern glauben. Ich sehe nicht, warum wir es nicht sein könnten."

Sie schüttelte den Kopf und lachte bitter auf. „Ein Freund sticht einem nicht blindlings ein Messer in den Rücken." Sie begann Schubladen aufzureißen, zerrte Kleidungsstücke heraus und warf sie aufs Bett. Es war ihr egal, ob sie Unordnung machte, sie wollte nur noch weg von hier und ihn nie wiedersehen. Vor einem Moment noch hatte sie daran geglaubt, dass es immer noch möglich sein könnte, ihre Beziehung zu retten, die Scherben einzusammeln und sie zu kitten. Doch jetzt wusste sie, dass es unmöglich war. Sie wollte ihn nicht einmal mehr. Sie konnte sich nicht einmal mehr erinnern, was ihr je an ihm gefallen hatte. Sein blendendes Aussehen, sein Doktortitel waren angenehme Begleiterscheinungen gewesen, aber nicht allzu wichtig. Nein, was sie bei Robert gesehen hatte – oder zu sehen *geglaubt* hatte, waren Intelligenz und Witz und Einfühlungsvermögen gewesen. All das hatte er ihr gezeigt.

Was für eine Schmierenkomödie.

Robert beobachtete sie mit vornehmer Verletztheit. Als ob das alles ihre Schuld wäre. Ohne ihn zu beachten, ging sie zum Schrank, riss einen Arm voll Kleider heraus und warf ihn aufs Bett. Der Kleiderstapel war so hoch, dass er fast umkippte.

„Musst du das alles unbedingt jetzt machen?" fragte er.

„Ja."

„Es gibt nicht genug Koffer."

„Dann nehme ich eben Mülltüten. Und meine Bücher nehme ich auch mit!"

„Heute? Aber du hast Tonnen von Büchern!"

„Diese Woche habe ich Tonnen von Zeit. Weil meine Hochzeitsreise geplatzt ist."

„Du bist unvernünftig. Hör zu, ich verstehe, dass du wütend bist. Du hast ein Recht, wütend zu sein. Aber deshalb brauchst du doch nicht gleich auszurasten."

„Ich raste aus, wann es *mir* passt!" schrie sie.

Ein Räuspern veranlasste sie beide, sich überrascht umzudrehen. Sam Navarro stand auf der Türschwelle und schaute sie mit einem Ausdruck leiser Belustigung an.

„Was wollen Sie denn schon wieder hier?" brauste Robert auf. „Reicht es nicht, dass ich Sie gestern Nacht aufgefordert habe, mein Haus zu verlassen? Und wie kommen Sie überhaupt rein?"

„Ich habe geklopft", sagte Sam. „Und Sie haben die Haustür sperrangelweit offen gelassen."

„Sie betreten unbefugt ein fremdes Haus", sagte Robert. „Und schon wieder ohne Durchsuchungsbefehl."

„Er braucht keinen Durchsuchungsbefehl", sagte Nina.

„Da ist das Gesetz anderer Meinung."

„Nicht wenn ich ihn hereinlasse."

„Du hast ihn aber nicht hereingelassen. Er ist einfach hereingekommen."

„Die Tür war offen", stellte Sam klar. „Ich war beunruhigt." Er schaute Nina an. „Das war nicht klug, hier allein herzufahren, Miss Cormier. Sie hätten mir sagen sollen, dass Sie das Haus Ihres Vaters verlassen."

„Was bin ich, eine Gefangene?" murmelte sie und ging wieder zum Schrank, um eine weitere Ladung Kleider herauszuholen. „Woher wissen Sie überhaupt, dass ich hier bin?"

„Ich habe, kurz nachdem Sie das Haus verlassen hatten, Ihre Stiefmutter angerufen. Sie sagte mir, dass Sie hier sind."

„Aha. Dürfte ich jetzt vielleicht weitermachen? Ich habe zu tun."

„Richtig", brummte Robert. „Sie hat immer zu tun. Das ist nichts Neues."

Nina fuhr zu ihrem Exverlobten herum. „Was soll das denn jetzt heißen?"

„Ich lasse mir nicht die ganze Schuld zuschieben. Für eine kaputte Beziehung braucht es immer zwei."

„*Ich* habe dich nicht in der Kirche stehen gelassen."

„Nein, aber du warst ständig unterwegs. Jeden Abend, monatelang."

„Was? *Was?*"

„Jeden verdammten Abend habe ich hier mutterseelenallein herumgehockt! Und dabei hätte ich so gern mit dir zu Abend gegessen. Aber du warst nie da."

„Sie brauchten mich für die Spätschicht. Das war im Moment nicht zu ändern!"

„Du hättest kündigen können."

„Meinen Job kündigen? Und um was zu tun, kannst du mir

das vielleicht mal verraten? Um es einem Mann zu Hause gemütlich zu machen, der sich nicht einmal entscheiden kann, mich zu heiraten?"

„Wenn du mich geliebt hättest, hättest du es getan."

„Oh, mein Gott. Ich kann es nicht glauben, dass jetzt alles meine Schuld sein sollte. Ich habe dich also nicht genug geliebt."

Sam sagte: „Nina, ich möchte mit Ihnen sprechen."

„Nicht jetzt!" fuhren ihn Nina und Robert an.

Robert sagte zu ihr: „Ich finde nur, du solltest wissen, dass ich meine Gründe hatte. Irgendwann reißt jedem der Geduldsfaden. Und dann ist es nur natürlich, sich woanders umzuschauen."

„Woanders?" Sie starrte ihn an. Jetzt wurde ihr alles klar. „Dann gab es da also eine andere", sagte sie leise.

„Was glaubst du?"

„Kenne ich sie?"

„Das spielt jetzt wohl kaum noch eine Rolle."

„Für mich schon. Wann hast du sie kennen gelernt?"

Er wich ihrem Blick aus. „Vor einer Weile."

„Wann?"

„Das ist doch jetzt egal, ich …"

„Seit sechs Monaten planen wir diese Hochzeit. Gemeinsam. Und du hast es nie für nötig gehalten, mir zu sagen, dass du dich mit einer anderen Frau triffst?"

„Ich sehe, dass du im Moment keinem vernünftigen Argument zugänglich bist. Und solange das so ist, weigere ich mich, darüber zu reden." Robert drehte sich um und verließ das Zimmer.

„Vernünftig?" schrie sie. „Ich bin jetzt vernünftiger, als ich es vor sechs Monaten war!"

Als Antwort erfolgte das Zuknallen der Haustür.

Eine andere Frau, dachte sie. Und ich wusste es nicht. Ich war völlig ahnungslos.

Als sie merkte, dass ihr plötzlich übel wurde, ließ sie sich aufs Bett sinken. Der Kleiderstapel purzelte zu Boden, aber sie registrierte es nicht. Genauso wenig wie sie registrierte, dass ihr die Tränen über die Wangen rollten und auf ihre Bluse tropften. Ihr war schlecht, und sie fühlte sich wie betäubt und nahm nichts wahr außer ihrem Schmerz.

Sie merkte kaum, dass Sam sich neben sie setzte. „Er ist es nicht wert, Nina", versuchte er sie zu trösten. „Er ist es nicht wert, dass man seinetwegen weint."

Erst als sich seine Hand über ihre legte, schaute sie auf. Sein Blick lag ruhig auf ihrem Gesicht. „Ich weine ja gar nicht", sagte sie.

Sanft fuhr er ihr mit einem Finger über die Wange, die nass war von Tränen. „Ich denke schon."

„Nein, ich weine nicht. Ich weine *nicht.*" Sie schluchzte auf und sank an seine Brust. „Ich weine nicht", wiederholte sie.

Sie spürte nur undeutlich, wie sich seine Arme um ihren Rücken legten und sie an seine Brust zogen. Er sagte kein Wort. Wie immer der lakonische Cop. Aber sie spürte seinen Atem warm auf ihrem Haar, fühlte seine Lippen auf ihrem Scheitel, und sie hörte, wie sich sein Herzschlag beschleunigte.

Genauso wie ihrer.

Es bedeutet nichts, dachte sie. Er war freundlich zu ihr. Er tröstete sie, so wie er jeden anderen Bürger oder jede andere Bürgerin auch getröstet hätte. Es war das, was sie jeden Tag in der Notaufnahme tat. Es war ihr Job. Es war sein Job.

Oh, aber es tat so gut.

Sie musste ihre ganze Willenskraft aufbringen, um sich aus seiner Umarmung zu lösen. Als sie aufschaute, war sein Gesicht unbewegt, seine grünen Augen gaben nichts preis. Keine Leidenschaft, kein Verlangen. Nur ein Staatsdiener, der seine Gefühle voll unter Kontrolle hatte.

Eilig wischte sie sich die Tränen ab. Plötzlich kam sie sich dumm vor, es war peinlich, dass er die Auseinandersetzung zwischen ihr und Robert mitbekommen hatte. Jetzt wusste er alles, jede demütigende Einzelheit, und sie konnte es kaum ertragen, ihm in die Augen zu schauen.

Sie stand auf und begann ihre Kleider vom Fußboden einzusammeln.

„Wollen Sie darüber reden?" fragte er.

„Nein."

„Ich denke, Sie müssen es. Der Mann, den Sie lieben, hat Sie wegen einer anderen Frau verlassen. Das muss sehr wehtun."

„Okay, ich *muss* darüber reden!" Sie warf eine Hand voll Kleider aufs Bett und schaute ihn an. „Aber nicht mit einem versteinerten Polizisten, dem nichts auf der Welt gleichgültiger ist!"

Ein langes Schweigen folgte. Obwohl er sie ungerührt anschaute, spürte sie, dass sie ihn getroffen hatte. Und er war zu stolz, es zu zeigen.

Sie schüttelte den Kopf. „Tut mir Leid. Oh Gott, Mr. Navarro. Es tut mir so Leid. Das haben Sie nicht verdient."

„Doch", widersprach er. „Ich denke schon."

„Sie machen doch nur Ihren Job. Und dann komme ich daher und prügle auf Sie ein." Angewidert von sich selbst, setzte sie sich neben ihn aufs Bett. „Ich habe es nur an Ihnen ausgelassen. Ich … ich bin so wütend auf mich selbst, weil ich es zulasse, dass er mir Schuldgefühle macht."

„Warum denn Schuldgefühle?"

„Das ist ja das Verrückte daran. Ich weiß nicht, warum ich mich schuldig fühlen sollte. So wie er es gesagt hat, klingt es so, als ob ich ihn vernachlässigt hätte. Aber ich konnte doch nicht einfach kündigen. Ich liebe meinen Beruf."

„Er ist Arzt. Er muss sicher auch viel arbeiten. Nachtdienste, Wochenenddienste."

„Er arbeitet oft an den Wochenenden."

„Und? Haben Sie sich beklagt?"

„Natürlich nicht. Es ist sein Job."

„Nun?" Er betrachtete sie mit einer hochgezogenen Augenbraue.

„Oh." Sie seufzte. „Das alte zweierlei Maß."

„Richtig. Ich würde von meiner Frau nicht erwarten, dass sie einen Beruf aufgibt, den sie liebt, nur damit sie jeden Abend mit dem Essen auf mich wartet."

Sie schaute auf ihre Hände, die gefaltet in ihrem Schoß lagen. „Wirklich nicht?"

„Nein. Das ist keine Liebe, sondern Besitzdenken."

„Ihre Frau kann sich glücklich schätzen", sagte sie weich.

„Das war nur theoretisch."

Sie schaute ihn stirnrunzelnd an. „Sie meinen … diese Frau gibt es gar nicht?"

Er nickte.

Dann war er also nicht verheiratet. Diese Tatsache erfüllte sie mit einer unerwarteten Freude. Was, um alles in der Welt, war los mit ihr?

Sie schaute weg, weil sie befürchtete, dass er die Verwirrung in ihren Augen sehen könnte. „Sie ... äh ... Sie sagten, dass Sie mit mir sprechen müssten."

„Es geht um den Fall."

„Es muss sehr wichtig sein, weil Sie sich die Mühe gemacht haben, mich zu finden."

„Ich fürchte, wir haben eine neue Entwicklung. Keine sehr erfreuliche."

Sie saß sehr still. „Ist irgendetwas passiert?"

„Erzählen Sie mir, was Sie über den Hausmeister der Kirche wissen."

Sie schüttelte verständnislos den Kopf. „Ich kenne ihn überhaupt nicht. Ich weiß nicht einmal seinen Namen."

„Sein Name war Jimmy Brogan. Wir haben ihn gestern den ganzen Tag gesucht. Er hat am Morgen die Kirche aufgeschlossen und hatte dann den ganzen Vormittag in und außerhalb der Kirche zu tun. Aber niemand scheint zu wissen, wo er nach der Explosion hingegangen ist."

„Sie sagten *war*. Dass sein Name Jimmy Brogan *war*. Heißt das ..."

Sam nickte. „Wir haben heute Morgen seine Leiche gefunden. Er saß mit einer Kugel im Kopf in seinem Wagen. Die Waffe lag neben ihm auf dem Sitz. Sie trug seine Fingerabdrücke."

„Selbstmord?" fragte sie leise.

„So scheint es."

Sie schwieg, zu entsetzt, um etwas zu sagen.

„Wir warten noch auf den Laborbericht. Es gibt eine ganze Reihe Fragen, die mich in diesem Zusammenhang beschäftigen. Mir kommt das alles zu glatt vor. Es bindet alle losen Enden zusammen, die wir haben."

„Einschließlich des Bombenanschlags."

„Einschließlich des Bombenanschlags. Im Kofferraum des Wagens waren verschiedene Gegenstände, die Brogan mit dem Anschlag in Verbindung zu bringen scheinen. Eine Zündschnur. Grünes Isolierband und noch einiges mehr. Alles sehr überzeugende Beweise."

„Aber Sie wirken nicht überzeugt."

„Das Problem ist, dass Brogan unseres Wissens keinerlei Kenntnisse auf diesem Gebiet hatte. Und ein Motiv für die Bombenanschläge hatte er auch nicht. Können Sie uns weiterhelfen?"

Sie schüttelte den Kopf. „Ich weiß nichts über den Mann."

„Sagt Ihnen der Name Brogan etwas?"

„Nein."

„Aber *Ihr* Name sagte ihm etwas. In seinem Wagen war ein Zettel mit Ihrer Adresse."

Sie starrte ihn an. Es erschreckte sie, wie wenig sie in seinen Augen lesen konnte. „Was wollte er mit meiner Adresse?"

„Es muss irgendeine Verbindung zwischen Ihnen geben."

„Ich kenne aber niemand, der Brogan heißt."

„Warum sollte er dann versuchen, Sie zu töten? Von der Straße abzudrängen?"

„Woher wissen Sie, dass er es war?"

„Bei dem Wagen, in dem wir die Leiche fanden, handelte es sich um einen schwarzen Ford."

5. KAPITEL

Sam fuhr mit Nina ins Leichenschauhaus, um sich noch einmal bestätigen zu lassen, was sie ihm bereits gesagt hatte: dass sie Jimmy Brogan nicht kannte. Dann fuhren sie wieder zum Ocean Drive, wo er ihr half, ihre Bücher in den Mercedes zu laden, um anschließend hinter ihr her zum Haus ihres Vaters zu fahren, nur damit er sich sicher sein konnte, dass sie auch gut dort anlangte.

Um drei hielten sie auf der Polizeistation eine Lagebesprechung ab, an der Sam, Gillis, Takeda vom kriminaltechnischen Labor und ein dritter Detective des Bombendezernats, Francis Cooley, teilnahmen. Alle legten das, was sie hatten, auf den Tisch.

Cooley ergriff als Erster das Wort. „Ich habe mich über Jimmy Brogan schlau gemacht. Jimmy Brogan ist sein richtiger Name. Fünfundvierzig Jahre alt, geboren und aufgewachsen in South Portland, ein paar Gesetzesverstöße, aber unwesentlich. Seit zehn Jahren verheiratet, keine Kinder. Reverend Sullivan hat ihn vor acht Jahren eingestellt. Es gab nie irgendwelche Probleme, außer dass er ein paarmal zu spät zur Arbeit erschienen ist. Kein Militärdienst, keine Weiterbildung nach der elften Klasse. Seine Frau sagt, dass er Legastheniker war. Ich kann nicht sehen, wie es dieser Bursche geschafft haben soll, eine Bombe zu basteln."

„Hat Mrs. Brogan irgendeine Idee, warum Nina Cormiers Adresse in seinem Auto war?" fragte Sam.

„Nein. Sie hat den Namen noch nie vorher gehört. Und sie sagt, dass es nicht die Handschrift ihres Mannes ist."

„Gab es Eheprobleme?"

„Glücklich wie Muscheln, nach dem, was sie sagte. Sie ist völlig am Boden zerstört."

„Dann haben wir also als Hauptverdächtigen einen glücklich verheirateten Hausmeister mit geringer Schulbildung und Leseschwäche."

„Ich fürchte."

Sam schüttelte den Kopf. „Das wird ja von Minute zu Minute mysteriöser." Er schaute auf Takeda. „Ernie, gib uns ein paar Antworten. Bitte."

Takeda, nervös wie immer, räusperte sich. „Was ich habe, wird dir nicht gefallen."

„Schlag mich trotzdem."

„Okay. Erstens, die Pistole in dem Wagen wurde vor einem Jahr von ihrem rechtmäßigen Besitzer in Miami als gestohlen gemeldet. Wir wissen nicht, wie Brogan an die Waffe gekommen ist. Seine Frau sagte, dass er keine Ahnung von Schusswaffen hatte. Zweitens, Brogans Wagen war tatsächlich der schwarze Ford, der Miss Cormiers Honda von der Straße abgedrängt hat. Die Lacksplitter passen. Drittens, die Gegenstände in dem Kofferraum sind dieselben Elemente, die bei der Bombe in der Kirche verwendet wurden. Zwei Zoll breites grünes Isolierband. Identische Zündschnur."

„Das ist Vincent Spectres Handschrift", sagte Gillis.

„Und hier ist noch etwas, das euch nicht gefallen wird. Bei der Obduktion wurde eine Schädelverletzung festgestellt."

„Was?" fragten Sam und Gillis gleichzeitig.

„Eine Fraktur. Wegen des Schadens, den die Kugel angerichtet hat, war sie nicht gleich zu erkennen. Aber die Röntgenbilder sprechen eine eindeutige Sprache. Jimmy Brogan hat zweifelsfrei einen Schlag auf den Kopf bekommen. Bevor er erschossen wurde, wurde er geschlagen."

Das war der Grund, weshalb Sam sofort nach der Besprechung ins Krankenhaus zu Reverend Sullivan fuhr, der trübselig dreinschauend im Bett saß. Er hatte bereits Besuch – Dick Yeats vom Morddezernat. Nicht unbedingt jemand von Sams Lieblingsleuten.

„Hallo, Navarro", sagte Yeats in diesem schnöseligen Ton. „Sie brauchen sich nicht zu überschlagen. Wir haben den Fall Brogan bereits übernommen."

„Ich möchte trotzdem mit Reverend Sullivan sprechen."

„Er weiß nichts, was uns weiterhelfen könnte."

„Wie auch immer, ich möchte ihm gern selbst ein paar Fragen stellen."

„Tun Sie sich keinen Zwang an", sagte Yeats, während er zur Tür ging. „Obwohl mir scheint, dass ihr Jungs vom Bombendezernat eure Zeit besser nützen solltet."

Sam wandte sich dem Pfarrer zu, der alles andere als begeistert wirkte.

„Tut mir Leid, Mr. Sullivan", sagte Sam. „Aber ich fürchte, ich muss Ihnen noch ein paar Fragen stellen."

Reverend Sullivan seufzte, die Erschöpfung war ihm deutlich ins Gesicht geschrieben. „Ich kann Ihnen nicht mehr sagen, als ich bereits gesagt habe."

„Sie haben von Brogans Tod gehört?"

„Ja. Dieser Polizist vom Morddezernat ..."

„Detective Yeats."

„Seine Schilderung war weit anschaulicher als nötig. Ich brauche all diese ... Einzelheiten nicht."

Sam setzte sich. Der Pfarrer sah heute besser aus, aber er wirkte immer noch zerbrechlich. Die Ereignisse der vergangenen vierundzwanzig Stunden mussten für ihn verheerend gewesen sein. Unglücklicherweise konnte er dem, was er bereits gestern ausgesagt hatte, nichts hinzufügen. Reverend Sullivan wusste nichts über Jimmy Brogans Privatleben. Genauso wenig wie er sich auch nur einen einzigen Grund vorstellen konnte, warum Brogan oder jemand anders einen Bombenanschlag auf die Good Shepherd Church verüben sollte. Natürlich hatte es gelegentlich kleinere Vorfälle gegeben. Deshalb hatte er angefangen, die Kirchentüren nachts zuzuschließen, ein Schritt, den er zutiefst bedauerte, weil er der Meinung war, dass Kirchen Tag und Nacht zugänglich sein sollten, aber die Versicherung hatte darauf bestanden.

„Und seitdem ist nichts mehr vorgekommen?" fragte Sam.

„Nein, nie mehr."

Wieder eine Sackgasse, dachte Sam.

Als er im Begriff war zu gehen, klopfte es an der Tür, und gleich darauf trat eine mollige Frau ein.

Die Miene des Pfarrers hellte sich umgehend auf. „Helen! Ich bin so froh, dass Sie zurück sind. Haben Sie schon gehört, was passiert ist?"

„Heute Morgen in den Frühnachrichten. Ich habe umgehend meinen Koffer gepackt." Die Frau, die einen Nelkenstrauß in der Hand hielt, trat ans Bett und umarmte den Pfarrer mit Tränen in den Augen. „Ich war eben in der Kirche. Oh, was für ein Chaos."

„Aber das Schlimmste wissen Sie noch nicht", sagte Reverend Sullivan. Er schluckte. „Jimmy ist tot."

„Guter Gott." Helen prallte entsetzt zurück. „War es ... bei der Explosion?"

„Nein. Sie sagen, dass er sich erschossen hat. Ich wusste nicht einmal, dass er eine Waffe besitzt."

Helen schwankte leicht. Sam, der es sah, ergriff ihren Arm und führte sie zu dem Stuhl, den er soeben frei gemacht hatte. Sie saß zitternd mit bleichem Gesicht da.

„Entschuldigen Sie, Ma'am", sagte Sam behutsam und legte seine Hand auf ihre Schulter. „Ich bin Detective Navarro. Darf ich Ihren vollen Namen erfahren?"

Sie schluckte. „Helen Whipple."

Es stellte sich heraus, dass Helen Whipple, die Gemeindesekretärin, Jimmy Brogan noch am Morgen vorher gesehen hatte.

„Kurz bevor ich wegfuhr." Sie begann in ihrer Handtasche nach einem Taschentuch zu kramen. „Ich habe nur schnell noch mal reingeschaut."

„Haben Sie beide miteinander gesprochen?"

„Natürlich. Jimmy ist so ein ..." Sie schluchzte leise auf. „*War* so ein freundlicher Mann. Ich kam, um ihn zu bitten, ein paar Dinge für mich zu übernehmen."

„Was für Dinge?"

„Oh, es war so chaotisch. Wegen der Hochzeit, wissen Sie. Dauernd kam die Floristin, die die Kirche schmückte, herein, um zu telefonieren. Das Waschbecken in der Herrentoilette war undicht und wir brauchten dringend einen Klempner. Ich wollte Jimmy noch die Nummer heraussuchen und ihm sagen, wo er die

Hochzeitsgeschenke hintun soll. Ich war richtig erleichtert, als schließlich Reverend Sullivan kam."

„Entschuldigen Sie, Ma'am", warf Sam ein. „Sie sagten etwas von Hochzeitsgeschenken."

„Ja. Manche Leute haben die ärgerliche Angewohnheit, die Hochzeitsgeschenke in die Kirche liefern zu lassen."

„Wie viele Geschenke trafen an diesem Tag ein?"

„Solange ich da war, nur eins. Jimmy … oh, armer Jimmy. Es ist so ungerecht. Eine Frau und alles …"

Sam rang um Geduld. „Was war mit dem Geschenk, das Sie gesehen haben?"

„Oh. Das. Jimmy sagte, ein Mann hätte es gebracht. Er zeigte es mir. Sehr hübsch verpackt, mit Silberglöckchen und Schleifen und allem."

„Mrs. Whipple", fiel Sam ihr wieder geduldig ins Wort. „Was geschah mit diesem Geschenk?"

„Oh, ich weiß nicht. Ich habe Jimmy gesagt, dass er es der Brautmutter geben soll. Ich nehme an, dass er das getan hat."

„Aber die Brautmutter war doch sicher noch nicht da, richtig? Was also hat Jimmy damit gemacht?"

Helen Whipple zuckte hilflos die Schultern. „Ich nehme an, dass er es irgendwohin gelegt hat, wo er sicher sein konnte, dass sie es findet. Auf die erste Kirchenbank."

Die erste Kirchenbank. Das Zentrum der Explosion.

„An wen war das Geschenk adressiert?" fragte Sam.

„An Braut und Bräutigam natürlich."

„Dr. Bledsoe und Verlobte?"

„Ja. So stand es auf der Karte. Dr. und Mrs. Robert Bledsoe."

Das Dunkel fängt langsam an, sich zu lichten, dachte Sam, als er wieder in sein Auto stieg. Immerhin wussten sie jetzt, wie und wann die Bombe in die Kirche gelangt war. Nur das Ziel war noch nicht ganz klar. Sollte Nina Cormier oder Robert Bledsoe sterben? Oder womöglich beide?

Da Nina keine Antworten auf seine Fragen hatte, fuhr Sam zu Robert Bledsoes Haus am Ocean Drive, doch er sah schon von weitem, dass dort irgendetwas nicht stimmte. Vor dem Haus standen Polizeiwagen mit Blaulicht, und auf den Gehsteigen hatten sich Schaulustige versammelt.

„Noch mal hallo, Navarro", begrüßte ihn Yeats in seinem üblichen Ich-habe-hier-die-Verantwortung-Ton. „Wir haben alles im Griff."

„Was haben Sie im Griff? Was ist passiert?"

Yeats deutete mit dem Kopf auf den BMW, der in der Einfahrt stand.

Sam ging langsam um das Heck des Wagens herum. Erst dann sah er das Blut auf dem Lenkrad und dem Fahrersitz. Eine kleine Lache war durch die Tür nach draußen auf den Asphalt gesickert.

„Robert Bledsoe", sagte Yeats. „Kopfschuss. Der Krankenwagen ist gerade weg. Bledsoe lebte noch, aber ich kann mir nicht vorstellen, dass er durchkommt. Er wollte eben aussteigen und hatte schon die Tür aufgemacht. Eine Nachbarin sagte, dass sie einen grünen Jeep wegfahren sah, bevor sie den Verletzten bemerkte. Sie glaubt, dass ein Mann hinterm Steuer saß, aber das Gesicht hat sie nicht gesehen."

Sam hob ruckartig den Kopf. „Ein Mann? Dunkelhaarig?"

„Ja."

„Oh Gott." Sam wirbelte herum und eilte im Laufschritt zu seinem Wagen. Nina, dachte er, und plötzlich rannte er. Ein dunkelhaariger Mann hatte Nina von der Straße abgedrängt. Jetzt war Bledsoe tödlich verletzt. War Nina die Nächste?

Sam hörte Yeats noch „Navarro!" brüllen, aber er war bereits in seinem Auto, wendete und fuhr mit quietschenden Reifen davon.

Er raste mit Blaulicht zu George Cormiers Haus.

Es schien eine Ewigkeit zu dauern, bis jemand öffnete. Endlich wurde die Tür aufgemacht, und auf Daniellas makellosem Gesicht zeigte sich ein Lächeln. „Na so was. Hallo, Detective."

„Wo ist Nina?"

„Oben. Warum?"

„Ich muss mit ihr sprechen. Sofort." Er schob sich an ihr vorbei ins Haus, wo er Nina, deren Haar ihr schwarz und glänzend über die Schultern floss, auf dem ersten Treppenabsatz stehen sah.

Sie ist okay, dachte er erleichtert. *Sie lebt.*

Sie trug Jeans und ein T-Shirt und hatte eine Tasche über der Schulter hängen, als ob sie gerade im Begriff sei, das Haus zu verlassen.

Als sie die Treppe nach unten kam, brachte sie einen flüchtigen Duft nach Seife und Haarshampoo mit. Ninas Duft, dachte er, einen angenehmen Kitzel verspürend. Wann hatte er sich ihren Duft gemerkt?

„Ist etwas passiert?" fragte sie.

„Dann hat Sie noch niemand angerufen?"

„Warum?"

„Wegen Robert."

Sie erstarrte, und ihre dunklen Augen forschten mit plötzlicher Intensität in seinem Gesicht. Er griff nach ihrer Hand, die kalt war. „Sie sollten besser mitkommen."

„Wohin?"

„Ins Krankenhaus. Dort hat man ihn hingebracht." Er führte sie aus dem Haus.

„Warten Sie!" rief Daniella.

Sam warf einen Blick über die Schulter auf Daniella, die ihnen entsetzt nachstarrte. „Was ist mit Robert? Was ist passiert?"

„Auf ihn wurde geschossen, direkt vor seinem Haus. Ich fürchte, es sieht nicht gut aus für ihn."

Daniella taumelte einen Schritt zurück. Das blanke Entsetzen in ihren Augen sagte Sam alles, was er wissen musste. Dann ist sie also die andere Frau, dachte er. Diese Blondine mit dem durchtrainierten Körper und dem makellosen Gesicht.

Er konnte spüren, wie Ninas Arm unter seiner Hand zitterte. Er wandte sich um und ging mit ihr zur Tür. „Wir sollten besser gehen", sagte er. „Es könnte nicht mehr viel Zeit bleiben."

6. KAPITEL

Die nächsten sechs Stunden verbrachten Sam und Nina in einem Krankenhauswartezimmer, dann kam der Neurologe herein und informierte sie, dass Robert auf dem Operationstisch gestorben war.

Nina nahm den Schlag in betäubtem Schweigen hin. Sie war zu entsetzt, um zu weinen und mehr zu sagen als: „Danke, dass Sie alles versucht haben." Sie registrierte kaum, dass Sam ihr den Arm um die Schultern legte. Erst als sie an seine Brust sank, spürte sie, dass er sie stützte.

„Hören Sie, ich denke, es ist das Beste, wenn ich Sie zunächst wieder zu Ihrem Vater bringe", schlug er vor.

Sie sagte nichts, sondern nickte nur und hüllte sich auch während der Fahrt in Schweigen, bis Sam schließlich sagte: „Das können wir nicht Jimmy Brogan anhängen. Ich denke, er hatte mit der ganzen Sache nichts zu tun. Er hat etwas gesehen, das er nicht sehen sollte, und musste deshalb aus dem Weg geräumt werden. Und dann hat man versucht, seinen Tod als Selbstmord erscheinen zu lassen, um uns auf eine falsche Spur zu lenken. Unser Mörder ist sehr schlau." Er warf ihr einen kurzen Blick von der Seite zu und fuhr sachlich fort: „Ich will ganz offen zu Ihnen sein, Nina, denn alles andere würde bedeuten, den Kopf in den Sand zu stecken. Robert ist bereits tot, und Sie könnten die Nächste sein."

Er machte eine Pause, doch als sie nichts sagte, fuhr er fort: „Ich habe heute noch etwas erfahren. Am Morgen Ihrer geplanten Trauung wurde in der Kirche ein Geschenk für Sie abgegeben. Es war an Sie und Robert adressiert."

Sie brachte kein Wort heraus.

„Helfen Sie mir, Nina", drängte er. „Nennen Sie mir einen Namen. Ein Motiv."

„Ich habe es Ihnen schon gesagt", gab sie erstickt zurück. „Ich weiß es nicht."

„Robert hat zugegeben, dass es da eine andere Frau gab. Wissen Sie, wer das sein könnte?"

Sie schlang die Arme um ihre Taille und verkroch sich in ihrem Sitz. „Nein."

„Ist Ihnen jemals aufgefallen, dass Daniella und Robert sich auffallend nah standen?"

Nina erstarrte. Daniella? Die Frau ihres Vaters? Sie dachte an die vergangenen sechs Monate zurück. Erinnerte sich an die Abende, die sie mit Robert im Haus ihres Vaters verbracht hatte. An all die Einladungen, die Abendessen. Sie hatte sich gefreut, dass Robert von ihrem Vater und Daniella so akzeptiert worden war, dass endlich auch in der Familie Cormier Harmonie eingekehrt war. Daniella hatte plötzlich angefangen, Nina und Robert in ihr Leben mit einzubeziehen und sie zu allen möglichen gesellschaftlichen Anlässen mitgeschleppt.

Daniella und Robert.

„Das ist unter anderem ein Grund, warum ich es für besser halte, wenn Sie die Nacht nicht dort verbringen. Vielleicht können Sie ja nur Ihre Sachen holen und woandershin gehen."

Sie schaute ihn an. „Sie denken, dass Daniella ... Sie könnte etwas damit zu tun haben?"

„Wir werden sie eingehend befragen."

„Aber warum sollte sie Robert töten? Wenn sie ihn liebte?"

„Aus Eifersucht? Wenn sie ihn nicht bekommen konnte, sollte ihn keine bekommen?"

„Aber er hatte unsere Verlobung doch bereits gelöst! Es war aus zwischen uns!"

„War es das wirklich?"

Obwohl er die Frage in sanftem Ton stellte, hörte Nina die Anspannung, die darin mitschwang, heraus.

Sie sagte: „Sie waren da, Sam. Sie haben unseren Streit gehört. Er liebte mich nicht mehr. Manchmal denke ich, dass er mich nie geliebt hat." Sie ließ den Kopf hängen. „Für ihn war es definitiv aus."

„Und für Sie?"

In ihren Augen brannten Tränen. Die ganze Zeit hatte sie es geschafft, nicht zu weinen, nicht zusammenzubrechen. Sie hatte sich so vollständig in ihre Betäubung zurückgezogen, dass sie die Tatsache, dass Robert tot war, nur in einer entfernten Ecke ihres Kopfes registriert, nicht aber *gefühlt* hatte. Sie wusste, dass sie trauern sollte. Egal wie sehr Robert ihr auch wehgetan haben mochte, er war immer noch der Mann, mit dem sie ein Jahr ihres Lebens verbracht hatte.

Jetzt kam es ihr wie ein anderes Leben vor. Nicht das ihre. Nicht Roberts. Nur ein Traum, der mit der Wirklichkeit nichts zu tun hatte.

Sie begann leise in sich hineinzuweinen. Es waren keine Tränen der Trauer, sondern der Erschöpfung.

Sam sagte nichts. Er fuhr einfach nur weiter, während die Frau neben ihm stille Tränen vergoss. Dabei gab es eine ganze Menge, was er gern gesagt hätte, aber da sie Robert Bledsoe allem

Anschein nach immer noch liebte, hatte es keinen Sinn, sie daran zu erinnern, wie der Mann sie behandelt hatte.

Als er von einer Welle der Frustration überschwemmt wurde, umklammerte er das Lenkrad fester. Die Robert Bledsoes dieser Welt verdienten es nicht, dass man ihnen auch nur eine einzige Träne nachweinte. Und doch schienen ausgerechnet sie es zu sein, über die Frauen ständig weinten. Die Goldjungen. Er schaute auf Nina, die sich in ihren Sitz kauerte, und spürte Mitgefühl in sich aufsteigen. Und noch etwas, etwas, das ihn überraschte. Verlangen.

Und wieder unterdrückte er das Gefühl. Es war ja nichts dagegen zu sagen, wenn ein Polizist mitfühlend war, aber sobald seine Gefühle diese unsichtbare Grenze überschritten, wurde es Zeit, den Rückzug anzutreten.

Aber ich kann den Rückzug nicht antreten. Nicht heute Abend. Nicht ehe ich dafür gesorgt habe, dass sie in Sicherheit ist.

Ohne sie anzuschauen, sagte er: „Sie können nicht bei Ihrem Vater übernachten. Und was Ihre Mutter angeht – das Haus ist nicht sicher. Keine Alarmanlage, kein Tor. Und es ist zu leicht für den Mörder, Sie zu finden."

„Ich ... ich habe heute einen Mietvertrag für eine Wohnung unterschrieben. Sie ist noch nicht möbliert, aber ..."

„Ich nehme an, Daniella weiß davon?"

Es dauerte einen Moment, bis sie antwortete: „Ja."

„Dann scheidet sie aus. Was ist mit Freunden?"

„Sie haben alle Kinder. Und wenn sie erfahren, dass irgendjemand hinter mir her ist ..." Sie holte tief Atem. „Ich werde wohl in ein Hotel gehen."

Er sah, dass sie versuchte, sich tapfer zu geben, aber es war nur Fassade. Gott, was sollte er jetzt bloß tun? Sie hatte Angst, und sie hatte allen Grund dazu. Sie waren beide hundemüde. Er konnte sie um diese Uhrzeit doch nicht einfach in irgendeinem Hotel absetzen. Wer auch immer hinter ihr her sein mochte, er hatte sowohl bei Jimmy Brogan als auch bei Robert Bledsoe ganze Arbeit geleistet. Für so einen Killer würde es ein Leichtes sein, sie zu finden.

Die Abfahrt von der Route 1 Nord lag direkt vor ihm. Er nahm sie.

Zwanzig Minuten später fuhren sie durch eine nur dünn besiedelte Waldgegend. Es war vor allem der Wald gewesen, von dem sich Sam, der in der Stadt zwischen Beton und Asphalt aufgewachsen war, angezogen gefühlt hatte, deshalb hatte er sich diese Hütte am See gebaut, in der er im Sommer jedes Wochenende verbrachte.

Er bog auf einen Waldweg ein, der sich kurze Zeit dahinschlängelte, bevor er sich zu seiner mit Kies bestreuten Einfahrt verbreiterte. Erst als Sam den Motor ausmachte und auf seine Hütte schaute, beschlichen ihn die ersten Zweifel. Es war nur eine Blockhütte mit zwei Schlafzimmern, die er sich vor drei Jahren aus rohen Holzbalken zusammengezimmert hatte. Und was das Innere anbelangte, so war er sich nicht sicher, in welchem Zustand er es verlassen hatte.

Na gut. Jetzt ließ sich nichts mehr daran ändern.

Er ging um das Auto herum, um ihr die Tür zu öffnen. Nina stieg aus und schaute erstaunt auf die Hütte.

„Wo sind wir?"

„An einem sicheren Ort. Sicherer als in einem Hotel jedenfalls." Er deutete auf die Vorderveranda. „Es ist nur für heute Nacht. Bis wir etwas anderes für Sie finden."

„Wer wohnt hier?"

„Ich."

Falls sie das beunruhigte, zeigte sie es nicht. Vielleicht war sie auch zu müde und zu verängstigt, um sich Gedanken darüber zu machen. Schweigend wartete sie, bis er die Tür aufgeschlossen hatte. Er ließ ihr den Vortritt und machte dann Licht.

Bei seinem ersten Blick ins Wohnzimmer atmete er erleichtert auf. Keine Kleider auf der Couch, keine benutzten Teller auf dem Kaffeetisch. Nicht, dass mustergültige Ordnung geherrscht hätte. Mit den überall herumliegenden Zeitungen und den Staubflusen in den Ecken erweckte der Raum den untrüglichen Eindruck einer Junggesellenbehausung. Aber zumindest herrschte keine richtige Unordnung.

Er schloss die Tür ab und schob den Riegel vor.

Nina stand immer noch auf demselben Fleck und schaute wie betäubt vor sich hin. Er berührte ihre Schulter, und sie zuckte ängstlich zusammen.

„Sind Sie okay?"

„Ja, mir geht es gut."

„Sie sehen aber nicht so gut aus."

In Wahrheit bot sie ein Bild des Jammers mit dem bleichen Gesicht und den vom Weinen geröteten Augen. Er verspürte den plötzlichen Drang, seine Hände um ihr Gesicht zu legen. Es war keine gute Idee.

Er drehte sich schnell um und ging ins Gästeschlafzimmer,

doch dort sah es so wenig einladend aus, dass er sofort von der Idee Abstand nahm, sie darin unterzubringen. Es gab nur eine Lösung. Er würde auf der Couch schlafen und ihr sein Bett überlassen.

Bettwäsche. Gott, hatte er überhaupt frische Bettwäsche?

Panisch kramte er in einem Schrank und zog schließlich erleichtert eine saubere Garnitur heraus. Problem gelöst. Als er sich umdrehte, stand Nina direkt hinter ihm.

Sie streckte die Hand nach der Bettwäsche aus. „Ich mache mir mein Bett auf der Couch."

„Die ist fürs Bett. Sie schlafen in meinem Zimmer."

„Nein, Sam. Ich fühle mich so schon schuldig genug. Erlauben Sie bitte, dass ich auf der Couch schlafe."

Irgendetwas in der Art, wie sie ihn anschaute – dieses trotzig vorgereckte Kinn –, sagte ihm, dass sie genug davon hatte, das Objekt seines Mitleids zu sein.

Er gab ihr die Bettwäsche und eine Wolldecke. „Die Couch ist nicht die allerbeste. Es macht Ihnen wirklich nichts aus?"

„Nein." Während sie das Bett machte, ging er in die Küche, um Gillis anzurufen und zu hören, ob es etwas Neues gab, aber es gab nichts.

Er ging zurück ins Wohnzimmer. Als sein Blick auf Nina fiel, die am Fenster stand, sagte er: „Ich würde mich besser fühlen, wenn Sie sich von diesem Fenster fern hielten." Hier im Wald hatte er nie die Notwendigkeit verspürt, vor den Fenstern Vorhänge anzubringen.

„Glauben Sie, dass uns jemand gefolgt ist?"

„Nein. Aber Sie sollten sich in nächster Zeit besser von allen Fenstern fern halten."

Erschauernd ging sie zur Couch und setzte sich. Sie hatte ihr Bett bereits gemacht, und er sah erst jetzt, wie schäbig die Wolldecke war. Schäbige Möblierung, schäbiges Bettzeug. Solche Nebensächlichkeiten hatten ihn früher nie gestört, aber jetzt störten sie ihn plötzlich aus unerfindlichen Gründen.

„Sie müssen hungrig sein", sagte er.

Sie schüttelte den Kopf. „Ich kann nicht an Essen denken. Ich kann an nichts anderes denken außer an …"

„Robert?"

Sie ließ den Kopf hängen und antwortete nicht. Weinte sie wieder? Sie hatte ein Recht dazu. Aber sie saß nur unbeweglich und schweigend da, als ob sie versuchte, ihre Gefühle unter Kontrolle zu bekommen.

Er setzte sich in den Sessel gegenüber. „Erzählen Sie mir von Robert", forderte er sie auf. „Erzählen Sie mir alles, was Sie über ihn wissen."

Sie holte zitternd Atem, dann begann sie: „Ich weiß nicht, was ich sagen soll. Wir haben ein Jahr zusammengelebt. Und jetzt kommt es mir so vor, als ob ich ihn überhaupt nicht gekannt hätte."

„Haben Sie sich im Krankenhaus kennen gelernt?"

Sie nickte. „Man konnte sich so gut mit ihm unterhalten. Er war schon überall, hatte alles gemacht. Ich erinnere mich noch, wie überrascht ich war, dass er nicht verheiratet war."

„Nie?"

„Nie. Er sagte, dass er die Frau, mit der er sein Leben verbringen wollte, noch nicht gefunden hätte."

„Dann muss er ja ganz schön wählerisch gewesen sein, immerhin war er schon einundvierzig. In seinem Alter sind viele Männer schon lange verheiratet."

In ihrem Blick lag eine Spur von Belustigung. „Sie sind auch nicht verheiratet, Detective. Heißt das, dass Sie auch ganz schön wählerisch sind?"

„Schuldig. Obwohl ich dazu sagen muss, dass ich mich noch nicht wirklich umgeschaut habe."

„Nicht interessiert?"

„Nicht genug Zeit für eine Romanze. Das liegt in der Natur meines Berufs."

Sie stieß einen Seufzer aus. „Nein, es liegt wohl eher in der Natur des Mannes. Ich vermute, Männer wollen gar nicht wirklich heiraten."

„Ich glaube nicht, dass solche Verallgemeinerungen zulässig sind. Aber kommen wir auf unser eigentliches Thema zurück. Sie sagen, dass Sie sich im Krankenhaus kennen gelernt haben. War es Liebe auf den ersten Blick?"

Er sah, dass ein schmerzlicher Ausdruck über ihr Gesicht huschte. „Nein. Nein, das war es nicht. Zumindest nicht bei mir. Aber natürlich fand ich ihn attraktiv."

Natürlich.

„Mom war entzückt", fuhr sie fort. „Sie hatte wohl die Hoffnung schon aufgegeben, dass ich einen in ihren Augen angemessenen Mann kennen lernen würde, und plötzlich kam ich mit einem Arzt daher. Es war mehr, als sie je von mir erwartet hätte, und sie hörte bereits die Hochzeitsglocken läuten."

„Und Ihr Vater?"

„Ich glaube, er war nur ziemlich erleichtert, dass ich mich

mit jemandem traf, der mich bestimmt nicht *seines* Geldes wegen heiraten wollte. Das war immer so eine fixe Idee von Dad. Sein Geld. Und seine Frauen."

Sam schüttelte den Kopf. „Es überrascht mich nach allem, was Ihnen Ihre Eltern vorgelebt haben, dass Sie sich in das Abenteuer der Ehe stürzen wollten."

„Aber genau aus diesem Grund wollte ich doch heiraten!" Sie schaute ihn an. „Ich wollte, dass es funktioniert. Ich habe als Kind nie Stabilität kennen gelernt. Als meine Eltern sich scheiden ließen, war ich acht, und ich wollte nicht so leben wie sie." Seufzend schaute sie auf ihre unberingte linke Hand hinunter. „Jetzt frage ich mich allerdings, ob das ganze Gerede von einer glücklichen Ehe nicht nur ein modernes Märchen ist."

„Meine Eltern waren aber sehr glücklich miteinander und sehr lange verheiratet."

„Dann hatten Sie Glück. Mehr als ich. Ich glaube, meine Mutter war zum ersten Mal stolz auf mich, als ich ihr Robert vorstellte."

„Aber das war doch wohl nicht der Grund, warum Sie Robert heiraten wollten, oder? Um Ihrer Mutter eine Freude zu machen?"

„Ich weiß es nicht." Sie schaute ihn verwirrt an. „Ich weiß überhaupt nichts mehr."

„Sie müssen ihn doch geliebt haben."

„Wie kann ich mir noch bei irgendetwas sicher sein? Ich habe gerade erst erfahren, dass er eine Affäre mit einer anderen Frau hatte. Mir kommt es so vor, als ob ich in einer Phantasiewelt gelebt hätte, verliebt in einen Mann, der gar nicht wirklich existierte." Sie lehnte sich zurück und schloss die Augen. „Ich will nicht mehr über ihn sprechen."

„Es ist aber wichtig, dass Sie mir alles über ihn erzählen. Wir müssen herausfinden, warum jemand seinen Tod wollte. Kein Mensch wird einfach grundlos erschossen, oder jedenfalls nur sehr selten. Der Mörder muss einen Grund gehabt haben. Wir müssen unbedingt das Motiv finden."

„Vielleicht ja doch nicht. Vielleicht war es ja ein Verrückter. Vielleicht war Robert ja einfach nur zur falschen Zeit am falschen Ort."

„Das glauben Sie doch nicht wirklich, oder?"

Sie schwieg einen Moment. Dann sagte sie sanft: „Nein, vermutlich nicht."

Er beobachtete sie einen Moment, wobei er dachte, wie verletzlich sie aussah. Wäre er ein anderer gewesen, hätte er sie jetzt in die Arme genommen.

Plötzlich war er angewidert von sich selbst. Es war der falsche Zeitpunkt, sie mit Fragen zu behelligen, der falsche Zeitpunkt, den Cop zu spielen. Und doch war es das einzige Mittel, um Abstand zu halten. Es schützte ihn, trennte ihn. Von ihr.

Er stand auf. „Ich denke, wir brauchen nun beide ein bisschen Schlaf."

Sie nickte schweigend.

„Wenn Sie etwas benötigen, mein Zimmer liegt gegenüber. Und Sie sind wirklich ganz sicher, dass Sie nicht lieber mein Bett nehmen?"

„Ich werde gut schlafen hier. Gute Nacht."

Das war sein Stichwort, um sich zurückzuziehen.

In seinem Zimmer lief er zwischen Schrank und Ankleidekommode hin und her, während er sein Hemd aufknöpfte. Er fühlte sich eher rastlos als müde, seine Gedanken wirbelten durcheinander. In den letzten zwei Tagen war ein Bombenanschlag auf eine Kirche verübt worden, ein Mann war erschlagen, ein zweiter erschossen und eine Frau war bei dem Versuch, sie umzubringen, von der Straße abgedrängt worden. Er war überzeugt, dass alles irgendwie zusammenhing und dass es überdies noch einen Zusammenhang mit dem Bombenanschlag auf das Kaufhaus vor zwei Wochen gab, aber er konnte ihn nicht erkennen. Vielleicht weil er zu angespannt war. Vielleicht weil seine Hormone verrückt spielten.

Es war alles ihre Schuld. Er brauchte diese Komplikationen nicht. Aber er schien über diesen Fall nicht nachdenken zu können, ohne dass er ständig an sie denken musste.

Morgen ist sie hier weg, dachte er.

Und ich habe mein Leben wieder im Griff.

7. KAPITEL

Sam Navarro stand vor ihr, schweigend und ohne zu lächeln. Sie sah kein Gefühl in seinen Augen, nur diesen ausdruckslosen, nicht zu entziffernden Blick eines Fremden. Er streckte den Arm aus, als ob er ihre Hand nehmen wollte, aber als sie nach unten schaute, sah sie, dass sie Handschellen umhatte.

„Sie sind schuldig", sagte er. Und wiederholte das Wort immer wieder. *Schuldig. Schuldig.*

Mit Tränen in den Augen fuhr Nina aus dem Schlaf hoch. Noch nie hatte sie sich so allein gefühlt. Und sie war allein, reduziert auf den jämmerlichen Status einer Schutzsuchenden im Wochenendhaus eines Polizisten, der sich nicht das Geringste aus ihr machte. Der in ihr wenig mehr als eine zusätzliche Verantwortung sah.

Plötzlich erhaschte sie aus dem Augenwinkel eine Bewegung am Fenster. Ihr Herz begann zu hämmern. Sie starrte auf die vorhanglosen Rechtecke, durch die das Mondlicht fiel, und wartete darauf, dass sich die Bewegung wiederholte.

Da. Da war es. Ein vorbeiflitzender Schatten.

Im nächsten Moment schon war sie von der Couch aufgesprungen und rannte über den Flur zu Sams Zimmer. Sie blieb nicht davor stehen, um anzuklopfen, sondern ging direkt hinein.

„Sam?" flüsterte sie. Er antwortete nicht. Verzweifelt rüttelte sie ihn an der Schulter, und ihre Finger trafen auf warmes, nacktes Fleisch. „Sam?"

Er schrak so abrupt hoch, dass sie zurücksprang. „Was?" sagte er. „Was ist los?"

„Ich glaube, draußen ist jemand. Ich habe jedenfalls etwas am Fenster gesehen."

Sofort war er hellwach. Er rollte sich aus dem Bett und schnappte sich seine Hose vom Stuhl. „Bleiben Sie hier", flüsterte er. „Verlassen Sie das Zimmer nicht."

„Was haben Sie vor?"

Ihre Frage wurde von einem metallischen Klicken beantwortet. Eine Pistole. Natürlich hatte er eine Pistole. Er war Polizist.

„Bleiben Sie einfach hier", befahl er und schlüpfte aus dem Zimmer.

Sie lauschte einen Moment mit angehaltenem Atem. Er hatte doch nicht etwa das Haus verlassen? Er würde doch nicht nach draußen gehen, oder?

Als Dielenbretter knarrten, rannte sie um das Bett herum und versteckte sich. Bei dem ersten Blick auf die schwarze Gestalt, die das Zimmer betrat, duckte sie sich noch tiefer. Erst als sie Sam ihren Namen sagen hörte, wagte sie es, den Kopf zu heben.

„Hier", flüsterte sie und kam sich plötzlich lächerlich vor, während sie aus ihrem Versteck hervorkam.

„Draußen ist niemand."

„Aber ich habe einen Schatten gesehen."

„Es kann ein Hirsch gewesen sein. Oder eine vorbeifliegende Eule." Er legte seine Pistole auf den Nachttisch. Das dumpfe Geräusch ließ sie zusammenzucken. Sie hasste Schusswaffen. Sie war sich nicht sicher, ob sie in der Nähe eines Mannes sein wollte, der eine besaß. Doch heute Nacht hatte sie keine Wahl.

„Nina, ich weiß, dass Sie Angst haben. Und es ist Ihr gutes Recht, Angst zu haben. Aber ich habe nachgeschaut, und da draußen ist niemand." Er streckte die Hand nach ihr aus. Als er ihren Arm berührte, murmelte er beunruhigt: „Sie sind ja ganz kalt."

„Ich habe Angst. Oh Gott, Sam, ich habe so Angst."

Er ergriff sie bei den Schultern. Inzwischen zitterte sie so, dass sie kaum sprechen konnte. Verlegen zog er sie an sich, und sie schmiegte sich, immer noch zitternd, an seine Brust. Wenn er sie nur halten würde. Wenn er nur seine Arme fest um sie legen würde. Als er es endlich tat, war es wie nach Hause zu kommen. An einen sicheren, warmen Ort. Das war nicht der Mann, von dem sie geträumt hatte, nicht der kalte, versteinert dreinschauende Cop. Dies war ein Mann, der sie festhielt und beruhigende Worte murmelte. Ein Mann, der für einen Moment sein Gesicht in ihr Haar presste und dessen Lippen nur wenig später auf ihre zukamen.

Der Kuss war sanft. Süß. Ein Kuss, den sie Sam Navarro nie zugetraut hätte. Und ganz bestimmt wäre sie nie auf die Idee gekommen, dass er sie umarmen, dass er sie trösten könnte. Und doch lag sie jetzt in seinen Armen, und sie hatte sich noch nie so beschützt gefühlt.

Da sie immer noch fror, zog er sie aufs Bett und breitete die Decke über sie beide. Wieder küsste er sie. Wieder war der Kuss sanft. Die Hitze des Bettes, ihrer beider Körper, machte, dass ihr warm wurde. Und plötzlich bemerkte sie so viele andere Dinge;

den Duft seiner Haut, seine behaarte Brust. Und mehr noch als alles andere die Berührung seiner Lippen, die immer noch auf ihren lagen.

Jetzt hielten sie sich eng umschlungen. Der Kuss war nicht mehr süß und tröstlich, sondern lustvoll, ja, es war schlicht und ergreifend Lust, und sie erwiderte ihn mit einer Begierde, die sie erstaunte. Ihre Lippen öffneten sich seiner eindringenden Zunge. Trotz des Lakengewirrs zwischen ihnen und der Barriere ihrer Kleider spürte sie den Beweis seiner Begierde, der sich an sie drückte.

Sie hatte nicht gewollt, dass das passierte, hatte es nicht erwartet. Aber als sich ihr Kuss vertiefte, als seine Hand über ihre Taille, die Rundung ihrer Hüften glitt, wusste sie, dass es unausweichlich gewesen war. Trotz seiner kühlen, unnahbaren Ausstrahlung war Sam Navarro leidenschaftlicher als irgendein Mann, den sie je gekannt hatte.

Er erlangte seine Selbstkontrolle als Erster wieder. Ohne Vorwarnung beendete er den Kuss. Sie hörte in der Dunkelheit seinen keuchenden Atem.

„Sam?" flüsterte sie.

Er löste sich von ihr und setzte sich auf die Bettkante. Sie beobachtete seinen schattenhaften Umriss in der Dunkelheit, sah, wie er sich mit der Hand durchs Haar fuhr. „Gott", murmelte er. „Was mache ich da?"

Sie streckte die Hand nach seinem Rücken aus. Als ihre Finger seine Haut streiften, spürte sie, wie er erschauerte. Er begehrte sie, so viel stand fest. Aber er hatte Recht, es war ein Fehler, und sie wussten es beide. Sie hatte Angst und brauchte jemanden, der sie beschützte. Er war allein und brauchte niemanden, aber er war immer noch ein Mann mit Bedürfnissen. Es war nur natürlich, dass sie in den Armen des anderen Trost gesucht hatten, wie vorübergehend es auch sein mochte.

Sie sagte: „Es ist nicht so schlimm, oder? Was gerade passiert ist, meine ich."

„Es darf nicht sein, es darf einfach nicht."

„Es muss nichts bedeuten, Sam. Nicht, wenn wir es nicht wollen."

Er stand auf und ging zur Tür. „Ich schlafe besser drüben auf der Couch."

Nach diesen schroffen Worten verließ er das Zimmer.

Nina lag allein in seinem Bett und versuchte, ihre wild durcheinander wirbelnden Gefühle zu ordnen. Nichts machte Sinn. Sie versuchte sich an eine Zeit zu erinnern, in der ihr Leben perfekt geordnet war. Es war die Zeit vor Robert gewesen. Bevor sie sich in diesen Luftschlössern von einer perfekten Ehe verlaufen hatte. Von diesem Zeitpunkt an war plötzlich alles falsch geworden. Weil sie an Luftschlösser geglaubt hatte.

In Wirklichkeit war sie in einem kaputten Zuhause aufgewachsen, mit gesichtslosen Stiefeltern und Eltern, die einander verabscheuten. Bis sie Robert kennen gelernt hatte, hatte sie überhaupt nicht daran gedacht zu heiraten. Sie war zufrieden gewesen mit ihrem Leben, ihrem Beruf. Das war es, was sie immer getragen hatte: ihr Beruf.

Sie konnte wieder dorthin zurückgehen. Sie *würde* zurückgehen.

Der Traum von einer glücklichen Ehe war ausgeträumt.

Ich hätte auf Sam hören sollen. Ich hätte mir einen Anwalt nehmen sollen.

Dieser Gedanke schoss Nina durch den Kopf, als sie am nächsten Morgen auf der Polizeistation drei Beamten vom Morddezernat gegenübersaß. Sam hatte sie geweckt, nachdem ihn sein Vorgesetzter angerufen hatte. Die drei Polizisten waren zwar höflich, aber Nina spürte ihre nur schlecht gezügelte Ungeduld. Vor allem Detective Yeats erinnerte sie an einen bissigen Hund – an der Leine zwar, jedoch nur für den Moment.

In der Hoffnung auf moralische Unterstützung warf sie Sam einen Blick zu. Er erwiderte ihn nicht. Seit sie hier in diesem Raum waren, hatte er sie noch kein einziges Mal angeschaut. Er stand steif am Fenster und schaute hinaus. Er hatte sie hierher gebracht, und jetzt ließ er sie allein. Aber er war ja schließlich auch wieder in die Rolle des Polizisten geschlüpft.

„Ich habe Ihnen alles gesagt, was ich weiß", sagte sie zu Yeats. „Mehr fällt mir dazu nicht ein."

„Sie waren seine Verlobte. Sie haben ihn sehr gut gekannt. Sie müssen etwas wissen."

„Ich weiß aber nichts. Ich war ja nicht einmal dort. Wenn Sie mit der Frau meines Vaters ..."

„Wir haben bereits mit ihr gesprochen. Sie bestätigt Ihr Alibi", sagte Yeats.

„Und warum stellen Sie mir dann all diese Fragen?"

„Weil ein Mord nicht persönlich ausgeführt werden muss", sagte einer der anderen Polizisten.

Jetzt beugte sich Yeats vor und sagte mit einschmeichelnder Stimme: „Dass er Sie am Traualtar stehen gelassen hat, muss sehr demütigend für Sie gewesen sein. So wusste alle Welt, dass er Sie nicht wollte."

Sie sagte nichts.

„Da ist ein Mann, dem Sie vertrauen. Ein Mann, den Sie lieben. Und seit Wochen, vielleicht Monaten betrog er Sie. Vielleicht hat er hinter Ihrem Rücken über Sie gelacht. So ein Mann verdient eine Frau wie Sie nicht. Aber Sie haben ihn trotzdem geliebt. Und alles, was Sie davon haben, ist Schmerz."

Sie senkte den Kopf. Sie sagte noch immer nichts.

„Kommen Sie, Nina. Wollten Sie es ihm nicht heimzahlen? Nur ein bisschen?"

„Nicht ... nicht auf diese Weise, nein", flüsterte sie und sah zu Sam hinüber.

„Auch nicht, als Sie herausfanden, dass es da eine andere gab? Auch nicht, als Sie erfuhren, dass es sich bei dieser anderen um Ihre eigene Stiefmutter handelte?"

Sie hob ruckartig den Kopf.

„Es stimmt. Wir haben mit der Frau Ihres Vaters gesprochen, und sie hat es bestätigt. Das ging schon eine ganze Weile so. Die beiden haben sich immer heimlich getroffen, wenn Sie Nachtschicht hatten. Sie wussten es nicht?"

Nina schluckte. Sie schüttelte schweigend den Kopf.

„Aber vielleicht haben Sie es ja doch gewusst. Vielleicht haben Sie es irgendwie herausgefunden. Oder er hat es Ihnen erzählt."

„Nein."

„Vielleicht wollten Sie sich an ihm rächen und haben sich jemand gesucht, der es für Sie macht."

„Ich wusste nichts davon!"

„Das fällt schwer zu glauben, Nina. Sie erwarten doch hoffentlich nicht von uns, dass wir Ihnen das abnehmen."

„Es ist aber so!"

„Sie wussten es. Sie haben alles ganz genau …"

„Das reicht", fiel ihm Sam scharf ins Wort. „Was, zum Teufel, machen Sie da eigentlich, Yeats?"

„Meinen Job", schoss Yeats zurück.

„Sie setzen sie unter Druck. Verhören sie ohne Anwalt."

„Warum sollte sie einen Anwalt brauchen? Sie behauptet, unschuldig zu sein."

„Sie *ist* unschuldig."

Yeats warf seinen Kollegen einen triumphierenden Blick zu. „Ich denke, es ist sehr offensichtlich, dass Sie sich aus dieser Ermittlung heraushalten sollten."

„Darüber haben Sie nicht zu befinden."

„Abe Coopersmith …"

Yeats wurde von Sams Piepser unterbrochen. Verärgert drückte Sam auf den Ausknopf. „Ich bin noch nicht fertig hier", knurrte er, dann drehte er sich um und verließ den Raum.

Yeats richtete seine Aufmerksamkeit wieder auf Nina. „Nun, Miss Cormier", sagte er mit dem lauernden Ausdruck eines Pitbulls. „Zurück zu unseren Fragen."

Als Sam in Yeats' Büro zurückkam, war Nina fort. Yeats schäumte vor Wut und berichtete, dass sie einfach irgendwann aufgestanden und gegangen wäre. Sam setzte sich umgehend ins Auto und fuhr zu Ninas Vater, und als er sie dort nicht antraf, versuchte er es bei ihrer Mutter, aber dort war sie auch nicht.

Als er vor Ninas neuer Wohnung vorfuhr, war er wütend. Auf Lydia, Ninas Mutter, die ihm lange Geschichten über ihre vermeintlich missratene Tochter erzählt hatte, auf George Cormier und seine Parade von Ehefrauen, auf die ganze Familie Cormier, die Ninas Selbstvertrauen offenbar nachhaltig erschüttert hatte. Weil sie nicht so war wie sie.

Er klopfte lauter an die Wohnungstür, als nötig gewesen wäre.

Keine Antwort. Hier war sie auch nicht.

Wo bist du, Nina?

Bereits im Gehen legte er spontan die Hand auf den Türknopf. Er ließ sich drehen.

Sam stieß die Tür auf. „Nina?"

Dann fiel sein Blick auf den Draht. Er war fast unsichtbar, ein dünner Silberdraht, der um den Türrahmen herum zur Decke führte.

Oh, mein Gott ...

Er prallte zurück und warf sich zur Seite.

Die Wucht der Explosion riss ein Loch in die Flurwand. Halb taub von dem Krach lag Sam mit dem Gesicht auf dem Boden, während Bauschutt auf ihn herabregnete.

8. KAPITEL

„Mann, oh Mann", sagte Gillis beeindruckt und sah sich um. „Das Haus hast du fast zum Einsturz gebracht."

Sie standen draußen hinter der gelben Polizeiabsperrung und warteten darauf, dass sich der Rest des Bombensuchtrupps sammelte. Sie hatten das restliche Apartmenthaus nach weiteren Bomben abgesucht, und jetzt war Ernie Takeda an der Reihe. Takeda teilte gerade seine Leute ein und reichte jedem eine Tüte für Beweismittel.

Sam wusste bereits, was sie finden würden. Rückstände von Dynamit. Zwei Zoll breites grünes Isolierband und eine prima Zündschnur. Dieselben drei Bauelemente wie bei der Bombe in der Kirche und im Kaufhaus.

Und jeder anderen Bombe, die der tote Vincent Spectre gebastelt hatte.

Wer hat dein Erbe angetreten, Spectre? fragte sich Sam. An wen hast du deine Kenntnisse weitergegeben? Und warum ist Nina Cormier das Ziel?

Sam hatte eben beschlossen, sich noch einmal bei Ninas Eltern nach deren Verbleib zu erkundigen, als sein Blick auf den Rand der Menschenmenge, die sich vor dem Haus angesammelt hatte, fiel. Dort stand eine zierliche schwarzhaarige Frau. Selbst aus der Ferne konnte Sam die Angst und den Schock in ihrem blassen Gesicht erkennen.

„Nina", murmelte er und begann schon, sich durch die Zuschauermenge zu boxen. Jetzt fing sie ebenfalls an, sich ihren Weg zu bahnen. Nachdem sie einander gefunden hatten, fielen sie sich in die Arme. Und in diesem Augenblick gab es für Sam nichts anderes auf der Welt als die Frau, die er hielt. Sie fühlte sich so kostbar und unersetzlich an.

Plötzlich wurde er sich der Menge, in der sie standen, überdeutlich bewusst. All diese Leute, von denen sie eingekeilt waren. „Ich bringe Sie hier raus", sagte er. Er legte den Arm um ihre Schultern und führte sie zu seinem Auto, wobei er sich die ganze Zeit über wachsam umschaute und auf jede plötzliche Bewegung achtete.

Erst als er sie sicher im Taurus verfrachtet hatte, gestattete er sich ein erleichtertes Aufatmen.

„Gillis!" brüllte er. „Du hast die Verantwortung."

„Wohin fährst du?"

„Ich bringe sie in Sicherheit."

„Aber …"

Sam hörte schon nicht mehr zu, sondern lenkte den Wagen bereits aus der Menge und fuhr davon.

Nach Norden.

Nina starrte ihn an. Die Schramme an seiner Wange, den Kalkstaub in seinen Haaren. „Mein Gott, Sam", murmelte sie. „Sie sind ja verletzt …"

„Ein bisschen taub auf einem Ohr, aber ansonsten bin ich okay." Er schaute sie an und sah, dass sie ihm nicht ganz glaubte. „Ich habe mich in letzter Sekunde in Sicherheit gebracht. Die Detonation erfolgte mit fünf Sekunden Verzögerung. Sie wurde durch das Öffnen der Tür ausgelöst." Er schwieg einen Moment, dann fügte er leise hinzu: „Sie war für Sie bestimmt."

Sie sagte nichts. Aber das war auch nicht nötig, er konnte ihr ansehen, dass sie verstanden hatte. Diese Bombe war kein Versehen. Sie, Nina, war das Ziel, das ließ sich jetzt nicht mehr länger ableugnen.

„Wir verfolgen jede Spur", sagte er. „Yeats will Daniella noch einmal verhören, aber ich halte das für eine Sackgasse. Wir haben einen Fingerabdruck gefunden, der uns einen Hinweis geben könnte, und warten auf eine Identifizierung. Bis dahin müssen wir zusehen, dass Sie am Leben bleiben, und das heißt, dass Sie genau das tun, was ich Ihnen sage." Er stieß einen Seufzer aus und umklammerte das Lenkrad fester. „Das war nicht klug, Nina. Was Sie heute gemacht haben."

„Ich war sehr wütend. Ich wollte endlich von diesen Polizisten weg."

„Und deshalb stürmen Sie mir nichts, dir nichts aus dem Hauptquartier? Ohne mir zu sagen, wo Sie hingehen?"

„Sie haben mich den Wölfen zum Fraß vorgeworfen. Ich habe ständig damit gerechnet, dass Yeats die Handschellen zuschnappen lässt."

„Ich hatte keine andere Wahl. Er hätte Sie so oder so verhören können."

Sie schwieg eine ganze Weile, dann sagte sie weich: „Natürlich haben Sie Recht." Sie schaute geradeaus auf die Straße. „Manchmal vergesse ich wohl einfach, dass Sie Polizist sind."

Er stand auf der anderen Seite der Polizeiabsperrung im Dickicht der Menschenmenge und beobachtete, wie die Sonderermittler des Bombendezernats mit ihren Beweismitteltüten und gezückten Notizbüchern durch die Gegend wimmelten. Aus dem Schaden an dem Gebäude ließ sich schließen, dass die Explosion ganz anständig gewesen war. Aber natürlich hatte er es nicht so geplant.

Zu dumm, dass Nina Cormier immer noch am Leben war.

Gerade eben hatte er gesehen, wie sie von Detective Sam Navarro durch die Menge geführt worden war. Er hatte Navarro auf Anhieb erkannt. Schon seit Jahren verfolgte er seinen Werdegang und las alles, was er über ihn in die Finger bekam. Und mit Gordon Gillis und Ernie Takeda verhielt es sich ebenso. Es war seine Aufgabe, sich zu informieren. Es gehörte zu seinem Geschäft. Sie waren der Feind, und ein guter Soldat musste seinen Feind genauestens kennen.

Navarro half der Frau ins Auto. Er wirkte außergewöhnlich fürsorglich, was gar nicht zu ihm passte.

Navarro und die Frau fuhren weg.

Es gab keinen Grund, ihnen nachzufahren; irgendwann würde sich wieder eine Gelegenheit bieten.

Im Moment hatte er einen Job zu erledigen. Und nur noch zwei Tage Zeit dafür.

Er zupfte an seinen Handschuhen. Und verschwand unbemerkt in der Menge.

Obwohl im Kamin ein Feuer knisterte, war Nina bis auf die Knochen durchgefroren. Draußen dämmerte es bereits, und das letzte Licht verschwand hinter den dunklen Silhouetten der Kiefern. Der Schrei eines Seetauchers hallte gespenstisch über den See. Sie war nicht besonders ängstlich, hatte sich noch nie im Wald gefürchtet oder vor der Dunkelheit oder davor, allein zu sein. Aber heute fürchtete sie sich, und sie wollte nicht, dass Sam sie allein ließ.

Wenngleich sie wusste, dass er es tun musste.

Er kam, beladen mit Holz, in die Hütte zurück und begann, die Scheite neben dem Kamin zu stapeln. „Das dürfte für ein paar Tage reichen", sagte er. „Ich habe gerade mit Henry Pearl und seiner Frau gesprochen. Ihre Hütte liegt ein kleines Stück weiter oben an der Straße. Sie haben versprochen, ein paarmal am Tag nach Ihnen zu schauen. Ich kenne sie seit Jahren, deshalb weiß ich, dass man sich auf sie verlassen kann. Wenn Sie irgendetwas brauchen, gehen Sie einfach rüber zu ihnen."

Er hatte das Feuerholz fertig aufgestapelt und klopfte sich jetzt den Staub von den Händen. „Sie sind hier sicher, Nina. Ich würde Sie nicht allein lassen, wenn ich auch nur den leisesten Zweifel hätte."

Sie nickte. Und lächelte. „Es wird mir gut gehen hier. Sie können beruhigt sein."

„Und nehmen Sie sich aus dem Schrank, was Sie brauchen. Es wird Ihnen zwar nichts passen, aber Sie werden wenigstens nicht frieren."

„Ich komme schon zurecht, Sam. Machen Sie sich keine Sorgen."

Dann herrschte lange Zeit Schweigen. Sie wussten beide, dass es nichts mehr zu sagen gab, aber er ging nicht. Er schaute sich in dem Raum um, als ob es ihm widerstrebte, zu gehen. Fast so sehr, wie es ihr widerstrebte, ihn gehen zu lassen.

„Es ist eine lange Fahrt zurück in die Stadt", sagte sie. „Sie sollten vorher noch etwas essen. Was halten Sie von einem Gourmetmahl aus Makkaroni und Käse?"

Er grinste. „Machen Sie etwas anderes, und ich sage Ja."

In der Küche kramten sie in den Einkäufen, die sie unterwegs im Supermarkt mitgenommen hatten. Bald standen Champignonomelettes, Baguette und eine Flasche Wein auf dem Tisch. Da es an diesem Teil des Sees noch keinen Strom gab, aßen sie im Licht einer Sturmlaterne. Draußen machte die Dämmerung der Dunkelheit Platz, und die Grillen stimmten ihr Nachtkonzert an.

Sie schaute ihn an. Seine Augen glänzten im Schein der Laterne. Sie sah die Schürfwunden an seiner Wange und dachte daran, wie nah er heute Nachmittag dem Tod gewesen war. Aber es war genau die Art von Risiko, die er Tag für Tag auf sich nahm. Bomben. Tod. Es war gefährlich, und sie wusste nicht, warum ein Mensch, der bei Verstand war, so etwas machte. Verrückter Cop, dachte sie. *Und ich muss genauso verrückt sein, weil ich glaube, dass ich mich in diesen Typ verliebt habe.*

Sie nahm noch einen Schluck von ihrem Wein, wobei sie sich die ganze Zeit über seiner Anwesenheit fast schmerzhaft deutlich bewusst war. Und der Tatsache, dass sie sich unwiderstehlich von ihm angezogen fühlte, so unwiderstehlich, dass sie fast zu essen vergaß.

Sie streckte den Arm aus, um ihm Wein nachzuschenken.

Er legte die Hand über sein Glas. „Ich muss noch fahren."

„Oh. Natürlich." Nervös stellte sie die Flasche ab. Sie faltete und entfaltete ihre Serviette. Eine ganze Minute lang sprachen sie nicht und schauten sich auch nicht an. Zumindest schaute sie ihn nicht an.

Aber als sie schließlich den Blick hob, sah sie, dass er sie beobachtete. Allerdings nicht so, wie ein Polizist eine Zeugin beobachtete.

Er beobachtete sie, wie ein Mann die Frau beobachtet, die er begehrt.

Er sagte eilig: „Ich sollte jetzt gehen …"

„Ich weiß."

„… bevor es zu spät ist."

„Es ist noch früh."

„Sie brauchen mich in der Stadt."

Sie biss sich auf die Unterlippe und sagte nichts. Natürlich hatte er Recht. Die Stadt brauchte ihn. Alle brauchten sie ihn. Sie war nur ein Teil dessen, worum er sich kümmern musste. Jetzt war sie versorgt, und er konnte wieder zu seiner Arbeit zurückkehren. Zu dem, was wirklich wichtig war.

Doch er machte immer noch keine Anstalten zu gehen. Er saß unbeweglich da und schaute sie an. Sie war diejenige, die zuerst wegschaute und nervös nach ihrem Weinglas langte.

Sie war überrascht, als er ihre Hand ergriff. Wortlos nahm er ihr das Glas weg und stellte es ab. Er drückte einen Kuss auf die Innenseite ihres Handgelenks. Die Berührung seiner Lippen, das Kitzeln seines Atems war eine süße Folter.

Sie schloss die Augen und seufzte leise auf. „Ich will nicht, dass du gehst", flüsterte sie.

„Es ist eine schlechte Idee. Zu bleiben."

„Weshalb?"

„Deshalb." Wieder küsste er sie aufs Handgelenk. „Und deshalb." Seine Lippen glitten flüchtig an ihrem Arm nach oben, seine Bartstoppeln fühlten sich köstlich rau an auf ihrer empfindsamen Haut. „Es ist ein Fehler. Du weißt es. Ich weiß es."

„Ich mache ständig Fehler", erwiderte sie. „Aber ich bereue sie nicht alle."

Er suchte ihren Blick, sah ihre Furcht und ihre Furchtlosigkeit. Sie gab sich keine Mühe, ihre Gefühle vor ihm zu verbergen. Ihr Hunger war zu groß, als dass sie ihn hätte verbergen können.

Er stand vom Tisch auf. Sie ebenfalls.

Sam zog sie an sich, legte seine Handflächen an ihre Wangen und presste seine Lippen auf ihre. Bei dem Kuss, der süß schmeckte vom Wein und von seinem Begehren, wurden ihr die Knie weich. Sie schwankte und streckte die Hände nach seinen Schultern aus. Bevor sie Atem holen konnte, küsste er sie wieder, und so wie ihre Lippen fanden auch ihre Körper zueinander. Seine Hand glitt über ihre Hüfte. Es war nicht nötig, dass er sie noch enger an sich zog, sie konnte den harten Beweis seines Verlangens auch so spüren. Und das erregte sie noch mehr.

„Wenn wir nicht aufhören", flüsterte er, „sollte es besser …"

Sie erstickte seine Worte mit einem Kuss, und dann wurde nichts mehr gesprochen. Ihre Körper übernahmen das Kommando.

Sie zerrten an den Kleidern des anderen, fiebernd nach der Berührung von nackter Haut. Zuerst musste ihr Pullover weichen, dann sein Hemd. Ohne voneinander abzulassen, gingen sie eng umschlungen ins Nebenzimmer, wo im Kamin die Holzscheite glühten. Während er sie noch immer küsste, zog Sam die Decke von der Couch und legte sie auf den Boden vor dem Kamin.

Sie ließen sich vor dem glimmenden Kaminfeuer auf die Knie nieder. Seine nackten Schultern glänzten in dem roten Licht. Sie konnte es kaum erwarten, von ihm berührt zu werden, aber er ließ sich Zeit und kostete es bis zur Neige aus, sie einfach nur anzuschauen. Er beobachtete voller Verlangen, wie sie ihren BH abstreifte. Als er die Hand auf ihre Brust legte und zärtlich über eine der Knospen strich, ließ Nina mit einem Aufstöhnen ihren Kopf in den Nacken fallen. Er drückte sie behutsam auf die Decke nieder.

Sie schmolz unter seiner Aufmerksamkeit dahin. Er machte ihren Reißverschluss auf und schob ihr die Jeans über die Hüften. Ihr Slip folgte mit einem leisen seidigen Rascheln. Dann lag sie da, ungeschützt seinen Blicken preisgegeben, mit einer Haut, die im Schein des Kaminfeuers rosig schimmerte.

„Ich habe so oft von dir geträumt", flüsterte er, während seine Hand über ihren Bauch glitt, hin zu dem Dreieck aus weichen schwarzen Haaren. „Letzte Nacht habe ich davon geträumt, dass ich dich in meinen Armen halte und dich genauso berühre, wie ich es jetzt tue. Aber als ich aufwachte, sagte ich mir, dass das nie passieren würde. Es war nur ein Traum. Und doch sind wir jetzt hier …" Er beugte sich vor und gab ihr einen zärtlichen Kuss auf die Lippen. „Ich sollte das nicht tun."

„Ich will es aber. Ich will, dass wir es tun."

„Ich will es genauso, doch ich befürchte, dass wir es hinterher bereuen werden."

„Dann bereuen wir es später. Heute Nacht gibt es nur dich und mich. Wir tun einfach so, als ob es außer uns nichts gäbe."

Er küsste sie wieder. Und diesmal schlüpfte seine Hand zwischen ihre Schenkel, seine Finger tauchten in das feuchte, warme Versteck ihres Begehrens ein. Sie wimmerte vor Lust. Er ließ noch einen Finger in sie hineingleiten und spürte, wie sie erbebte. Sie war bereit, bereit für ihn.

Er zog seine Hand gerade lange genug zurück, um seine restlichen Kleider auszuziehen. Als er sich neben sie kniete, sog sie vor Bewunderung scharf den Atem ein. Was für ein schöner Mann er doch war. Nicht nur sein Körper, auch seine Seele, die sich in seinen Augen widerspiegelte: die Fürsorge, die Wärme. Alles, was er vorher hinter dieser harten Polizistenmaske verborgen hatte. Jetzt verbarg er nichts mehr vor ihr. Jetzt zeigte er ihr all seine Gefühle.

Und sie ihm ihre.

Sie ging viel zu sehr in ihrer Lust auf, um Scham zu verspüren. Wimmernd sank sie zurück, als seine Finger sie wieder fanden, sich zurückzogen, sie neckten und erneut in sie eintauchten. Nass von Schweiß und Verlangen hob sie ihm ihre Hüften entgegen.

„Bitte", flüsterte sie. „Oh Sam. Ich …"

Er erstickte ihre Worte mit einem Kuss. Und setzte die süße Folter fort, bis sie so erregt war, dass sie glaubte, jeden Moment in Millionen Stücke zu zerbersten.

Erst dann, erst als sie ganz dicht am Rand stand, nahm er seine Hand weg, legte sich auf sie und drang in sie ein.

Sie grub stöhnend ihre Fingernägel in seine Schultern, während er sie und sich selbst dem Höhepunkt entgegentrieb. Und als dieser dann endlich kam, spürte sie, wie sie flog und dann in diesem herrlichen freien Fall in die Tiefe glitt, um irgendwann sanft, oh, so sanft zu landen.

Bald darauf schlief sie warm und sicher in seinen Armen ein.

Es war später, viel später, als Nina in der kältesten Stunde der Nacht erwachte.

Das Feuer im Kamin war ausgegangen. Obwohl sie zugedeckt war, merkte sie, dass ihr kalt war.

Und dass sie allein war.

In die Decke eingehüllt, ging sie in die Küche und spähte aus dem Fenster auf die von Mondlicht überflutete Lichtung. Sams Wagen war fort. Er war in die Stadt zurückgefahren.

Und sie vermisste ihn schon jetzt.

Es war ein Fehler gewesen. Ein idiotischer, hirnverbrannter Fehler.

Den ganzen Weg zurück nach Portland, auf der Fahrt über diesen langen dunklen Highway, fragte Sam sich, wie das hatte passieren können.

Nein, er wusste, wie es passiert war. Die Anziehungskraft zwischen ihnen war einfach zu stark, er hatte sie von Anfang an gespürt. Er hatte dagegen angekämpft, indem er nicht aufgehört hatte, sich daran zu erinnern, dass er Polizist war und dass sie Teil des Falls war, den er aufzuklären hatte. Ein guter Polizist ging nicht in diese Falle.

Er hatte sich immer für einen guten Polizisten gehalten. Doch inzwischen war ihm klar geworden, dass Nina eine Versuchung für ihn darstellte, der er einfach nicht widerstehen konnte. Und dass womöglich die ganze Untersuchung darunter leiden würde.

Und das alles nur, weil sie ihm inzwischen zu viel bedeutete.

Er umklammerte das Lenkrad fester und zwang sich, sich auf die Straße zu konzentrieren. Auf den Fall.

„Schauen Sie sich die Schlagzeile an." Liddell wedelte wütend mit der Frühausgabe der *New York Times* herum. „,Portland, Maine, das neue Hauptquartier der Bombenleger?' Das sagt New York über uns? Über *uns*?" Liddell warf die Zeitung auf den Tisch. „Was, zum Teufel, ist los in dieser Stadt? Wer ist dieser Bombenleger?"

„Wir können Ihnen ein ungefähres psychologisches Profil geben", sagte einer der AFT-Agenten. „Er ist männlich, weiß, intelligent …"

„Dass er intelligent ist, weiß ich selbst", brauste Liddell auf. „Viel intelligenter als Sie alle zusammen. Ich will kein psychologisches Profil. Ich will wissen, wer er ist. Gibt es irgendwelche Hinweise auf seine Identität?"

Am Tisch herrschte Schweigen. Dann sagte Sam: „Wir wissen, wen er zu töten versucht."

„Sie meinen die Cormier?" schnaubte Liddell. „Soweit ich es sehe, gibt es keinen einzigen guten Grund dafür, warum sie das Ziel sein sollte."

„Aber wir wissen, dass sie es ist. Sie ist unser einziges Verbindungsglied zu dem Bombenleger."

„Und was ist mit dem Anschlag auf das Kaufhaus?" fragte Coopersmith. „Was hat der mit Nina Cormier zu tun?"

Sam sagte einen Moment nichts. „Das weiß ich nicht", räumte er schließlich ein.

„Ich wette zehn zu eins, dass Billy Binfords Leute diesen Anschlag auf das Kaufhaus veranlasst haben", sagte Liddell. „Es wäre ein logischer Schritt. Um eventuelle Zeugen der Anklage abzuschrecken. Gibt es zwischen dieser Cormier und Binford eine Verbindung?"

„Nein. Alles, was sie über ihn weiß, weiß sie aus den Zeitungen", sagte Sam.

„Was ist mit ihrer Familie? Gibt es da eine Verbindung zu Binford?"

„Absolut nichts", meldete sich Sam. „Wir haben alles überprüft. Und auch bei dem toten Exverlobten haben wir nichts gefunden."

Liddell lehnte sich zurück. „Herrgott noch mal", brummte er, dann dachte er einen Moment nach. „Ich werde den Verdacht nicht los, dass Binford irgendwas im Schilde führt. Ich wünschte nur, ich wüsste, was." Er schaute Sam an. „Wo haben Sie Nina Cormier versteckt?"

„An einem sicheren Ort", sagte Sam.

„Ist es ein Staatsgeheimnis oder was?"

„Unter den gegenwärtigen Umständen würde ich es vorziehen, wenn nur Gillis und ich es wissen. Falls Sie irgendwelche Fragen an sie haben, kann ich sie für Sie stellen."

„Ich werde es Sie beizeiten wissen lassen", sagte Liddell eingeschnappt und erhob sich. „Aber ich möchte Sie doch dringend ersuchen, diesem Bombenleger das Handwerk zu legen, bevor Portland als amerikanisches Beirut in die Schlagzeilen eingeht." Mit diesen Worten stolzierte er hinaus.

„Mann, ein Jahr Wahlkampf muss wohl wirklich die Hölle sein", brummte Gillis.

In diesem Moment flog die Tür des Besprechungsraums auf, und ein aufgeregter Ernie Takeda steckte seinen Kopf ins Zimmer. „Ihr werdet es nicht glauben", sagte er und schwenkte ein Blatt Papier durch die Luft.

„Was ist das?" fragte Coopersmith.

„Vom Labor. Sie haben gerade den Fingerabdruck identifiziert."

„Und?"

„Er stammt von Vincent Spectre."

9. KAPITEL

Nina kletterte aus dem Kahn, mit dem sie am Spätnachmittag auf den See hinausgerudert war, um sich die Zeit zu vertreiben. Als sie wenig später Sam reglos am Ufer hatte stehen sehen, hatte ihr Herz sofort angefangen, wie verrückt zu hämmern. Sie hatte den ganzen Tag an kaum etwas anderes denken können, und selbst die Gefahr, in der sie schwebte, verblasste angesichts der Geschehnisse von letzter Nacht.

Sie warf Sam das Seil zu. Er zog den Kahn ans Ufer und half ihr beim Aussteigen. Allein der Druck seiner Hand auf ihrem Arm jagte ihr einen köstlichen Schauer über den Rücken. Aber ein Blick in sein Gesicht versetzte ihrer Hoffnung, dass er als ihr Liebhaber hier war, einen gehörigen Dämpfer. Das war der Cop, unpersönlich, routiniert, sachlich. Hunderte von Meilen entfernt von dem Mann, der sie letzte Nacht im Arm gehalten hatte.

„Es gibt eine neue Entwicklung", sagte er, nachdem sie im Haus waren.

„Was denn für eine?" fragte sie, immer noch bemüht, sich ihre Enttäuschung nicht anmerken zu lassen.

„Wir glauben zu wissen, wer der Bombenleger ist. Ich möchte, dass du dir diese Fotos ansiehst."

Nina saß auf der Couch vor dem Kamin – demselben Kamin, vor dem sie sich in der vergangenen Nacht geliebt hatten – und blätterte durch ein Verbrecheralbum. Der Kamin war ebenso erkaltet wie ihr Körper und ihr Herz. Sam saß gut einen Meter entfernt von ihr, schweigend und ohne sie zu berühren. Aber er schaute sie gespannt an und wartete auf ein Zeichen, dass sie ein Gesicht in diesem Album erkannte.

Sie zwang sich, sich auf die Fotos zu konzentrieren. Sie betrachtete die Gesichter eins nach dem anderen eingehend. Nachdem sie auf der letzten Seite angelangt war, klappte sie, den Kopf schüttelnd, den Deckel zu.

„Ich erkenne niemanden", erklärte sie.

„Bist du sicher?"

„Ganz sicher. Warum? Wen hätte ich denn erkennen sollen?"

Seine Enttäuschung war offensichtlich. Er schlug das Album auf der vierten Seite auf und reichte es ihr. „Schau dir dieses Gesicht an. Das dritte von oben. Hast du diesen Mann je gesehen?"

Sie studierte das Foto lange, dann sagte sie: „Nein. Ich kenne ihn nicht."

Sam ließ sich mit einem frustrierten Aufstöhnen zurücksinken. „Das macht einfach keinen Sinn."

Nina schaute immer noch auf das Foto. Der Mann war in den Vierzigern, mit rötlich blondem Haar, blauen Augen und eingefallenen, fast ausgemergelten Wangen. Es waren jedoch die Augen, die ihre Aufmerksamkeit fesselten. Sie starrten sie so direkt und einschüchternd an, dass ihr unwillkürlich ein Schauer über den Rücken lief.

„Wer ist er?" fragte sie.

„Sein Name ist – oder war – Vincent Spectre. Er ist eins achtzig groß, 180 Pfund schwer und sechsundvierzig Jahre alt. Zumindest bald. Falls er noch lebt."

„Du meinst, du weißt es nicht genau?"

„Wir sind bisher davon ausgegangen, dass er tot ist."

„Ihr seid euch nicht sicher?"

„Jetzt leider nicht mehr." Sam stand auf. Es wurde kühl in der Hütte; er kniete sich vor den Kamin und begann Brennholz aufzuschichten.

„Spectre hat als Sprengstoffexperte bei der Armee gearbeitet. Irgendwann wurde er wegen Diebstahls unehrenhaft entlassen, doch er brauchte nicht lange, um sich eine zweite Karriere aufzubauen. Er wurde das, was wir einen Spezialisten nennen. Große Aufträge, eine Menge Kohle. Er verkaufte sich an jeden, der für seine Kenntnisse bezahlte. Er arbeitete für terroristische Regimes. Für Bandenchefs im ganzen Land."

Sam riss ein Streichholz an und hielt es an den Anzünder, den er brennend auf die Holzscheite warf.

„Vor sechs Monaten explodierte eine Bombe in einem Kaufhaus. Aus den Trümmern wurde eine Leiche geborgen, von der man annahm, dass es sich um Spectre handelte. Jetzt scheint ziemlich sicher, dass es jemand anders war. Und dass Spectre immer noch am Leben ist."

„Woher weißt du das?"

„Weil wir seinen Fingerabdruck gefunden haben."

Sie starrte ihn an. „Ihr denkt, dass er auch den Sprengsatz in der Kirche gezündet hat?"

„Fast sicher. Vincent Spectre versucht, dich zu töten."

„Aber ich kenne ihn doch gar nicht! Ich habe seinen Namen vorher noch nie gehört."

„Und du hast ihn auf dem Foto nicht erkannt."

„Nein."

Sam stand auf. Hinter ihm knackten und loderten die Flammen. „Deiner Familie haben wir Spectres Foto ebenfalls gezeigt. Sie haben ihn auch nicht erkannt."

„Es muss ein Irrtum sein. Selbst wenn der Mann am Leben ist, hat er keinen Grund, mich umzubringen."

„Irgendwer könnte ihn angeheuert haben."

„Dieser Möglichkeit bist du bereits nachgegangen. Und alles, was dir dazu eingefallen ist, war Daniella."

„Es ist immer noch eine Möglichkeit, wenn auch eine unwahrscheinliche."

Sie schaute wieder auf das Foto von Vincent Spectre. Sie konnte sich an das Gesicht nicht erinnern, und wenn sie noch so sehr in ihren Gedächtnisschubladen kramte. Nur die Augen kamen ihr vage bekannt vor. Diesen starren Blick hatte sie möglicherweise schon einmal gesehen. Aber nicht das Gesicht.

„Erzähl mir mehr von ihm", forderte sie ihn auf.

Sam ging zur Couch und setzte sich neben sie. Nicht nah genug, um Nina zu berühren, aber doch so nah, dass sie sich seiner Anwesenheit überdeutlich bewusst war.

„Spectre wuchs in Kalifornien auf und ging mit neunzehn zur Armee. Er war in Grenada und Panama, wo er bei einem Einsatz einen Finger verloren hat. Er hätte sich …"

„Warte. Hast du eben gesagt, dass ihm ein Finger fehlt?"

„Richtig."

„An welcher Hand?"

„An der linken. Warum?"

Nina wurde plötzlich sehr still. Ein fehlender Finger. Warum kam ihr das so bekannt vor?

„War es der linke Mittelfinger?" fragte sie leise.

Sam holte mit gerunzelter Stirn aus seinem Aktenkoffer eine Akte heraus. Er blätterte sie durch und sagte schließlich: „Ja, es war der linke Mittelfinger."

„Ganz ohne Stumpf? Fehlte der Finger vollkommen?"

„Das ist richtig. Sie mussten ihn bis zum Knöchel amputieren." Er schaute sie wie elektrisiert an. „Dann kennst du ihn also doch, Nina."

„Ich … ich bin mir nicht sicher. Aber da war ein Mann mit einem amputierten Finger … dem linken Mittelfinger …"

„Was? Wo?"

„In der Notaufnahme. Es war vor ein paar Wochen. Ich erinnere mich, dass er Handschuhe mit langen Stulpen trug, und er wollte sie nicht ausziehen. Aber ich musste seinen Puls fühlen. Deshalb zog ich ihm den Handschuh aus. Er hatte den Fingerling mit Watte ausgestopft."

„Warum war er in der Notaufnahme?"

„Weil … ich glaube, er hatte einen Unfall. Ach ja, jetzt erinnere ich mich wieder. Er war von einem Radfahrer umgefahren worden. Er hatte eine Platzwunde und musste genäht werden. Das Seltsamste war, wie er anschließend verschwand. Nachdem seine Wunde versorgt war, verließ ich den Raum kurz, nur um etwas zu holen. Als ich zurückkam, war er schon weg. Einfach verschwunden."

„Erinnerst du dich an seinen Namen?"

„Nein." Sie zuckte die Schultern. „Mein Namensgedächtnis ist erbärmlich. Aber wie auch immer, er sah anders aus. Das hier auf dem Foto ist er nicht."

„Spectre hat seine Möglichkeiten. Er kann einen Schönheitschirurgen dafür bezahlt haben, dass er ihm ein neues Gesicht verpasst."

„Na gut, nehmen wir an, es war tatsächlich Spectre, den ich an diesem Tag in der Notaufnahme sah. Aber warum sollte er mich deshalb umbringen wollen?"

„Weil du sein Gesicht gesehen hast. Du hättest ihn identifizieren können."

„Aber eine Menge Leute haben sein Gesicht gesehen, nicht nur ich kenne ihn."

„Aber du warst die Einzige, die dieses Gesicht mit einem Mann, dem der linke Mittelfinger fehlt, in Verbindung bringen konnte. Du hast erwähnt, dass er Handschuhe trug, die er nicht ausziehen wollte."

„Ja, aber sie waren Teil seiner Uniform. Vielleicht war der einzige Grund für die Handschuhe …"

„Was für eine Uniform?"

„So eine Jacke mit Goldknöpfen. Weiße Handschuhe. Hosen mit diesen glänzenden Streifen an der Seite. Du weißt schon, wie ein Liftboy. Oder ein Hotelpage."

„Trug er auf der Jacke ein Logo? Den Namen einer Firma oder eines Hotels?"

„Nein."

Sie schaute lange auf das Verbrecheralbum hinunter und versuchte sich an diesen Tag in der Notaufnahme zu erinnern. Sie arbeitete seit acht Jahren als Krankenschwester und hatte schon so viele Patienten verarztet, dass die Tage alle ineinander verschwammen, aber jetzt fiel ihr im Zusammenhang mit dem

Mann mit den Handschuhen eine weitere Einzelheit ein. Eine Einzelheit, die ihr einen kalten Schauer über den Rücken jagte.

„Der Arzt", sagte sie leise. „Der Arzt, der ihn behandelt und die Wunde genäht hat ..."

„Ja? Wer war es?"

„Robert. Es war Robert."

Sam starrte sie an. In diesem Moment wurde ihm alles klar. Ihnen beiden wurde alles klar. Robert war in demselben Raum gewesen. Er hatte ebenfalls das Gesicht des Patienten gesehen und seine linke Hand. Wie Nina hätte auch er Vincent Spectre identifizieren können.

Und jetzt war Robert tot.

Sam griff nach ihrer Hand. „Komm schnell." Er zog Nina auf die Füße.

Sie standen sich dicht gegenüber, und sie spürte, wie ihr Körper umgehend auf seine Nähe reagierte, spürte, wie in ihrem Bauch Schmetterlinge aufflatterten.

„Ich fahre dich am besten nach Portland zurück", sagte er mit rauer Stimme.

„Heute Abend noch?"

„Ich will, dass du dich mit unserem Polizeizeichner triffst. Vielleicht bringt ihr ja ein Phantombild von Spectre zustande."

Ich erfülle dir jeden Wunsch, dachte sie. Wenn du bloß aufhörst, diesen harten, unnahbaren Cop zu spielen.

Noch während sie so dastanden und einander anschauten, glaubte sie, Verlangen in seinen Augen aufblitzen zu sehen, aber ganz sicher war sie sich nicht, weil er sich bereits umgedreht hatte, um eine Jacke aus dem Schrank zu holen. Er legte sie ihr um die Schultern, und als seine Finger sie streiften, bekam sie eine Gänsehaut.

Sie drehte sich zu ihm um. „Ist irgendetwas zwischen uns gewesen?" fragte sie weich.

„Was meinst du damit?"

„Letzte Nacht. Ich bilde es mir nicht ein, Sam. Wir haben uns geliebt, hier in diesem Raum. Und jetzt frage ich mich, was ich wohl falsch gemacht habe. Warum du so ... unnahbar bist."

Er gab ein müdes Aufseufzen von sich. „Das mit letzter Nacht hätte nicht passieren dürfen. Es war ein Fehler."

„Ich finde nicht."

„Nina, es ist immer ein Fehler, sich in den ermittelnden Polizisten zu verlieben. Du hast Angst, du suchst einen Helden. Zufälligerweise fällt jetzt mir diese Rolle zu."

„Aber du spielst keine Rolle! Und ich auch nicht. Sam, du bedeutest mir etwas. Ich glaube, dass ich mich in dich verliebt habe."

Er schaute sie nur schweigend an.

Sie wandte sich ab, um diesen emotionslosen Blick nicht mehr sehen zu müssen. Sie lachte gezwungen und sagte: „Gott, ich fühle mich wie der letzte Idiot. Natürlich passiert dir so was ständig. Die Frauen werfen sich dir an den Hals."

„So ist es nicht."

„Ach nein? Der heldenhafte Cop. Welche Frau könnte da schon widerstehen?" Sie drehte sich wieder zu ihm um. „Und wie bin ich im Vergleich zu den anderen?"

„Es gibt keine anderen. Nina, ich will nicht so tun, als wäre nichts zwischen uns geschehen. Ich möchte nur, dass du verstehst, dass es die augenblickliche Situation ist, die uns zueinander zieht. Die Gefahr. Du idealisierst mich. Glaub mir, ich bin ganz bestimmt nicht der Richtige für dich. Du warst mit Robert Bledsoe verlobt. Eliteuniversität. Doktortitel. Haus am Wasser. Ich bin doch nur ein ganz gewöhnlicher Polizist, Herrgott noch mal, siehst du das denn nicht?"

Sie schüttelte, plötzlich mit Tränen in den Augen, den Kopf. „Glaubst du wirklich, dass dies das Einzige ist, was ich in dir sehe? Den Polizisten?"

„Das ist es, was ich bin."

„Oh Sam, du bist so viel mehr." Sie streckte den Arm aus und berührte sein Gesicht. Er zuckte zusammen, aber er wich nicht zurück, als sie mit dem Finger über sein Kinn strich. „Du bist freundlich. Und sanft. Und mutig. Ich habe noch nie einen Mann wie dich getroffen. Gut, du bist Polizist. Aber es ist nur ein Teil von dir. Du hast mich beschützt ..."

„Das ist meine Aufgabe ..."

„Ist das wirklich alles?"

Er antwortete nicht gleich. Er schaute sie nur an, als ob es ihm schwer fiele, die Wahrheit auszusprechen.

„War es denn für dich nur das, Sam? War es wirklich nur Teil deines Jobs?"

Er seufzte. „Nein", räumte er schließlich widerstrebend ein. „Es war mehr. Du bist mehr."

Reine Freude ließ ihr Gesicht erstrahlen. Letzte Nacht hatte sie es gespürt ... dass sie ihm etwas bedeutete. Trotz all seiner Dementis verbarg sich hinter dieser Maske der Gleichgültigkeit ein Mann mit Gefühlen. Sie wollte so schrecklich gern einfach nur in seine Arme sinken und den wirklichen Sam Navarro aus seinem Versteck hervorlocken.

Er griff nach ihrer Hand und zog sie sanft, aber entschlossen von seinem Gesicht weg. „Bitte, Nina", sagte er. „Mach es uns doch nicht so schwer. Ich muss meine Pflicht tun und darf mich nicht ablenken lassen. Es ist gefährlich. Für dich und für mich."

„Aber ich bedeute dir etwas. Mehr brauche ich nicht zu wissen. Nur dass ich dir etwas bedeute."

Er nickte. Es war mehr, als sie sich erhofft hatte.

„Es ist schon spät. Wir sollten fahren", brummte er. Dann ging er zur Tür. „Ich warte draußen im Auto auf dich."

Sie brachten sein Phantombild in den Morgennachrichten.

Vincent Spectre schaute auf den Bildschirm und lachte leise in sich hinein. Was für ein Witz. Das Phantombild sah ihm nicht im Geringsten ähnlich. Die Ohren waren zu groß, die Kinnpartie zu ausgeprägt, die Augen wirkten wie Knopfaugen. Er hatte nicht solche Knopfaugen. Was war los mit der Polizei? Wo hatte sie ihre Fähigkeiten gelassen?

„Ihr kriegt mich bestimmt nicht", murmelte er. „Ich bin der Pfefferkuchenmann."

Diese Cormier musste einem Polizeizeichner eine Beschreibung von ihm gegeben haben. Obwohl ihm das Phantombild kein sonderliches Kopfzerbrechen bereitete, wurde es höchste Zeit, dass er sich um endlich Nina Cormier kümmerte. Sie war die Einzige, die ihm noch in die Quere kommen konnte. Er musste sie unschädlich machen.

Er schaltete den Fernseher aus und ging ins Schlafzimmer,

wo die Frau immer noch schlief. Er hatte Marilyn Dukoff vor drei Wochen im Stop Light Club kennen gelernt, wo er sich zur Entspannung eine Oben-ohne-Show angeschaut hatte. Marilyn war die Blondine in dem blutroten Glitzer-G-String gewesen. Ihr Gesicht war grob, ihr IQ ein Witz, aber ihre Figur war ein Wunder aus Natur und Silikon. Wie so viele andere Frauen in dem Gewerbe brauchte sie verzweifelt Geld und Zärtlichkeit.

Von ihm bekam sie beides im Überfluss.

Sie hatte seine Geschenke mit aufrichtiger Dankbarkeit angenommen und war bereit, alles für ihn zu tun. Sie war wie ein junger Hund, der zu lange vernachlässigt worden war, loyal und hungrig nach Anerkennung. Das Beste an ihr war, dass sie nie Fragen stellte. Sie wusste, warum.

Er setzte sich neben sie aufs Bett und rüttelte sie wach. „Marilyn?"

Sie öffnete verschlafen ein Auge und lächelte ihn strahlend an. „Guten Morgen."

Er erwiderte ihr Lächeln. Und ließ einen Kuss folgen. Wie üblich reagierte sie sofort. Dankbar. Er zog sich aus und kroch unter die Decke neben diesen architektonisch erstaunlichen Körper. Es brauchte nicht viel, um sie in Stimmung zu bringen.

Als sie fertig waren, lag sie lächelnd und befriedigt neben ihm, und er wusste, dass jetzt der richtige Zeitpunkt gekommen war.

Deshalb sagte er: „Ich möchte dich um einen Gefallen bitten."

10. KAPITEL

Sam wurde von Kaffeeduft und dem Aroma nach etwas anderem, Köstlichem geweckt. Es war Samstag. Er lag allein in seinem Bett, aber es bestand kein Zweifel daran, dass außer ihm noch jemand im Haus war. Er hörte Geräusche aus der Küche, das leise Klappern von Geschirr. Zum ersten Mal seit Monaten ertappte er sich dabei, dass er lächelte, als er aufstand, um unter die Dusche zu gehen. In seiner Küche werkelte eine Frau herum, eine Frau, die Frühstück machte. Erstaunlich, wie sich das ganze Haus dadurch veränderte. Es erschien ihm warm. Einladend.

Nachdem er sich geduscht, rasiert und angezogen hatte, ging er in die Küche. Nina, die am Herd stand, drehte sich um und lächelte ihm fröhlich entgegen.

„Guten Morgen", murmelte sie und zog ihn, als er näher kam, in eine süß duftende Umarmung. Gott, das war die Phantasie eines jeden Mannes. Oder zumindest war es *seine* Phantasie: eine tolle Frau in seiner Küche. Das Guten-Morgen-Lächeln. Pfannkuchen in der Pfanne.

Eine Frau im Haus.

Nicht irgendeine Frau. Nina.

Er legte ihr die Hände auf die Schultern und schob sie von sich weg. „Nina, wir müssen reden."

„Du meinst … über den Fall?"

„Nein. Ich meine über dich. Und mich. Wir müssen unbedingt einiges klären, Nina."

Ihr strahlendes Lächeln verblasste schlagartig. Sie hatte den

Schlag schon kommen gespürt. Schweigend drehte sie sich um, hob mit einem Fleischwender den Pfannkuchen aus der Pfanne und ließ ihn auf einen Teller gleiten. Dann stand sie einfach nur da und schaute darauf.

Er hasste sich selbst in diesem Moment. Gleichzeitig wusste er jedoch, dass es keinen anderen Weg gab, damit umzugehen – nicht wenn sie ihm wirklich etwas bedeutete.

„Das mit letzter Nacht hätte nicht passieren dürfen", sagte er.

„Aber es ist doch gar nichts passiert. Ich habe dich nur nach Hause und ins Bett gebracht."

„Genau davon rede ich, Nina. Ich war so hundemüde, dass ich es nicht mal gemerkt hätte, wenn ein verdammter Zug durch mein Schlafzimmer gerast wäre. Wie soll ich dich beschützen, wenn ich es nicht mal schaffe, die Augen offen zu halten?"

„Oh Sam." Sie machte einen Schritt auf ihn zu und legte ihm die Hände an die Wangen. „Ich erwarte nicht, dass du dich Tag und Nacht ununterbrochen um mich kümmerst. Letzte Nacht wollte ich mich um *dich* kümmern. Du warst so erschöpft, weil du die Nacht vorher kaum geschlafen hattest, und ich war glücklich, endlich einmal auch etwas für dich tun zu können."

„Ich bin der Polizist, Nina. Ich bin verantwortlich für deine Sicherheit."

„Kannst du nicht ein Mal aufhören, Polizist zu sein? Kannst du es nicht ein Mal zulassen, dass ich mich um *dich* kümmere? Ich bin nicht so hilflos, wie du glaubst. Und du bist nicht so hart, dass du nie jemand brauchst. Als ich Angst hatte, warst du für mich da. Und ich will auch für dich da sein."

„Ich bin es nicht, der in Lebensgefahr schwebt." Er zog entschlossen ihre Hände von seinem Gesicht weg. „Es ist keine gute Idee, in so einer Situation etwas miteinander anzufangen, und wir wissen es beide. Ich kann nicht so auf dich aufpassen, wie ich es sollte. Das könnte jeder andere Cop besser."

„Ich vertraue aber keinem anderen. Ich vertraue dir."

„Und das könnte ein tödlicher Fehler sein." Er musste einen Schritt zurücktreten, er brauchte dringend Luft zum Atmen. Er konnte nicht klar denken, wenn sie so nah war; ihr Duft, ihre Berührungen lenkten ihn zu sehr ab. Er drehte sich um und schenkte sich eine Tasse Kaffee ein, wobei er registrierte, dass seine Hand nicht ganz ruhig war. Ohne Nina anzuschauen, sagte er: „Es wird höchste Zeit, dass ich mich auf den Fall konzentriere. Darauf, Spectre zu finden. Anders kann ich für deine Sicherheit nicht garantieren. Ich muss meinen Job machen, und ich muss ihn richtig machen."

Sie sagte nichts.

Er drehte sich um und sah, dass sie teilnahmslos auf den Tisch starrte. Dieser war bereits mit Besteck und Servietten, Saftgläsern und einem kleinen Topf mit Ahornsirup gedeckt. Wieder verspürte er einen Stich des Bedauerns. *Jetzt habe ich endlich eine Frau gefunden, die mir etwas bedeutet, eine Frau, die ich lieben könnte, und ich tue mein Bestes, um sie wegzustoßen.*

„Was also schlägst du vor, Sam?" fragte sie leise.

„Ich denke, dass man besser jemand anders mit deinem Schutz beauftragen sollte. Jemanden, der nicht persönlich involviert ist."

„Ist es das, was wir sind? Persönlich involviert?"

„Wie würdest du es denn sonst nennen?"

Sie schüttelte den Kopf. „Ich fange langsam an zu denken, dass wir gar nichts miteinander haben."

„Um Gottes willen, Nina. Wir haben miteinander geschlafen! Was sollten zwei Leute wohl noch mehr miteinander haben?"

„Für manche Leute ist Sex nicht mehr als eine rein körperliche Angelegenheit." Sie hob das Kinn.

Verdammt, er weigerte sich, sich in dieser hoffnungslosen Diskussion zu verfransen. Sie versuchte ihn zu ködern, versuchte ihn dazu zu bringen, zuzugeben, dass ihr Liebesspiel mehr als Sex gewesen war. Er dachte aber gar nicht daran, ihr die Wahrheit zu sagen, er wollte ihr nicht sagen, wie sehr ihn der Gedanke, sie verlieren zu können, ängstigte.

Er wusste, was er zu tun hatte.

Er durchquerte die Küche und ging zum Telefon. Er wollte eben Coopersmiths Nummer wählen, als das Telefon klingelte.

Er meldete sich schroff.

„Sam, ich bin's."

„Morgen, Gillis."

„Morgen? Es ist fast Mittag. Ich habe bereits einen vollen Arbeitstag hinter mir."

„Ja, Asche auf mein Haupt."

„Das solltest du auch. Wir haben für ein Uhr diese Gegenüberstellung angesetzt. Hotelpagen von verschiedenen Hotels. Glaubst du, du könntest Nina Cormier herbringen, damit sie einen Blick auf sie wirft? Vorausgesetzt natürlich, sie ist bei dir."

„Sie ist hier."

„Das dachte ich mir. Also dann bis eins, okay?"

„Wir werden da sein." Er legte auf und fuhr sich mit den Fingern durch das feuchte Haar. Gott. Fast Mittag? Meine Güte, er hatte viel zu lange geschlafen. Er wurde faul. Nachlässig. Das ganze Hin und Her mit Nina, wegen einer Beziehung, die nirgendwohin führen würde, beeinträchtigte seine Effektivität als Cop. Wenn er seinen Job nicht richtig machte, würde *sie* darunter leiden.

„Was hat Gillis gesagt?" hörte er sie fragen.

Er drehte sich zu ihr um. „Sie haben für eins eine Gegenüberstellung anberaumt. Du sollst dir ein paar Hotelpagen anschauen. Bist du einverstanden?"

„Natürlich. Ich will schließlich genauso wie du, dass es schnell vorbei ist."

„Gut."

„Und du hast Recht, es ist wirklich besser, wenn jemand anders die Sorge um meine Sicherheit übernimmt. Es ist auf jeden Fall für alle Beteiligten das Beste." Sie begegnete seinem Blick mit klarer Entschiedenheit. „Du hast Wichtigeres zu tun, als meinen Babysitter zu spielen."

Er versuchte nicht, ihr zu widersprechen. Tatsächlich sagte er gar nichts. Aber als sie aus der Küche ging und ihn allein vor diesem gemütlich gedeckten Frühstückstisch stehen ließ, dachte er: Du irrst dich. Nichts auf der Welt ist wichtiger für mich, als darauf aufzupassen, dass dir nichts geschieht.

Die Gegenüberstellung brachte kein Ergebnis. Vor dem Einwegspiegel standen acht Männer in Uniformen aufgereiht, aber Nina erkannte keine davon. Sie glaubte sich sicher erinnern zu können, dass die Uniform, die der Mann im Krankenhaus getragen hatte, grün gewesen war.

„Schön, das war reine Zeitverschwendung", brummte Norm Liddell, der Staatsanwalt, ungehalten. Sam bemühte sich, sein Pokergesicht beizubehalten.

„Wir wissen, dass Spectre eine Art Pagenuniform trug", sagte er. „Wir wollten nur, dass sie sich ein paar anschaut. Bisher ist es unser einziger Anhaltspunkt."

„Wir haben den Polizeibericht von dem Fahrradunfall herausgesucht", sagte Gillis. „Der Radfahrer hat ihn selbst angezeigt. Ich glaube, der Mann befürchtete, eine Anklage angehängt zu bekommen, deshalb hat er ausdrücklich darauf hingewiesen, dass ihm der Mann auf der Congress Street vors Fahrrad gelaufen ist."

„Auf der Congress?" Liddell legte die Stirn in Falten und sah Gillis prüfend an.

„In der Nähe des Pioneer Hotels", sagte Sam. „Wo unseren Informationen nach morgen der Gouverneur absteigen soll. Er ist Gastredner bei einer Veranstaltung von Geschäftsleuten. Wir haben das Pioneer gründlich durchsucht. Besonders das Zimmer des Gouverneurs."

„Wann kommt der Gouverneur morgen?" erkundigte sich Liddell.

„Irgendwann nachmittags", gab Gillis zurück.

Liddell warf einen Blick auf seine Uhr. „Wir haben noch volle vierundzwanzig Stunden. Wenn sich irgendetwas Neues ergibt, erwarte ich umgehend informiert zu werden. Ist das klar?"

„Ja, Sir, Euer Hoheit", murmelte Gillis.

Liddell schaute ihn scharf an, beschloss dann jedoch, die Unverschämtheit einfach zu überhören. „Ich bin heute Abend mit meiner Frau im Brant Theater. Ich habe meinen Pieper dabei, nur für alle Fälle."

„Sie werden der Erste sein, den wir anrufen", sagte Sam.

„Wir stehen im Rampenlicht. Also passen Sie auf, dass Sie es nicht wieder vermasseln." Das war Liddells Abschiedsschuss, und die beiden Polizisten nahmen ihn schweigend hin.

Nachdem der Staatsanwalt den Raum verlassen hatte, brummte Gillis: „Eines Tages breche ich diesem Typ das Genick. Ich schwöre es, ich breche ihm das Genick."

„Reg dich ab, Gillis. Er könnte schließlich irgendwann Gouverneur werden."

„In diesem Fall helfe ich Spectre höchstpersönlich, die verdammte Bombe zu deponieren."

Sam nahm Nina am Arm und führte sie aus dem Raum. „Komm mit. Ich habe heute alle Hände voll zu tun. Ich stelle dir deinen neuen Wachhund vor. Wir bringen dich fürs Erste in einem Hotel unter. Officer Pressler hat den Auftrag, auf dich aufzupassen. Er ist ein guter Polizist. Ich vertraue ihm."

Officer Leon Pressler war nicht sehr gesprächig. Tatsächlich stellte sich die Frage, ob er außer „Ja, Ma'am" und „Nein, Ma'am" überhaupt etwas sagen konnte. Seit drei Stunden lief der durchtrainierte junge Polizist in dem Hotelzimmer auf und ab und überprüfte abwechselnd die Tür und das Fenster. Er sprach nur, wenn Nina eine Frage an ihn richtete, und dann auf die knappste Art, die man sich vorstellen konnte. Sie begann sich zu fragen, ob diese extreme Wortkargheit etwas für Polizisten Typisches war. Oder hatte er Anweisung bekommen, nicht mit der Zeugin zu plaudern?

Sie versuchte ein Buch zu lesen, das sie in dem Andenkenshop des Hotels erstanden hatte, aber nach ein paar Kapiteln gab sie auf. Sein Schweigen machte sie zu nervös. Es war nur normal, dass man sich miteinander unterhielt, wenn man gezwungen war, den ganzen Tag mit einem anderen Menschen in einem Hotelzimmer zu verbringen.

„Sind Sie schon lange bei der Polizei, Leon?" fragte sie.

„Ja, Ma'am."

„Gefällt es Ihnen?"

„Ja, Ma'am."

„Haben Sie manchmal Angst?"

„Nein, Ma'am."

„Nie?"

„Manchmal."

Oh, ein winziger Fortschritt, dachte sie.

Aber dann durchquerte Officer Pressler das Zimmer und spähte, ohne sie zu beachten, aus dem Fenster.

Sie legte ihr Buch beiseite und nahm einen neuen Anlauf, ein Gespräch in Gang zu bringen.

„Langweilt Sie diese Art von Aufgabe?" fragte sie.

„Nein, Ma'am."

„Mich würde es langweilen. Den ganzen Tag in einem Hotelzimmer zu verbringen, wo nichts passiert."

„Es könnte etwas passieren."

„Und ich bin mir sicher, dass Sie dann bereit sind." Seufzend langte sie nach der Fernbedienung und schaltete den Fernseher an. Obwohl sie fünf Minuten durch die Kanäle blätterte, fand sie nichts, das von Interesse gewesen wäre. Sie schaltete wieder ab.

„Kann ich einen Anruf machen?"

„Bedaure."

„Ich will nur meine Vorgesetzte im Maine Medical anrufen. Um ihr zu sagen, dass ich nächste Woche nicht komme."

„Detective Navarro hat gesagt, keine Anrufe. Es ist wichtig für Ihre Sicherheit. Er hat es mehrmals betont."

„Was hat der gute Detective denn sonst noch so gesagt?"

„Dass ich Sie nicht aus den Augen lassen soll. Nicht mal für eine Sekunde. Weil …" Er unterbrach sich und hüstelte nervös.

„Weil was?"

„Weil … äh … er mir die Haut bei lebendigem Leib abziehen würde, falls Ihnen etwas zustoßen sollte."

„Na, das ist ja wirklich ein Ansporn."

„Er wollte nur, dass ich ganz besonders wachsam bin. Dass ich dafür sorge, dass keinesfalls etwas passiert. Und das werde ich tun, das bin ich ihm schuldig."

Sie schaute ihn erstaunt an. Er war wieder am Fenster und spähte auf die Straße hinunter. „Was meinen Sie damit, Sie sind es ihm schuldig?"

Officer Pressler bewegte sich nicht vom Fenster weg. Er schaute nach draußen, als ob er ihrem Blick nicht begegnen wollte. „Es war vor ein paar Jahren. Ich wurde zu diesem häuslichen Krach gerufen. Der Ehemann war wütend, dass ich meine Nase in seine Angelegenheiten steckte, und schoss auf mich."

„Mein Gott."

„Ich rief über Funk Verstärkung. Navarro war der Erste, der

reagierte." Pressler drehte sich um und schaute sie an. „Wie Sie sehen, bin ich es ihm also wirklich schuldig." Ruhig drehte er sich wieder zum Fenster um.

„Wie gut kennen Sie ihn?" fragte sie leise.

Pressler zuckte die Schultern. „Er ist ein guter Polizist. Aber er redet nicht sehr viel. Ich glaube nicht, dass ihn irgendjemand sehr gut kennt."

Um halb acht brachte Officer Pressler Nina ins Hauptquartier zurück. In dem Gebäude war es ruhiger als am frühen Nachmittag, die meisten Schreibtische waren verwaist, und nur ab und zu war auf den Fluren ein Angestellter zu sehen. Pressler brachte Nina nach oben und führte sie in ein Büro.

Dort war Sam.

Er nickte ihr nur kurz zu, und sie nickte ebenso kurz zurück. Außer Sam und Pressler waren da noch Gillis und ein anderer Mann in unauffälliger Straßenkleidung, zweifellos ebenfalls ein Polizist. Vor Publikum dachte sie gar nicht daran, ihre Gefühle zu zeigen. Und Sam offensichtlich auch nicht.

„Wir wollen, dass Sie einen Blick auf diese Uniformen werfen", sagte Gillis und deutete auf den langen Konferenztisch, auf dem ein halbes Dutzend Uniformjacken in verschiedenen Farben lagen. „Kommt Ihnen eine davon bekannt vor?"

Nina ging an den Tisch heran. Nachdenklich schaute sie sich jede Uniformjacke an, untersuchte den Stoff und betrachtete die Knöpfe. Manche davon trugen eingestickte Hotellogos. Einige waren mit Goldbordüren besetzt oder trugen Namensschilder.

Sie schüttelte den Kopf. „Nein."

„Was ist mit der grünen am Ende?"

„Sie hat eine Goldbordüre. Die Jacke, an die ich mich erinnere, hatte eine schwarze Kordel hier oben, an der Schulter."

„Du liebe Güte", sagte Gillis. „Frauen erinnern sich wirklich an die verrücktesten Dinge."

„Okay", sagte Sam mit einem Aufseufzen. „Das war's dann. Vielen Dank. Pressler, warum gehen Sie nicht eine Kleinigkeit essen? Ich bringe Miss Cormier in ihr Hotel zurück. Sie können in einer Stunde oder so wieder zu uns stoßen."

Der Raum leerte sich schnell. Sam und Nina waren die Einzigen, die zurückblieben.

Für einen Moment sprach keiner von ihnen. Sie schauten einander nicht einmal an. Nina wünschte sich fast den ernsten Officer Pressler zurück; bei ihm verspürte sie wenigstens nicht den Drang, sich auf dem Absatz umzudrehen und davonzulaufen.

„Ich hoffe, du bist mit deinem Hotelzimmer zufrieden", sagte er schließlich.

„Es ist ganz schön. Aber wenn ich noch einen Tag dort verbringen muss, bekomme ich Zustände. Ich muss mich frei bewegen können."

„Es ist noch nicht sicher."

„Wann ist es denn wieder sicher?"

„Wenn wir Spectre haben."

„Das kann nie sein." Sie schüttelte den Kopf. „Ich kann so nicht leben. Ich habe einen Beruf. Ich habe ein Leben. Ich kann nicht den ganzen Tag mit einem Polizisten, der mich an den Rand des Wahnsinns treibt, in einem Hotelzimmer verbringen."

Sam zog die Augenbrauen zusammen. „Was hat Pressler denn bloß gemacht?"

„Er kann nicht stillsitzen! Er rennt ständig zum Fenster und schaut nach draußen. Er erlaubt nicht, dass ich auch nur in die Nähe des Telefons komme. Und er ist nicht fähig, ein einigermaßen angemessenes Gespräch zu führen."

„Oh." Sams Gesicht glättete sich. „Das liegt nur daran, weil Leon seinen Job gut macht. Er ist gut."

„Kann sein. Er macht mich trotzdem verrückt." Seufzend machte sie einen Schritt auf ihn zu. „Sam, wirklich, das kann einfach nicht so weitergehen."

„Du musst aber noch ein bisschen Geduld haben, ich bitte dich, Nina."

„Wie wäre es, wenn ich die Stadt verlasse? Wenn ich für eine Weile wegfahre?"

„Wir brauchen dich hier, Nina."

„Ihr braucht mich nicht. Ihr habt seine Fingerabdrücke. Du weißt, dass ihm ein Finger fehlt. Du könntest ihn auf Anhieb …"

„Aber wir müssen ihn erst finden", unterbrach er sie. „Und du bist die Einzige, die sein Gesicht kennt." Er ergriff sie bei den Schultern. „Aber das ist nicht der einzige Grund, und das weißt du auch."

„Tue ich das?"

Sein Gesicht kam näher. Für einen atemberaubenden Moment glaubte sie, er würde sie küssen. Dann ließ sie ein Klopfen an der Tür auseinander fahren.

Gillis stand übertrieben lässig im Türrahmen. „Äh … ich gehe nur schnell einen Hamburger essen. Soll ich euch etwas mitbringen, Sam?"

„Nein. Wir essen im Hotel eine Kleinigkeit."

„Okay." Gillis wedelte entschuldigend mit der Hand. „Ich bin in einer Stunde zurück." Er verzog sich und ließ Nina und Sam allein zurück.

Aber der Moment war vorbei. Falls Sam vorgehabt haben sollte, sie zu küssen, so sah sie jetzt jedenfalls kein Anzeichen mehr dafür in seinem Gesicht.

Er sagte nur: „Ich fahre dich jetzt zurück."

Während der Fahrt hüllten sich beide in Schweigen, und sie fühlte sich an den ersten Tag erinnert, an dem sie ihn kennen gelernt hatte, als er der Polizist mit dem versteinerten Gesicht und sie die bestürzte Bürgerin gewesen war. Es war fast so, als ob die Ereignisse der hinter ihr liegenden Woche – die Nächte mit ihm, die Nacht, in der sie sich geliebt hatten – nie stattgefunden hätten. Er schien heute Abend entschlossen, jedem Gespräch über Gefühle aus dem Weg zu gehen, und sie war entschlossen, das Thema nicht von sich aus anzuschneiden.

Als sie das Schweigen nicht mehr aushalten konnte, bat sie ihn, ihre Schwester Wendy anrufen zu dürfen.

„Warum das denn? Ich dachte, ihr versteht euch nicht."

„Wir verstehen uns auch nicht. Aber sie ist immer noch meine Schwester. Ich fühle mich von allem abgeschnitten, und sie könnte dem Rest der Familie immerhin sagen, dass es mir gut geht."

Er überlegte einen Moment, dann sagte er: „Also gut, ruf sie an. Du kannst das Autotelefon benutzen. Aber sag ihr nicht …"

„Ich weiß, ich weiß." Sie griff nach dem Hörer und wählte

Wendys Nummer. Sie hörte es dreimal klingeln, dann meldete sich eine fremde weibliche Stimme.

„Bei Hayward."

„Hallo, hier ist Nina. Ich bin Wendys Schwester. Ist Wendy da?"

„Tut mir Leid, aber Mr. und Mrs. Hayward sind ausgegangen. Ich bin der Babysitter."

So sorgt sie sich also um mich, dachte Nina und spürte ein irrationales Gefühl von Verlassenheit in sich aufsteigen.

„Soll sie zurückrufen?" fragte das Kindermädchen.

„Nein, ich ... äh ... ich bin im Augenblick nicht erreichbar. Aber vielleicht rufe ich später noch mal an. Wissen Sie, wann sie nach Hause kommt?"

„Sie sind bei einem Benefizkonzert im Brant Theater. Sie wollten gegen Mitternacht zurück sein."

„Oh, das ist zu spät. Na gut, dann rufe ich morgen an, danke." Sie legte auf und seufzte enttäuscht.

„Nicht zu Hause?"

„Nein. Ich hätte mir gleich denken können, dass sie ausgegangen sind. In Jakes Anwaltskanzlei endet der Arbeitstag nun mal nicht um fünf. An den Abenden muss man dann Beziehungen knüpfen."

„Dein Schwager ist Anwalt?"

„Mit Ambitionen zum Richter. Und dabei ist er gerade erst dreißig geworden."

„Klingt wie ein Leben auf der Überholspur."

„Stimmt. Und dazu braucht er eine Frau, die genauso ehrgeizig ist wie er. Wendy ist genau die Richtige für ihn." Sie warf

Sam einen Blick zu und sah, dass er die Stirn in Falten gelegt hatte.
„Ist irgendwas?" fragte sie.

„Was für ein Theater? Wo sind sie hingegangen?"

„Ins Brant Theater. Dort finden meistens die Benefizkonzerte statt. Es geht um Rechtskostenhilfe oder so etwas."

Sam starrte auf die Straße. „Das Brant Theater. Ist es nicht gerade wiedereröffnet worden?"

„Ja. Vor einem Monat."

„Verdammt noch mal. Warum habe ich nicht schon längst daran gedacht?"

Ohne Vorwarnung wendete er mit quietschenden Reifen und fuhr die Straße zurück, die sie gekommen waren.

„Wohin fährst du?" fragte sie.

„Ins Brant Theater. Ein Rechtskostenhilfe-Benefizkonzert. Wer, glaubst du, wird dort sein?"

„Ein Haufen Anwälte?"

„Richtig. Unter anderem der von uns so geschätzte Staatsanwalt Norm Liddell. Ich liebe Anwälte zwar nicht besonders, aber ich bin auch nicht scharf darauf, ihre Leichen einzusammeln."

Sie starrte ihn entsetzt an. „Du glaubst, das ist das Ziel? Das Brant Theater?"

„Sie brauchen heute Abend Türsteher. Denk darüber nach. Was trägt ein Türsteher?"

„Manchmal einfach nur eine schwarze Hose und darüber ein weißes Hemd."

„Aber in einem guten alten Theater wie dem Brant? Sie tragen wahrscheinlich grüne Jacken mit schwarzen Kordeln."

Eine Viertelstunde später stand Sam auf der Bühne des Brant Theaters und schnappte sich das Mikrofon.

Die Musiker hörten überrascht auf zu spielen.

„Ladys und Gentlemen", sagte er kurz angebunden. „Hier ist die Portlander Polizei. Wir haben soeben eine Bombendrohung erhalten. Ich möchte Sie bitten, das Gebäude ruhig, aber zügig zu räumen. Ich wiederhole, bleiben Sie ruhig, aber räumen Sie bitte zügig das Gebäude."

Der Exodus setzte fast umgehend ein. Nina, die in einer der Eingangstüren stand, musste schnell beiseite treten, weil die erste Menschenwoge bereits auf die Gänge schwappte. In dem Durcheinander verlor sie Sam aus den Augen, aber sie konnte immer noch seine Stimme über die Lautsprecher hören.

„Bitte bleiben Sie ruhig. Es droht keine unmittelbare Gefahr. Verlassen Sie das Gebäude in geordneter Form."

Er wird der Letzte sein, dachte sie. Derjenige, den es am wahrscheinlichsten trifft, wenn die Bombe hochgeht.

Der Aufbruch war jetzt in vollem Gange, ein Schwall verängstigter Männer und Frauen in Abendgarderobe drängte an die Tür. Der erste Hinweis auf eine Katastrophe geschah so schnell, dass Nina es nicht einmal bemerkte. Vielleicht war irgendjemand über einen langen Rock gestolpert, vielleicht stürmten auch einfach zu viele Menschen auf einmal in Richtung Ausgang. Plötzlich stolperten einige Leute und fielen hin. Eine Frau schrie. Im Saal brach schlagartig Panik aus.

11. KAPITEL

Nina beobachtete mit Entsetzen, wie eine Frau in einem langen Abendkleid unter dem wilden Ansturm hinfiel. In der Absicht, ihr aufzuhelfen, versuchte Nina sich durch die ihr entgegenkommende Menge zu schieben, aber sie wurde durch die Eingangstüren nach draußen auf die Straße geschwemmt, und ein Zurück war unmöglich.

Die Straße füllte sich bereits mit betäubt dreinschauenden Evakuierten. Zu ihrer Erleichterung entdeckte sie Wendy und Jake in der Menge; zumindest ihre Schwester war nun in Sicherheit. Die Menschenflut, die aus den Türen strömte, begann langsam abzuebben.

Aber wo war Sam? Hatte er es noch nicht geschafft, nach draußen zu kommen?

Dann erspähte sie ihn. Er hatte einem älteren Mann einen Arm um die Schultern gelegt und half ihm dabei, sich vor einem Laternenpfosten auf dem Gehsteig niederzulassen.

Als Nina auf ihn zuging, entdeckte Sam sie und rief ihr zu: „Komm her und kümmere dich um den Mann hier!"

„Wohin gehst du?"

„Rein. Da drin sind noch mehr, die Hilfe brauchen."

„Ich kann dir helfen ..."

„Du hilfst mir, indem du draußen bleibst. Und kümmere dich um den Mann."

Sie fühlte dem Mann gerade den Puls und schaute sich verzweifelt nach einem Rettungswagen um, als Sam wieder herauskam, diesmal trug er die Frau in dem Abendkleid, die Nina hatte hinfallen sehen. Er bettete die Frau neben Nina, die vor dem alten Mann auf dem Boden kniete.

„Ich muss wieder rein", sagte er, schon wieder im Gehen. „Sieh nach, was mit ihr ist."

„Navarro!" brüllte eine Stimme.

Sam schaute über die Schulter und sah einen Mann im Smoking herankommen.

„Was, zum Teufel, ist hier los?"

„Ich kann jetzt nicht reden, Liddell. Ich habe zu tun."

„Gab es eine Bombendrohung oder nicht?"

„Keinen Anruf."

„Und warum ordnen Sie dann die Räumung des Gebäudes an, Detective?"

„Die Türsteheruniform." Sam drehte sich wieder um.

„Navarro!" brüllte Liddell. „Bleiben Sie gefälligst hier! Ich verlange auf der Stelle eine Erklärung! Wegen Ihrer Anordnung sind hier Leute zu Schaden gekommen! Wenn Sie mir nicht sofort einen triftigen …"

Sam war schon durch die Eingangstür verschwunden.

Liddell rannte auf dem Gehsteig hin und her und konnte es kaum abwarten, seine Tirade fortzusetzen. Schließlich brüllte er frustriert: „Das wird Sie den Kopf kosten, Navarro!"

Das waren die letzten Worte aus Liddells Mund, bevor die Bombe explodierte.

Nina wurde von der Wucht der Explosion zu Boden geschleudert. Sie landete hart und schürfte sich die Ellbogen auf, aber sie verspürte keinen Schmerz. Sie war zu entsetzt, um etwas anderes zu spüren als ein seltsames Gefühl von Unwirklichkeit.

Sie sah Glassplitter auf die Autos am Straßenrand niederregnen. Sah Rauch, der sich in der Luft kräuselte, und Dutzende von Leuten, die ebenso entsetzt wie sie auf der Straße lagen. Und sie sah, dass die Eingangstür des Brant Theaters aus den Angeln gerissen war.

Durch die entsetzte Stille hörte sie das erste Stöhnen. Gleich darauf das nächste. Dann ertönte Schluchzen, Schreie von Verletzten. Langsam rappelte sie sich in eine sitzende Stellung auf. Erst jetzt spürte sie den Schmerz. Ihre Ellbogen bluteten. Ihr Kopf schmerzte so stark, dass sie Angst hatte, sich übergeben zu müssen. Aber so wie der Schmerz langsam in ihr Bewusstsein einsickerte, tat es auch die Erinnerung an das, was kurz vor der Explosion geschehen war.

Sam. Sam war in das Gebäude gegangen.

Wo war er? Sie suchte die Straße mit Blicken ab, aber ihr war so schwindlig, dass sie nicht richtig sehen konnte. Sie entdeckte Liddell, der an einen Laternenpfosten gelehnt auf dem Gehsteig hockte und laut stöhnte. Neben ihm saß der ältere Mann, den Sam aus dem Theater geschleppt hatte. Nur von Sam war weit und breit keine Spur.

Sie rappelte sich mühsam auf. Die Welle von Übelkeit, die über sie hinwegschwappte, ließ sie taumeln. Sie kämpfte dagegen an und zwang sich, sich in Bewegung zu setzen und auf diese Tür zuzugehen.

Im Innern des Gebäudes war es zu dunkel, um etwas sehen zu können. Das einzige Licht war ein schwacher Lichtschein, der von der Straße hereinkam. Sie stolperte über Trümmer und landete auf ihren Knien. Schnell stand sie wieder auf, aber sie wusste, dass es hoffnungslos war. Es war absolut unmöglich, sich in der Dunkelheit zurechtzufinden, und noch unmöglicher war es, einen Menschen zu finden.

„Sam?" rief sie, tiefer in die Dunkelheit hineingehend. „Sam? Wo bist du?"

Ihre eigene Stimme, die heiser war vor Verzweiflung, hallte von den Wänden wider.

Sie lauschte einen Moment, dann rief sie wieder: „Sam!"

Diesmal hörte sie eine schwache Antwort. „Nina?" Sie kam nicht aus dem Innern des Gebäudes, sondern von außerhalb. Von der Straße.

Sie drehte sich um und tastete sich zum Ausgang zurück. Noch ehe sie diesen erreicht hatte, sah sie Sam dort stehen.

„Nina?"

„Ich bin hier. Ich bin hier ..." Sie stolperte durch die letzten Reste der Dunkelheit, die sie von ihm trennte, dann fühlte sie sich in seine Arme gerissen.

„Was, zum Teufel, machst du hier?" fuhr er sie wütend an.

„Ich habe dich gesucht."

„Du solltest draußen bleiben. Als ich dich nirgends entdeckte ..." Seine Arme schlangen sich fester um sie und zogen sie so eng an seine Brust, dass sie spürte, wie sein Herz hämmerte. „Nächstes Mal hörst du mir zu."

„Ich dachte, du wärst drin ..."

„Ich bin durch den anderen Ausgang rausgegangen."

„Ich habe dich nicht gesehen!"

„Ich hatte eben den letzten Mann rausgeschafft, als die Bombe hochging. Wir wurden beide auf den Gehsteig geschleudert." Er zog sich etwas zurück und schaute sie an. Da erst sah sie das Blut, das an seiner Schläfe hinabrann.

„Sam, du brauchst einen Arzt …"

„Wir haben hier eine Menge Leute, die einen Arzt brauchen, denen es viel schlechter geht als mir." Er schaute auf die Straße. „Ich kann warten."

Vincent Spectre stand im schützenden Dunkel auf der anderen Straßenseite und fluchte lautlos in sich hinein. Sowohl Richter Stanley Dalton wie auch Norm Liddell waren noch am Leben. Spectre sah den jungen Staatsanwalt an den Laternenpfosten gelehnt dasitzen und sich den Kopf halten. Die blonde Frau neben ihm musste seine Frau sein. Sie waren von Dutzenden anderen verletzten Theaterbesuchern umringt. Spectre konnte nicht einfach über die Straße gehen, um ihn unschädlich zu machen. Sam Navarro stand nur ein paar Meter von Liddell entfernt, und er war mit Sicherheit bewaffnet.

Noch eine Demütigung. Das würde seinen Ruf ruinieren, ganz zu schweigen von seinem Bankkonto. Der Schneemann hatte ihm vierhunderttausend Dollar für den Tod von Liddell und Dalton versprochen. Spectre hatte eine elegante Lösung vorgeschwebt: sie beide auf einen Schlag auszuschalten. Bei so vielen anderen Opfern wäre nie klar gewesen, wer oder was das eigentliche Ziel des Anschlags war.

Aber diejenigen, um die es ging, waren noch am Leben, und das bedeutete, dass die Bezahlung ausbleiben würde.

Er fing an, bei diesem Job Kopf und Kragen zu riskieren, vor allem mit Navarro dicht auf den Fersen. Dank Navarro würde

Spectre den Job sausen lassen und sich von dem Gedanken an vierhunderttausend Dollar verabschieden müssen.

Sein Blick erfasste eine andere Gestalt in der Menge. Es war diese Krankenschwester, Nina Cormier, die gerade einen der Verletzten verarztete. Dieses Fiasko war auch ihre Schuld; daran konnte es keinen Zweifel geben. Die Türsteheruniform war zweifellos der entscheidende Hinweis gewesen.

Sie war ein anderes Detail, um das er sich nicht ausreichend gekümmert hatte, und dies hier war jetzt das Ergebnis. Kein Treffer, kein Geld. Erschwerend hinzu kam noch, dass sie ihn identifizieren konnte. Obwohl dieses Phantombild hoffnungslos ungenau war, hatte Spectre den unangenehmen Verdacht, dass sie ihn wiedererkennen würde. Das machte sie zu einer Gefahr, die er nicht länger ignorieren konnte. Er würde sich etwas einfallen lassen müssen. Und zwar schnell.

„Klare Sache", erklärte Gillis. „Dynamit."

„Scheint so, als hätte der Anschlag den Leuten in der dritten Reihe gegolten", sagte Sam. „Ich frage mich nur, wer hier wohl saß und das Opfer werden sollte."

„Wir werden es herausfinden."

„Der Suchtrupp kann jetzt reinkommen." Sam, der vor dem Loch, das die Bombe in den Boden gerissen hatte, gekniet hatte, stand auf, und plötzlich wurde ihm schwummrig. Die Nachwirkungen der Explosion. Er musste dringend an die frische Luft.

„Bist du okay?" fragte Gillis.

„Ja. Ich muss nur kurz mal hier raus." Er stolperte den Gang hinauf durch die Eingangstüren nach draußen. Dort lehnte er sich gegen einen Laternenpfosten und sog gierig die frische klare Nachtluft in die Lungen. Sein Schwindel legte sich, und er schaute auf die Straße. Er sah, dass die Menschenmenge kleiner geworden war und dass die Verletzten alle abtransportiert waren. Auf der Straße parkte nur noch ein Rettungswagen.

Wo war Nina?

Dieser Gedanke bewirkte, dass sein Kopf schlagartig klar wurde. Er suchte die Straße mit Blicken ab, aber er konnte sie nirgends entdecken. Wo steckte sie?

Ein junger Polizist, der die Absperrung bewachte, schaute auf, als Sam herankam. „Ja, Sir?"

„Da war eine Frau – eine Krankenschwester in Straßenkleidung –, die hier erste Hilfe geleistet hat. Wohin ist sie gegangen?"

„Sie meinen diese dunkelhaarige Lady? Die hübsche?"

„Ja, genau die."

„Sie ist vor ungefähr zwanzig Minuten mit einem der Rettungswagen weggefahren."

„Danke." Sam wählte auf seinem Handy die Nummer des Krankenhauses. Er durfte kein Risiko eingehen; er musste sich davon überzeugen, dass sie in Sicherheit war.

Die Leitung war besetzt.

Frustriert sprang er in sein Auto und brüllte Gillis, der eben herankam, zu: „Ich fahre ins Krankenhaus. Bin gleich zurück."

Eine Viertelstunde später rannte er durch die Notaufnahme und steckte den Kopf in jede der Behandlungskabinen, die den Flur rechts und links säumten. Er sah entsetzte Gesichter, blutbefleckte Kleidung. Aber keine Nina.

Auf dem Rückweg blieb er vor einer geschlossenen Tür stehen, die er auf dem Hinweg bewusst ausgelassen hatte. Es war der Raum, in dem Schwerverletzte versorgt wurden. Hinter der Tür hörte man Stimmen, das Klappern von Schranktüren. Er wusste, dass sich der oder die Patientin hinter der Tür in einem kritischen Zustand befand, und es widerstrebte ihm, einfach hereinzuplatzen, aber er hatte nun einmal keine andere Wahl. Er musste sich davon überzeugen, dass Nina wohlbehalten im Krankenhaus angelangt war.

Er machte die Tür auf.

Ein Patient – ein Mann – lag auf dem Behandlungstisch, sein Körper wirkte weiß und schwammig unter dem grellen Licht. Eine Krankenschwester schloss ihn gerade an den Beatmungsapparat an, während andere mit Schläuchen, Verbandszeug und Spritzen herumhantierten. Sam blieb, für einen Moment entsetzt über das Grauen, das der Szene innewohnte, in der Tür stehen und versuchte sich wieder zu fangen.

„Sam?"

Erst jetzt registrierte er, dass Nina von der anderen Seite des Raums auf ihn zukam. Wie alle anderen Schwestern trug auch sie einen blauen Kittel, in dem er sie auf den ersten Blick nicht erkannt hatte.

Sie ergriff seinen Arm und zog ihn aus dem Raum. „Was machst du hier?" flüsterte sie.

„Du warst so plötzlich verschwunden. Ich wusste nicht, wo du bist."

„Ich bin mit einem der Rettungswagen hierher gefahren. Ich dachte mir, dass sie mich brauchen. Und ich hatte Recht."

„Nina, du kannst doch nicht einfach so verschwinden! Ich wusste nicht, wo du warst, und ich hatte keine Ahnung, ob mit dir alles in Ordnung ist."

Sie betrachtete ihn mit einem Ausdruck stiller Verwunderung, aber sie sagte nichts.

„Hörst du mir überhaupt zu?"

„Ja", antwortete sie leise. „Aber ich wage meinen Ohren kaum zu trauen. Du klingst wirklich erschrocken."

„Ich war nicht erschrocken. Ich war nur … ich meine …" Er schüttelte frustriert den Kopf. „Okay, ich habe mir Sorgen um dich gemacht. Ich hatte große Angst, dass dir etwas zugestoßen sein könnte."

„Weil ich deine Zeugin bin?"

Er schaute in ihre Augen, diese wunderschönen, nachdenklichen Augen. Nie in seinem Leben hatte er sich so verletzlich gefühlt. Das war ein neues Gefühl für ihn, und er mochte es nicht. Er war kein Mann, der sich so leicht aus dem Gleichgewicht bringen ließ, und die Tatsache, dass ihm der Gedanke, sie verlieren zu können, eine solche Angst eingejagt hatte, sagte ihm, dass er viel tiefer verstrickt war, als er zugeben wollte.

„Sam?" Sie streckte die Hand aus und berührte sein Gesicht.

Er zog ihre Hand sanft weg und sagte: „Nächstes Mal will ich, dass du mir sagst, wo du hingehst. Es geht hier um *dein* Leben. Wenn du es aufs Spiel setzen willst, ist das deine Angelegenheit, aber bis Spectre hinter Gittern sitzt, bin ich für deine Sicherheit verantwortlich. Hast du mich verstanden?"

Sie entzog ihm ihre Hand. Es war mehr als nur ein körperlicher Rückzug; er spürte, dass sie sich ihm gefühlsmäßig ebenfalls entzog, und das tat ihm weh. Es war ein Schmerz, den er sich selbst zuzuschreiben hatte, und das machte es noch schlimmer.

Sie sagte schroff: „Ich verstehe sehr gut."

„Gut. Und jetzt denke ich, dass du ins Hotel zurückfahren solltest, wo wir dich im Auge behalten können."

„Ich kann jetzt hier nicht weg. Ich werde gebraucht."

„Ich brauche dich auch. Lebend."

„Schau dich um!" Sie deutete auf den Warteraum, in dem sich die Verletzten drängten. „Diese Leute müssen alle untersucht und versorgt werden. Ich kann jetzt nicht einfach weg."

„Nina, ich muss meinen Job machen. Und deine Sicherheit ist Teil meines Jobs."

„Ich habe auch einen Job!" erklärte sie.

Sie maßen sich einen Moment lang mit Blicken, und es war klar, dass keiner die Absicht hatte klein beizugeben.

Dann sagte Nina schroff: „Ich habe keine Zeit für so etwas" und wandte sich ab, um zu ihrem Patienten zurückzugehen.

„Nina!"

„Ich mache meinen Job und du deinen."

Nach diesen Worten machte sie ihm die Tür vor der Nase zu, und ihm blieb nur noch die Möglichkeit, einen Mann hier abzustellen, der sie nicht aus den Augen ließ.

Es war halb elf. Die Nacht hatte eben erst begonnen.

In den folgenden sieben Stunden lagen Ninas Nerven völlig blank. Nach der Auseinandersetzung mit Sam war sie wütend und verletzt, und sie musste sich zwingen, sich auf ihre Arbeit zu konzentrieren – auf die Dutzenden von Verletzten, die sich in dem Warteraum drängten. Aber immer wieder kehrten ihre Gedanken zu Sam zurück.

Ich muss meinen Job machen. Und deine Sicherheit ist Teil meines Jobs.

Ist das alles, was ich für dich bin? dachte sie unglücklich, während sie ihre Unterschrift unter ein weiteres Formular mit Patientenanweisungen setzte. Ein Job, eine Last? Aber was hatte sie eigentlich erwartet? Von Anfang an hatte er die Rolle des kühlen, unbeteiligten Polizisten gespielt. Mr. Unnahbar. Gewiss, ab und zu war durch diese harte Schale ein bisschen Wärme gesickert, und manchmal war es ihr gelungen, einen Blick auf den Mann darunter zu erhaschen. Aber jedes Mal, wenn sie geglaubt hatte, den echten Sam Navarro zu berühren, war er zurückgezuckt, als ob er sich an ihr verbrannt hätte.

Was mache ich bloß mit dir, Sam, fragte sie sich traurig. Und was sollte sie mit ihren Gefühlen für ihn tun?

Um sechs Uhr morgens war sie so erschöpft, dass sie kaum mehr aufrecht stehen konnte, aber schließlich war der Warteraum leer. Der größte Teil des Krankenhauspersonals hatte sich im Aufenthaltsraum zu einer wohlverdienten Kaffeepause versammelt. Nina wollte sich eben dazugesellen, als sie hörte, wie jemand ihren Namen rief.

Sie drehte sich um und sah Sam, der im Warteraum stand und sie unsicher ansah.

Er wirkte genauso erschöpft, wie sie sich fühlte, seine Augen waren gerötet, und seine Kinnpartie war von Bartstoppeln verschattet. Sobald ihr Blick auf ihn fiel, war ihre Wut auf ihn wie weggeblasen.

Mein armer, armer Sam, dachte sie. Du gibst so viel, und was für einen Trost hält der Tag am Ende für dich bereit?

Sie ging zu ihm. Er sagte nichts; er schaute sie nur mit diesem Ausdruck von Müdigkeit an. Sie umarmte ihn. Einen Moment lang hielten sie einander fest, ihre Körper zitterten vor Erschöpfung. Dann hörte sie ihn leise sagen: „Komm, lass uns nach Hause gehen."

Sie fühlte sich so warm an, so perfekt, wie sie so neben ihm lag. Als ob sie hierher gehörte, hierher, in sein Bett.

Sam schaute auf Nina, die noch fest schlief. Es war bereits früher Nachmittag. Er hätte eigentlich längst auf sein müssen, aber die Erschöpfung hatte ihren Tribut gefordert.

Er wurde langsam zu alt für diesen Job. Seit mehr als achtzehn Jahren war er mit Haut und Haaren Polizist. Obwohl er in gewissen Momenten seine Arbeit durchaus gehasst hatte, hatte er doch nie daran gezweifelt, dass er zum Polizisten berufen war. Deshalb bestürzte es ihn jetzt umso mehr, dass es für ihn im Augenblick nichts Unwichtigeres gab als sein Dasein als Polizist.

Das Einzige, was er wirklich wollte, war, eine Ewigkeit in diesem Bett zu verbringen und diese Frau anzuschauen. Sich an ihrem Anblick zu ergötzen. Erst wenn Nina schlief, fühlte er sich sicher genug, um sie wirklich anschauen zu können. Wenn sie wach war, fühlte er sich zu verletzlich, als ob sie seine Gedanken lesen und hinter die Mauern schauen könnte, die er um sein Herz errichtet hatte. Die Gefühle, die dort lauerten, wagte er nicht einmal sich selbst einzugestehen.

Doch während er sie jetzt betrachtete, wurde ihm klar, dass

es keinen Sinn hatte, sich noch länger etwas vorzumachen: Er konnte den Gedanken nicht ertragen, dass sie wieder aus seinem Leben verschwand. Hieß das, dass er sie liebte? Er wusste es nicht.

Er wusste nur, dass die Ereignisse nicht den erwarteten Verlauf genommen hatten.

Letzte Nacht, als er beobachtet hatte, wie sie sich der Verletzten annahm, war ihm klar geworden, dass es so leicht wäre, sich in sie zu verlieben. Es wäre so ein Fehler.

In einem Monat, in einem Jahr würde sie in ihm das sehen, was er war: kein Held, sondern ein ganz normaler Bursche, der seinen Job, so gut er konnte, machte. Und in ihrem Krankenhaus würde sie weiterhin Seite an Seite mit Männern wie Robert Bledsoe zusammenarbeiten. Männer mit Doktortiteln und einem Haus am Wasser. Wie lange würde es dauern, bis sie des Cops, der sich zufälligerweise in sie verliebt hatte, müde wurde?

Er setzte sich auf und fuhr sich mit einer Hand durchs Haar, während er versuchte, die letzten Überreste des Schlafs abzuschütteln. Sein Gehirn funktionierte noch nicht richtig. Er brauchte Kaffee, irgendetwas, das ihn auf Trab brachte. Er hatte alle Hände voll zu tun, es gab so viele Spuren, denen man nachgehen musste.

Dann spürte er eine Berührung, weich wie Seide, an seinem Rücken. Und auf einmal war die Arbeit das Letzte, woran er dachte.

Er drehte sich um und begegnete ihrem Blick. Sie schaute ihn verschlafen an, ihr Lächeln war entspannt und zufrieden. „Wie spät ist es?" murmelte sie.

„Fast drei."

„Was, so lange haben wir geschlafen?"

„Wir hatten es nötig. Und wir sidn sicher, Pressler hat draußen aufgepasst."

Sie reckte ihm die Arme entgegen. Dieser Einladungsgeste konnte er nicht widerstehen. Mit einem Aufstöhnen legte er sich neben sie und küsste sie auf den Mund. Sein Körper reagierte sofort, und der ihre ebenfalls. Sie hielten sich eng umschlungen, ihre Wärme vermischte sich. Er konnte nicht aufhören, konnte sich nicht zurückziehen: Er wollte sie so sehr. Er sehnte sich danach, sie zu spüren, genau wie beim ersten Mal. Wenn er sie schon nicht für den Rest seines Lebens haben konnte, so wollte er sie wenigstens für diesen Moment. Und als er schließlich in sie eindrang, wusste er, dass er sich immer an ihr Gesicht, ihr Lächeln, ihr süßes Stöhnen in diesem Moment erinnern würde.

Sie nahmen beide. Sie gaben beide.

Doch schon als er seinen Höhepunkt erreichte, als er die herrliche Erlösung herannahen spürte, dachte er: Es ist nicht genug. Es ist nie genug. Er wollte mehr von ihr kennen lernen, was ihn wirklich brennend interessierte, war nicht nur ihr Körper, sondern auch ihre Seele.

Sein Verlangen war vorübergehend gesättigt, und doch fühlte er sich niedergeschlagen, als er später neben ihr lag. So gar nicht wie sich ein unbeschwerter Junggeselle nach der Eroberung eigentlich fühlen sollte. Er war höchstens wütend auf sich selbst, weil er in diese Situation hineingeschlittert war. Weil er es zugelassen hatte, dass diese Frau so wichtig für ihn geworden war, dass er sie brauchte.

Und da lag sie und drängte sich mit einem Lächeln noch tiefer in sein Leben.

Seine Antwort bestand darin, aufzustehen und ins Bad zu gehen. Als er frisch geduscht und mit noch feuchtem Haar zurückkehrte, saß sie im Bett und schaute ihn verwirrt an.

„Ich muss weg", sagte er, während er sich ein frisches Hemd anzog. „Ich werde Pressler sagen, dass er reinkommen soll."

„Aber, Sam, ich habe geglaubt …" Auf ihrem Gesicht spiegelte sich heftige Enttäuschung.

„Nina, bitte. Das hilft uns beiden nicht weiter."

Sie senkte den Kopf. Der Anblick war mehr, als er ertragen konnte. Er nahm ihre Hände. „Du weißt, dass ich mich von dir angezogen fühle."

Sie lachte leise auf. „Nun, das ist offensichtlich."

„Und du weißt auch, dass ich dich für eine wunderbare Frau halte. Wenn ich jemals mit dem Rettungswagen ins Krankenhaus eingeliefert werden sollte, hoffe ich nur, dass du die Krankenschwester bist, die sich meiner annimmt."

„Aber?"

„Aber …" Er seufzte. „Ich sehe uns einfach nicht zusammen. Nicht auf lange Sicht."

Sie schaute ihn wieder an, und er sah, wie sie mühsam um Fassung rang. Er hatte sie verletzt, und er hasste sich dafür, hasste sich für seine Feigheit. Denn natürlich war es das. Er glaubte nicht fest genug daran, dass sie eine Chance hatten. Er glaubte nicht an *sie*.

Alles, was er mit Sicherheit wusste, war, dass er nie, nie über sie hinwegkommen würde.

Er stand auf. Sie reagierte nicht, sondern saß nur traurig da und starrte auf die Bettdecke. „Es liegt nicht an dir, Nina", sagte er. „Es liegt an mir. Es hat etwas damit zu tun, was mir vor Jahren passiert ist. Es hat mich davon überzeugt, dass so etwas … dass es einfach nicht hält. Es ist zu überfrachtet. Eine verängstigte Frau. Und ein Polizist. Da können ja nur völlig unrealistische Erwartungen herauskommen."

„Komm mir jetzt nicht mit dieser alten Psycholeier, Sam. Ich möchte nichts von Übertragungsphänomenen und deplatzierter Zuneigung hören."

„Du musst es dir aber anhören, weil du es erst dann richtig verstehst. Weil du erst dann …"

„Du hast eben gesagt, es ist etwas, das dir passiert ist. Vor Jahren", wandte sie ein. „War es … eine andere Frau?"

Er nickte.

„Dieselbe Situation? Eine verängstigte Frau, der Cop als Retter in der Not?"

Wieder nickte er.

„Oh." Sie schüttelte leicht den Kopf und murmelte in einem Tonfall der Selbstverachtung: „Ich schätze, in dieses Schema passe ich genau rein."

„Wir beide."

„Und wer hat wen verlassen, Sam? Das letzte Mal, als es dir passierte?"

„Es ist mir nur einmal passiert. Außer mit dir." Er wandte sich ab und begann in dem Zimmer auf und ab zu gehen. „Ich war damals noch ein Grünschnabel, ein Streifenpolizist von zweiundzwanzig Jahren. Ich sollte aufpassen, dass einer Frau, die verfolgt wurde, nichts passierte. Sie war achtundzwanzig und ungeheuer weltgewandt, deshalb ist es wohl kein Wunder, dass ich mich in sie verknallte. Überraschend daran war nur, dass sie meine Gefühle zu erwidern schien. Zumindest solange die Krise andauerte. Als es vorbei war, entschied sie, dass ich eigentlich doch nicht so beeindruckend wäre. Und sie hatte Recht." Er blieb stehen und schaute sie an. „Es ist dieses verdammte Ding, das man Realität nennt. Sie zieht uns ab einem bestimmten Moment alle nackt aus, bis nur noch übrig bleibt, was wir wirklich sind. Und in meinem Fall ist das ein hart arbeitender Cop. Größtenteils aufrichtig. Intelligenter als manche, weniger intelligent als andere. Kurz gesagt, ich bin kein Held. Ich bin nur ein normaler Polizist. Und als ihr das schließlich dämmerte, machte sie auf dem Absatz kehrt und ließ einen kreuzunglücklichen, aber weiser gewordenen Grünschnabel zurück."

„Und du denkst jetzt, eines Tages mache ich auch auf dem Absatz kehrt."

„Auf jeden Fall ist es das, was du tun solltest. Weil du so viel mehr verdienst, Nina. Viel mehr, als ich dir je geben kann."

Sie schüttelte den Kopf. „Was ich will, hat nichts damit zu tun, was ein Mann mir *geben* kann."

„Denk an Robert. Was du mit ihm hättest haben können."

„Robert ist das perfekte Beispiel! Er hatte alles. Alles bis auf das, was ich von ihm wollte."

„Was wolltest du denn, Nina?"

„Liebe. Loyalität." Sie begegnete mutig seinem Blick. „Aufrichtigkeit."

Er schloss die Augen und zählte bis zehn. Das, was sie eben

genannt hatte, waren Dinge, die er ihr geben konnte. Dinge, die er jedoch nicht wagte, ihr zu geben.

„Im Augenblick denkst du, es ist genug", wandte er ein. „Aber du würdest sicher bald herausfinden, dass es eben doch nicht reicht."

„Es ist mehr, als ich von Robert je bekommen habe." Und mehr, als ich von dir je bekommen werde, sagten ihre Augen.

Er versuchte sie nicht vom Gegenteil zu überzeugen, sondern drehte sich um und ging zur Tür.

„Ich sage jetzt Pressler Bescheid, dass er reinkommen soll. Er wird den Tag über hier bleiben."

„Das ist nicht nötig."

„Du solltest nicht allein bleiben, Nina."

„Ich werde nicht allein sein." Sie schaute zu ihm auf. „Ich kann zu meinem Vater gehen. Er hat diese tolle Alarmanlage. Ganz zu schweigen von den Hunden. Jetzt, wo wir wissen, dass es nicht Daniella ist, die herumrennt und Bomben legt, sollte ich dort eigentlich sicher sein."

Er konnte ihr nicht in die Augen schauen, es tat zu weh. Deshalb sagte er nur: „Ich fahre dich hin."

12. KAPITEL

„Wir glauben zu wissen, wem der Anschlag galt", berichtete Sam. „Es war unser wundervoller Staatsanwalt Liddell."

Chief Coopersmith starrte Sam und Gillis über den Konferenztisch hinweg an. „Sind Sie sicher?"

„Alles deutet darauf hin. Die Bombe lag unter seinem Sitz. Seine Frau und er wären auf der Stelle tot gewesen. Und die Karten waren eine Woche im Voraus bestellt."

„Wer saß sonst noch in der Reihe?"

„Richter Dalton saß sechs Sitzplätze weiter", gab Gillis zurück. „Die Chancen stehen gut, dass er ebenfalls getötet worden wäre. Oder zumindest schwer verletzt."

„Und die anderen Leute in dieser Reihe?"

„Scheiden unserer Meinung nach aus, weil sie zu unbedeutend sind. Ach ja, Ernie Takeda hat heute Nachmittag angerufen und die Untersuchungsergebnisse durchgegeben. Die Machart der Bombe deutet zweifelsfrei auf Spectre hin."

Coopersmith lehnte sich zurück und seufzte müde. Sie waren alle müde, die letzte Nacht hatte die gesamte Mannschaft schwer in Atem gehalten.

„Wissen wir, wer ihn angeheuert hat?"

Sam und Gillis schauten sich an. „Wir können nur wilde Spekulationen anstellen", sagte Gillis.

„Billy Binford?"

Sam nickte. „Nächsten Monat ist sein Prozess. Und Liddell hat sich vehement gegen jeden Kuhhandel ausgesprochen. Es kursieren Gerüchte, dass er eine Verurteilung als Sprungbrett für eine politische Kampagne nutzen will. Ich denke, der Schneemann weiß, dass er eine lange Zeit hinter Gittern verbringen muss. Vermutlich will er Liddell loswerden. Für alle Zeit."

Als die Besprechung um halb sechs zu Ende war, sprintete Sam zur Kaffeemaschine. Er hatte gerade den ersten Schluck genommen, als Liddell zur Tür hereinkam. Beim Anblick der Schürfwunden im Gesicht des Staatsanwalts verspürte er unwillkürlich ein Gefühl der Befriedigung. Obwohl die Verletzungen nur geringfügig waren, hatte Liddell letzte Nacht am lautesten nach einem Arzt geschrien. Seine Frau, die sich den Arm gebrochen hatte, hatte ihren Gatten schließlich mit der Bemerkung zurechtgewiesen, dass er endlich den Mund halten und sich wie ein Mann benehmen sollte.

Und jetzt war er mit ein paar hässlichen Kratzern im Gesicht hier und schaute – unfassbar – zerknirscht drein.

„Tag, Navarro", sagte Liddell mit gedämpfter Stimme.

„Tag."

„Ich ... äh ..." Liddell räusperte sich und schaute sich um, als ob er sich versichern wollte, dass niemand zuhörte.

„Wie gehts Ihrer Frau?" fragte Sam.

„Gut. Sie wird für eine Weile einen Gips tragen müssen. Glücklicherweise ist es kein komplizierter Bruch."

„Sie hat sich letzte Nacht prima gehalten", bemerkte Sam. *Im Gegensatz zu dir.*

„Tja, meine Frau hat ein Rückgrat aus Stahl. Tatsächlich ist das etwas, worüber ich mit Ihnen reden wollte."

„Ach ja?"

„Schauen Sie, Navarro. Letzte Nacht ... nun, vermutlich war ich ein bisschen voreilig. Ich meine, ich wusste ja nicht, dass Sie Informationen über die Bombe hatten."

Sam sagte kein Wort. Er wollte diese erfreuliche Darbietung nicht unterbrechen.

„Im Grunde hätte mir natürlich klar sein müssen, dass Sie schon Ihre Gründe haben werden, wenn Sie das Gebäude räumen lassen. Aber verdammt noch mal, Navarro, ich habe einfach nur gesehen, dass bei dem wilden Ansturm Leute verletzt wurden. Ich dachte, Sie hätten wegen nichts und wieder nichts eine Panik ausgelöst, und ich ..." Er unterbrach sich, offenbar hatte er Mühe, das, was ihm auf der Zunge lag, hinunterzuschlucken. „Na egal, jedenfalls entschuldige ich mich."

„Entschuldigung angenommen."

Liddell nickte erleichtert.

„Jetzt können Sie Ihrer Frau gleich sagen, dass Sie aus dem Schneider sind."

Liddells Gesichtsausdruck verriet Sam, dass er richtig vermutet hatte. Diese Entschuldigung war Mrs. Liddells Idee, gepriesen sei ihr stählernes Rückgrat.

„He, Sam!" Gillis kam auf ihn zugerannt und packte ihn am Arm. „Los, komm mit."

„Wohin?"

„Das Gefängnis hat ein Überwachungsvideo, das sie uns zeigen wollen. Der Schneemann hatte vor ein paar Tagen unbekannten Besuch."

Sam verspürte einen Adrenalinstoß. „Spectre?"

„Nein, eine Frau."

Das Essen war hervorragend. Die Gesellschaft war deprimierend.

Daniella, die über ihrem glänzenden grünen Gymnastikanzug einen aufreizenden Wickelrock trug, stocherte mürrisch in ihrem Salat herum, ohne die Platte mit gerösteter Entenbrust und wildem Reis zu beachten. Sie sprach nicht mit ihrem Gatten, und ihr Gatte sprach nicht mit ihr, und Nina fühlte sich zu unbehaglich, um mit einem von beiden zu sprechen.

Nach all den Fragen der Polizei war Daniellas Affäre mit Robert schließlich ans Licht gekommen. Doch obwohl Nina Daniella diesen Verrat nie verzeihen würde, konnte sie mit der Frau zumindest zivilisiert zu Abend essen.

Ninas Vater konnte das nicht. Er war immer noch schockiert über die Enthüllung. Seine Vorzeigeehefrau hatte sich nicht damit zufrieden geben wollen, reich geheiratet zu haben. Sie hatte auch noch einen jüngeren Mann gewollt. Nach drei gescheiterten Ehen hatte George Cormier es immer noch nicht verstanden, die richtige Ehefrau zu wählen.

Jetzt riecht es stark nach einer vierten Scheidung, dachte Nina. Sie schaute erst auf ihren Vater, dann auf Daniella. Obwohl sie ihren Vater liebte, konnte sie sich doch des Gefühls nicht erwehren, dass er und Daniella einander verdienten. Auf die schlimmstmögliche Weise.

Daniella legte ihre Gabel hin. „Bitte entschuldigt mich", sagte sie. „Ich habe wirklich keinen Appetit. Ich glaube, ich gehe jetzt ins Kino."

„Und was ist mit mir?" brauste George auf. „Ich weiß, dass ich nur dein Mann bin, aber ein paar Abende in der Woche mit deinem langweiligen alten Gatten sind doch wohl nicht zu viel verlangt, oder? Wenn man an den Nutzen denkt, den du aus ihm ziehst."

„Nutzen? *Nutzen?*" Daniella sprang wütend auf. „Kein Geld der Welt kann einen dafür entschädigen, mit einem alten Bock wie dir verheiratet zu sein."

„*Bock?*"

„Alter Bock. Hast du mich gehört? *Alt.*" Sie lehnte sich über den Tisch. „In jedem Sinn des Wortes."

Jetzt sprang er ebenfalls auf. „Was erlaubst du dir, du Miststück ... ah ..."

„Na los! Gib mir Schimpfnamen. Ich hab für dich genauso viele auf Lager." Sie warf ihr blondes Haar zurück, drehte sich um und fegte aus dem Esszimmer.

George starrte ihr einen Moment nach. Langsam sank er wieder auf seinen Stuhl. „Gott", flüsterte er. „Was habe ich mir bloß dabei gedacht, sie zu heiraten?"

Gar nichts, hätte Nina ihm am liebsten geantwortet. Sie berührte ihren Vater am Arm. „Scheint so, als ob wir beide kein besonderes Talent hätten, uns einen Partner zu wählen. Oder was meinst du, Dad?"

Wieder einmal ertappte sie sich dabei, dass sie sich fragte, was Sam wohl gerade machte. Was ihn gerade umtrieb. Sie würde es ganz bestimmt nicht sein, dafür war er viel zu sehr Polizist. Und doch konnte sie, als jetzt das Telefon klingelte, die plötzliche Hoffnung, dass er es sein könnte, nicht unterdrücken.

Einen Moment später steckte Daniella den Kopf zur Tür rein und sagte: „Es ist für dich, Nina. Das Krankenhaus."

Enttäuscht stand sie auf, um den Anruf entgegenzunehmen.

„Hallo?"

„Hallo, hier ist Gladys Power, die diensthabende Oberschwester. Entschuldigen Sie, dass wir Sie stören, aber wir haben heute Abend eine Menge Krankmeldungen und wollten Sie fragen, ob Sie nicht vielleicht einspringen könnten."

Es war halb elf, als Sam sein Haus betrat. Das Erste, was er registrierte, war die Stille. Die Leere. Es war ein Haus, dem irgendwie seine Seele abhanden gekommen war.

Er knipste das Licht an, aber selbst der Schein aller Lampen konnte die Schatten nicht vertreiben. Seit fast drei Jahren war dies das Haus, das er sein Heim nannte, das Haus, in das er jeden Tag nach Feierabend zurückkehrte. Jetzt kam es ihm kalt vor, wie das Haus eines Fremden. Gar nicht wie sein Heim.

Er goss sich ein Glas Milch ein und trank durstig. Das reichte zum Abendessen, er hatte nicht die Energie zu kochen. Er goss sich ein zweites Glas ein und trug es zum Telefon. Den ganzen Abend juckte es ihn schon in den Fingerspitzen, dieses Telefonat zu führen, aber er war bisher noch nicht dazu gekommen. Jetzt hatte er endlich die nötige Ruhe, um Nina anzurufen. Er wollte ihr das sagen, was er nicht zu sagen gewagt hatte, was er jedoch jetzt nicht länger ableugnen konnte, weder vor ihr noch vor sich selbst.

Nina hatte ihm neue Möglichkeiten eröffnet. Ja, er hatte Angst. Ja, er wusste, wie tief er verletzt sein würde, falls sie ihn je verließ. Doch die Vorstellung, dass er sich selbst und ihr nicht einmal eine Chance gab, war einfach zu deprimierend.

Er war ein Feigling gewesen. Aber das war vorbei.

Er griff nach dem Hörer und wählte die Nummer von Ninas Vater.

Nachdem es am anderen Ende der Leitung einige Male geklingelt hatte, wurde abgenommen. „Hallo?" Es war nicht Nina, sondern Daniella, der Fitnessfreak.

„Hier ist Sam Navarro", sagte er. „Entschuldigen Sie, dass ich so spät anrufe. Könnte ich wohl Nina sprechen?"

„Sie ist nicht da."

Der Stich der Enttäuschung, den er verspürte, verwandelte sich gleich darauf in Bestürzung. Warum war sie nicht da? Sie sollte die Nacht an einem sicheren Ort verbringen und nicht ungeschützt in der Gegend herumrennen.

„Darf ich fragen, wo sie ist?"

„Im Krankenhaus. Man hat sie vorhin gebeten, die Nachtschicht zu übernehmen."

„In der Notaufnahme?"

„Anzunehmen."

„Danke vielmals." Seine Enttäuschung legte sich wie ein schweres Gewicht auf seine Schultern. Ach, zum Teufel. Er würde es nicht noch länger vor sich herschieben. Er würde es ihr sagen. Und zwar noch heute.

Die Tiefgarage des Krankenhauses lag verlassen da, eine Tatsache, die Nina nicht sonderlich beunruhigte, als sie durch die Schranke fuhr. Wenn sie Nachtschicht hatte, war sie oft in dieser Garage, und es hatte noch nie irgendwelche Probleme gegeben. Schließlich gehörte Portland immer noch zu den sichersten Städten in ganz Amerika.

Vorausgesetzt, man steht nicht auf irgendjemandes Abschussliste, erinnerte sie sich.

Sie fuhr in eine Parklücke und saß noch einen Moment lang in der Absicht, ihre aufgescheuchten Nerven zu beruhigen, da. Sie wollte mit klarem Kopf an die Arbeit gehen. Ohne an Todesdrohungen zu denken. Oder an Sam Navarro. Sobald sie durch diese Tür ging, war sie nur noch Krankenschwester. Davon hingen Menschenleben ab.

Sie öffnete die Wagentür und stieg aus.

Ihre reguläre Schicht begann erst in einer Stunde. Um Mitternacht bei Schichtwechsel herrschte in dieser Garage Hochbetrieb, aber im Augenblick war niemand hier. Sie beschleunigte ihre Schritte. Der Aufzug lag direkt gegenüber, der Weg war klar. Nicht mehr als ein Dutzend Schritte.

Sie sah den Mann nicht, der hinter ihr aus einem Auto stieg und nun neben ihr auftauchte.

Aber sie spürte die Hand, die plötzlich ihren Arm umklammerte, spürte den Lauf einer Pistole, der sich schmerzhaft in ihre Schläfe bohrte. Ihr Schrei blieb ihr bei den ersten Worten, die er hervorstieß, im Hals stecken.

„Kein Ton, oder Sie sind tot." Die Pistole an ihrer Schläfe ließ es ihr ratsam erscheinen, seinen Befehl zu befolgen.

Er riss sie vom Aufzug weg und zerrte sie zu einer Reihe geparkter Autos. Als sie herumgewirbelt wurde, erhaschte sie einen flüchtigen Blick auf sein Gesicht. *Spectre.*

Jetzt bringt er mich um, hier, wo niemand es sieht …

Ihr Blut rauschte so laut in ihren Ohren, dass sie das leise Reifenquietschen zuerst gar nicht hörte.

Aber ihr Angreifer hörte es. Spectre, der noch immer ihren Arm umklammerte, erstarrte.

Jetzt hörte Nina es auch deutlich: Autoreifen, die über die Rampe rollten.

Spectre zerrte sie zur Seite, um hinter einem parkenden Auto in Deckung zu gehen. Das ist meine einzige Chance zu entkommen, dachte sie.

Sie versuchte sich loszureißen. Oh nein, kampflos aufgeben würde sie nicht. Sie trat mit den Füßen um sich, schlug mit den Fäusten auf ihn ein und zerkratzte ihm das Gesicht.

Er holte aus und versetzte ihr einen Kinnhaken. Schmerz blendete sie. Sie taumelte, spürte, wie sie fiel. Er packte ihren Arm und zerrte sie über den Asphalt. Jetzt war sie vor Entsetzen wie gelähmt und unfähig zu jeder Gegenwehr.

Plötzlich wurde sie von einem Lichtstrahl geblendet, der so grell war, dass sie hinter ihren Schläfen einen scharfen Schmerz verspürte. Sie hörte Reifenquietschen und merkte, dass sie in zwei aufgeblendete Autoscheinwerfer schaute.

Eine Stimme brüllte: „Stehen bleiben!"

Sam. Es war Sam.

„Lassen Sie sie los, Spectre!" befahl Sam scharf.

Der Pistolenlauf bohrte sich härter als je zuvor in ihre Schläfe. „Was für ein erstklassiges Timing, Navarro", sagte Spectre ohne einen Anflug von Panik in der Stimme.

„Ich sagte, Sie sollen sie loslassen."

„Ist das ein Befehl, Detective? Ich hoffe nicht. Ich könnte es als eine Provokation auffassen, und das würde der jungen Frau ...", er packte Nina am Kinn und riss ihren Kopf zu Sam herum, „… gar nicht gut bekommen. Machen Sie den Weg frei, Navarro."

„Inzwischen kennen noch mehr Leute Ihr Gesicht. Sie ist wertlos für Sie."

„Aber nicht für Sie."

Nina erhaschte einen Blick auf Sams Gesicht und sah die hilflose Panik, die sich darin spiegelte. Er hielt seine Pistole jetzt mit beiden Händen, aber er wagte es nicht zu schießen. Nicht mit ihr in der Schusslinie.

„Zurück!" brüllte Spectre.

„Sie brauchen sie nicht!"

„Treten Sie sofort zurück, oder ich puste ihr das Gehirn aus dem Kopf."

Sam trat einen Schritt zurück, dann noch einen. Obwohl er seine Waffe immer noch erhoben hatte, nützte sie ihm nichts. In diesem Moment, in dem Ninas Blick sich mit dem seinen verhakte, sah sie mehr als Angst, mehr als Panik in seinen Augen. Sie sah Verzweiflung.

„Nina", sagte er. „Nina …"

Es war das Letzte, was sie von Sam sah, bevor Spectre sie in Sams Auto stieß, dann sprang er selbst hinein und legte krachend den Rückwärtsgang ein. Gleich darauf schossen sie mit quietschenden Reifen rückwärts über die Rampe. Draußen flogen parkende Autos und Betonpfeiler vorbei, dann durchbrachen sie die Schranke.

Spectre wendete und trat das Gaspedal durch. Sie rasten aus der Einfahrt auf die Straße. Einen Moment später bohrte sich der Pistolenlauf wieder gegen ihre Schläfe.

„Ich habe nichts zu verlieren, wenn ich Sie töte", sagte er.
„Warum tun Sie es dann nicht?" flüsterte sie.
„Weil ich Sie noch brauche."
„Wofür?"

In seinem Lachen schwang Belustigung mit. „Das werden Sie schon noch sehen. Ich liebe ein Aufsehen erregendes Ende, Sie nicht?" Er lächelte sie an.

In diesem Moment wurde ihr klar, wen sie da anschaute. Was sie da anschaute.

Ein Ungeheuer.

13. KAPITEL

Sam sprintete die Rampe hinauf. Er kam gerade rechtzeitig, um zu sehen, wie sein Wagen mit Spectre am Steuer wendete und auf die Straße fuhr. Ich habe sie verloren, dachte er, als die Rücklichter in der Nacht verschwanden. *Mein Gott, Nina ...*

Das Auto war fort.

Sein Aufschrei war eine Mischung aus Wut und Verzweiflung, er hörte, wie sich das Echo in der Dunkelheit brach. Zu spät. Es war zu spät.

Ein Lichtstrahl veranlasste ihn, sich hastig umzudrehen. Zwei Scheinwerfer bogen um die Ecke. Noch ein Auto ... eins, das er kannte.

„Gillis!" schrie er.

Das Auto hielt am Bordstein an. Sam riss die Beifahrertür auf und sprang hinein.

„Fahr. *Fahr!*" brüllte er.

Ein perplexer Gillis starrte ihn an. „Was?"

„Spectre hat Nina! Jetzt fahr doch schon!"

Gillis gab Gas, dass die Reifen quietschten. „Wohin?"

„Links. Hier!"

Gillis bog ab.

Sam erhaschte zwei Häuserblocks vor ihnen einen Blick auf seinen Wagen, der an einer Kreuzung rechts abbog.

„Dort!"

„Ich sehe es", sagte Gillis und bog ebenfalls ab.

Spectre schien sie entdeckt zu haben, denn einen Moment

später beschleunigte er und raste bei Rot über die Kreuzung. Autos hielten schleudernd an.

Während Gillis sich durch die haltenden Fahrzeuge schlängelte, rief Sam übers Autotelefon Verstärkung. Er bat, dass man ihnen alle verfügbaren Streifenwagen schickte. Mit einem bisschen Hilfe konnten sie Spectre vielleicht einkesseln.

Im Moment durften sie ihn nur nicht aus den Augen verlieren.

„Ein Irrer", brummte Gillis.

„Verlier sie nicht."

„Er wird uns noch alle umbringen. Da schau!"

Spectre startete ein höchst riskantes Überholmanöver und fuhr dann ganz knapp vor einem entgegenkommenden Truck wieder nach rechts rüber.

„Bleib ihm dicht auf den Fersen", befahl Sam und beugte sich voller Anspannung nach vorn.

„Ich tue, was ich kann." Gillis fuhr ebenfalls auf die linke Spur, aber der Gegenverkehr war zu dicht zum Überholen, deshalb blieb ihm nichts anderes übrig, als sich gleich wieder rechts einzuordnen.

Wertvolle Sekunden waren verloren.

Gillis versuchte es erneut, und diesmal schaffte er es, ganz knapp vor einem entgegenkommenden Kleinbus auf seine Spur zurückzukommen.

Spectre war nirgends in Sicht.

„Was soll das, zum Teufel", knurrte Gillis.

Sie schauten sich um, aber Sams Auto mit Nina und Spectre war wie vom Erdboden verschluckt. Sie fuhren über mehrere

Kreuzungen und schauten in die Seitenstraßen. Mit jedem Häuserblock, den sie hinter sich ließen, wuchs Sams Panik.

Eine halbe Meile später sah er sich gezwungen, das Offensichtliche zur Kenntnis zu nehmen. Sie hatten Spectre verloren.

Er hatte Nina verloren.

Gillis fuhr jetzt in grimmigem Schweigen, nicht minder verzweifelt als Sam. Keiner von ihnen sprach es aus, aber sie wussten es beide. Nina war so gut wie tot.

„Es tut mir Leid, Sam", murmelte Gillis. „Gott, es tut mir wirklich so Leid."

Sam konnte nur schweigend mit tränenverschleiertem Blick vor sich auf die Straße starren. Die Zeit verrann. Eine Ewigkeit verging, und er hatte keine Hoffnung mehr.

Streifenwagen erstatteten über Funk Meldung. Keine Spur von dem gesuchten Auto. Oder von Spectre.

Um Mitternacht hielt Gillis am Straßenrand an. Beide Männer saßen schweigend da.

Gillis sagte: „Eine Chance haben wir noch."

Sam ließ den Kopf in die Hände fallen. *Eine Chance.* Spectre konnte inzwischen fünfzig Meilen weit weg sein. Oder direkt hinter der nächsten Ecke. *Was würde ich für eine einzige winzig kleine Chance geben ...*

Sein Blick fiel auf Gillis' Autotelefon.

Eine winzig kleine Chance.

Er griff nach dem Hörer und wählte.

„Wen rufst du an?" fragte Gillis.

„Spectre."

„Was?"

„Ich rufe mein Autotelefon an." Er lauschte, während es klingelte. Fünf-, sechsmal.

Spectre meldete sich mit einer bizarren Piepsstimme. „Hallo, Sie sind mit dem Sprengstoffdezernat Portland verbunden. Ihr Anruf kann im Moment leider nicht entgegengenommen werden, da wir unser verdammtes Telefon verlegt haben."

„Hier ist Navarro", knurrte Sam.

„Ach, hallo, Detective Navarro. Wie *geht* es Ihnen? Ich hoffe doch, es geht Ihnen gut."

„Ist sie okay?"

„Wer?"

„Ist sie okay?"

„Ah, Sie meinen die junge Dame, die mich freundlicherweise begleitet. Vielleicht lasse ich Sie sogar mit ihr sprechen, falls sie das möchte."

Es folgte eine Pause. Er hörte gedämpfte Stimmen, ein schabendes Geräusch. Ein entferntes Heulen. Dann Ninas leise, verängstigte Stimme. „Sam?"

„Bist du verletzt?"

„Nein. Nein, mir geht es gut."

„Wo bist du? Wo bringt er dich hin?"

„Hoppla", mischte sich Spectre ein. „Das ist das falsche Thema, Detective. Bedaure sehr, aber ich muss das Gespräch unterbrechen."

„Warten Sie. Warten Sie!" schrie Sam.

„Noch ein paar Abschiedsworte?"

„Wenn Sie ihr auch nur ein Haar krümmen, Spectre … wenn ihr irgendetwas passiert, dann bringe ich Sie um, das schwöre ich."

"Spreche ich mit einem Polizeibeamten?"

"Ich meine es ernst. Wenn Nina irgendetwas passiert ... ich bringe Sie um."

"Ich bin schockiert. Absolut schockiert."

"Spectre!"

Er antwortete mit einem spöttischen Lachen. Und dann war die Leitung tot.

Verzweifelt wählte Sam erneut und bekam das Besetztzeichen. Er legte auf, zählte bis zehn und wählte wieder.

Wieder nur das Besetztzeichen. Spectre hatte den Hörer daneben gelegt.

Sam knallte den Hörer hin. "Sie lebt noch."

"Wo sind sie?"

"Sie konnte es mir nicht sagen."

"Es ist jetzt eine Stunde her. Sie können überall im Umkreis von fünfzig Meilen sein."

"Ich weiß, ich weiß." Sam lehnte sich zurück und versuchte Ordnung in seine wild durcheinander wirbelnden Gedanken zu bringen. Bisher hatte er es in jeder Situation geschafft, Ruhe zu bewahren, aber heute Nacht fühlte er sich zum ersten Mal in der ganzen Zeit seiner Laufbahn vor Angst wie gelähmt. Von dem Wissen, dass jeder Augenblick, der ungenutzt verstrich, die Chancen auf Ninas Überleben verringerte.

"Warum hat er sie noch nicht umgebracht?" murmelte Gillis. "Warum ist sie immer noch am Leben?"

Sam schaute seinen Partner an. Wenigstens funktionierte Gillis' Gehirn noch. Und er überlegte. Grübelte über eine Antwort nach, die eigentlich für sie beide auf der Hand liegen sollte.

„Er behält sie als Trumpfkarte", sagte Sam. „Als Rückversicherung für den Fall, dass er geschnappt werden sollte."

„Nein, er ist bereits aus dem Schneider. Im Moment ist sie für ihn eher ein Hindernis als eine Hilfe. Mit einer Geisel kommt man langsamer vorwärts. Sie verkompliziert die Dinge. Aber er lässt sie trotzdem am Leben."

Noch, dachte Sam, während eine Welle hilfloser Wut über ihn hinwegschwappte. *Ich habe verloren, ich habe meine Fähigkeit klar zu denken verloren. Ihr Leben liegt in meinen Händen. Ich kann es mir nicht leisten, es zu vermasseln.*

Er schaute wieder auf das Autotelefon, und plötzlich fiel ihm etwas ein. Etwas, das er während dieser kurzen Gesprächspause gehört hatte. Das entfernte, an- und abschwellende Heulen.

Eine Sirene.

Er griff wieder nach dem Hörer und wählte 911.

„Notrufzentrale", antwortete eine Stimme.

„Hier ist Detective Sam Navarro. Ich muss wissen, was in den letzten zwanzig Minuten für Einsätze gefahren wurden. Im gesamten Umkreis von Portland und South Portland."

„Welche Fahrzeuge, Sir?"

„Alles. Rettungswagen, Feuerwehr, Polizei. Alles. Ich brauche die Informationen."

Eine kurze Stille folgte, dann meldete sich eine andere Stimme. Sam hatte bereits sein Notizbuch gezückt.

„Hier ist die Leiterin der Notrufzentrale, Detective Navarro. Ich habe gerade mit der Notrufzentrale von South Portland gesprochen. Zusammen hatten wir in den letzten zwanzig Minuten drei Einsätze. Um 23:55 wurde ein Krankenwagen in die 2203

Green Street in Portland gerufen. Um 00:10 fuhr die Polizei zu einem Einbruch in der 751 Bickford Street in South Portland. Und um 00:13 wurde ein Streifenwagen wegen Ruhestörung in die Nähe von Munjoy Hill gerufen. Feuerwehreinsätze hatten wir im fraglichen Zeitraum keine."

„Okay, danke." Sam legte auf und suchte im Handschuhfach nach einer Straßenkarte. Er kreiste mit einem Stift die drei fraglichen Gegenden ein.

„Was jetzt?" fragte Gillis.

„Bei dem Gespräch eben habe ich im Hintergrund eine Sirene gehört. Das bedeutet, dass er sich in Hörweite von irgendeinem Einsatzfahrzeug aufhielt. Und das sind die einzigen drei Gegenden, wo zur fraglichen Zeit Einsätze stattfanden."

Gillis schaute auf die Karte und schüttelte den Kopf. „Unmöglich, das ist ja wie eine Stecknadel im Heuhaufen suchen."

„Es sind zumindest Anhaltspunkte."

„Ja, wie ein Heuhaufen ein Anhaltspunkt ist."

„Es ist alles, was wir haben. Los, fangen wir sofort mit Munjoy Hill an."

„Bescheuerte Idee, wenn du mich fragst. Der Suchbefehl für dein Auto ist raus. Uns würde nur unnötig die Zunge zum Hals raushängen, wenn wir versuchen, hinter Sirenen herzujagen."

„Nach Munjoy Hill, Gillis. Mach zu."

„Du bist geschlaucht. Ich bin geschlaucht. Wir sollten ins Hauptquartier zurückfahren und abwarten, wie sich die Dinge entwickeln."

„Du willst, dass ich fahre? Dann lass mich ans Steuer, verdammt noch mal."

„Sam, *hörst* du mich?"

„Ja, verdammt!" schrie Sam in plötzlicher Wut. Dann ließ er mit einem Aufstöhnen seinen Kopf in seine Hände fallen und sagte leise: „Es ist alles meine Schuld. Es ist meine Schuld, wenn sie stirbt. Sie waren direkt vor mir. Und mir fiel nichts ein, wie ich sie retten könnte."

Gillis seufzte verstehend. „So viel bedeutet sie dir?"

„Und Spectre weiß es. Irgendwie weiß er es. Das ist der Grund, warum er sie am Leben lässt. Um mich fertig zu machen. Um mich zu manipulieren. Er ist auf der Gewinnerstraße und nützt es aus." Er schaute Gillis an. „Wir müssen sie finden. Bevor es zu spät ist."

„Im Moment ist er im Vorteil. Er hat jemand in seiner Gewalt, an dem dir sehr viel liegt. Und du bist der Cop, an dem er sich festgebissen hat. Der Cop, dem er es heimzahlen will." Er schaute auf das Autotelefon. Es läutete.

Er nahm ab. „Gillis hier." Er lauschte kurz, sagte dann: „Jackman Avenue, alles klar" und legte auf. Dann startete er den Wagen und fuhr los. „Es könnte unser Durchbruch sein."

„Was ist in der Jackman Avenue?"

„Eine Wohnung, Nr. 338-D. Sie haben dort gerade eine weibliche Leiche gefunden."

Sam wurde sehr still, während er an die blonde Frau, die sie auf dem Gefängnisvideo gesehen und als die Nachtclubtänzerin Marilyn Dukoff identifiziert hatten, dachte. Seine Brust fühlte sich vor Angst wie zusammengeschnürt an, sodass er kaum Luft bekam. Er fragte leise: „Wessen Leiche?"

„Die von Marilyn Dukoff."

Er sang grölend, während er die bunten Kabel über dem Boden spannte. Nina, die an Händen und Füßen an einen Stuhl gefesselt war, konnte nur dasitzen und hilflos zuschauen. Neben Spectre befanden sich eine Werkzeugkiste, ein Lötkolben und zwei Dutzend Dynamitstangen.

Spectre hatte die Kabel fertig gespannt und wandte seine Aufmerksamkeit jetzt dem Dynamit zu. Er bündelte die Stangen zu Dreierpäckchen und deponierte sie in einem Karton.

Seine Stimme hallte in dem verlassenen Lagerhaus wider. Dann drehte er sich zu Nina um und deutete mit dem Kopf eine leichte Verbeugung an.

„Sie sind wahnsinnig", flüsterte Nina.

„Aber was ist Wahnsinn? Wer kann das schon mit Sicherheit sagen?" Spectre umwickelte das letzte Bündel Dynamit mit grünem Isolierband. „Nun, ich bin auf jeden Fall nicht wahnsinnig, sondern weiß sehr genau, was ich tue."

Er hob den Karton mit dem Dynamit auf und kam damit zu Nina herüber. Kurz bevor er bei ihr angelangt war, stolperte er. Nina blieb fast das Herz stehen, als sie den Karton mit dem hochexplosiven Material fallen sah. Auf sie zu.

Spectre gab ein lautes entsetztes Keuchen von sich, bevor er den Karton auffing. Zu Ninas Überraschung fing er plötzlich an zu lachen. „Nur ein kleiner Scherz", bekannte er. „Auch wenn er schon alt ist, verfehlt er doch nie seine Wirkung."

Er ist wirklich verrückt, dachte sie.

Er ging mit dem Karton auf dem Arm durch die Lagerhalle und legte überall Sprengstoffpäckchen aus. „Es ist eine Schande, wirklich", sagte er. „Derart hochwertiges Dynamit an so ein Gebäude zu verschwenden. Aber ich möchte einen guten Eindruck hinterlassen. Einen bleibenden Eindruck. Und ich habe wirklich genug von Sam Navarro und seinen neun Leben."

„Sie versuchen, ihn in eine Falle zu locken."

„Sie sind ja so klug."

„Warum? Warum wollen Sie ihn töten?"

„Darum."

„Er ist doch nur ein Polizist, der seinen Job macht."

„Nur ein Polizist?" Spectre drehte sich zu ihr um, aber sein Gesicht blieb im Schatten. „Navarro ist mehr als das. Er ist eine Herausforderung. Wenn ich mir vorstelle, dass ich nach all meinen Erfolgen in Städten wie Boston und Miami jetzt ausgerechnet in einem Nest wie diesem einen so starken Gegenspieler finde. Nicht mal Portland, Oregon, sondern Portland, *Maine.* Es endet hier, in dieser Lagerhalle. Zwischen Navarro und mir."

Spectre kam mit dem letzten Bündel Dynamit auf sie zu. Er kniete sich neben den Stuhl, an den er Nina gefesselt hatte. „Die letzte Explosion habe ich für Sie aufgespart, Miss Cormier", sagte er, während er das Päckchen unter Ninas Stuhl deponierte. „Sie werden nichts spüren", versicherte er ihr. „Es wird ganz schnell gehen, so schnell, dass Sie nur noch merken, wie Sie Ihre Flügel ausbreiten. Und bei Navarro auch. Falls ihm welche wachsen."

„Er ist nicht dumm. Er wird nicht in Ihre Falle gehen."

Spectre begann nun, noch mehr Kabel zu spannen, Meter um Meter. „Ja, und weil er nicht dumm ist, wird ihm sehr schnell klar werden, dass es sich hier nicht um eine normale Bombe handelt. Diese Kabel werden ihm schwer zu schaffen machen. Er wird sich den Kopf zerbrechen, was das Gewirr zu bedeuten hat." Er lötete zwei Kabelenden zusammen. "Und die Zeit verstreicht gnadenlos. Minuten, dann Sekunden. Welches Kabel ist das entscheidende? Welches soll er durchschneiden? Wenn er das falsche erwischt, geht alles in Rauch auf. Die Lagerhalle. Sie. Und er selbst ... falls seine Nerven gut genug sind, um es bis zum Ende durchzustehen. Es ist ein hoffnungsloses Dilemma, wie Sie sehen. Wenn er bleibt, um die Bombe zu entschärfen, könnten Sie beide sterben, wenn er feige ist und wegrennt, sterben *Sie,* und er hat sein ganzes Leben an seinen Schuldgefühlen zu tragen. So oder so, Sam Navarro wird leiden. Und ich werde gewinnen."

"Sie können nicht gewinnen."

"Ersparen Sie mir Ihre moralinsauren Warnungen. Ich habe zu tun. Und nicht mehr viel Zeit." Er vernetzte die Kabel mit den anderen Dynamitpäckchen.

Nicht mehr viel Zeit, hatte er gesagt. Aber von wie viel Zeit sprach er?

Sie schaute auf die Gegenstände auf dem Boden. Ein digitaler Zeitschalter. Ein Sender, der den Countdown auslöste, wie sie wusste. Spectre würde sich längst in Sicherheit gebracht haben, wenn die Sprengladungen hochgingen.

Bleib weg, Sam. Bitte, bleib weg und sieh zu, dass du am Leben bleibst.

Spectre erhob sich und schaute auf seine Armbanduhr. "Noch eine Stunde, dann müsste ich eigentlich so weit sein, um anrufen zu können." Er schaute sie an und lächelte. "Drei Uhr morgens, Miss Cormier. Eine ebenso gute Uhrzeit wie jede andere auch, um zu sterben, meinen Sie nicht?"

Die Frau war von der Taille abwärts nackt, sie lag zusammengekrümmt auf dem Holzfußboden. Auf sie war geschossen worden, in den Kopf.

„Die Meldung kam um 22:45 rein", sagte Yeats vom Morddezernat. „Der Mieter einen Stock tiefer entdeckte, dass Blut durch die Decke sickerte, und rief die Vermieterin an. Sie öffnete mit einem Zweitschlüssel die Tür, sah die Leiche und benachrichtigte uns. Wir haben die Ausweispapiere des Opfers in der Handtasche gefunden. Deshalb haben wir Sie angerufen."

„Irgendwelche Zeugen? Hat irgendjemand etwas gesehen oder gehört?" fragte Gillis.

„Nein. Er muss einen Schalldämpfer benutzt haben und dann unbemerkt verschwunden sein."

Sam schaute sich in dem kärglich möblierten Zimmer um. Die Wände waren nackt, die Schränke halb leer, und auf dem Boden standen Kleiderkartons, alles Anzeichen dafür, dass Marilyn Dukoff hier noch nicht lange wohnte.

Yeats bestätigte es. „Sie ist erst einen Tag vorher eingezogen, unter dem Namen Marilyn Brown. Die Kaution und die erste Monatsmiete hat sie in bar bezahlt. Mehr konnte mir die Vermieterin nicht sagen."

„Der Nachbar hat gestern einen Mann sprechen hören, aber er hat ihn nicht gesehen."

„Spectre", sagte Sam und ließ seinen Blick erneut über die Leiche wandern. Die Leute von der Spurensicherung waren dabei, den Raum durchzukämmen. Sam wusste bereits, dass sie nichts finden würden, dafür hatte Spectre gewiss gesorgt. Er hatte alles sehr gut geplant.

Es hatte keinen Zweck, hier noch herumzustehen. Als er sich zum Gehen wandte, hörte er einen der Detectives sagen: „In der Handtasche ist nicht viel. Eine Geldbörse, Schlüssel, ein paar Rechnungen …"

„Was für Rechnungen?" fragte Sam.

„Strom, Telefon, Wasser. Sieht aus, als wären sie aus der alten Wohnung. Sie sind auf den Namen Dukoff ausgestellt. Adressiert an ein Postfach."

„Kann ich die Telefonrechnung mal sehen?"

Beim ersten Blick auf die Rechnung unterdrückte Sam nur mit Mühe ein frustriertes Aufstöhnen. Sie war zwei Seiten lang und wies fast nur Ferngespräche auf, die meisten davon nach Bangor, ein paar nach Massachusetts und Florida. Es würde Stunden dauern, all diese Nummern zurückzuverfolgen, und es gab gute Chancen, dass es sich bei den Teilnehmern nur um Bekannte oder Verwandte von Marilyn Dukoff handelte.

Dann erfasste sein Blick eine Nummer ziemlich weit unten auf der ersten Seite. Sie hatte die Vorwahl von South Portland, trug das Datum von vor anderthalb Wochen und die Uhrzeit 22:17. Irgendjemand hatte angerufen, und Marilyn Dukoff hatte die Kosten übernommen.

„Das könnte etwas sein", sagte Sam. „Ich muss wissen, auf welchen Namen der Anschluss läuft."

Zwanzig Minuten später waren er und Gillis an der Ecke Hardwick und Calderwood, einer Industriegegend. Verlassene Parkplätze, eine Möbelfabrik, ein Holzhändler, eine Fabrik für Schiffsteile. Alles war geschlossen, die Gebäude waren dunkel. Sie bogen auf die Calderwood ab.

Ein paar hundert Meter weiter entdeckte Sam das Licht. Es war schwach, nicht mehr als ein gelblicher Schein aus einem kleinen Fenster – das einzige in dem Gebäude. Als sie näher kamen, machte Gillis die Scheinwerfer aus. Sie fuhren vorbei und hielten einen halben Häuserblock weiter an.

„Das ist die alte Stimson-Lagerhalle", sagte Sam.

„Keine Autos auf dem Parkplatz", bemerkte Gillis. „Aber es sieht aus, als wäre jemand da."

In diesem Moment klingelte das Autotelefon.

Spectre legte auf und lächelte Nina an. „Zeit, dass ich gehe. So wie ich Ihren Liebhaber einschätze, müsste er eigentlich jeden Moment hier sein." Er griff nach seiner Werkzeugkiste.

Er geht. Und lässt mich als Köder zurück.

In der Lagerhalle war es kalt, aber sie spürte einen Schweißtropfen langsam an ihrer Schläfe hinabrinnen, während sie sah, wie Spectre nach der Fernzündung griff. Er brauchte nur den Schalter umzulegen, dann war die Bombe scharf, und der Countdown begann.

Zehn Minuten später würde sie explodieren.

Ihr Herz hämmerte schmerzhaft gegen ihre Brust, als sie sah, dass sein Finger den Schalter berührte. Dann lächelte er sie an.

„Noch nicht, nur die Ruhe", sagte er. „Ich möchte nichts überstürzen."

Gleich darauf hob er zum Abschied die Hand und sagte lächelnd zu Nina: „Sagen Sie Navarro noch einen schönen Gruß von mir. Er wird mir fehlen." Er schob den Riegel an der stählernen Hintertür zurück. Die Tür ging knirschend auf. Sie war fast offen, als Spectre plötzlich erstarrte. Zwei Scheinwerfer kamen direkt auf ihn zu.

„Stehen bleiben, Spectre!" kam es von irgendwo aus der Dunkelheit. „Hände hoch!"

Sam, du hast mich gefunden ...

„Hände hoch!" schrie Sam.

Spectre, der im Lichtkegel der Scheinwerfer stand, schien ein paar Sekunden zu zögern. Dann hob er langsam die Hände über den Kopf.

Er hielt immer noch die Fernzündung in der Hand.

„Sam!" schrie Nina gellend. „Da ist eine Bombe. Er hat eine Fernzündung."

„Legen Sie sie hin", befahl Sam. „Legen Sie sie hin, oder ich schieße!"

„Gewiss", stimmte Spectre zu. Langsam ging er in die Knie und legte die Fernzündung auf den Boden. Doch während er sie hinlegte, hörte man ein unverkennbares Klicken.

Mein Gott, jetzt ist sie scharf, dachte Nina.

In diesem Moment tauchte Spectre blitzschnell hinter einem Kistenstapel ab.

Er war nicht schnell genug. Sam schoss fast umgehend zweimal. Beide Kugeln fanden ihr Ziel.

Spectre kam ins Straucheln. Er ging in die Knie und kroch weiter, aber seine Bewegungen wirkten unkoordiniert. Jetzt gab er gurgelnde Geräusche von sich und stieß mit seinen letzten Atemzügen gemurmelte Flüche aus.

„Tot", keuchte Spectre, und es war fast ein Lachen. „Ihr seid alle tot ..."

Sam stieg über Spectres reglosen Körper und rannte auf Nina zu.

„Nein!" schrie sie verzweifelt. „Um Himmels willen, bleib weg!"

Er blieb abrupt stehen und starrte sie bestürzt an. „Was ist denn?"

„Unter meinem Stuhl ist eine Sprengladung befestigt", schluchzte Nina. „Wenn du mich loszumachen versuchst, wird sie hochgehen."

Erst jetzt sah Sam das Kabelgewirr, von dem ihr Stuhl umgeben war, dann folgte sein Blick dem Kabel zu der Wand der Lagerhalle, zu dem ersten Dynamitpäckchen, das offen dalag.

„Er hat achtzehn Stangen in der ganzen Lagerhalle deponiert", sagte sie. „Drei davon unter meinem Stuhl. Sie gehen in zehn Minuten hoch. Weniger, jetzt."

Ihre Blicke begegneten sich. Sie sah die Panik in seinen Augen aufflackern, die er jedoch schnell wieder unterdrückte. Er stieg über die Kabel und kniete sich neben ihrem Stuhl nieder.

„Ich bringe dich hier raus", versprach er.

„Dafür reicht die Zeit nicht."

„Zehn Minuten?" Er lachte angestrengt. „Das ist eine Menge Zeit." Er spähte unter den Stuhl. Er sagte nichts, aber als er sich wieder erhob, war sein Gesicht grimmig. Er drehte sich um und rief: „Gillis?"

„Hier." Gillis stieg vorsichtig über das Kabelgewirr. „Ich habe die Werkzeugkiste dabei. Was haben wir denn? Kannst du mir das schon sagen, Sam?"

„Drei Stangen unter dem Stuhl und einen Zeitzünder. Es sieht wie eine simple Serienparallelschaltung aus, aber ich brauche Zeit, um es zu analysieren."

„Wie viel haben wir?"

„Acht Minuten und fünfundvierzig Sekunden."

Gillis fluchte. „Keine Zeit, um den Bombentruck zu benachrichtigen."

Plötzlich heulten Sirenen durch die Nacht. Vor der Hintertür fuhren zwei Streifenwagen vor.

„Die Verstärkung ist da", sagte Gillis. Er rannte zu den Türen hinüber und schwenkte die Arme durch die Luft. „Bleibt draußen!" schrie er. „Wir haben hier eine Bombe! Räumt das Gelände! Sofort! Und benachrichtigt für alle Fälle einen Rettungswagen."

Ich werde keinen Rettungswagen mehr brauchen, dachte Nina verzweifelt.

Sie versuchte ihr rasendes Herz zu beruhigen, versuchte zu verhindern, dass sie in die Hysterie hineinglitt, aber ihre nackte Angst machte ihr das Atmen schwer. Sie konnte nichts tun, um sich zu retten. Sie war an den Stuhl gefesselt, und wenn sie sich zu sehr bewegte, bestand die Gefahr, dass die Bombe hochging.

Jetzt hing alles von Sam ab.

14. KAPITEL

Sam starrte mit zusammengepressten Kiefern auf das Kabelgewirr. Er würde eine Stunde brauchen, um jedes einzelne Kabel zu identifizieren. Aber sie hatten nur noch Minuten. Nina sah, dass sich auf seiner Stirn die ersten Schweißtropfen bildeten.

Gillis kehrte zurück. „Spectre hat in der Halle mindestens fünfzehn Sprengladungen verteilt. Das Gehirn dazu hältst du in der Hand."

„Es ist zu einfach", brummte Sam und schaute auf das Schaltsystem. „Er *will*, dass ich diesen Draht durchschneide."

„Könnte es nicht eine doppelte Finte sein? Er wusste, dass wir misstrauisch sein würden. Deshalb hat er es einfach gemacht … nur um uns eins auszuwischen."

Sam schluckte. „Das hier sieht aus wie der Schalter, mit dem man die Bombe scharf macht. Aber hier ist eine Lötstelle. Er könnte drin noch einen Schalter eingebaut haben. Wenn ich diese Kappe hier abziehe, könnte das Ding hochgehen."

Gillis schaute auf den Timer. „Noch fünf Minuten."

„Ich weiß, ich weiß." Sams Stimme war heiser vor Anspannung, aber seine Hände waren absolut ruhig, als er an dem Schaltsystem entlangfuhr. Ein falscher Griff, und sie würden alle drei in die Luft fliegen.

Draußen hielten noch mehr Streifenwagen mit kreischenden Sirenen. Nina hörte Stimmengewirr.

Aber hier drin war alles still.

Sam atmete tief durch und schaute sie an. „Bist du okay?"

Sie nickte steif. Und dann sah sie in seinem Gesicht das erste Anzeichen von Panik. *Diesmal schafft er es nicht, und er weiß es.*

Das war genau das, was Spectre geplant hatte. Das hoffnungslose Dilemma. Die tödliche Alternative. Welche Kabel sollte er durchschneiden? Eins? Keins? Setzte er sein Leben aufs Spiel? Oder traf er die rationale Entscheidung, das Gebäude zu verlassen … und sie?

Sie wusste, welche Entscheidung er treffen würde. Sie sah es in seinen Augen.

Sie würden beide sterben.

„Zweieinhalb Minuten", sagte Gillis.

„Los, zieh Leine", befahl Sam.

„Du brauchst noch zwei Hände."

„Und deine Kinder brauchen einen Vater. Hau endlich ab. Verschwinde."

Gillis rührte sich nicht.

Sam griff wieder nach der Kneifzange und zog ein weißes Kabel heraus.

„Du rätst nur, Sam. Du weißt es nicht."

„Instinkt, Kumpel. Ich hatte schon immer einen guten Instinkt. Trotzdem besser, du gehst. Wir haben noch zwei Minuten. Und du kannst mir nicht helfen."

Gillis, der am Boden gehockt hatte, erhob sich, aber er zögerte noch immer. „Sam …"

„Beweg dich."

Gillis sagte leise: „Ich warte draußen mit einer Flasche Scotch auf dich, Kumpel."

„Tu das. Aber verschwinde jetzt endlich."

Ohne ein weiteres Wort verließ Gillis die Lagerhalle.

Sam und Nina blieben allein zurück. *Er muss nicht bleiben. Er muss nicht sterben.*

„Sam", flüsterte sie.

Er schien sie nicht zu hören, so sehr war er auf die Schalttafel konzentriert. Die Kneifzange verharrte zwischen der Wahl von Leben und Tod.

„Geh, Sam", flehte sie.

„Es ist mein Job, Nina."

„Es ist nicht dein Job zu sterben!"

„Wir werden nicht sterben."

„Du hast Recht. *Wir* werden nicht sterben. *Du* wirst nicht sterben. Wenn du jetzt gehst …"

„Ich gehe nicht. Hast du verstanden? Ich gehe *nicht.*" Er hob den Blick und schaute sie an. Und sie sah in diesen ruhigen Augen, dass er seine endgültige Wahl getroffen hatte. Er hatte beschlossen, mit ihr zu leben – oder zu sterben. Das war nicht der Polizist, der sie da anschaute, das war der Mann, der sie liebte. Der Mann, den sie liebte.

Sie spürte Tränen über ihr Gesicht rinnen. Da erst merkte sie, dass sie weinte.

„Wir haben noch eine Minute", sagte er. „Ich kann nur raten. Wenn ich mich irre …" Er atmete laut aus. „Aber wir werden es sehr schnell wissen." Er erfasste mit der Kneifzange den weißen Draht. „Okay, ich tippe auf diesen hier."

„Warte."

„Was ist?"

„Als Spectre es zusammengebaut hat, habe ich gesehen, wie er einen weißen Draht mit einem roten zusammengelötet hat und das ganz mit grünem Isolierband umwickelt hat. Spielt das irgendeine Rolle?"

Sam starrte auf das weiße Kabel, das er sich gerade anschickte durchzuschneiden. „Oh ja", sagte er leise. „Und was für eine."

„Sam!" kam Gillis Schrei durch ein Megafon. „Du hast noch zehn Sekunden!"

Zehn Sekunden, um wegzurennen.

Sam rannte nicht weg. Er zog ein schwarzes Kabel heraus und setzte die Zange an. Dann hielt er inne und schaute Nina an.

Sie blickten sich ein letztes Mal tief in die Augen.

„Ich liebe dich", sagte er.

Sie nickte mit tränenüberströmtem Gesicht. „Ich liebe dich auch", flüsterte sie.

Sie schauten sich immer noch an, als er langsam zudrückte. Auch als die Zange sich in die Plastikumhüllung grub, ließen sich ihre Blicke nicht los.

Das Kabel fiel in zwei Teile auseinander.

Einen Moment lang bewegte sich keiner von beiden. Sie waren immer noch erstarrt, wie gelähmt von dem Gedanken an den sicheren Tod.

Dann schrie Gillis von draußen: „Sam? Der Countdown ist abgelaufen. *Sam!*"

Sam zerschnitt vorsichtig Ninas Fesseln. Ihre Fußgelenke waren zu taub, als dass sie hätte stehen können, aber das war auch nicht nötig. Sam hob sie hoch und trug sie aus der Lagerhalle, hinaus in die Nacht.

Die Straße draußen war hell erleuchtet von den kreisenden Warnlichtern der Einsatzfahrzeuge; Polizeiautos, Rettungswagen und Feuerwehr. Sam duckte sich mit ihr unter der gelben Polizeiabsperrung hindurch und stellte sie dann auf die Füße.

Sofort waren sie von einer Menge umringt, darunter Chief Coopersmith und Staatsanwalt Liddell, die alle wissen wollten, was mit der Bombe war. Sam nahm keine Notiz von ihnen. Er hatte Nina die Arme um die Schultern gelegt und versuchte, sie von dem Chaos abzuschirmen.

„Alle zurücktreten!" brüllte Gillis. „Macht doch mal Platz!" Er drehte sich zu Sam um. „Was ist mit der Bombe? Was ist passiert, um Gottes Willen?"

„Entschärft", sagte Sam. „Aber sei vorsichtig. Spectre könnte uns noch eine letzte Überraschung hinterlassen haben."

„Ich kümmere mich darum." Gillis ging auf die Lagerhalle zu, dann drehte er sich noch einmal um. „He, Sam?"

„Ja?"

„Ich würde sagen, du hast dir deinen Pensionsanspruch redlich verdient." Gillis grinste. Und dann ging er weg.

Nina schaute zu Sam auf. Obwohl die Gefahr vorüber war, spürte sie noch immer sein Herz hämmern, und ihr eigenes hämmerte genauso wild.

„Du bist bei mir geblieben", flüsterte sie, während ihr die Tränen übers Gesicht strömten. „Du hättest weggehen können ..."

„Nein, das hätte ich nicht."

„Ich habe dir mehrmals gesagt, dass du gehen sollst. Ich wollte, dass du gehst."

„Und ich wollte bleiben." Er umrahmte ihr Gesicht mit den Händen. Fest. Innig. „Es gab keinen anderen Ort, wo ich in diesem Moment hätte sein wollen, Nina. Ich will nie wieder woanders sein als bei dir."

Sie wusste, dass unzählige Augenpaare sie beobachteten. Mittlerweile waren die Medienberichterstatter eingetroffen, Kameras surrten, Blitzlichter flammten auf, und alle schrien ihre Fragen wild durcheinander. Die Nachtluft war mit Stimmengewirr erfüllt, und bunte Lichter zerschnitten die Dunkelheit. Aber in diesem Moment, in dem er sie hielt und küsste, als sie sich küssten, existierte für sie nichts auf der Welt außer Sam.

Und als der Tag anbrach, hielt er sie noch immer.

– ENDE –

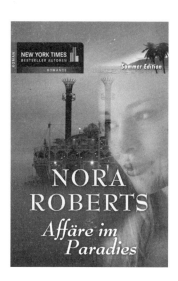

Nora Roberts

Affäre im Paradies

Ein ungeheuerlicher Verdacht,
ein versteckter Mord, eine
leidenschaftliche Affäre –
ein spannender Liebesroman
von der unvergleichlichen
Nora Roberts!

Band-Nr. 25189
6,95 € (D)
ISBN: 3-89941-282-6

Sandra Brown

Das verbotene Glück

Eine Frau kämpft um ihr
Glück und findet auf Umwegen
die große Liebe – wieder ein
bewegender Liebesroman von
Sandra Brown!

Band-Nr. 25190
6,95 € (D)
ISBN: 3-89941-283-4

Nora Roberts

Das Geheimnis von Orcas Island

Band-Nr. 25134
6,95 € (D)
ISBN: 3-89941-173-0

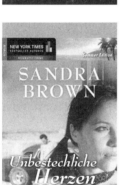

Sandra Brown

Unbestechliche Herzen

Band-Nr. 25136
6,95 € (D)
ISBN: 3-89941-175-7

Deutsche Erstveröffentlichung

Tess Gerritsen

Verrat in Paris

Band-Nr. 25135
6,95 € (D)
ISBN: 3-89941-174-9

2 Romane nur 6,95 €

Tess Gerritsen

Akte Weiß

Band-Nr. 25106
6,95 € (D)
ISBN: 3-89941-142-0

Deutsche Erstveröffentlichung

Tess Gerritsen

Gefährliche Begierden

Band-Nr. 25150
7,95 € (D)
ISBN: 3-89941-189-7

2 Romane nur 6,95 €

Nora Roberts

Sommerträume 4

Band-Nr. 25186
6,95 € (D)
ISBN: 3-89941-244-3

Nora Roberts

Nachtgeflüster 1
Der gefährliche Verehrer
Hörbuch

Band-Nr. 45006
4 CD's nur 10,95 € (D)
ISBN: 3-89941-222-2

Nora Roberts

Nachtgeflüster 2
Der geheimnisvolle Fremde
Hörbuch

Band-Nr. 45008
4 CD's nur 10,95 € (D)
ISBN: 3-89941-224-9